CHRISTIAN
KUNO
KUNERT

RINGEL
ROMAN
BEATS

EULENSPIEGEL VERLAG

That is, you can't, you know, tune in
But it's all right
That is, I think it's not too bad

John Lennon

Falls Sie ein anderes Motto wünschen:

____

____

____

____

VORAUSSCHICKUNG

Er erinnerte mich an einen, den ich gar nicht kenne, der mir gleichwohl ein guter Freund ist, seit ich denken kann. Das kommt von seinen Geschichten, die mich nicht loslassen, die mir mehr bedeuten als alles, was ich an Literatur so intus hab, auch wenn ich von ihm selbst nie eine hörte. Kaum ein Tag meiner Kindheit verging, ohne dass mein Vater, die toten Augen in irgendeine Ferne gerichtet, eine davon erzählte, eine »Hannes-Geschichte«, wie wir sie nannten. Sie hatten den Schützengraben geteilt, er und dieser Hannes, wie andere Tisch und Bett teilen. Hannes glaubte, solange er Geschichten erzählt, könne ihm der Krieg nichts anhaben. Geschichten bekommen keinen Typhus, kein Gas kann ihnen den Atem nehmen, keine Granate sie in Stücke reißen. Sind sie erst mal lebendig, sind sie nicht totzukriegen. Er dürfte nur nie aufhören, welche zu erzählen, dann würden seine Geschichten ihn in einen Mantel aus Unsterblichkeit hüllen.

Und so erzählte er Geschichten. Pausenlos. Selbst wenn ringsum die Schlacht tobte, erzählte er Geschichten. In der Erinnerung meines Vaters saß er dabei einmal gar aufrecht am Rand des Schützengrabens, dezent gestikulierend, nicht bemüht, den Lärm zu übertönen. Den Kameraden widerfuhr Schreckliches, meinem Vater riss es die halbe Stirn weg. Hannes war der Einzige, der heil aus dem Krieg kam. Er machte in Überseehandel. Es lief gut. Aber Geschichten erzählte er keine mehr. Eine simple Grippe – das war's dann.

Nun bekam auch ich es mit einem zu tun, der Geschichten erzählte, als ginge es um sein Leben. Allerdings sah der ganz anders aus, als ich mir Hannes immer vorgestellt hatte. Von Gestalt alles andere als ein Asket, saß er auch nie im Schneidersitz. Schon gar nicht hatte er diesen wässrig blauen Blick, der in Sphären dringt, von denen unsereinem nicht mal schwant, dass es sie überhaupt gibt.

Reden gehört hab ich ihn zwanzig Stunden oder zweihundert – das krieg ich nicht mehr zusammen. Man musste den Eindruck gewinnen, dass er zu den Leuten gehört, die nie fertig werden mit erzählen. Einzig wie er bisweilen unvermittelt zum Fenster stürmte und unverständliches Zeug hinausrief, machte, dass man sich nicht einer Puppe gegenüber glaubte, bei der nur die Kinnlade beweglich ist. Die allerdings permanent.

Nur dass sich hier niemand wundert – ich jobbte bei Zimmerleuten. Wir hatten zu tun in der Klapse. Der gesamte Gemeinschaftsbereich wurde trocken ausgebaut, inklusive Fußboden und Decke, und wir waren nur zu dritt. Schon mal gemacht, Trockenausbau? Estrichelemente verlegen, Unterkonstruktionen hochziehen für die Wände, dann die schweren Platten anschrauben und verfugen, ohne dass es Rillen gibt oder Huckel oder irgendwas nicht in der Flucht ist – ich kann's inzwischen, aber es ist die Härte, wir mussten verdammt konzentriert arbeiten. Um das Palaver eines Verrückten kann man sich da nicht kümmern. Da hilft nur abschalten.

Doch genau das gelang mir nicht umfassend genug. Und so kommt es, dass in den diversen verstaubten Kammern meines Hirns seine Geschichten von der Decke hängen wie kleine Bälle an Gummibändern, die auf und nieder tanzen bei der geringsten Bewegung und so, mal dieser, mal jener, kurz in das einfallende Licht eintauchen.

Versuche, hinter den Sinn ihrer Choreografie zu kommen, kosteten mich einen Haufen Zeit. Bald war ich kaum mehr mit was anderem beschäftigt. Um mich herum wurde es einsam. Aber ich kriegte den Honig nicht vom Finger. Vor allem: Mit wem hatte ich es da zu tun gehabt? Wer war dieser Verrückte, der nicht müde wurde zu beteuern, er sei der, von dem alle Welt wusste, dass er ein paar Tage zuvor in seinem Auto verbrannt war?

Schreib auf, was er erzählt hat, das entrümpelt das Hirn, rieten mir Freunde, wohl in der Absicht, mich eine Weile loszuwerden, weniger, weil sie mir den nötigen Eifer zugetraut hätten. Wissen Sie, was das für ein Stress ist, aufschreiben? Da meine ich jetzt nicht den Einkaufszettel. Das ist schon schlimm genug. Aber von der Decke hängende Geschichten eines Irren?

Kann sein, dass sie bald Grund haben werden, sich zu wundern, meine Freunde. Um es klar zu sagen: Ich riss mich am Riemen. Sammelte, sortierte, formulierte. Schrieb auf, schmiss weg, kramte wieder hervor und schmiss wieder weg. Und das Ganze von vorn. Machte mich auf die Socken, Orte zu suchen, wie er sie beschrieben hatte, um von ihnen Signale zu empfangen, die mir helfen könnten, Ordnung in die chaotische Gymnastik meiner Gummibälle zu bringen. Dreimal Wladiwostok und zurück, dann hatte ich sie gefunden. Es gelang mir sogar, eine am Rande des Geschehens Beteiligte ausfindig zu machen, deren Name in keinerlei Adressverzeichnis zu finden war, indem ich am Grab ihres Mannes, das einen sehr gepflegten Eindruck machte, mithin regelmäßig besucht zu werden schien, volle vier Tage auf sie wartete: Frau Ursula Wencke, verwitwete Rübhügel. Ihre anfängliche Reserviertheit wich, auch dank meiner seriösen Ausstrahlung, schon bald der ortstypischen Schwatzlust, problematisch bei Termindruck, hilfreich indes bei lückenhafter Faktenlage wie in meinem Falle. Die wichtigste Frage allerdings hat auch sie mir nicht beantworten können: Was, in aller Welt, hab ich am Hut mit diesem Spinner? Warum will er mir nicht aus dem Kopf? Nun, ich hoffe, beim Schreiben find ich's endlich raus. Freilich kann ich nicht garantieren, dass alles stimmt, was ich erzähle. Aber wer kann das schon.

WICHTIGE MITWIRKENDE IN DER REIHENFOLGE IHRES AUFTRITTS

Jacobus »Cobu« Kubisch Brettlkünstler in Frührente
Annerose Winter genannt **Nero,** seine Frau
Heinrich Klempnermeister, samt Tochter **Luise**
Thronreiter Kubischs Grundstücksnachbar
Mathilde Kubischs Mutter
Dr. Bernhard Berger Kubischs Vater
Dr. Resch Mailschreiber
Fährtendieb ein Unbekannter
Sethus Groschenberg ein Urahn vom Fährtendieb
Beri bürgerl. **Bernd Ringel**, Kubischs Schulfreund
Reinhard Rübhügel Kulturrat bei der Stadt
Ursula Rübhügel Kosename **Ulla**, seine Frau
Olaf Björnsson schwedischer Bauunternehmer
Erwin Wencke Baustoffversorger
Leuchte einst Laternenmann, später Transportarbeiter, getauft Siegfried Hermann
Froschbart Untersuchungsrichter
Herrenstein ein Phantom
Oppendorf Karl Friedrich, Deutschlehrer
Null Null Sieben Sicherheitsbeamter
Ottokar Hermann Leuchtes Vater
Theo Hermann Leuchtes Onkel und Ziehvater

Ferner: der Volksmund, die Götter, die Russen, die Amis, der Kaiser, der Führer, der Feind. Die Regierung, die Polizei, der Geheimdienst und die Freiwillige Feuerwehr Bornewitz

Der zweite Entblößer scheute unüblicherweise das Licht. Er verging sich an der Nacht, und das ausgerechnet in der Schlippe, einem in aller Unschuld wild gewachsenen Pfad aus Zeiten, als hier alles noch Wald war. Die Schlippe bekam durch ihn den Ruf eines verruchten Terrains, den sie nicht verdient hat, der ihr aber bis heute anhängt. Nach landläufiger Meinung hätten für so einen die Mädchen auf ihrem Heimweg von der Schule von Interesse sein müssen. Oder die schönen, jungen Witwen, flotte kleine Hüte mit schwarzer Spitze auf der Dauerwelle, die hier lang eilten, ihre mageren Einkäufe rechtzeitig vor Einbruch der Dunkelheit heimzutragen. Aber der war wohl nicht ganz normal. Man konnte nur den Kopf schütteln. Ein normaler Mensch entblößt doch sein Geschlecht nicht im Dunkeln, wenn er will, dass es gesehen wird. Der musste sich nicht wundern, wenn er nur als ein Abbild der Unwirklichkeit wahrgenommen wurde. Wie ein Yeti der Nacht, zwar Eindrücke hinterlassend, aber nie richtig von jemandem gesehen. Trotzdem war das ganze Viertel in Erregung, und wer durch die Schlippe ging, glaubte, den Atem der Unzucht im Nacken zu spüren.

Im Roswitha-Stift, dem Kindergarten der Erbarmenskirche, übte sich Schwester Judith in Sexualkunde, ein Vierteljahrhundert bevor sowas offiziell in die Lehrpläne Einzug hielt. Da saßen sie alle im Kreis, eingezwängt in Leibchen mit Strumpfhaltern, Jungs wie Mädchen, die süße Annerose Winter, der freche Jacobus, die Mechthild mit der großen Klappe, der Bernd, der lange Diethold und wie sie alle hießen, auch die dralle Trude, Tochter vom Fleischermeister Poschmann, mit ihrem Bruder Frieder, der noch drei Jahre Zeit hat, bis er, äußerlich einem der väterlichen Presssäcke ähnelnd, von den anderen »Wiesel« gerufen werden wird. Und allesamt machten sie Augen wie in der Geisterbahn. Auch Luise.

»Wir wollen jetzt also alle nicht mehr durch die Schlippe gehen, habt ihr das verstanden?«, fragte Schwester Judith die Runde.

»Ja-haah!«

»Fein. Und wo gehen wir lang, wenn wir nicht mehr durch die Schlippe gehen wollen?«

»Die Lilienstraße!«

»Richtig. Da habt ihr fein aufgepasst.«

»Und warum dürfen wir nicht mehr durch die Schlippe, Schwester Judith?«

»Das hab ich euch doch eben erklärt.«

»Da ist der Entblößer«, kicherte Trude hinter vorgehaltener Hand.

»Dieses Wort will ich aber nicht noch einmal hören, Gertrude! Ich habe gesagt, da ist ein Böser.«

»Was is'n ein Entblößer, Schwester Judith?«

»Wir wollen dieses Wort nicht mehr in den Mund nehmen! Ein ..., also, das ist ein ... altes Ferkel. Der hat keine Unterhöschen an. Da gibt's gar nichts zu lachen. Wenn ihr den seht, guckt ihr nicht hin, verstanden?«

»Wenn wir den sehen, ham wir doch schon hingeguckt.«

»Guckt ihr wieder *weg*, meine ich.«

»Wir wissen aber nicht, von was wir weggucken solln, wenn wir nicht wissen, wie's aussieht.«

»Mantel an und nichts drunter. Und jetzt is' gut«, hoffte Schwester Judith.

»Und woher solln wir wissen, ob der was drunter hat, wenn er 'n Mantel anhat?«

»Weil der euch das zeigt.«

»Aber wenn wir nicht hingucken dürfen?«

—— ——

»Das muss nu ooch noch sin!«, schimpften die Putzfrauen, die Fäuste zum Zeichen der Entrüstung in die Hüften gestemmt, wenn sie sich wie zufällig jeden Tag vorm Friseurladen Ecke Rosendamm trafen, um Dampf abzulassen: Immer wir! Erst dieser Krieg, der uns die Männer nahm, dann der Hunger und nicht wissen, wo wohnen und wie die Kinder durchbringen, dazu die Leere im Bett und die Sehnsucht im Herzen. Und jetzt? Da taucht schon mal ein Mann auf, da isses 'n Perverser!

Über der Tür des Friseurs ragte ein rostiges Eisengestell in die Kreuzung, daran aufgehängt ein silberner Teller. Der hatte die Bombennächte wie durch ein Wunder unbeschadet überstanden und schepperte wie eh fröhlich in jedem Wind. Sein Geklapper hatte schon den Jubel der Kaiserlichen begleitet, den Lärm, den die Revolution neunzehnachtzehn machte, das Stiefeln der SA, eine Spalierfahrt des Führers inklusive, den Einmarsch der Amerikaner fünfundvierzig wie die Übergabe der Stadt an die Russen, auch die schneidigen Fanfarenzüge der neuen Herrschaft, die nun schon über zehn Jahre die Geschicke des Landes bestimmte, ohne dass jemand sie groß darum gebeten hatte. Jetzt wurde er Zeuge einer Verschwörung. Die Putzfrauen vor dem Treppchen, das hinauf zum Friseurladen führte, planten die Selbstverteidigung.

Eines Nachts belagerten sie, jede bewaffnet mit einem Blecheimer, die Schlippe, um den Entblößer zu stellen. Die Taktik sah vor, fürchterlich mit den Henkeln zu klappern, sobald man einer männlichen Gestalt im Mantel gewahr würde und, deren Schockstarre nutzend, nachzusehen, ob sie was drunter hat. Es war eine schafskalte Juninacht. Und es gab genug Grund sich vorzustellen, wie es wäre, jetzt eine heiße Brühe zu schlürfen. Am besten in Herdnähe. Aber die Damen waren eisern. Sie hielten durch bis zur Morgendämmerung, die ihre Aktion allerdings mit Erfolglosigkeit krönte.

Etliche andere, die meinten, es besser zu können, schlugen sich in der Folge lauere Nächte um die Ohren. Trotzdem wollte es keinem gelingen, das Fleisch des Entblößers zu beschauen. Allein zwei Knaben, in Manier unerschrockener Kinderbuchhelden, schafften das eines Nachts. Sie berichteten davon aber erst etliche Zeit später im Zusammenhang mit dem Fund einer männlichen Leiche, deren Identität nie geklärt werden konnte.

Der Name »Schlippe« hat seinen Ursprung sicher im Verb »schlüpfen«. Aber der Volksmund in dem Teil des Erdkreises, von dem hier die Rede ist, hält von beidem nicht viel. Klänge wie Doppel-p oder »pf« sind ihm suspekt. Disharmonisch, irgendwie unrein. Da schüttelt's ihn. Er singt die Melodie, die ihm passt. »Strümpfe« zum Beispiel kennt er nur aus der Schriftsprache. Phonetisch trägt er Schdrimbä. Folgerichtig ist das, was er seiner Liebsten abstreift, auch kein Schlüpfer, sondern ein Schlübber. (Er streift ihn auch nicht ab, er »zerrd'n runder«. Aber das nur nebenbei.) Und »Schlippe« – tja, das hat einer aufs Straßenschild geschrieben aus Nullahnungsdorf. Im wirklichen Leben heißt das Ding »Schlibbe«.

Für einen, der was vorzuzeigen hat, war die Schlippe der ideale Ort. Er brauchte sich nur in den Weg zu stellen und die Arme auszubreiten, schon herrschte er über ein Theater ohne Seitenausgänge. Zur Linken erstreckten sich die Villengärten der Lilienstraße mit ihren protzigen Einfriedungen, deren schmiedeeiserne Gitterstäbe in die Höhe ragten, als wären sie dafür da, den Himmel aufzuspießen, falls er einmal herabstürzen sollte. Auf der anderen Seite schnauften die Dampfloks den aufgeschütteten Bahndamm hinauf, verborgen hinter wildwüchsigem Strauchwerk und Gehölz. Ihre eisernen Lungen rasselten und pfiffen wie schwindsüchtig, bis sie endlich das stolze Viadukt erreicht hatten, das die Hauptstraße quert und sich dann in mächtigen, ziegelgemauerten Bögen, wie Stapfen eines Riesen, bis zum zentralen Bahnhof fortsetzt. Dann hatten sie es nicht mehr weit und töteten ausgelassen wie junge Elefanten, während die Kinder unten auf der Straße mit großen Augen die angehängten Güterwaggons zählten und träumten, sie wären voller Lakritz und Himbeerbonbons.

Als noch zu Kaisers Zeiten eine weitere Bahnlinie gebaut wurde, parallel zur alten, schüttete man den Damm dafür derart auf, dass er zur Hälfte unter die alten Bögen reichte. Seine Schrägen waren mit Steinen gepflastert und mit Mörtel verfugt. Entlang des Fundaments breitete sich bald Grünzeug aus, dichtes Geäst wuchs in die Höhe und machte aus dem Damm einen geheimnisvollen Ort. Aus seinem Inneren drangen sagenhafte, manchmal auch haarsträubende Geschichten. Beherbergte er ein teufelswildes Untier? Diente er als Raubgutversteck? Man sah am besten geradeaus, wenn man dort vorbeilief. Es ging das Gerücht von einer schmalen, schmiedeeisernen Gittertür, durch die hineinzugelangen wäre. Niemals jedoch habe ein Mensch sie zu durchschreiten gewagt, es wisse auch gar niemand so recht, wo sie sich befindet, noch weniger, wer den Schlüssel besitzt. Kaum vorstellbar, dass dieses Türchen und sein finsteres Dahinter unter den Kindern der Witwenstadt nicht gleichermaßen für Bangemachen wie atemberaubende Aufschneidereien hat herhalten müssen.

Kurz vor Ende des Krieges besetzten amerikanische Soldaten die Stadt. Als sie nach versprengten Einzelkämpfern suchten, entdeckten sie es, das Türchen, verborgen hinter einem gewaltigen Dornengestrüpp. Es war nicht verschlossen. Sie postierten eine Wache.

Im Morgengrauen des nächsten Tages rollten sie wieder an. Wie ein Überfallkommando. Schienen es irgendwie eilig zu haben. Ihre riesigen Transporter waren im Halbkreis aufgestellt. So konnte niemand sehen, was sie gefunden hatten, ob sie etwas hinaus- oder hineintrugen oder beides oder keines von beidem. Wurde ihnen jemand zu neugierig, riefen sie »Äweh, äweh!« und machten eine Handbewegung, als wären Krümel vom Tisch zu wischen. All das nährte Gerüchte von grausigen Funden, von Dolch und Degen, an denen noch Blut klebt, daneben Ratten, gierig nagend an den Knochen der Gemeuchelten. Bevor sie wieder abrückten, mauerten die GIs den Eingang zu, das eiserne Türchen ließen sie mitgehen. Dass sie einen Menschen mit eingemauert hatten, blieb unbemerkt. Einer mehr oder weniger – es gibt Zeiten, wo es nicht so drauf ankommt. Bald war wieder Dornenhecke über alles gewachsen, es wurde Sommer, die Menschen dankten Gott für den Frieden, und die Amerikaner übergaben das Kommando über die Stadt, wie es die alliierten Staatschefs lange zuvor vereinbart hatten, den Russen. (Ob Gott auch dafür gedankt wurde, ist nicht überliefert.)

DER ERSTE ENTBLÖSSER

Im Herbst dieses unvergleichlichen Jahres war es, dass schon mal ein Entblößer Hinsehen erregt hatte. Er geisterte durch die Unterhaltungen der Erwachsenen, bis der böse Mann aus der Schlippe ihn gut zehn Jahre später daraus verdrängte. Ein Stück weiter oben war das gewesen, im Park der Nordstadt. Der hatte 'ne seifendramatische Ader, der Typ. Verkroch sich in den Laubhaufen am Wegesrand und harrte dort aus, bis ihm der rechte Zeitpunkt gekommen schien. Dann sprang er, wild Blätter aufwirbelnd, hervor. Sein dunkler Umhang gab ihm dabei etwas Priesterliches, und wenn er die Arme ausbreitete, um seine libidinösen Requisiten für Blicke freizumachen, konnte man meinen, er habe sich der falschen Passion hingegeben. Die Vorführung dauerte nur Sekunden. Dann trat er, seine Pose beibehaltend, schrittchenweise zurück. Das zu Boden schwebende Laub bildete dabei einen Vorhang, der sich hinter ihm schloss. War die Luft wieder durchsichtig, war der Entblößer verschwunden. Und wer es gesehen hatte, dem war eher nach Beifall zumute als nach Entsetzen.

So kurz nach dem Krieg war das Viertel vornehmlich von Damen, alten Frauen und Fräuleins bewohnt. Männer sah man hier seltener als Sternschnuppen. Und wenn, dann schleppten sie sich einbeinig auf Krücken durch die Straßen, das leere Hosenbein hochgekrempelt und fixiert, damit es sich nicht selbständig machte und groteske Tänze vollführte. Andere waren grausig anzusehen mit ihren zerfetzten, frisch vernarbten Gesichtern.

Nicht allzu lang hin gab es aber auch wieder ganz gewöhnliche Männer. Weiß der Himmel, wo sie herkamen. Jedenfalls gab es wieder Besoffene, Prügeleien und geschwängerte Frauen. Wie im Lied vom armen Kuckuck, den der junge Jägersmann schoss: Und als ein Jahr vergangen war, sim-sala-bim-bam-ba, da war er wieder da, der Kuckuck.

Man könnte annehmen, nach diesem Krieg, der sich durchs Land gefressen hatte wie ein nimmersatter Wolf, wäre nirgendwo für etwas anderes Platz gewesen als für Entsetzen und Trauer. Aber so verhält sich das nicht mit der Natur. Nichts gesehen schienen die Sterne zu haben, nichts gehört die Spatzen. Gelassen nahmen Laubgehölze und Wildkräuter Besitz von den Resten der Häuser, deren Statik berechnet worden war, bevor »Bomberverbände« und »Feuerwalze« Worte des Jahres wurden. Das Leben forderte sein Recht zurück auf Lachen, Lust und Neugier. Was Wunder, dass der Park sich füllte mit ereignishungrigen Augen. Frauen, die von der Polizei befragt wurden, beschrieben den Entblößer übereinstimmend als eine sehr männliche Erscheinung, gutaussehend, mit jugendlicher Haut und schwarzen Löckchen. Sein Gesicht indes konnte keine beschreiben.

Ein polizeilicher Lautsprecherwagen näselte durch die Straßen. Wer den »Exebidschonistn« fange oder Hinweise geben könne, wie er zu fangen sei, dem eröffnete er Aussicht auf eine Sonderration Margarine. Vielleicht war es derselbe Wagen, vielleicht sogar derselbe Sprecher, der noch vor wenigen Monaten seine Volksgenossen aufgerufen hatte, kochendes Wasser bereitzuhalten, um es dem Feind auf den Kopf zu schütten, falls der Anstalten machen sollte, dem Führer diese schöne deutsche Stadt zu entreißen.

Nanu, hatten da die Leute gestaunt. Eben noch V2 und Messerschmitt, jetzt kochend Wasser? Und wie viel kochendes Wasser braucht man, einen Soldaten zu brühen? Haben wir überhaupt so einen großen Topf, Elfi?

Aber wie sollen wir den heiß kriegen? Es gibt schon lange keinen Brennstoff mehr in dieser schönen, ausgebrannten deutschen Stadt.

Wir könnten den Kleiderschrank verheizen.

Aber ist es da nicht besser, Walter, wir werfen ihn wie er ist auf den Feind? Stell dir vor, du hast den Schrank gehackt und verheizt, das Wasser kocht, du wuchtest den schweren, heißen Topf aufs Fensterbrett und schaust nach unten, und da ist gar kein Feind. Und dann stehst du da und wartest und wartest, und bis endlich einer kommt, ist das Wasser wieder kalt.

Hast recht, Elfi. Unser Kochtopf hat ja auch nicht Kimme und Korn. Wenn wir nicht richtig treffen, wird der Feind bloß böse und kommt hochgerannt, und dann haben wir nicht mal mehr einen Kleiderschrank, in dem wir uns verstecken können. Und überhaupt, die vielen teuren Bomben und Granaten. Hätten sie den Krieg nicht gleich mit Heißwasser führen können?

So, wie der Entblößer aus dem Nichts gekommen war, verschwand er auch wieder darin. Man brachte das in Zusammenhang mit einem neunzigminütigen, gesamtstädtischen Stromausfall (örtliche Zeitungen machten »vorübergehend« daraus, feindlicher Rundfunk »mehr als zwei Stunden«), der den armseligen Silvesterpartys nun auch noch das funzlige Licht und die kratzige Musik aus den wenigen verbliebenen Goebbelsschnauzen nahm. Ursache war ein Kurzschluss in der Oberleitung der Straßenbahnlinie 11 in der Cotteritzer Straße, der die Anwohner mit seinem Funkenregen an die Fenster lockte. »Wie bei der Ufa!«, sagten die einen, »Jetzt wird doch noch richtig Silvester!« die anderen. Wieder andere fühlten sich an die Bombennächte erinnert.

Wo das Licht ausging und die Musik verstummte, wuchs sprunghaft die Zahl derer, die entschlossen murmelnd auf der neuen Regierung rumhackten, etwa im selben Maße, wie das Vertrauen der neuen Regierung in ihr Volk schwand. Menschliches Versagen stand unter Strafe, Materialermüdung galt unter solch einer Führung als ausgemerzt, das hatte sie beschlossen, und dabei blieb sie auch. Höhere Gewalt war schon lange als bürgerlich-revisionistisch gebrandmarkt und durfte nicht mehr stattfinden. Blieb nur Sabotage.

Dass sein Umhang dem Entblößer zum Verhängnis geworden sein, sich der Wind darin verfangen und ihn hoch über die Stadt getragen haben könnte, wo ihm die Kälte ins Ruder fuhr, was ihn manövrierunfähig machte, sodass er hinabtrudelte wie eine Buchecker, genau hinein in die Oberleitung der Linie 11, um an Ort und Stelle in einem Funkenwirbel zu verglühen, blieb eine Glaubensfrage, genau wie dass der Führer so schöne braune Augen hatte. Beider Fälle Wahrheit wäre zu erfragen bei dem silbernen Teller überm Friseurladen Rosendamm Ecke Cotteritzer. Aber dessen Sprache versteht nicht jeder.

KUBISCH

Jacobus Kubisch, der Stunde eben noch wohlgesonnen, kriegt den Empfang einer Mail angezeigt mit der Betreffzeile »Fährtendieb«, deren Absender er nicht kennt. Sowas bereitet ihm Unbehagen. Und Unbehagen ist nichts, womit er viel anfangen kann. Seine Kopfordnung ist gestört. Mit Mails der suspekten Art hat er schlechte Erfahrungen. Am besten gleich in den Papierkorb damit.

Aber so einfach ist das manchmal gar nicht.

Seit ihm ein Schlaganfall das Gesicht verbog und die Zunge schleppen machte, scheut er Begegnungen mit Menschen. Dabei ist er noch glimpflich davongekommen. Lahmt nicht und hat nach bangen Wochen seinen kompletten Wortschatz wieder parat. Inklusive aller Schmäh- und Schimpfwörter. Im Krankenhaus, da war er noch mal wer gewesen. Das machten die Berge von Post, die an den berühmten COBU adressiert waren, den Clown, der einst mit Späßen den Zorn seiner Obrigkeit auf sich gezogen hatte. Von der Schwester bis zum Oberarzt, alle nahmen sie zur Kenntnis, dass sie einen Prominenten in der Mache hatten. Aus'm Osten, aber immerhin. Da fühlte Kubisch sich angenehm sonderbehandelt und nahm noch mal ein ausgiebiges Bad im Balsam der Verehrung, bevor die Vergänglichkeit den Stöpsel zog. Lange her.

Das wilde Leben auf und hinter der Bühne, es war, Gott ist Zeuge, ein himmlischer Zeitvertreib. Er hat die Süßigkeiten, die es abwarf, genossen. Aber er glaubt (manchmal ist er sich sogar sicher), dass ihm nichts fehlt. Sein Garten, das ist jetzt seine Bühne, und was darin gedeiht, sein Publikum. Aufmerksames, kritisches Publikum, aber auch dankbar. Wenn er gut war, bekommt er am Saisonende Standing Ovations und üppiges Honorar.

Zunächst saß er noch häufig am Schreibtisch, stand unter Druck, hatte das Gefühl, sich äußern zu müssen, warf mit zeitkritischen Texten um sich. Viel mehr als eine Nebenbeschäftigung ist davon nicht geblieben, ein Steckenpferd, oder eher noch eine Pflichtübung. So wie andere Zahlen in ihr Sudoku eintragen, trägt Kubisch Buchstaben ein in seine Manuskripte. An die Regionalzeitung in der alten Heimat, wo ein Schulfreund Chefredakteur ist, schickt er regelmäßig Glossen, von denen er aber nicht weiß, ob sie gedruckt werden, ob überhaupt je ein Mensch eine Zeile davon gelesen hat. Was er ganz sicher weiß, ist, dass er kein Honorar dafür bekommt. In dieser Beziehung hat er schon bessere Tage gesehen, zum Beispiel nach den großen Wandlungen im Lande, lass es eine Generation her sein. Da war das Geld noch schwerelos und flog einem fast von alleine zu. Da holte sein Freund ihn aus der berühmten Versenkung, in der die alte Macht gerade unbeweint verschwand, und verkaufte ihn exklusiv in seinem *Lochwitzer Landruf*. Die Leser waren begierig hinter dem her, was er zu erzählen hatte.

Aber mit Einführung von gewichtigem Geld verflog das Interesse an seinem Werk. Er hat zu viel Konkurrenz oder zu wenig Verbindungen. Vielleicht ist sein Humor auch ein bisschen von der altbackenen Sorte. Müßig, darüber nachzudenken. Er hat gesagt, was er zu sagen hatte. Das gibt er allerdings nicht so gern zu. Lieber kommt er denen, die nach Neuem aus seiner Feder fragen, mit seiner These vom Elend des Schreibens. Ein Autor, sagt er, hat allen anderen Menschen gegenüber einen Vorteil: Er allein kennt die Geschichte, die er erzählt. Wenn er sie veröffentlicht, gibt er diesen Vorteil auf. Und wer verzichtet schon gern auf seinen Vorteil?

Man muss es nicht glauben, aber der alte Kubisch verbringt seine Tage nicht mit Verzweifeln an seiner Lebenslage. Gerade ist er Strohwitwer, auch das weiß er zu genießen. Seine Frau, die er Nero nennt, gibt Klavierkonzerte, weit unten im Süddeutschen, das spült Geld in die Kasse und entbindet ihn von Erwartungen an seine Umgangsformen. Er kann die Türen knallen und die Klamotten in die Ecke haun wie ein Tunichtgut.

Das neue Leben als alter Mann ist also durchaus ein Weg, der nicht ausschließlich mit Bananenschalen gepflastert ist. Nur – die Abstände, in denen das Telefon läutet und jemand auf den Automaten spricht, werden größer, die Tage, an denen er den Weg zum Postkasten umsonst macht, häufen sich. Eine Mail ungelesen zu löschen kostet Überwindung. Man braucht starke Nerven dafür. Die hat er manchmal nicht. Prompt hat er sich kürzlich einen räuberischen Trojaner eingehandelt, der aus ihm einen noch ärmeren Mann machen wollte, als er eh schon ist. 200 Euro fehlten, als er stutzig wurde und das Konto sperren ließ. Kybernetische Strauchdiebe haben kein soziales Gewissen wie Schinderhannes oder Störtebeker, hat er dabei gelernt. Sie räumen ab, wo sie können, ob sich auf dem Konto Direktorengehälter türmen oder eine Mindererwerbsrente wie die von Jacobus Kubisch verdunstet. Vorsicht ist also geboten. Aber die hat einen schwachen Tag heute. Neugier gewinnt.

»Einen Moment bitte, Herr Kubisch …«

Das geht ja gut los. Es gibt Sätze, die bedeuten genau das Gegenteil von dem, was sie sagen. Das ist wie bei der Mutter, die mit »Mein lieber Freund!« einleitete, was sich als feindselige Kanonade fortzusetzen pflegte. »Einen Moment bitte …« – da weiß man, jetzt dauert gleich was ganz lange. »Nehmen Sie noch *einen Moment bitte* im Wartezimmer Platz.« Aber diese drei Worte lösen noch aus anderen Gründen ruhestörerisches Empfinden aus bei Kubisch, ohne dass er auf Anhieb sagen könnte, aus welchen.

»… es wird Ihnen vielleicht etwas eigenartig vorkommen …« Genau das.

Der Motor seines Gedächtnisses stottert in letzter Zeit bisweilen, es hapert mit der Erinnerung. Manches ist so weit weg wie seine Füße beim Sockenanziehen. Seit wann ist Sockenanziehen ein Akt, vor dem ihm jeden Morgen graut? Er kann sich nicht erinnern, dass er an diese Tätigkeit früher irgendeinen Gedanken verschwendet hätte. Er kann sich überhaupt an gar keine Situation erinnern, in der er Socken anzog. Aber er hatte immer welche an. Dass es immer dieselben waren, ist auszuschließen. Also wie verhält sich die Sache? Da gibt's zwei Möglichkeiten: Entweder ist Sockenanziehen erst neuerdings so eine Quälerei, oder es war schon immer eine, und er hat es vergessen.

»Der Bauch«, meint Nero.

»Was Bauch. Seit wann hat der Bauch was mit'm Gedächtnis zu tun?«

»Aber mit der Beweglichkeit.«

»Ach was. Schrumpfen wir nicht alle im Alter?«

»Und wenn?«

»Siehste, dann werden nämlich auch die Arme kürzer.«

»Die Beine aber auch.«

Ja ja, die Beine auch. Es wird so manches kürzer mit den Jahren. Sogar die ehelichen Streitereien werden kürzer, sofern man sich, weise geworden, der Erkenntnis beugt, dass der häuslichen Harmonie am ehesten gedient ist, wenn man seiner Frau das letzte Wort lässt.

Kubisch weiß, dass er zu viel isst. Auch wenn er darauf besteht, er habe lediglich mehr Hunger als andere. Früher, in den berauschenden Jahren als Junggeselle, hat er nicht viel Zeit verschwendet mit essen, schon gar nicht mit kochen. Seit er selber kocht, degradiert er sämtliche Starköche zu Stümpern. Um seine Töpfe, behauptet er, schart sich der Olymp und bittet um Nachschlag. Kleine Mengen zu bereiten, tut er sich schwer. Wenn man doch aber auch die Götter zu Gast hat!

Moment bitte, Herr Kubisch. Wir waren beim Thema Vergesslichkeit.

Genau. Neulich hat er über einem alten Schwarz-Weiß-Foto gesessen. Lange. »Unser Sommer in Krün am See«, steht auf der Rückseite. Luise hat es geschossen, die Tochter des Klempnermeisters Heinrich, der, wenn er denn wirklich mal ins Haus kam, zunächst zu fragen pflegte: »Worm liechd'nier gee roder Debbisch?«

Das kam nicht von ungefähr. Irgendein todbringender Sternenstaub musste es kürzlich speziell auf Klempner abgesehen haben. Es gab sie jedenfalls nur noch extrem vereinzelt, umschwärmt wie Eiswürfelverkäufer in der Wüste. Klempnermeister Heinrich war der Superstar, prominenter als der Oberbürgermeister. Und seine Politik funktionierte auch besser als die vom Oberbürgermeister. Sein Versorgungsnetz war feinmaschig wie ein nahtloser Perlonstrumpf. Übers ganze Land verteilt unterhielt er seine Stützpunkte, Orte, an denen sein Schweiß geflossen war, wo er Verstopfungen beseitigt, Abflüsse verkittet oder gebrochene Rohre mangels Ersatz bandagiert hatte, auch über diesen und jenen Haarriss hinweggesehen, denn es war gut, bald wieder gebraucht zu werden. Besonders von Leuten, von denen man bald wieder was brauchen konnte. Und wenn man dann, obwohl eigentlich unabkömmlich, sich doch die Zeit nahm, »weil Sie's sind«, das schuf solide geschäftliche Grundlagen, trieb die ökonomische Entwicklung wirkungsvoller voran als alle Direktiven und Jahrpläne der Regierung.

So wandelte der Klempnermeister Heinrich jenseits aller Engpässe durch jede Krise, missgünstig beäugt vom Oberbürgermeister. Er brauchte nur mit der Fingerkuppe auf die Landkarte zu tippen, immer blieb irgendwas hängen. Mal war es 'ne Plattfeder für seinen alten Horch, mal'n Eimer Dachlack, meistens Geräuchertes, Knackwurst oder Schinkenspeck, wie es inzwischen schon zentnerweise in der ganzen Wohnung von der Decke hing. Harte Währung, mehr wert als Geld.

Das erklärt auch, warum Tochter Luise im stets ausgebuchten Urlaubsparadies Krün am See, mitten in der Hauptsaison, dieses Foto machen kann von ihrem Schwarm Jacobus, der bei ihr »Eh Kerle!« heißt. Sie macht es sogar in einem der begehrten Pensionszimmer, mit Morgensonne und Blick auf den See, nicht etwa auf'm Zeltplatz, wo der Durchschnittsmensch Urlaub macht. Da sitzt er im Bett, gerade mal neunzehn, der »Äh Gerle!« (manchmal auch »Gerle äh!«), der Geliebte der guten, schmollmündigen Partie Luise Heinrich, mit der vielleicht alles anders geworden wäre, nackig, das Frühstückstablett auf den Oberschenkeln, und lächelt.

Ja geht denn das? Sitzen mit gestreckten Beinen, 90 Grad zum Oberkörper? Und auch noch grinsen? Und wie kommt man in diese Position aus der Rückenlage? Er wird ja wohl nicht so geschlafen haben. Und wieso kann er sich an Luises Muschelschoß erinnern, an die seidige, mondbleiche Haut zwischen Achseln und Brustansatz, überhaupt an ihre Brüste, bläulich schimmernd wie ein Sahneparfait mit einem Stich Heidelbeere, auch an den Eindruck, eine Räucherkammer sei nicht weit, wenn er an ihrem Pinselhaar schnüffelte, nicht aber, wie er sich aus dem Liegen in den Sitz bewegt hatte? Was hat er vergessen, dass er das nicht mehr zusammenkriegt? Ist es normal, wenn man nicht mehr weiß, was man vergessen hat?

»Erinnern«, hat kein Geringerer als Thronreiter gesagt, »ist nichts für junge Leute. Erinnern hat den Geruch von Schule, von Leistungskontrolle, von wissen müssen. Nee, erinnern ist was für die Alten. Für solche wie unsereinen, Kubitz. Wenn die einmal angefangen haben, hörn sie nicht wieder auf damit. Dann vergessen sie sogar 's Luftholen oder dass sie aufs Klo müssen. Das Dumme ist, je älter wir werden, desto schwieriger wird's mit der Erinnerung. Und je schwieriger es wird, desto mehr Zeit verbringen wir damit. Und je mehr Zeit vergeht … naja. Irgendwann kommt der Punkt, wo das Zurückliegende viel lebendiger scheint als das Gegenwärtige. Und – baff! – ist das Leben hinten. Vorn ist, dass es jeden Tag schwieriger wird mit dem Erinnern. So geht es mit dem Menschen zu Ende, indem er sich an was erinnern will, wovon er immer weniger weiß, was es ist. Oder er hat vielleicht 'ne blasse Ahnung, aber richtig verlassen kann er sich nur auf eins, nämlich, dass sein Gedächtnis nicht mehr funktioniert. Er hört auf zu sein, weil ihm die Erinnerung ans Leben versagt.«

Also sprach Thronreiter, der Grundstücksnachbar, dem das »Kubitz« nicht auszutreiben ist, was übrigens, verglichen mit dem ursprünglichen »Kibutz«, schon einen gewaltigen Qualitätssprung bedeutet. Ob nun immer ganz folgen könnend oder nicht, hat Kubisch den Kopf gewiegt, eher zustimmend als verneinend, und womöglich unbeabsichtigt den Eindruck eines bemitleidenswerten alten Mannes dabei gemacht, denn Thronreiter, mitfühlend, hat schnell noch angehängt: »Keine Bange, es hat alles auch sein Gutes, Kubitz. Wenn wir uns nicht mehr so gut ans Leben erinnern, vielleicht fällt es uns dann leichter, davon zu lassen. Und vielleicht hat das Vergessen auch den Sinn, dass wir uns ans Sterben nicht mehr erinnern, wenn wir neu geboren werden.«

Möchte man gern glauben, dachte Kubisch da. Aber im Moment kann er seinem Gedächtnisschwund noch nicht viel Gutes abgewinnen, der anhänglich wie ein junger Hund um seine Beine strolcht und macht, dass er alle Meter über ihn stolpert. Manch feiner Einfall ging ihm schon verloren, weil er ihn nicht sofort in sein Notizbüchlein eingetragen hat, das Nero, für die Hosentasche passend, ausgesucht und mit Glitzersternchen verziert hat.

Dabei sind gute Einfälle unbezahlbar. Das weiß jeder, der mal einen hatte. Es sind Lebewesen, eigensinnig und widerspenstig. Sie werden geboren, genährt, verfolgt, ausgeschlachtet. Man muss ihnen nachjagen. Nur Auserwählte finden Einfälle auf der Straße. Mancher sperrt seine in eine Voliere, denn sie haben auch Flügel, leider. Auch scheinen sie einem nicht allein zu gehören, sie sind wie schöne Frauen, charmant und begehrenswert. Man kann sich nicht mit ihnen blicken lassen, ohne dass sie lüstern begafft werden, man kann sie nicht allein lassen, ohne Gefahr zu laufen, dass sie einem Hörner aufsetzen. »Dem sind die Ideen ausgegangen«, heißt es dann, während sich der nächstbeste Scheißkerl mit ihnen schmückt.

Manchmal hat Kubisch beim Schreiben mehrere Einfälle auf einmal. Dann kommt er nicht hinterher. Während er den einen notiert, macht der andere sich auf und davon. Und dann quält ihn die Vorstellung, dass der flüchtige der bessere war. Also bemüht er sich um Tempo, macht Notizen nur noch in Kürzeln, um seine Einfälle bei der Stange zu halten. Aber das hilft nichts, weil er das Gekritzel hinterher nicht entziffern kann. Und so kommt es, dass der Altmeister Kubisch, je mehr Einfälle er hat, desto einfallsloseres Zeug zusammenschreibt.

DER BOSS DER BÖSEN BESENBUBEN

»Einen Moment bitte, Herr Kubisch!«

Es kam von hinten. Er musste sich nicht großartig umsehen, um zu wissen, was es zu bedeuten hatte.

Verhaftet werden hat was von Hochzeit (und umgekehrt). Mal abgesehen von Details wie Blumen streuen oder Ja sagen. Die meisten Menschen erleben sowas nur einmal im Leben und vergessen diesen Tag nie. Bester Opernstoff. Das eine wie das andere.

Die Kulisse schien ganz passabel. Hapern tat's bei der Dramaturgie. Aber zu spät: Die Bühne ist ausgeleuchtet, das Orchester spielt, die Vorstellung läuft bereits. Da hilft nur Improvisation, es wird ihm schon was einfallen.

Was muss diesen aufgewühlten Nächten aber auch stets so ein trister, glanzloser Morgen folgen! Es war wieder ein solches Leuchten gewesen, das Leben! Ein

Kaleidoskop aus darbenden Lippen, rotem Wein und Kerzenlicht. Reden hatte Cobu geschwungen wie ein Ablassprediger, den Arm auf der Schulter der schönen Sylvia. Und jetzt das. O Sylvia, die du gingst! Es ist immer dasselbe: Erst gehen die schönen Frauen, dann die anderen, dann gehen die schönen Männer, und dann ist man wieder unter sich.

Etwas war seltsam: Männer am Nachbartisch, die er noch nie gesehen hatte. Sie schienen über ihn zu reden, und wenn er seinen Kopf zu ihnen drehte, sah er ihre Blicke sich schnell abwenden. Gewiss, sowas passierte ihm oft, sein Gesicht war schließlich öffentlich. Es wird getuschelt, wenn so einer auftaucht. Damit muss ein Prominenter leben. Eigenartig nur: Die Männer tuschelten nicht auf Deutsch.

Russen waren in den letzten Wochen vermehrt in der Stadt gesehen worden. Sie wirkten wie aufgescheucht, schienen etwas zu suchen. Man glaubte zu wissen, dass solche Aktionen Deserteuren galten, jungen Burschen mit Heimweh, die meinten, der Hölle ihrer Kasernen entrinnen zu können, indem sie sich zu Fuß auf den Weg in ihre fernöstlichen Dörfer machten. Aber Cobu – sah er vielleicht aus wie ein russischer Deserteur? Wie ein Iwan?

Am Ende war er der Einladung von Tischgesellen gefolgt, kürzlich erst kennengelernt, von denen er wusste, dass sie eine Hausbar hatten. Ein Ehepaar. Er Bühnenbildner, sie Schauspielerin am städtischen Theater. Er mit einer Stimme wie Klingeldraht, flaumbärtig, aschblond. Sie mit schwarzem Stoppelhaar und einem alles dominierenden Oberlippenbärtchen, dazu die Stimme – Junge, Junge – gut für 'ne Erdbebenwarnung. Sie wohnten im Souterrain einer Villa, direkt am zentralen Park, museal möbliert. Da hatte er sich geborgen gefühlt und war prompt auf'm Sofa eingeschlafen.

Morgens waren ein paar Kaltwassergüsse und Dehnübungen vonnöten gewesen, um aufrechten Ganges an den Frühstückstisch zu gelangen. Der Hausherr fing ihn auf dem Weg dorthin ab. Er war Cobu bisher als angenehm wortkarg und zurückhaltend sehr sympathisch gewesen, heute aber empfahl er fistelnd einen Blick auf seine Ölgemälde, für die ein spezieller Raum existierte, speziell ausgeleuchtet, mit einer speziellen Sitzgelegenheit in der Mitte, die ein langes Betrachten der Bilder ermöglichen sollte, ohne dass der Betrachter schmerzende Füße geltend machen konnte, wenn ihm danach war, sich anderen Anblicken zuzuwenden. Das Angebot, sich zu setzen, schlug Cobu mit dem Argument aus, er könne Farben im Stehen tiefer erfassen, schritt von Werk zu Werk und bedachte ein jedes mit fachsimpelnder Rede, knapp, aber von der hymnischen Sorte, wobei es darauf ankam, dem Künstler keine Lücke für irgendwelche Anmerkungen zu lassen, denn was gerade absolut nicht auf seiner Wunschliste stand, war ein Disput über Linien, Perspektiven und subjektive Sichtweisen. Er war bärenhungrig, und Kaffeeduft mischte sich bereits verheißungsvoll in die Ausdünstungen der Ölfarben. Zum Dank für seine flotten Elogen wurde er ausreichend bewirtet, bevor sie ihm die Abkürzung durch den Park empfahlen, gut für einen kleinen Verdauungsspaziergang, wie sie meinten.

»Einen Moment bitte, Herr Kubisch!«

Man hatte ihn gewarnt, oft genug. Auch Freunde hatten zu Mäßigung gemahnt, immer wieder. So lange, bis es ihm zu viel wurde. Ein Mann wie er, wie kann er

Diplomat sein? Sollte er behutsam spotten, vorsichtig lästern, taktvoll Hiebe austeilen? Was ist das für ein Künstler, der das Risiko scheut, ihr Klugscheißer? Ein Seiltänzer auf einem Kreidestrich!

»Moment bitte, Herr Kubisch!«

Er beschleunigte seinen Gang. Sollten sie wenigstens bisschen rennen müssen.

O Sylvia, warum bist du nicht mit mir! Willst du nicht bangen, wenn sie mich jagen, nicht klagen, wenn sie mich fangen?

Nur: Wohin flüchten im Land der Sackgassen, wo sogar die Ostereierverstecke behördlichem Argwohn ausgesetzt sind? Entkommen schien unmöglich, also musste wenigstens irgendein starker Auftritt her. Aber es ist ein diesiger, nieseliger Mittwochvormittag, kein Mensch bummelt durch den Park, niemand da, der vor der Geschichte bezeugen könnte, wie er sich seinen Häschern mit aufgerissener Brust entgegengeworfen hatte und unerschrocken in den Kerker des Tyrannen geschritten war. Also lieber was mit Witz, was wenigstens auf ihn selbst Eindruck macht, irgendwas aus dem Stegreif, na komm, das war doch seine Stärke – mein Gott – sein Humor wird ihn doch nicht plötzlich im Stich lassen, nur weil er die Geheimpolizei auf'm Hals hat?

Keine Bange, es wird ihm schon noch was einfallen. Und überhaupt, was konnten sie ihm schon groß.

——— ———

Nun, wir sollten uns an dieser Stelle vielleicht um Erinnerung bemühen an eine andere Nacht, junger Mann. Noch gar nicht so lange her. Wir sind doch erst Anfang dreißig, das Hirn ist noch barrierefrei durchblutet, allenfalls ein paar Windungen des Vernunftzentrums sind vom Wein unterspült. Mit ein wenig gutem Willen kriegen wir doch verschwommen noch klar, wie wir in der Kneipe etwas zu heftig auf das »Feierabend!« des Wirtes reagiert haben, auf dieses direkt aus der Barbarei übernommene Ritual des Stühlehochstellens und Reinemachens, während man noch gemütlich beisammensitzen will, auch auf den Terror des Besens, der an Knöchel und Tischbeine rempelt, dass es nur so kracht und die Neigen in den Gläsern sich wellen wie sturmgefegte See. Und wie wir dann ein bisschen Theater gemacht haben:

Der Schöngeist: *(zum Barbaren)*
Der Wein, den du servieret hast
Zu guter Laune Zwecke,
Den Kelch noch füllt er, nicht den Gast!
Drum, Besen, in die Ecke!
(Man applaudiert am Tisch des Schöngeistes)

Der Barbar: Machen Se hier nich so'n Lärm!

Der Schöngeist: Leise ist nicht meine Weise.
(beifälliges Gelächter in der Runde des Schöngeistes)

Der Barbar: *(ungehalten kehrend)*
Feierabend, verdammt noch mal!

Der Schöngeist:
Sein Besen, oh, wie uncharmant,
Beschert mir blaue Flecke.
Mit seinem öden »Feiera'md!«
Am Arsche er mich lecke!

Der Barbar: *(das Gejohle am Tisch abwürgend)*
Was will der Kerl mit dem trunknen Blut?
Mir meine Nachtruhe kürzen?
In eines Abgrunds Höllenglut
Wird meine Wut ihn stürzen!
(Beifall für den Barbaren!)

Wie Künstlerkollegen dem Schöngeist noch in selber Nacht erzählen werden, war der barbarische Wirt einst ein berühmter Schauspieler. Am größten Theater der Stadt. Mit dem höchsten Staatsorden bedacht. An Ovationen und Kritikerhymnen gewöhnt wie daran, dass alle Welt sein Gesicht kennt, führte er das Leben eines Unantastbaren. Er spielte den Faust, auf allen Litfaß-Säulen sah man ihn im Zwiegespräch mit dem Teufel. An einer Stelle hatte er zu sagen:

»Du Geist des Widerspruchs! Nur zu!
Du magst mich führen.
Ich denke doch, das war recht klug gemacht;
Zum Brocken wandeln wir in der Walpurgisnacht,
Um uns beliebig nun hierselbst zu isolieren.«

Eines Abends, aus einer Laune heraus, modelte er es um:

»Du Geist des Widerspruchs! Nur zu!
Du magst mich führen.
Ich denke doch, wir werden gut bewacht;
Zum Brocken wandern wir in der Walpurgisnacht,
Um uns gemütlich nun höchstselbst zu füsilieren.«

Ein Scherz, ein theaterüblicher Versuch, die Kollegen auf der Bühne zum Lachen zu bringen. Man könnte annehmen, dass es niemandem weiter aufgefallen wäre.

Der Geheimdienst indes schien unter Theaterfreaks und Goethekennern seine besten Leute zu haben: Beim zweiten Vorhang verbeugte sich der Mann mit den Händen auf dem Rücken. Sie steckten in Handschellen.

Den Dossiers der Folgezeit, wie sie noch heute beim Aktendienst einzusehen sind, ist zu entnehmen, dass in allen Bereichen des gesellschaftlichen Lebens, vom Stammtisch bis zur Hochzeitsfeier, auffällig oft Goethe zitiert wurde.

—— ——

Von den Kumpanen gezerrt und geschoben, entging Cobu nur knapp einer Anzeige wegen Missachtung der Polizeistunde. (»Die Polizei? Nicht neu, doch treu.«) Auf dem Weg nach draußen hielt er eine Grundsatzrede zum Thema Banausentum und Besenterror. Schließlich landete das Grüppchen auf dem verwaisten Marktplatz. Er war schlecht beleuchtet, nur die drei aufgeblasenen Fahnen in der Mitte standen im Licht.

Noch immer schimpfend, schüttelte Cobu die Leute ab. Es sah aus, als wolle er sich mitten auf dem Marktplatz entleeren. Die Reihen der Mitgegangenen lichteten sich. Er torkelte zu einer der weißen Fahnenstangen, und während es plätscherte und er einen sofortigen Strafbefehl über fünf Mark sechsundvierzig forderte, floss der Wein zurück in den wundersamen irdischen Kreislauf von Werden und Vergehen.

»Lass gut sein, Cobu. Du machst uns alle verdächtig«, sagte einer.

»Oh, verdächtig? Find nicht schlecht ich.« Und zack – war er ein Stück die Stange hochgeklettert, schnappte sich die Fahne, um grölend daran hin und her zu baumeln. Ein bisschen zu heftig für den Geschmack der

Umstehenden. »Bleib gesund, Cobu«, murmelten sie auseinandergehend.

Blieb nur noch der Unbekannte, der vor den Kolonnaden am Rand des Marktplatzes auf einen Stock gelehnt die Szene beobachtete. Ab und zu machte er ein paar Schritte nach links, dann wieder nach rechts, ohne dabei den Blick von Cobu zu wenden. Wie ein Fotograf, der den optimalen Winkel zum Motiv sucht. Die Krempe seines Hutes beschattete sein Gesicht, einen offensichtlichen Gehfehler suchte er mit einem viel zu großen, schwarzen Mantel zu kaschieren. Beides, Hut wie Mantel, passte nicht so recht zur Jahreszeit. Hatte so ein Typ nicht in einer Ecke der Gaststätte gesessen, aus der sie gekommen waren?

»He, ich kenne Sie!«, rief Cobu hinüber.

Der Mann erschrak und wandte sich zum Gehen.

»Sie sind der Boss der bösen Besenbuben!« Der Mann drehte den Kopf nicht nach ihm. Nur eine wegwerfende Handbewegung machte er, wofür er allerdings seinen Arm extra aus den Tiefen seines Mantels hervorkramte, während er davonhinkte und bald eins wurde mit dem Dunkel der Altstadtgassen.

Endlich gab das gemarterte Gewebe der Fahne nach, stückweise riss der Stoff und beförderte seine lärmende Last zu Boden. Cobu landete weich, aber genau in seiner Pfütze. Er kam sich ziemlich erbärmlich vor.

»Ist was passiert?«, hörte er einen Mann fragen und »Können wir helfen?« eine Frau. Als er aber den Kopf hob, sah er in zwei bärtige Gesichter. Das zu kapieren würde der Rest der Nacht nicht reichen.

»Habt ihr noch was zu saufen?«, fragte er nur.

Man kann nicht sagen, dass Cobu schlecht erzogen gewesen wäre. Im Gegenteil. Seine Mutter war im allgemeinbildenden Schulwesen tätig und bemüht, ihren Jungen, den sie ohne Vater großkriegen musste, im Geiste dieser Institution auf das Leben vorzubereiten.

Leider wird sie relativ jung sterben, weil sonst manches an der Geschichte um ihren Sohn nicht erklärbar wäre, dem es schlecht bekam, dass er als junger Mann schon ein Lotterleben führte und ein Spötter war, der zwar später für seine Courage verehrt und sogar finanziell entschädigt wurde für erlittenes Unrecht (wenn auch nicht besonders üppig), am Ende jedoch besser getan hätte, was ihm dringend geraten worden war, nämlich seinen guten Namen wegzuschmeißen wie einen madigen Käse.

Sie wird also nicht sehr alt werden, die Mutter Kubisch, was bedauerlich ist, denn sie ist eine außergewöhnliche und besonders liebenswerte Person. Plötzlich könnte eine schlimme Krankheit sie heimsuchen. Oder sie könnte schon immer einen kleinen organischen Defekt gehabt haben. Am wahrscheinlichsten wird es ein schockierendes Erlebnis sein, was ihr Herz abrupt zum Stillstand bringt: Der Blick auf einen winzigen Gegenstand mit goldener Schrift darauf. Aber wie auch immer – ihr früher Tod kann keine Rechtfertigung sein für die Ausschweifungen ihres einzigen Nachkommens, der mit seinen Spezis in der überschaubaren Provinzstadtbohème orgiastisch den Lenz des Lebens feiert. Es tummeln sich schließlich noch mehr Söhne gestorbener Mütter auf dem Erdball, und nicht mal 14 Prozent davon, sagt die Statistik, sitzen andauernd in der Kneipe.

MATHILDE

Mathilde war die gern besungenen siebzehn Jahre alt, ein sehr frauliches Fräulein, als sie beim Lesen gestört wurde. Jemand hatte ungestüm die Tür zu dem Raum aufgestoßen, in dem sie Wache schieben musste, eines Mittwochs im April, nachmittags in ihrer Schule, in der sie noch im selben Jahr die Reifeprüfung zu bestehen gedachte. »Luftschutzdienst« hieß das und bedeutete, dass im Falle von Bombenabwürfen auf die Stadt die schwere Schreibmaschine und die Kartons mit den Akten aus dem Sekretariat in den Keller zu bringen seien, von wo sie nach dem letzten Bombardement gerade wieder nach oben geschleppt worden waren. Mathilde las ihren Satz zu Ende und markierte mit dem Zeigefinger den Anfang des nächsten.

»Verzeihung«, sagte der Störer in der Tür stehend, »ich wollte nicht stören«, ging aber nicht wieder hinaus, sondern blieb mit der Hand an der Klinke und mit den Augen an Mathilde hängen. Als sie aufsah, schloss er die Tür hinter sich.

»Ich hatte wirklich nicht vor, Sie zu stören, Fräulein, freue mich aber, dass es mir trotzdem gelungen ist. Mein Name ist Berger.«

»Sieh an. Und was haben Sie auf dem Herzen?« Er ging zu Mathildes Tisch und beugte sich ein wenig hinunter. »*Bernhard* Berger, übrigens.«

»Da kann ich Ihnen auch nicht helfen. Was suchen Sie denn hier?«

Berger richtete sich wieder auf. »Um die Wahrheit zu sagen: eine Ratte.«

»Eine Ratte?«

»Ja. Ist uns zugelaufen. Hört auf den Namen Agnes.«

»Hier ist bestimmt keine Ratte.«

»Falls sie aber doch gelegentlich vorbeischaut, könnten Sie ihr etwas ausrichten?«

»Ich rede grundsätzlich nicht mit Ratten!«

»Tja, da kann man nichts machen. Ist vielleicht auch besser so. Agnes ist etwas unleidlich in letzter Zeit.«

Er stützte sich auf den Tisch und betrachtete Mathilde mit Schmachtblick.

»Was lesen denn diese schönen Augen, die sich auftun wie eine Oase in der seelenlosen Wüste, die wir ›die Welt‹ nennen?«

Mathilde legte die Unterarme über ihr Buch. So viel Senf auf eine dünne Wurst, dachte sie. Aber sie schaute doch noch eine Weile auf den Mann, der so sonnig zu lächeln verstand, während er Schnee redete. Er mochte doppelt so alt sein wie sie selbst, Nickelbrille und die auffälligen Stirnfalten machten das wahrscheinlich. Seine Uniform schien nicht gerade maßgeschneidert. Alles an ihm, soweit sie es sehen konnte, war irgendwie ein bisschen zu dick, die Finger, die Nase, die Tränensäcke, die Wulst über den Augen, sogar das Lächeln.

Er sagte nichts, während sie in seinem Gesicht forschte, und rührte sich auch nicht. Normalerweise war dieses Gebäude voller Geräusche. Schritte, Kindergeschrei oder Putzfrauen, die die Dielen mit öligen Fusseln bewarfen, bevor sie sie abkehrten und mit ihren meterbreiten Besen dabei die Scheuerleisten rammten. Oder es arbeitete wenigstens das Holz der Geschossdecken. Dass es jetzt für einen Moment fast ganz still war, war etwas Besonderes, was beide registrierten. Später würden sie übereinstimmend sagen, dass es ihnen vorgekommen war wie ein Atemanhalten des Schicksals.

Aber Mathilde dauerte das zu lange: »Sagen Sie mir, wie alt Sie sind?«

»Wie alt? Bin ich hier bei der Reichsrentenkammer, Abteilung Antragstellung? Ich wollte doch nur wissen, was Sie lesen. Muss man dafür ein gewisses Alter haben?« Der Offizier drehte eine Runde durch das Klassenzimmer, »Agnes?« in die Ecken rufend und »Komm raus, du hast gewonnen!«.

»Man darf ein gewisses Alter nicht *überschritten* haben«, erklärte Mathilde. »Wie sieht's denn damit so aus bei Ihnen?«

»Nun, die Knochen geraten nachts manchmal durcheinander. Aber das will noch nichts heißen. Alt ist man erst, wenn man sie früh nicht wieder geordnet kriegt. Agnes? Ja, willst du denn gar nicht in die Kiste? Nun mach schon, komm zu Papa!«

»Und – heute Morgen?«

»Alles am Platz, keine Fehlbestände, keiner überzählig.«

Dass seine Rattenmasche bei Mathilde nicht so recht anschlagen wollte, irritierte Berger ein wenig. Er entschied sich für einen Wechsel der Taktik und trat zurück an Mathildes Tisch:

»Was lesen wir denn nun Schönes, schönes Kind?«

»Was wir lesen? Hmmm …« Mathilde wiegte lange den Kopf, als habe sie zu prüfen, ob dieser Fremde einer Auskunft würdig ist, bevor sie ihren Bescheid verkündete: »Ja, ich glaube, Ihnen kann ich es sagen: ein Buch.«

»Ein Buch! Oho! Wenn *Sie* es lesen, muss es sich um ein ganz besonderes Buch handeln. Was ist es denn für ein Buch?«

»Um es genau zu sagen – eins, das ich schon immer mal lesen wollte.«

»Verstehe. Es ist was Verbotenes, und ich muss Angst haben, mit Ihnen erwischt zu werden«, flüsterte Berger wie unter Komplizen und näherte sich Mathildes Ohr. »Das wär ja ein Traum! Mit Ihnen auf einer Zelle!«

»Wieso haben Sie so gute Laune, Herr Offizier, überhaupt, wieso sind Sie nicht im Krieg?«

»Ich bin im Krieg. Wenn Sie mit mir in den Keller kommen, zeige ich Ihnen die Front. Aber Sie werden mir das vielleicht nicht danken. Meine gute Laune rührt daher, dass ich gerade *nicht* im Keller bin und fast zwei Stunden lang auch nicht wieder hinunter muss.«

Mathilde wusste von dem Lazarett, das im Keller der Schule eingerichtet worden war. Es war zwar streng abgeriegelt vom Schulbetrieb, aber das Elend der Verwundeten drang durch die Mauern.

»Sind Sie ein Arzt?«

»Eher ein Schuster, der aus zerfetzten Latschen wieder Schuhe zu machen sucht. Ich geb mir alle Mühe. Aber für den Laufsteg wird das meiste nicht taugen.«

»Ist der Krieg endlich bald mal zu Ende, was meinen Sie?«

»Sagen Sie's nicht weiter: Ja. Ich kümmere mich gleich drum. Besser, Ihr Wunsch geht in Erfüllung, bevor Sie noch andere Leute sowas fragen!«

»Ich frag ja nicht jeden.«

Berger schlug die Hacken zusammen, hauchte den Daumen an und heftete einen imaginären Orden an seine Brust.

Mathilde wünschte, er möge wesentlich weniger alt sein, als seine Erscheinung es vermittelte. »Wie alt sind Sie denn nun?«, löcherte sie ihn erneut.

»Ihnen das zu offenbaren, bin ich nicht verwegen genug. Was wolln Sie – Sie sind jung und schön, ich bin weder das eine noch das andere. Aber das kann ja noch kommen.«

»Ein verkappter Märchenprinz?«

»Wer weiß.«

Mathilde ging mit dem Kopf etwas näher heran und besah sich den Mann mit zusammengekniffenen Augen.

»Einem Frosch ähneln Sie leider nur entfernt«, lehnte sie sich wieder zurück.

»Sagen Sie mir, wie Sie heißen?«, fragte er amüsiert.

Sie ließ sich nicht beirren: »Wie fühlt man sich denn so, wenn man schon – wie alt waren Sie noch mal?«

»Nun denn.« Berger nahm Haltung an, als habe er eine Meldung zu machen: »Leben Sie wohl. Es war mir ein Vergnügen. Zweiunddreißig.«

Mathilde klappte ihr Buch langsam zu, sodass er den Titel erkennen konnte, und packte es in ihre Tasche. Dann zog sie den Mantel an, der neben ihr auf einem Stuhl hing, mit der Linken nahm sie die Tasche, die Rechte streckte sie dem Offizier hin und knickste dezent:

»Mathilde Kubisch. Ich muss jetzt gehen.«

»Jetzt weiß ich immerhin, wie Sie heißen und was Sie lesen. Und dass Sie keinen Krieg mögen. Wir sollten uns wiedersehen«, sagte der Offizier, während er das Mädchen an der gereichten Hand zu sich heranzog. »Aber ich werde Ihr Gesicht auch so nicht vergessen.«

»Nächsten Mittwoch hab ich wieder Luftschutz.«

»Nächsten Mittwoch ist vielleicht schon gar kein Krieg mehr.«

Mathilde erschrak. »Dann vielleicht morgen? Ich könnte tauschen.«

Der Atem seiner Verfolger näherte sich unaufhaltsam wie die Welle eines Tsunamis. Das Laufen fiel ihm schwer mit den Käsebrötchen der Bärtigen im Bauch. Verdammt leckerer Stoff. »Echter Schweizer Soundso«, hatten sie ihm stolz verkündet. Ein »Happenwalder« oder ein »Zappenduster«, irgendwas in der Art. Noch nie gehört. Wo diese Leute sowas bloß immer herhaben. Sogar ein Telefon hatten die.

Ein Blick hinauf in die Baumkronen. Ist da vielleicht eine, die ihm vorübergehend Asyl gewähren würde? Sie werden ja wohl nicht mit 'ner Leiter hinter ihm her sein. Wenn nur dieser verdammte Käsebauch nicht wäre! »Lappenweller«?

In aller gebotenen Eile erwog er noch die Alternative, den Kerlen ein Bad in den schäumenden Chemikalien des Kanals zu verpassen, da holte es ihn wieder ein. Wie Nudelteig kam es durch die Zwischenräume eines zusammengepressten Gebisses gequollen:

»Einen Moment bitte, Herr Kubisch!«

Und jetzt hatte es geklungen wie »Bleib endlich stehen, du Blödmann!«

Gut, entschloss sich Cobu, könnt ihr haben. Ruckartig erstarrte er zur Säule. Nur die Füße stellte er ein wenig neben sich, erst den rechten, dann den linken. Erst stolperte der Mann rechts, dann der links. Beide rollten wie riesige Käselaibe an ihm vorbei, bis sie auf dem Weg liegen blieben, einer rechts, der andere links, und ungläubig zu ihm hinauf starrten. Cobu klatschte sich imaginären Schmutz von den Händen, wie er es bei

Laurel & Hardy gesehen hatte. »Appenzeller. Jetzt weiß ich's wieder.«

Dann drehte er sich um und tänzelte in Fred-Astaire-Manier davon. Schade, keine Kamera, dachte er.

—— ——

Der Gang zur Schule weckt in Kindern nicht jeden Tag die gleiche Vorfreude. Cobu, noch keine acht Jahre, machte diese Erfahrung eines trüben Mittwochmorgens. Da traf es sich gut, dass etwas in seinem Unterleib rumorte. Ohne besonders wehzutun, seiner Natur nach aber durchaus als Bauchkneifen zu verkaufen. Die Mutter bettete ihn, mitwisserisch lächelnd, auf die Couch in der Stube, direkt neben das neue Radio, dessen beleuchtete Skala Cobu das Gefühl vermittelte, einen geheimen Schatz zu besitzen, einen Zauberstein, unansehnlich bei Licht, aber im Dunkel funkelnd. Sie hatte es eilig, vergatterte ihn, das Radio nicht wieder so laut aufzudrehen, und stellte ihm noch Zwieback hin samt heißer Milch mit Kunsthonig, die Cobu liebte, wenn erst mal die Haut ohne Überbleibsel entfernt war. Dann blieb er allein mit seinem Glück.

Das Radio hieß was mit »Mino«, hintendran ein Schwanz von Buchstaben, mit denen er nichts anfangen konnte. Weil aber »Mino« kein zu akzeptierender Name war, taufte er es kurzerhand »Moni«. (Wer weiß, ob die Hersteller mit einer Marke »Monirette« nicht erfolgreicher gewesen wären.) Auf dem extra dafür angeschafften dreibeinigen Beistelltisch gab das Gerät eine leicht magersüchtige Figur ab. Mit dem, der es einschaltete, unternahm es zunächst einen kleinen Geduldstest, indem es minutenlang keinen Laut von sich gab. Da hieß es Ruhe bewahren und sich nicht zu Fausthieben oder zum Aufdrehen des Lautstärkereglers bis zum Anschlag verleiten zu lassen, denn beides brachte unbefriedigende Ergebnisse. Neben dem Lautstärkeknopf gab es noch einen für die Sender. Und der war zum Fürchten, denn wenn man an ihm drehte, heulten die Wölfe und aufgeschrecktes Geflügel kreischte. Nur an zwei Stellen der Skala ließ Moni richtigen Radiosendern ein Stückchen Platz. Hören durfte der Junge aber nur einen der beiden.

»Warum?«

»Warum ist die Banane krumm.«

Derart gekontert hatte es erfahrungsgemäß wenig Sinn, zu insistieren, also fragte er auch nicht weiter. Er verstand sowieso nicht viel von dem, was da gesprochen wurde, hatte also auch keine Vorliebe.

Der erlaubte Sender meldete sich nun zu jeder vollen Stunde mit immer demselben Text. Zunächst teilte er mit, wie spät es eben gewesen war (»Beim letzten Ton des Zeitzeichens…«), wo er sich befindet (»Hier«) und womit sie gerade beschäftigt sind (»Wir senden Nachrichten.«). Dann folgte eine lange Pause. Schließlich sagte der Sprecher, als sei jemand gestorben: »Berlin«. Und nach einer weiteren Pause: »Der erste Sekretär ...« Der Rest war Cobu inhaltlich nicht zugänglich, faszinierte ihn jedoch umso mehr, allem voran die schreckliche Hallstein-Doktorin. Aber Hauptperson war offenbar der erste Sekretär.

Bislang hatte er nur weibliche Sekretäre kennengelernt. Das verbiesterte Fräulein Schinkel zum Beispiel, das mit ihrem Dackel Wölflein in derselben Wohnung wohnte wie die Kubischs, das er Tante Elsbeth zu nennen hatte, aber, wenn es nicht anwesend war, Blickbiest nannte, war eine Sekretärin. Gott sei Dank war sie eine Sekretärin und als solche ganztags angestellt. Sonst würde sie jetzt andauernd an die Tür hämmern und »Radio leiser!« krähen, denn sie selbst besaß kein Radio und missgönnte den Kubischs das ihre. Einmal in der Woche, wenn die Lebensmittelmarken kamen, musste der kleine Jacobus ihr welche ins Büro bringen, damit sie auf dem Heimweg einkaufen gehen konnte. »Fleischlein für Wölflein.« Zum Büro waren es siebzehn Minuten zu laufen, aber er ging gern dorthin. Das lag an Blickbiests Chef. Nicht, dass der besonders nett zu ihm gewesen wäre. Aber er war besonders schroff zu Blickbiest.

Im Radio war nun komischerweise ein Mann Sekretärin, dieser »erste Sekretär«. Und wenn es einen ersten gab, musste es auch noch einen zweiten geben, einen dritten, einen vierten, vielleicht noch mehr. Wie viele werden es sein? Was machen sie den ganzen Tag? Wo sind sie angestellt? Und vor allem: Wer ist der Chef? Cobu stellte sich ein riesiges Büro vor. Ein Schreibtisch hinter dem anderen, wie die Schulbänke in seiner Klasse, nur viel mehr. Hinter jedem ein Sekretär an der Schreibmaschine. Ganz vorne, auf einem Podest, in die entgegengesetzte Richtung schauend, der erste Sekretär. Wie ein Geisterfahrer.

Als die Mutter am Abend nach Hause kam, traf sie auf ein wohlgelauntes Kind jenseits allen Bauchwehs.

»Na, wie geht's?«, fragte sie.

»Iiiep…iiiep…iiiep…iiiep…iiiiiiiep«, zirpte der Knabe.

»Na, dann is ja gut.«

Cobu schaltete in den Unter-Tage-Bereich seines Kehlkopfes: »Beim letz-ten Ton des Zeit-zei-chens war es ge-nau sieb-zehn Uhr.« Er dehnte seine Rede und machte zusätzlich eine Pause. Wie im Radio. »Hier ist der Sen-der Deutsch-land«, fuhr er dann fort, »wir senden Nach-rich-ten.«

Es war vielleicht noch nicht ganz das Timing, das er geplant hatte, aber die Mutter, die müde das Abendbrot vorbereitete, lächelte. Sobald er innehielt, drehte sie den Kopf zu ihm, als verlange sie nach mehr. Cobu spürte intuitiv den Zauber der Pause. Als die Mutter »Und weiter?« sagte, holte er tief und geräuschvoll Luft, verharrte einen Moment und grummelte dann so ernst er konnte:

»Berlin.«

Jetzt warf die Mutter den Kopf in den Nacken und lachte laut. Sie sah sehr schön aus dabei. Es kam nicht oft vor, dass sie so lachte. Was nicht heißen soll, dass sie nur selten schön aussah.

»Das ist ja richtig komisch, Junge!«

»Das wa-ren die Nach-rich- ten. Die näch-sten Nach-rich-ten hö-ren Sie um acht-zehn Uhr. Iiiep. Hier ist der Sen-der Deutsch-land. Was ist da-ran ko-misch?«

»Wenn du es nachmachst, ist es komisch. Vielleicht wird aus dir mal ein Komiker.«

Ein Komiker?

Cobu spürte, wie dieser Gedanke seine kindliche Seele in Wallungen brachte. Über den ganzen Körper machte sich Kribbeln breit, in der Magengegend, den Eingeweiden, bis hinab in die Zehenspitzen. Eine herrliche Perspektive tat sich ihm auf, eine Zukunft als Berufsnachmacher. Ohne Lehrer Oppendorf, ohne Diethold Kraus, die Nervensäge, überhaupt ohne Schule und auch ohne Blickbiest. Es hatte ihn doch nicht angestrengt, den Text aus dem Radio zu lernen. Er wird sie alle auslachen und mit Geld um sich werfen. Aufgepasst, meine Damen und Herren, halten Sie die Taschentücher bereit: Cobu Kubisch kommt!

Schon am nächsten Tag begann sein Aufstieg. In der ersten kleinen Pause stellte er sich auf das Lehrerpodest und gab seine Ansager-Nummer zum Besten. Der Erfolg war umwerfend. In der Hofpause fing er Mädchenblicke wie nie. Sogar von Annerose, der stolzen Schönheit, die er gedachte, später einmal zu heiraten (von den Wirrungen des Weges, den er dafür zu beschreiten haben würde, hatte er nicht den blassesten Dunst einer Vorstellung), war einer dabei. Fortan betrachtete er sein Umfeld unter dem Gesichtspunkt, was ihm an Komik abzugewinnen war. Statt in Schönschrift übte er sich zu Hause in der Technik des Parodierens. Allen Opfern voran: die Lehrer. Komiker schien ihm ein Beruf zu sein, der immer gebraucht wird. Oder konnte man sich einen Fernandel vorstellen, der zu Hause sitzt und Däumchen dreht? Die meisten Leute finden ihr Leben nicht lustig, lachen aber gern. Also brauchen sie einen, der ihnen zeigt, wo der Witz lauert. Und das würde Cobu sein. Er kam nur auf zwei Berufe, die ihm ähnlich krisenfest erschienen: Dachdecker und Bestatter. Kochen kann schließlich jeder selber oder Milchmann sein oder die Straße fegen. Aber aufs Kirchdach traut sich nicht jeder. Sich selbst begraben und anschließend den schweren Grabstein aufstellen kann schon gar kein Mensch. Komiker, das war's! Nie würde Cobu eine Berufsberatung brauchen.

Nach einem weiteren Blickwurf von Annerose beim Schulfasching, bei dem er Buster Keaton war, der Mann, der nie lachte, war die Sache endgültig klar: In die Hülle eines anderen geschlüpft, hatte er ihr eine Kusshand zugeworfen, ohne dass sie den Eindruck gewinnen konnte, es sei für ihn irgendwas von Bedeutung.

—— ——

Nein, eine Kamera war nicht dabei, als Cobu seine Verfolger legte, als sie erst stolperten, dann strauchelten, dann fielen und schließlich durch den Park rollten wie Appenzeller Käse, während er sich tänzelnd davonmachte. Und selbst wenn alle Kameras der Welt dort versammelt gewesen wären, keine hätte auch nur ein einziges Bild dieser Szene auf Zelluloid bannen können, denn – um die Wahrheit zu sagen – sie hatte gar nicht stattgefunden. Zumindest nicht in der Realität. Sie spielt erst in der folgenden Nacht, und zwar im Kopf eines von Schlafstörungen heimgesuchten Hallodris, der sich auf einem zum Bett umfunktionierten Sperrmüllsofa vergeblich müht, die Ereignisse des vergangenen Tages in Gedanken für ein Heldenepos zu inszenieren, denn es wirft ihn immer wieder zurück in die schnöde Wirklichkeit. Nie wieder, schwört er sich, wird er auf Leute hören, die eine bestimmte Route für einen »kleinen Verdauungsspaziergang« empfehlen.

Gerade noch ein hilfloses »Meinen Sie mich?« hatte er zustande gebracht, als riesige Hände schon auf seinen Schultern landeten wie schwere Vögel und sich dort festkrallten, während er sich atemlos und knieschwach seinen Fängern zuzuwenden versuchte, was misslang, denn seine Arme waren bereits auf den Rücken gedreht, sein Oberkörper nach unten gedrückt. Hoffentlich würde dieser Moment in seiner ganzen Erbärmlichkeit nie in einem Bericht auftauchen, dachte er.

In dem Protokoll, das ihm später einmal kurz vor Augen kommen wird, wird darüber nicht mehr zu lesen sein als: »Die Zuführung des Kubisch erfolgte ohne Zwischenfälle.«

Das wird ihm aber auch wieder nicht recht sein, und er wird Einspruch erheben wollen. Ganz so glatt war das Ding schließlich nicht gelaufen. Hatte er sie nicht ordentlich hinter sich hergejagt? Waren sie nicht mächtig aus der Puste gewesen? Hätte er nicht um ein Haar gar Widerstand geleistet? Und wer sagt überhaupt, dass sie nicht wirklich vor ihm auf dem Boden gelegen hatten, käsebleich wie Appenzeller?

Da wird ihm aber plötzlich bewusst werden, dass dieser Geheimdienst ja längst seiner Strukturen verlustig gegangen ist und keine Stelle mehr vorhanden, bei der er sich beschweren könnte. Für einen Augenblick wird er versucht sein, dies zu bedauern.

—— ——

»Sind Sie Herr Kubisch?«

Mit dem Kopf im Schwitzkasten und den verdrehten Armen konnte er nicht ganz sicher sein, ob er dieser Herr Kubisch ist, derselbe, der eben noch Bohnenkaffee und Käsebrötchen gereicht bekam.

»Hchrrr«, äußerte er.

Seine Jäger waren nicht, wie er sich sowas vorgestellt hatte. Sie stellten sich ungeschickt an und taten ihm unnötig weh, entschuldigten sich aber postwendend, es sei nicht mit Absicht geschehen. »Bitte tun Sie das nicht«, sagte der eine, als Cobu Anstalten machte, sich seinem Griff zu entwinden.

»Sind Sie Kubisch, Jacobus?«

Der andere umkreiste ihn nun wie Lunik 3 den Mond und fingerte auf der Suche nach sonstwas an seinem Unterleib herum, mehrmals »Gestatten Sie bitte!« sagend. Dabei trat er ihm versehentlich auf den Fuß.

»Treten Sie nicht auf diese Schuhe!«, beschwerte sich Cobu, den hochroten Kopf in Kniehöhe.

»Verzeihung.«

»Es ist Importware! Aus Italien, verstehn Sie?«

»Oh, scusi«, sagte der Mann.

»Und nicht billig!«

»Capisco. Non a prezzo basso. Signor Kubisch?«

Das wollte Cobu gar nicht gefallen, dass der ihm den Witz streitig machte. Aber die nächste Unbill näherte sich bereits, und zwar in Gestalt eines weißen Kläffers, nicht größer als eine Milchtüte, irgendwie auf Rambazamba aus. Jedenfalls quirlte er wieselflink um die Männer rum und schnappte nach deren Hosenbeinen. Von hinten rief es: »Geben Sie ihm einen Tritt!« Das musste wohl das Herrchen sein. Der Hund flog aus Cobus Gesichtsfeld. Er hörte ihn winseln und die Stimme »Silentium!« befehlen, was aber ohne Wirkung blieb. Dann, näher kommend, fragte die Stimme: »Irgendwas nicht in Ordnung?« Cobu sah, dass der Mann Spinatstecher trug, die unter seinen Hosenaufschlägen hervorlugten wie unternehmungslustige schwarze Mambas.

»Gehen Sie bitte weiter!«

»Na dann komm, Nessie«, wandten sich die Mambas zum Gehen. »Und nicht jammern! Bist selber schuld. Du weißt ganz genau, was so einem wie dir blüht. Ich hab es dir schon tausend Mal gesagt. Na?«

Der Hund weinte heftig.

»Richtig: Von zu viel Wauwau kriegt man Flecke, blau.«

Während sich die Stimme entfernte, fühlte Cobu sich an etwas erinnert. Woran, war unter diesen Umständen nicht rauszukriegen. Dann endlich lockerten sich die Griffe, er konnte sich aufrichten und die Männer ansehen.

»Herr Kubisch?«

»Ja ja, das Ding mit der Fahne – ich bezahle 'ne neue.«

»Sind Sie Kubisch, Jacobus?«

»Ja doch. Ich hab ein bisschen gefeiert. Hatte einen guten Tag. Kann doch mal passieren.«

»Ihren Ausweis bitte.«

Cobu fummelte mit zwei Fingern seinen schwer gebeutelten Ausweis aus der Arschtasche: »Hatte Ärger mit dem Wirt. Das kennen Sie doch bestimmt, wenn Sie noch was trinken wollen und da kommt andauernd einer mit'm Besen …«

»Sie werden gleich Gelegenheit haben, sich zu äußern. Was zu trinken bekommen Sie bestimmt auch.«

Einer steckte den Ausweis ein, der andere lud wie ein Hotelpage mit leichtem Diener zum Gehen: »Bitte kommen Sie!«

Sie nahmen ihn in die Mitte und hielten ihn an den Handgelenken.

»Wo geht's denn hin?«

»Sie werden einer Befragung zugeführt. Es dauert nicht lange.«

»Was heißt nicht lange?«

»Sie werden Gelegenheit bekommen, dies in Erfahrung zu bringen.«

»Und was wollen Sie wissen?«

»Was Sie antworten.«

»Ich möchte meinen Ausweis zurück!«, forderte Cobu.

»Kriegen Sie.«

Sie setzten ihn auf die Rückbank einer schäbigen Limousine, die plötzlich dastand. Einer stieg rechts dazu, einer links. Im Rückspiegel versuchte Cobu, das Gesicht des Fahrers zu erkennen, das verdeckt war durch die hochgeschlagenen Kragenecken des Mantels, eine riesige Sonnenbrille und die Krempe seines schwarzen Hutes mit Ponyfransen darunter, die bis über den Brillenrand reichten. Passt alles bestens zu einem Popstar, dachte Cobu. Wenn der jetzt auch nur andeutungsweise was verlauten ließe wie »Schubidu«, ich würde wetten, es ist einer. Aber der sang nichts und sagte auch nichts dergleichen. Es sang oder sagte in diesem Auto überhaupt niemand was. Das machte Cobu zu schaffen. Schweigen war nicht seine Leidenschaft, und angeschwiegen werden war noch immer ein untrügliches Zeichen gewesen für »dicke Luft im Anmarsch«. Er drehte den Kopf nach links, aber der linke Mann drehte seinen zum Fenster, dann dasselbe rechts. Viel lesen konnte er nicht in ihren Gesichtern, aber dass sie blass waren wie aus der Höhle gekrochen, war nicht zu übersehen.

»Sie sind ganz schön blass«, sagte er endlich, obwohl ihm schon beim Luftholen hätte klar sein können, dass ihm das in dieser Runde nicht zu einer Lobby verhelfen würde. Oder hatte er vielleicht erwartet, die würden jetzt loslegen von wegen, ja, ihre Frauen gingen fremd und das Leben sei überhaupt hart und ob er nicht einen Weg zur schmerzarmen Selbsttötung empfehlen könne?

»Da haben wir wohl was gemeinsam«, sprach der Linke zu seinem Fenster, während der Rechte tief Luft einsog und derart ausblies, dass es einiger Zeit bedurfte, bis er durch seine Scheibe wieder hindurchsehen konnte.

Der Wagen fuhr durch eine Gegend der Stadt, die Cobu nicht kannte.

»Wo fahrn Sie mich hin?«, fragte er.

»Sehn Se doch«, sagte der Fahrer.

DAS ENDE DER WELT

Nachdem der Wagen nun bereits etliche Schweigeminuten unterwegs war, wurde es draußen dörflich, dann ländlich, dann mondlandschaftlich. Nichts zu sehen als flache, aufgerissene Erde, tief unter der Straße liegend. Wenn sie ihn jetzt dort hinunterschubsten, erschrak Cobu, fände er ein elendes Ende. Keine Wärme, keine Liebe, nicht Nahrung noch Trost. Aus dieser höllentiefen Grube gab es kein Entrinnen. Ihre steilen, morastigen Wände würden nicht zu erklimmen sein, nicht auf allen vieren, nicht mal in Serpentinen. Cobu schlug die Hände vors Gesicht und schluchzte so herzergreifend, dass seine Begleiter sich besorgt zu ihm drehten. Da er das aber nur in Gedanken tat, drehten sich auch seine Begleiter nur in Gedanken zu ihm.

»Sehn Sie?«, sagte er laut. Und nun drehten sie sich in Wirklichkeit zu ihm. Aber das änderte nichts, weil er nichts weiter sagte und sie sich wieder wegdrehten.

Er hatte einen farbigen Punkt ausgemacht durch die Frontscheibe, rechts neben der Hutkrempe des Fahrers, verheißungsvoll wie eine Oase, auf den sie zusteuerten. Grün war im Spiel und auch ein bisschen Rot. Näher herangekommen, entpuppte sich die Oase als ein Stück komplett von Traurigkeit vereinnahmte Welt. Ein Dorf ohne Dörfler, ein unbewohnter Wohnort, trostlos wie die Festtafel nach dem Bankett. Ein Ziel ohne Sucher, nicht mal der Wind schien hier noch herfinden zu wollen. Auf einem verwitterten Anschlag war irgendwas von »Fortschritt« zu lesen, am Ende aller Seitenstraßen Leere, rund um das ganze Dorf: der Tagebau. Mit gesenkten Kronen, krumm geworden unter der Last ihrer Vereinsamung, standen ein paar Bäume rum. Wie alte Frauen am Grab ihrer Männer. Vergrämte Häuser mit unreiner Haut und Kratzwunden säumten die lehmige Dorfstraße, selbst eine verwundete Seele.

Der Fahrer fuhr Slalom, als handle es sich nicht um Dellen, sondern um Säulen, die es zu umkurven galt. Aus Rasanz und Perfektion seines Fahrstils konnte man schließen, dass er diesen Weg nicht das erste Mal nahm. Worauf er zusteuerte, war ein Villengrundstück am Ende der Straße, umgeben von einem Park, selbiger gesäumt von Mauerwerk aus entblößten Ziegeln und schütterem Gestrüpp.

Soweit ein Blick auf das Umfeld des Anwesens möglich war, tat sich die ausgelöffelte Erde auf, durch die sie gekommen waren.

Cobu fühlte sich berufen, dem Ernst der Lage mit einer Kostprobe seines mimischen Talents zu begegnen. Mit weit geöffneten Armen, wie um göttlichen Beistand flehend, rief er aus: »Wie konnte ich glauben, dass es ein Weltende nicht gibt, nur weil die Erde rund ist!«

»Sie ist halt nicht für jeden rund«, bemerkte der Fahrer trocken. Und die Begleiter rechts und links schnappten sich je einen der erhobenen Arme, um sie aus ihrem Blickfeld zu entfernen.

Es ging durch ein Tor, das wohl auch mal eiserne Flügel gehabt hatte, denn es waren noch die mächtigen Angeln zu sehen, wie sie aber inzwischen schräg aus dem Gemäuer ragten, an dem sich der Frost ausgetobt hatte, ungeeignet, eine schwere Tür zu tragen geschweige denn in der Waage zu halten. Vom Torbogen, an dem noch Reste eines stolzen Wappens prangten, war auch nicht mehr viel zu erwarten, außer dass er, nicht lange hin, den Gesetzen der Gravitation folgen würde und man von Glück sagen konnte, wenn es einen anderen erwischte.

Durch eine kleine, holprige Rotbuchenallee ging es auf die Villa zu, die, näher kommend, immer unnahbarer wurde. Mit jedem Meter blies sie sich mehr auf zum Palast. In unverschämt mondäner Manier wanden sich zwei Freitreppen hinauf zum Dach eines fürstlichen Altans mit Säulen-Balustrade, wie geschaffen für eine große Rede, wenn man denn gerade eine draufhätte und jemand anwesend wäre, der sie zu hören wünscht.

Der einstige Hausherr musste mächtig Respekt vor seinem Gesinde gehabt haben, denn die Fenster waren mit S-förmigen Gitterstäben versehen, die des Souterrains sowieso, aber auch die des Erdgeschosses und sogar die des ersten Stocks, zu dem die Treppen hinaufführten. Warum hat man ihm seine Felder genommen? Damit er nicht Herr über die Braunkohle wird, die man darunter vermutete? Oder weil er ein Menschenschinder war wie er im Buche steht, ein cholerisches Arschloch, richtig zum In-die-Fresse-Haun? Aber warum hat man ihm dann Park und Villa gelassen? Überhaupt – seit wann machen die Bagger einen Bogen um Villen und Parks?

Auf dem Plateau angekommen, war ein Zwei-Meter-Mann-hohes Portal zu bestaunen, dessen üppiges Schnitzwerk, nur noch an wenigen Stellen erhalten, dem Anschein nach einst die Höhepunkte des Bauernjahres dargestellt hatte. Wilde Weinranken und ein paar Früchte waren noch auszumachen, auf die Symmetrieachse, zur optischen Verbindung der beiden Türflügel, hatte der Künstler einen Wirsingkohlkopf gesetzt. Große Teile des Meisterwerks aber waren hinüber, notdürftig mit Sperrholz ausgebessert, selbiges von Pilz und Wetter schon übel zugerichtet, wellig, eselseckig. Ein Flügel der Tür hatte einen Messingknopf in Form einer Artischocke, und man konnte davon ausgehen, dass der andere, der strengen Gleichseitigkeit des Bauwerkes folgend, einst auch mit einer Messingartischocke bestückt gewesen war. Ersatzweise hatte man ihm eine graue Kunststoffklinke verpasst, die einen reichlich lustlosen Eindruck machte.

Während er die Freitreppe hinaufgeführt wurde, meinte Cobu, das Winseln eines Hundes zu vernehmen. Es drang aus dem Auto, an dessen Motor sich der Chauffeur zu schaffen machte. Oder handelte es sich nur um eine falsche Fährte, um die Sache ein bisschen spannender zu machen? Man weiß ja nie – vielleicht würde später mal jemand einen Roman schreiben wollen über das Geschehen, das sich eben anschickte, seinen unheilvollen Verlauf zu nehmen.

—— ——

Einen Moment bitte, Herr Kubisch,

es wird Ihnen vielleicht etwas eigenartig vorkommen, mein Anliegen, schon weil Sie meinen Namen nicht kennen. Aber ich hatte am vergangenen Freitag eine Begegnung, die mir im Nachhinein ein wenig metaphysisch erscheint, und möglicherweise können Sie, verehrter Herr Kubisch, mir beim Enträtseln, sozusagen beim Erden der Angelegenheit, behilflich sein.
Ich traf da nämlich in Schöngitter i. d. Oberaulitz einen Mann, der erzählte, er habe einst bei den »Ringelbeats« gespielt und sich später als satirischer Essayist und Brettlkünstler betätigt, sei dabei in Konflikt mit der bestehenden Ordnung geraten und entsprechenden Maßregelungen ausgesetzt gewesen. Kürzlich habe er sich ein preisgesenktes Gewächshaus gekauft, dessen Lieferung er mit freudiger Erwartung entgegenfiebert, und sei im Übrigen der letzte Nachfahre des Sethus Groschenberg.
Erst auf dem Heimweg kam ich ins Grübeln: Hat sich da jemand Ihre Biografie angeeignet? Oder waren Sie es am Ende selber?
Für beide Fälle gilt: Ich wäre Ihnen dankbar, wenn Sie ein paar Minuten Ihrer kostbaren Zeit opferten für die Beantwortung dieser Fragen von

Dr. Siegesmund Resch
Vierblätterwald

Was für ein schwindelerregender Text! Kubisch taumelt. Es geht um ihn, den großen Cobu, der ein Komödiant war, ein Frechling, aber längst aus der Zeit ist, dessen Erfolge Epochen zurückzuliegen scheinen. Jemand schmückt sich mit seiner Biografie – mehr kann ein Künstler vom Schicksal kaum erwarten!

Er wird doch mal ein bisschen überschnappen und in Selbstwertgefühlen schwelgen dürfen zur Abwechslung? Eitelkeit gehört schließlich zur Grundausstattung. Ohne Eitelkeit steigt kein Hahn auf den Mist. Und ohne einen gelegentlichen Tropfen Schmeichelöl hakt die filigrane Mechanik der Künstlerpsyche. Richtig aufgedreht ist er plötzlich, Haudegen in Rente, der er ist. Seine angefangene Kolumne wird er bis morgen liegen lassen und erst mal angemessen feiern. Solch einen Brief kriegt man nicht jeden Tag! Aber Vorsicht: Unmöglich darf er Nero von seinem inneren Höhenflug erzählen, es sei denn, er hat gerade Lust auf 'ne Runde Lach-mich-aus.

Der Spinner, den dieser Dr. Resch da aufgegabelt hat, Metaphysik hin, Erdung her, der weiß, wovon er redet. Der weiß sogar, dass Kubisch mal in einer Beatband gespielt hat, jener ruppigen Kellerband, die nicht viel mehr war als ein Lausbubenstreich. Umso erstaunlicher, dass sich überhaupt noch jemand an sie erinnert. Da muss er selber ganz weit zurück in die kurze, bewegte Zeit der Pubertät, die voller Erstaunen, voller heller Tage gewesen war und ihm länger erscheint, als alle folgenden Jahre zusammen.

Sie waren das Remake der Musketiere. Einer für alle, alle für einen. Nur dass sie statt irgendeines zwielichtigen Kardinals eine mächtige Regierung zum Gegner hatten, die es für angebracht hielt, der Musik, die sie zu spielen gedachten, die Marke »Teufelswerk« zu verpassen.

Cobu hatte hartschalige, schwarze Kopfhörer aufgehabt, als er diese Musik zum ersten Mal hörte. Wie die Funker in den Kriegsfilmen. Sie steckten mit ihren Bananensteckern in einer Seifendose, die sein Freund Beri, der Fuchser, in einen Detektor verzaubert hatte. Es war ein bisschen, als machten sich Katzenkrallen am Trommelfell zu schaffen, aber diese Musik entband ihn von der Schwerkraft. Er schwebte durch Gefilde seiner Seele, die ihm bislang nicht zugänglich gewesen waren. Zurückgekehrt auf die Erde war festzustellen, dass die Regierung diese Musik zu hören oder gar zu spielen streng verboten hatte.

Es war eine eifersüchtige Regierung. Immerzu erwartete sie Liebesbeweise. Jeden Blick über den Rand ihres Machtbereichs verbat sie sich, besonders jeden sehnsüchtigen. Wie eine Löwenmutter wachte sie über die Tugenden ihrer Jungen, krallte jedes am Schlafittchen, das Anstalten machte, sich zu entfernen, teilte ordentlich Prankenhiebe aus im Falle von Aufmüpfigkeit, leckte umso ausgiebiger den Pelz der Folgsamen. Wer hinaus wollte und spielen, brauchte dafür eine Spielerlaubnis. Und wenn die Jungen nach etwas anderem lechzten als nach der Wassersuppe, die ihnen aufgetischt wurde, untersagte sie ihnen, davon zu nehmen. Das galt sogar für Klänge und Rhythmen. Tja, so war das, auch wenn es lange her ist und jede richtige Löwenmutter darob nur den Kopf zu schütteln wüsste.

Da kam Cobu zum ersten Mal in den Sinn, ob es unbedingt diese Regierung sein musste oder ob es nicht vielleicht auch eine andere täte. Als er endlich eine Gitarre sein Eigen nennen konnte, beileibe kein Meisterinstrument, aber in den Ferien mit dem Stapeln von Balken und Eisenbahnschwellen im Sägewerk eigenhändig erarbeitet, schwante ihm gar, dass er auch ganz ohne eine Regierung zurechtkäme. Mit seiner Gitarre im Arm war er kein Untertan mehr, von wem auch immer. Und wenn ein Mädchen ihn sitzenließ, half ihm nicht der Gedanke an ein anderes Mädchen, darüber hinwegzukommen, sondern die Klampfe war's, die seinen Kummer vergessen machte.

Fehlte noch eine Band. Nur seinem Freund Beri offenbarte er sein aufgewühltes Inneres. Und der war genau der Richtige dafür, wie sich bald rausstellte. Die beiden drückten seit der vierten Klasse, seit Beri sitzengeblieben war, ein und dieselbe Schulbank und waren, als sei das noch nicht genug an Nähe, auch in der Freizeit kaum voneinander zu trennen. Sie hatten schon viel gemeinsam ausgeheckt, sie würden auch einen Weg finden, die verbotene Musik auf die Bühne zu bringen.

Beri meinte, kluge Köpfe nutzten Verbote, um sich zu profilieren, indem sie sie missachten. Und Beri war einer von diesen klugen Köpfen. Mit Musik hatte er nicht viel am Hut, genauso wenig wie mit Schule. In Cobus Band mitzuspielen, interessierte ihn erst recht nicht. Er trug auch keine Frisur, wie sie hip, aber zu tragen nicht erlaubt war. Sein Interesse galt allein der Frage, ob es möglich ist, eine Band, die es nicht geben darf, mit Musik, die nicht gespielt werden darf, bei Veranstaltungen, die nicht stattfinden dürfen, zur Attraktion zu machen. Seine Strategie barg einige Risiken. Aber ohne Risiko keine Marslandung. »Wer Verbote übertritt«, dozierte er, »lebt gefährlich. Aber er erzielt Aufmerksamkeit. Wenn du bei Rot über die Kreuzung gehst, kann's passieren, ein Auto überfährt dich. Aber gesehen wirst du!« Das klang überzeugend. »Ich brauch ein Foto von deiner Band.«

»Aber ich habe doch noch gar keine Band.«

»Ob du eine Band hast oder nicht, ist nicht entscheidend. Entscheidend ist, dass du eine haben könntest und die Möglichkeit besteht, was zu verpassen.«

An Beris Scharfsinn war kein Vorbeikommen. Cobu erklärte ihn zum Manager der Band, die er in aller Eile zusammenkehrte und aus der Beri einen Reißer zu machen gedachte, egal, ob sie am Ende Musik spielen würde oder Gruppenhäkeln veranstalten. Zunächst galt es, einen Namen zu finden, einen, der die Leute heißmachte, die Behörden aber kalt ließ. Der Himmel war auf Beris Seite und sandte einen Wink: Wenn man, wie er, Bernd Ringel hieß, war es nicht weit zu »Ringelpietz«. Und in einem Sprachraum, in dem einem mündlichen Bericht nicht zu entnehmen ist, ob die Pute gefüllt war oder die Bude, war es von »Ringelpietz« zu »Ringelbeats« nur noch ein Katzensprung.

Als Nächstes schnitt Beri aus Linoleum einen Behördenstempel. Den setzte er unter ein Schreiben, das er eines Nachts im Sekretariat des Heimes, in dem er seit dem Tod seiner Mutter untergebracht war, mit Hilfe der Schreibmaschine aufsetzte. Die Tastatur konnte er wegen des Lärms, den sie verursachte, nicht benutzen. Also griff er sich jeden Buchstaben einzeln am Hämmerchen und drückte ihn aufs Papier. Erst in der Früh war das Schreiben fertig. Es trug die Überschrift »Zum Schutz unserer Jugend« und warnte vor einer wild gewordenen Meute namens »Ringelbeats«. Während eines Auftritts der Gruppe seien beim Publikum extatisches Geschrei und affenartige Verrenkungen beobachtet worden, dazu Getrampel wie bei einer Elefantenhochzeit. Mädchen hätten sich teilentkleidet, unmäßiger Umgang mit Alkohol sei zu verzeichnen gewesen und Geschirr zu Bruch gegangen – alles eine Folge der aufreizenden »Musik«, die noch dazu stümperhaft und in martialischer Lautstärke dargeboten worden, im Übrigen zu spielen streng verboten sei. Die zuständigen Organe seien angewiesen, derartiges Treiben in Zukunft zu unterbinden.

Seinen Text schickte Beri an die örtliche Zeitung mit der Maßgabe, ihn auf Seite eins abzudrucken, lieferte auch gleich unter Pseudonym den »Kommentar des Tages« mit für Seite zwei sowie einige Leserbriefe für die folgenden Tage, in denen die vom feindlichen Ausland gesteuerte Beeinflussung der Jugend gebrandmarkt und nötigenfalls der beherzte Einsatz der Ordnungskräfte gefordert wurde. Ein abstoßendes Foto der Ringelbeats, das die Musiker von hinten beim Übersteigen einer Mauer zeigte, fügte er bei. Die Zeitung druckte Text und Foto auf Seite eins, den Kommentar auf Seite zwei, die Leserbriefe an den folgenden Tagen. Taktvoll waren Ausdruck und Rechtschreibung korrigiert.

Nun besorgte Beri eine Auftrittserlaubnis für eine Tanzkapelle namens Ringelpietz, buchte den Tanzsaal eines Dorfgasthauses, das einst »Zur grünen Rast« hieß und jetzt »Vorwärts«, sorgte für Heißgekochtes aus der Gerüchteküche, malte »Ringelpietz« auf die Plakate und »The Ringelbeats« auf die große Trommel der Band. Jetzt konnte der Stier brüllen.

Man wird auf der großen, weiten Welt lange nach einem Ort suchen müssen, ja, möglicherweise niemals fündig werden, an dem schon mal eine Band schlechter gespielt hat als die Ringelbeats im »Vorwärts«. Aber man wird auch schwerlich einen finden, an dem ein Publikum schon mal mit mehr Hingabe dabei gewesen wäre. Beri war sehr zufrieden. Die Zeitung hatte nicht gelogen. Alles war gekommen, wie sie berichtet hatte. Fortan genügte ein leises Wort in den Wind, um die Säle zu füllen: »Ring-el-pietz.«

— —

Kubisch erinnert sich mit Vergnügen. Erstaunlich, wie gut es plötzlich wieder funktioniert, das Gedächtnis. Wahrscheinlich war er nur ein wenig aus der Übung. Dieser Verrückte, sein biografisches Double, bringt ihn wieder auf Trab. Von ihm aus kann Nachbar Thronreiter Professor werden mit seiner These, dass man alt wird, wenn das Erinnern beginnt, Spaß zu machen. Und wenn schon. Gewöhnlich dreht sich die Welt an Kubisch vorbei, lärmend, bunt, betriebig. Wie ein Kettenkarussell. Heute sitzt er ausnahmsweise mal selber in der Gondel, hat eine Freifahrt, genießt Drehwurm und Schauder. Es ist zum Abheben! Er ist noch nicht vergessen da draußen. Es flattern noch Fahnen in seinem Wind. Er hat nur lange nicht hingesehen.

Dr. Resch wird seine Antwort bekommen, und zwar sofort, flott und pointiert, wie es nicht anders von ihm erwartet wird, auch wenn er dafür ein paar Minuten seiner »kostbaren Zeit« opfern muss. Ha! Wenn's weiter nichts ist – Zeit hat er mehr als Atemzüge! Er kann mit ihr wuchern, kann ihr vorne eins abhacken, und – zack – ist es hinten wieder dran. Er ist Mitglied im Club der Minutenmillionäre, hat Mengenvorteil. Er kann seine Zeit auf Rot oder Schwarz setzen, es macht keinen Unterschied, was gewinnt. Zeit hat der liebe Gott unter den Menschen genauso ungleich verteilt wie zierliche Nasen oder einen schnellen Tod. Wenn er schon kein Adonis ist, Zeit hat er ordentlich abgekriegt. Er ist Jacobus Kubisch und nicht irgendwer. Ein Lebewesen ohne Eile, Herr seiner Entscheidungen, Herrscher über seine Zeit. Wie kann er wissen, dass er bald ein Gehetzter sein wird, ein Namenloser, der es mit Feuer, Tod und Untergang zu tun kriegt? Wie soll er von sowas eine Ahnung haben?

Lieber Dr. Resch,

ich muss Sie enttäuschen: Ich war noch nie in Schöngitter, besonders am vergangenen Freitag nicht. Daraus folgere ich, die Möglichkeit des Irrtums eingeschlossen, dass ich Ihr Mann nicht gewesen sein kann. Unsere Unterhaltung sollten wir trotzdem fortsetzen.
Sie sprechen von »Aneignung« der Biografie. Interessante Frage: Kann der eine Mensch aus der Biografie eines anderen etwas entnehmen und sich selbst anziehen wie ein geklautes Sakko? Stelle mir das ziemlich anstrengend vor. Schließlich schleppt er seine eigene Biografie ja weiter mit sich rum, er kann sie nicht einfach zum Flohmarkt tragen oder ins Klo spülen. Er kann einen auf Professor machen, solang er will – seine Biografie ist am Ende die eines Hochstaplers, nicht die eines Gelehrten.
Die Biografie ist, so sehe ich das, eine Hülle, gewebt aus den Fasern unseres Lebensbaums, in der unsere Seele dereinst ins ewige Licht schwebt. Je solider das Material, je kunstvoller das Geflecht, desto schöner leuchten wir in der Erinnerung derer, die wir auf Erden zurückgelassen haben. Da möchte man eigentlich nicht so gern ein Stück von hergeben. Andererseits hat Diebstahl auch was Schmeichelhaftes, denn er setzt Besitz voraus, um den man zu beneiden ist.
Ich für meinen Teil fühle mich geehrt. Wären Sie mir nicht mit dieser Geschichte gekommen, ich hätte sie glatt erfinden müssen. Und je länger ich drüber nachdenke, mehren sich Zweifel, ob ich es nicht doch selber war, der Ihnen in Schöngitter weismachen wollte, er sei

Ihr
Jacobus Kubisch

Ein prüfender Blick, ein zufriedenes Lächeln, ein Klick, und ab geht »Re: Fährtendieb«.

Kubisch holt Bier aus der kalten Ecke, tritt raus auf die Terrasse und schaut munteren Sinnes in die Welt. Unter ihm strotzt sein Garten vor Lebenslust. Mondän aufgetakelt präsentiert sich die Flora, die Farben jagen einander. Er genießt den Anblick, macht sogar eine dezente Verbeugung, bevor er sich ohne weitere Umschweife erneut den Errungenschaften der Braukunst hingibt. Sich allein wissend (auch dafür liebt er die gelegentliche Einsiedelei), entlässt er genüsslich lärmend die dabei verschluckte Luft, denn verhalten rülpsen ist wie Bier mit'm Löffel. Die leere Flasche stellt er auf den Boden, dann schleppt er leichtfüßig ein paar Gießkannen, um sein Glück mit seinen Pflanzen zu teilen. Privilegiert fühlt er sich dabei und beneidenswert.

Gestern hat er gelesen von Geldbesitzern, die Flüge ins All buchen, weil die Erde von dort oben aus angeblich so besonders schön aussieht. Aber da kann was nicht stimmen. Seinen Garten werden sie von da oben nicht sehen können. Und die Erde ohne seinen Garten?

Ein erneuter Gang zur Bierkiste, und wieder bestaunt Kubisch ehrfürchtig die Farbenvielfalt dieses Wunders, für das er seinen Garten hält. »Auf den Visagisten der Schöpfung!«, prostet er, und die Natur ringsum scheint sein Wohlwollen zu erwidern, auch wenn seine hängende Zunge aus ihr eine »Söpfung« macht. Jedenfalls hat er, wie immer beim zweiten Bier, den Eindruck, alles schaue ihn gefallsüchtig an, straffe noch mal das Gewebe und setze ein Kameralächeln auf. Wie die Kandidaten einer Casting-Show, die von ihm als Juror ein Zeichen erwarten auf Chance oder Untergang. Wenn der Wind zum Tanz bittet, dirigiert er ganz gern mit der freien Hand ein paar Takte, als wäre er auch in dieser Beziehung hier der Chef, nicht ohne sich vorher vergewissert zu haben, dass ihm keiner dabei zusieht.

»Na, schmeckt's Bier, Kubitz?«

Thronreiter ist plötzlich da. Lugt übern Zaun. Wird Kubisch doch nicht etwa beim Dirigieren beäugt haben? Und rülpsen gehört?

»Wo kommen *Sie* denn her?«, murrt Kubisch.

Thronreiter trägt einen Laptop unterm Arm. Kein gutes Zeichen.

»Ich hab gearbeitet. Ich hab nichts gesehen. Und auch nichts gehört.«

»Soso.«

»Ich wollt Sie nur was fragen. Kommen Sie mal.«

Nun muss Kubisch sich zum Zaun bemühen, um Thronreiter nicht zu brüskieren. Besonders gute Karten hat der aber heute nicht bei ihm.

Thronreiter hat auch gelesen von den Millionärsastronauten. Thronreiter ist so einer, der die Zeitung von vorn bis hinten liest. Deshalb befindet er sich permanent im Zustand der Entrüstung, steht von morgens bis nachts unter Starkstrom und verfasst Blogs, um sich in den diversen Internet-Foren zu entladen. Sitzt er nicht im Haus am Computer, buckelt er auf der Terrasse vorm Laptop und umgekehrt. Ein Wunder, dass man ihm überhaupt manchmal als einer vertikalen Erscheinung begegnet. Aber dann ist er auch ähnlich mitteilsam wie in seinen Schriften.

»Jaja, hab ich gelesen«, sagt Kubisch »zum Kotzen.« (Was bei ihm klingt wie »sum Gossen«.)

»Diese Geldsäcke!«, schimpft Thronreiter. »*Oh, wie schön doch die Erde ist!* Aus dem Orbit betrachtet, wohlgemerkt. *Was für ein faszinierender Anblick!* Für 'n paar Stunden VIP-Glotzen verpassen sie dieser Schönheit Lärm und Abgase von tausend Jagdbombern, verpulvern

Moneten, wie tausend Leute sie in tausend Tagen nicht verfressen können. Nur damit sie auf der nächsten Party was zu erzählen haben.«

»Ich weiß, ich weiß. Aber sie tun der Erde auch was Gutes.«

»Ach ja?«

»Sie sind 'ne Weile abwesend.«

Thronreiter ist nicht besonders amüsiert. »Ihr Witz in allen Ehren, Herr Kubitz, aber so gesehen tut auch der Mörder was Gutes, wenn er mordet, weil er währenddessen keinen anderen umbringen kann.«

»Tschuldigung. Sollte 'n Bonmot werden.«

»Sie können bei mir punkten, wenn Sie Ihr nächstes Bonmot ankündigen mit *Achtung, ein Bonmot*. Damit man weiß, gleich wird es geistreich.«

»Hinterher Bescheid gesagt gibt's keine Punkte?«

»Wenn eine Delikatesse nicht als Delikatesse wahrgenommen wurde, nützt es auch nichts, wenn man sie im Nachhinein dazu erklärt.«

»Ich werd's mir merken. Nein, besser: Ich werd's mir aufschreiben. Muss eh jetzt mal rein, telefonieren.«

»Wissen Sie, was der Erste bezahlt hat? 20 Millionen! Die sind arm dran, diese reichen Leute. Brauchen hundert Kilometer Abstand, Kubitz, *hundert Kilometer!*, um die Erde faszinierend zu finden. Aus so 'ner Entfernung ist sogar die Hölle faszinierend, oder?«

»Die Hölle ist sowieso faszinierend«, sagt Kubisch, »denken Sie nur an die viele Prominenz.«

Seine Flasche ist leer, und er hat auch sonst gerade anderes im Kopf. Aber er würde ganz sicher auch das Kärtchen mit »Ja« hochhalten, wenn die Frage wäre, ob man diese Leute, wenn schon ins All, dann doch gleich für immer auf den Mond schnipsen sollte. »Ich muss jetzt wirklich mal rein, meine Frau anrufen. Sie wissen ja, es gehört immer viel Glück dazu, sie zu erwischen, wenn sie unterwegs ist.«

Aber Thronreiter hat noch was auf der Pfanne. Er klappt den Laptop auf:

»Hören Sie mal. Ich schreib hier gerade was dazu. Wie finden Sie das: Kein anderes Lebewesen hadert derart mit seinen Fortbewegungsmöglichkeiten wie der Mensch. Kein anderes pfeift derart hemmungslos auf die Erhaltung seines Lebensraumes, unnützer Geschwindigkeit und anderer überflüssiger Kunststückchen zuliebe. Was will der Mensch in der Luft? Nahrung wird er da nicht finden. Sich fortpflanzen? Der Schöpfer, heißt es, als er sein Werk besah, befand, dass es gut war. Lästern wir Gott nicht, wenn wir unbedingt zum Mars wollen oder in die Tiefsee?«

»Ich will weder noch. Ich muss nur mal eben telefonieren«, hakt Kubisch dazwischen.

»Moment! Ich bin noch nicht fertig. Mir fehlt noch der Schluss.«

»Aber ich muss jetzt wirklich, Herr Thronreiter. Im Übrigen dürften Sie nach Ihrer Theorie auch kein Licht machen, wenn es draußen dunkel wird. Also, wenn Sie an Gott glauben.«

Thronreiter stutzt.

»Glauben Sie denn an Gott, Kubitz?«

»Ich glaube, dass das nichts ändern würde.«

Es dauert einen Moment, bis Thronreiter realisiert, dass Kubisch ihm bereits den Rücken zukehrt.

»Nichts ändern woran?«, versucht er ihn zu halten.

»Überhaupt. Und dass ich mal telefonieren muss«, sagt Kubisch im Gehen.

»Halt! Warten Sie noch. Bitte!«

Kubisch rollt Augen, Thronreiter scrollt Text: »Hab's gleich. Hier: Wir waren bei Mars oder Tiefsee. Also:

Stelln Sie sich vor, ein Rheinlachs, irgendwie zu Geld gekommen, äußert das Bedürfnis nach einem Einkaufsbummel durch die Kölner Fußgängerzone.« Thronreiter prüft mit einem kurzen Blick, ob seinem Gegenüber der Grad der Absurdität dieser Aussage bewusst geworden ist. Da das nicht der Fall zu sein scheint, macht er ohne das weiter. »Äh … irgendwie zu Geld … hm hm … Hier: … obwohl er genau weiß, dass ein Fisch nur bedingt gerüstet ist für einen Spaziergang an Land. Schwimmen ja, auch gegen den Strom. Springen, Pirouetten drehen, sogar fliegen und Saltos – hat er alles drauf. Nur eben beim aufrechten Gang hapert's. Aber genau da will er hin.«

»Komisch, komisch.«

»Moment.« Thronreiter ist noch nicht fertig. »Was würden wir sagen, bestünde der jetzt auf seinem Vorhaben, obwohl ihm klar ist, welch irrsinnigen Forschungsaufwandes es bedürfte? Dass Probleme mit der Atmung abzusehen sind, ähnlich existenziell wie die, die der Mensch unter Wasser hat? Obwohl er weiß, dass für sein Unterfangen eine hochtechnisierte Schleuse gebaut und dafür Uferböschung gerodet und betoniert werden müsste, sein Rhein also nie mehr das sein wird, was er war? Dass Technik ungekannter Filigranesse nötig wäre, die absolute Sicherheit nicht garantieren kann, auch wenn sie es behauptet? Was würden wir sagen, wenn er kraft seines Geldes auf seinem Wunsch besteht, obwohl er informiert ist über den anfallenden Müll, dessen Entsorgung ungeklärt ist, und die verpulverte Energie? Auch darüber, dass er nicht zuletzt in ein Gestell muss, in dem ihm die Flossen einschlafen und er das Kotzen kriegt? Was würden wir sagen, wenn er das alles weiß, aber trotzdem nicht lockerlässt?«

Thronreiter überprüft die mentale Anwesenheit seines Zuhörers. »Und jetzt Sie.«

»Wie, ich?«

»Na, was würden wir sagen? Die Pointe!«

»Ach so … tja … braucht denn immer alles eine Pointe?«

Kubisch ist nicht ganz bei der Sache. Zuhören empfand er schon immer als anstrengend. Deshalb ist aus ihm ja auch eine Rampensau geworden und kein Sitzplatzhirsch.

»Machen Sie's nicht so spannend, Kubitz.«

»Ich hab irgendwie andere Sorgen heute. Kann ja mal passieren.«

»Lassen Sie mich nicht hängen. Kommen Sie, was würden wir sagen? Das Ding muss ins Netz.«

»Der hat 'n Vogel, der Fisch?«

»Ha! Na, besser als nichts.« Und es entschwindet Thronreiter, den aufgeklappten Laptop vor der Brust. »Der hat 'n Vogel, der Fisch, würden wir sagen«, murmelt er und hämmert den Satz im Gehen da hinein. »Ha!«, macht er noch mal.

Kubisch, endlich aller Redezwänge enthoben, tappt ins Haus. Es wird schon dämmrig. Er bringt seine zwei Bier zum Klo. Jetzt kommt Nero dran. Und dann das dritte Bier.

»Nero und das dritte Bier« – könnte einen Romantitel hergeben. Nur ein winziger sprachlicher Dreh müsste noch her, weil es sich bei Nero nun mal um eine Frau handelt.

»Frau Nero und das dritte Bier«? Nee. Klingt wie Frau Holle und die sieben Zwerge.

»Drei Bier und eine Nero« – igitt.

»Nero und ihr drittes Bier.« Schon besser. Inhaltlich nicht ganz korrekt. Aber jetzt: »Nero und ihres Gatten drittes Bier«. Da stimmen Syntax und Substanz. Aber wer kauft einem so ein Zeug ab?

Einer der beiden Appenzeller Buben schloss die aus der Wand ragenden Klingeldrähte kurz. Mit zittrigen Fingern tat er das. Fürchtete wohl, die Funken würden sprühen. Aber es blitzte nicht mal leise, wie man es auch von nur Schwachstrom führenden Leitern erwarten kann, geschweige denn rührte sich eine Klingel oder ein Summer. Unangemessen gewälttätiges Reiben der Drahtenden aneinander blieb ohne Effekt, ebenso Schieben, Zerren und Knicken des ganzen Kabels, das er am Ende wütend zusammenknautschte und in die verwaiste Wanddose stopfte. Wirkungslos auch das Klopfen an die Tür, das Wummern mit den Fäusten sowie, abschließend, ein Tritt voller Verachtung. Die Klinke hatte einen unpassenden Vierkant und drehte durch. Einer blickte ratlos zum anderen. Cobu in der Mitte war belustigt: »Ruhetag. Besser, wir kommen ein andermal wieder.«

»Scherzkeks«, presste der Klingeldrahtfeind zwischen den Zähnen hervor, während der andere mit entschlossenem »Hallo!« und weiteren Fußtritten das störrische Portal umzustimmen suchte. Vergeblich.

Cobu spielte ein Gähnen, vielleicht war es auch echt. Jedenfalls rüttelte er, während er die eine Hand vor den aufgerissenen Mund hielt, mit der anderen noch einmal kräftig an der Klinke, die beim Loslassen ein Stück herausgerutscht kam und schief im Schloss hängenblieb, ehe sie endlich wie ein gesättigter Tropfen zu Boden platschte. Das brachte ihm böse Blicke ein, von rechts wie von links. Notgedrungen bückten sich Rechts und Links nach der Klinke und stießen schon fast mit den

Köpfen aneinander, als plötzlich irgendwas ein Geräusch machte. Hörte sich an wie die Startrille einer zu langsam abgespielten Schallplatte. Knacken für Knacken, Spalt für Spalt öffnete sich die Tür, im selben Tempo etwa, wie Rechts und Links sich staunend wieder aufrichteten. Das ist Hitchcock, dachte Cobu. Oder Courths-Mahler, je nachdem, was jetzt kommt.

»Bitte«, lud er die Männer mit einer generösen Geste zum Betreten des Hauses ein.

»Moment!«, wurde er angeherrscht. Statt Beifall sozusagen.

Einer schob sich vor, dann geleitete der andere ihn in das dunkle Vestibül der Villa. Es war offensichtlich, dass keiner von beiden sich hier auskannte. Das einzige Licht kam durch die halb offen stehende Tür. Daran änderten auch minutenlange manuelle Manipulationen an einem Wandkasten nichts, der den Geräuschen nach diverse Kippschalter, Drehschalter, Hebel und Druckknöpfe beherbergte. Die Wände des leeren Raumes spielten mit den Schaltgeräuschen Ping Pong.

Cobu erkundete derweil die Innenarchitektur. Viel dunkles Holz war zu erkennen, Zimmertüren oder Wandverkleidungen, der ganze Raum haushoch. Na klar, da war ja noch eine zweite Etage gewesen. Aus der Mitte des Foyers wuchs eine sich verjüngende Treppe nach oben, mündend in einer Art Empore rund herum, dem Zugang zu den Zimmern des zweiten Stocks. Sehr gediegen. An einer Wand standen zwei sägeraue Holzkisten, obendrauf ein großes Radio mit fünf weißen Tasten und einem magischen Auge. Inventar sonst keins zu entdecken. Klang und Klima nach hätte man sich auch in einer Grotte befinden können.

Endlich beendeten die Männer ihr aussichtsloses Spiel mit dem Elektrokasten. In der Hoffnung auf Licht und Leben klinkten sie die Zimmertüren ab. Eine nach der anderen. Aber es tat sich nichts.

Originelles Gefängnis, dachte Cobu, wo die Zellen von innen verriegelt sind und die Wärter sich vergeblich um Einlass bemühen.

Allmählich verlor er die Angst. Das Unternehmen roch nach Mummenschanz. Sein Geburtstag war nicht weit, immerhin der dreiunddreißigste. Manchen Spaßvogel animiert so eine Zahl zu extravaganten Scherzen. Er kannte ein paar, die dafür infrage kamen. Schlimmstenfalls konnte es sich um eine Verwechslung handeln.

Die verhinderten Gefängniswärter waren derart mit sich selbst beschäftigt, dass sie nicht merkten, wie er sich unter der Treppe versteckte. Ebenso gut hätte er sich die offene Tür als Versteck aussuchen können. Er legte die Hände um den Mund und rief, so laut er konnte: »Der haut ab!« (»… haut ab, haut ab, haut ab …«)

Windhosenartig fegten die Männer aus der Tür und suchten mit wilden Augen, weit über die Balustrade gebeugt, das Gelände rund um die Villa ab, rannten dann die Treppe hinunter und kamen, ahnend, dass sie verschaukelt wurden, wieder hochgerannt. Mit dem entschlossenen Na-warte-Bürschchen!-Blick standen sie schließlich schwer atmend in der Tür und staunten Bauklötzer: Im Raum war Licht, und zwar nicht wenig. Cobu hatte die Rollläden der Fenster an der Hausrückseite hochgezogen, deren Gurte er ertastet hatte. Jetzt lehnte er lässig an der Wand, direkt neben einem Schlüsselbrett, auf das er, überheblich grinsend, mit dem Zeigefinger wies. Und obwohl dies wahrscheinlich die Wahrheit ist, war wieder keine Kamera dabei, wie auch bei allem, was noch folgte. Oder nicht lange zuvor geschehen war. Zum Beispiel die Sache mit dem Mann, der eigentlich bloß ein Waschbecken kaufen wollte.

RÜBHÜGEL

Wo haben Geschichten ihren Anfang? Mit dem Ende haben wir's einfacher. Was vorbei ist, ist vorbei. Wenn du begraben bist, ist deine Geschichte erzählt. Bei den meisten zumindest kommt da nicht mehr viel. Aber wann hat deine Geschichte begonnen? Doch nicht erst bei der Geburt. Der Begattungsakt deiner Eltern gehört dazu wie schon ihr erster Blickkontakt. Auch die Rezeptur der Cocktails während der Annäherungsphase ist Teil deiner Geschichte. Sogar der Spiegel, in dem deine Mutter ihre Augenaufschlagstechnik probte, bevor sie in die Bar ging und den Elchtest machte, oder die Marke des Lidstiftes, den sie benutzte. Je tiefer du dich in die Vergangenheit gräbst, desto weiter weg rückt der Ausgangspunkt deiner Geschichte. Beim Tausendsten angekommen, landest du an der Stelle, an der Gott Himmel und Erde schuf. Ja, das müsste er endlich sein, der Anfang aller Geschichten, mithin auch der deinen. Aber was ist mit dem Moment, als der Herr den Entschluss dazu fasste?

Nein, unternehmen Sie nichts! Versuchen Sie nicht, gedanklich irgendwelche Zusammenhänge zu ergründen. Die Welt dreht sich nach ihrem eigenen Gusto. Dinge geschehen, von denen wir, obwohl sie ganz eng mit uns zu tun haben, nicht das Geringste ahnen. Genauso geht manches zu uns auf Distanz, mit dem wir vielleicht gerne zu tun hätten, wenn wir denn wüssten, dass es existiert.

So ungefähr verhält es sich mit der Wahrnehmung zwischen Cobu und Reinhard Rübhügel. Nur ein einziges Mal haben sich ihre Wege gekreuzt, wenn überhaupt.

Ein Wortwechsel fand dabei nicht statt. Höchstens »Tach« – »Tach« oder sowas. Wollte man mit Kubischs Hilfe ein Phantombild Rübhügels erstellen, er hätte nicht viel mehr beizusteuern als »nicht besonders groß« oder »nicht besonders dünn«.

Wir können es dabei belassen. Der Humorlosigkeit seines Vaters, des Großbauern Franz Rübhügel, hat er zu verdanken, dass man ihn Reinhard taufte und nicht Rüdiger. Heutzutage sind solche Klänge ja nichts Ungewöhnliches, damals aber wäre ein Rüdiger Rübhügel nur im Telefonbuch von Izmir nicht weiter aufgefallen. (Izmir spielt ansonsten im Verlauf unserer Geschichte keine Rolle mehr. Seine Lichter leuchten auf einem anderen Globus. Unerreichbar wie Himmel und Ewigkeit.)

Machen wir uns bewusst, dass Reinhard Rübhügel ein Kind des Dorfes ist, ein Landei, wie es im Buche steht. Man muss ihn sich vorstellen wie einen typischen Bauernlümmel, der mit der Zwille auf Spatzenjagd geht, die Kaninchen ärgert, indem er ihnen Löwenzahnblätter durchs Gitter schiebt und wieder wegzieht, wenn sie angemümmelt kommen, der Ziege die schwitzige Hand hinstreckt und kichert, weil's kitzelt, auf'm Schwein reitet, schon bald die Kühe melken lernt, schließlich selbst die Felder beackert, die Saaten ausbringt, ihr Auflaufen mit Ehrfurcht zur Kenntnis nimmt, Kartoffeln erntet, Schweine schlachtet, Gänse rupft und Blutwurst kocht. Doch auf einmal schmiss er alles hin, der Bauer Rübhügel, und zog, obwohl innerlich tief verwurzelt im heimatlichen Boden, in die graue Stadt, um ausgerechnet der Macht zu dienen, die den dörflichen Grundbesitz enteignete und den heimatlichen Boden abtransportierte, um ihn zu verheizen. Eben noch in Gummistiefeln durch die Gülle watend, auch beobachtet als Initiator wüster Saufgelage in der Dorfschänke, stieg Rübhügel quasi über Nacht zum Ressortleiter bei der Bezirksregierung auf, und zwar ausgerechnet für – Festhalten bitte! – Kultur. Kaum anzunehmen, dass er sich nach diesem Posten verzehrt hatte. Ein Zufall ist wahrscheinlicher. Der Vorgänger plötzlich verstorben oder in Ungnade gefallen, gestürzt, abgesägt, kaltgestellt. Und keiner hat Lust, ihn zu beerben. Kulturpolitische Leitlinien unterliegen gelegentlichem Sinneswandel derer, die sie vorgegeben haben. Was gestern noch ein schöner Schmetterling war, ist heute eine Schmeißfliege. Da heißt es, Argusauge sei wachsam. Dein Weg nach oben, Kulturfunktionär, ist mit Schmierseife gebohnert!

Aber Rübhügel ist ein unerschrockener Kämpfer, brennt darauf, die neue Zeit mitzugestalten, ihr sein Monogramm einzuweben. Seinem Dorf hatte er als Bürgermeister mit Hingabe gedient, so manches war besser geworden in Bornewitz unter seiner Fuchtel. Warum sollte er zögern, wenn es darum ging, nun auch den Rest der Welt zu verbessern? Und Ulla, seine Frau, wird ihn darin bestärkt haben, weniger wegen des Missionarischen an der Angelegenheit, sondern weil sie zurück in die Stadt wollte, in der sie aufgewachsen war und wo sie von ihren Freundinnen nur noch als Fehlbestand wahrgenommen wurde.

Wenn er nun aber Kulturchef ist in der Stadt, der Bauernlümmel Rübhügel, wieso unternimmt er dann nichts gegen den Brettlkünstler Jacobus Kubisch, diesen komischen »Cobu«, der sich Sachen traut wie kein zweiter? Wie kann es passieren, dass der ungehindert öffentlich seine Possen reißt? Das hängt womöglich mit Rübhügels Verständnis von Kultur zusammen. Für Kabarett zum Beispiel hat er schlicht keins. Seine Kultur muss volksnah sein, kein »Spitzentanz für Arme«, wie er es nennt. Er hat die Linie der »Drei drei großen G«

vorgegeben: Gesellig, Gemütlich und Ganz in Ruhe. Tanztee, die Kapelle mit Seitenscheitel, wie er selbst einen trägt, mit glitzernden Jacketts, Schlips und 'ner Erkennungsmelodie, sowas kam seinem Ideal nahe. Umso größer seine Abneigung gegen Elektrogitarristen mit »Kanten« genanntem Haar am Hinterkopf, das bis zum Hemdkragen reicht.

Auch außerdienstlich ruht sein Leben auf den Säulen der drei großen G. Er hat nun mal die Angewohnheit, ein harmoniebedürftiger Mensch zu sein. Und seine Frau Ulla ist vom charakterlichen Zuschnitt her ganz ähnlich geschneidert. Sie sind auf dem Weg, später mal ein zufriedenes, genügsames Rentnerehepaar zu werden, das auf ein Leben ohne große Irritationen zurückblickt, nach dem Abendbrot noch ein Glas Wein trinkt und kopfschüttelnd Nachrichten guckt, bevor in üblicher Reihenfolge zu Bett gegangen wird.

Da plötzlich wehte ein disharmonischer Wind durch die freundliche, geräumige Altbauwohnung, dieses herrliche Heim, mit einem Erker im Wohnzimmer, wo sie gemeinsam den Stuck von der Decke geklopft, Kabelkanäle gemeißelt, die Wände tapeziert und schließlich die Zimmer eingerichtet hatten. Wie lange hatten sie darauf warten müssen! Sogar ein Bad war darin, mit Warmwasser aus der Wand. Wie bei reichen Leuten. Aber ausgerechnet dieses Bad wurde nun zum Streitpunkt: Ulla mochte das neue Waschbecken nicht, das Reini besorgt hatte, und verweigerte seine Installation. Dabei hatte es ihretwegen eine lange Reise unternommen, vom hohen Norden durch die Tundra über die Ostsee und die Endmoränen bis in diese Tiefebene, unter der die Braunkohle ihrer Stunde harrte. Aber Ulla wollte es nicht haben. Obwohl es doch von selten graziler Bauart war und sogar vorbereitet für Einhebelarmaturen, wie eine aus Schweden, verchromt und in Seidenpapier gehüllt, auf dem Wäscheschrank bereitlag, was beileibe nicht jeder von seinem Wäscheschrank behaupten konnte. Und warum wollte sie es nicht? Sie wollte es nicht, weil es weiß war und nicht hellblau. Was hat denn ein weißes Waschbecken in einem hellblau gefliesten Bad zu suchen, mein Gott, irgendeinen Sinn muss es doch haben, dass der Reini so ein hohes Tier geworden ist!

Aufs Tempo drückte sie zusätzlich. Sie hatte keine Lust zu warten, bis ihres Gatten Freund Olaf Björnsson, Bauunternehmer aus Uppsala, den er »mein Imperialist« nannte, mal wieder zu Besuch kommen und seine übliche anzügliche Bemerkung loslassen würde, dass sie, Ulla, doch eigentlich eher zu ihm gehöre, weil sie zu drei Vierteln in seiner Heimatstadt zu Hause sei. Sie hatte diesen Witz, über den Olaf dann jeweils etwa zehn Minuten zu lachen pflegte, sowieso noch nie richtig verstanden.

Schto djelatch, fragt Lenin. Am Baum des ehelichen Friedens sah Rübhügel die ersten Blätter welken. Sie waren uneins, er und seine Ulla. Wegen eines Waschbeckens, Himmel! Er hatte das Gefühl, etwas gutmachen zu müssen, obwohl er gar nichts Schlechtes getan hatte.

Die Sache musste aus der Welt. Sie war geeignet, ihm auf die Nerven zu gehen. Aber wie anstellen? Es schien ihm nur der ziemlich aussichtslose Weg zur städtischen Baustoffversorgung zu bleiben, wollte er seiner häuslichen Harmonie Genüge tun. Sogar der Klempnermeister Heinrich von Seite 24/25, der Vater von Luise (die mit den mondbleichen Blaubeer-Sahne-Brüsten in Krün am See), ein Mann allerbester Beziehungen, bei dem das Rauchfleisch von der Decke hing wie die Stalaktiten in 'ner Tropfsteinhöhle (was Rübhügel nicht davon abhielt, ihm alljährlich zum Tag des Handwerks einen Präsentkorb mit Bornewitzer Schinken zukommen zu lassen), Klempnermeister Heinrich also hatte nur mit den Schultern gezuckt: Sein eigener Schatten sei selbst durch ihn, Heinrich, nicht zu überspringen, und sie könnten doch froh sein, überhaupt ein Waschbecken zu haben, und sogar ein gefliestes Bad. Man könne das Becken ja später mal austauschen, mit Verlaub, Herr Regierungsrat, die Zeiten ändern sich, … also … was er meint, ist, es könnte ja irgendwann mal Zeiten geben, wo alle nach weißen Waschbecken gieren und die hellblauen sich auf der Halde türmen.

Aber Ulla sagte dreimal nein. Um keinen Preis wollte sie das übernommene, unappetitliche, urinsteinfarbene, glanzlose Becken mit dem Sprung hergeben, denn, so vermutete sie nicht ganz zu Unrecht, sei das weiße aus Schweden erst mal eingebaut, könne sie sich ihr hellblaues für immer abschminken.

Man konnte Rübhügel, dessen Ansprüche an ein Waschbecken sich auf gelegentliches Händewaschen beschränkten, also ein paar Tage später auf dem Weg zur städtischen Baustoffversorgung begegnen, seiner letzten und einzigen Hoffnung. »Blötzlich ham die manchema sowas«, hatte Klempner Heinrich noch angemerkt, »aber in *der* Schlange möchte *ich* nich stehn!«

Schlangestehn wäre auch für Rübhügel eine ungewohnte Tätigkeit. Es würde ihm außerdem die Grenzen seiner Privilegien aufzeigen, die er gar nicht zu sehen wünscht. Aber angenommen, er käme seiner Frau wie durch ein Wunder mit einem blauen Waschbecken – er hätte wer weiß was gut bei ihr. Wenigstens *eine* durchzechte Nacht, inklusive stinken, lallen und rumpeln beim Heimkommen.

Seine Fahrerlaubnis hat er lange versoffen. Da half kein Amtsbonus. Deshalb ist er mit der Straßenbahn hier. Leider hält die nicht da, wo er hinwill. Also muss er laufen, was ihm nicht leichtfällt. Er ist etwas übergewichtig und pausbäckig, aller Kampf dagegen blieb bisher ohne Sieg. Wie soll das auch gehen im Amt, wo er ständig sitzen muss. Früher, als er noch aufs Feld ging und das Vieh zu versorgen hatte, war er ganz normal. Jetzt, wenn sie übers Wochenende aufs Dorf fahren, Ulla und er, ist immer irgendwo Schlachtfest. Und immer sind sie dazu eingeladen. Dann ist auf der Rückfahrt der ganze Kofferraum voll mit Schweinebauch und eingekochter Pottsuse, die fünf Liter Wurstsuppe in der verbeulten Milchkanne nicht zu vergessen. Das setzt an auf die Dauer. Und in der Woche ergeht es ihm auch nicht viel besser. Andauernd will sich jemand gut stellen mit ihm, er kommt nicht dagegen an.

Diesen kraftraubenden Gang hier wird er nicht ein zweites Mal machen. Das steht fest. Wenn sich tatsächlich das gewünschte Waschbecken ergattern lässt, soll Ulla es mit dem Auto holen. Wozu haben sie's denn. Er wird sie nicht lange bitten müssen, im Gegenteil. So schnell wird er gar nicht gucken können.

Sein Problem: Es gibt keine blauen Waschbecken zu kaufen. Nirgendwo im Land. Keine blauen, keine weißen, keine großen oder kleinen – gar keine. Das hat ihm sein Diensttelefon verraten, an dem er sich die Finger wund gewählt hat. Aber Betriebe, die Waschbecken herstellen, gibt's, hat er dabei rausgefunden. In allen Farben. Wenn du fragst, ob sie dir eins verkaufen wollen, heißt es: »Wir verkaufen nicht an privat.« An wen denn? »Das lassen Sie mal unsere Sorge sein.«

Solche Telefonate sind äußerst unerquicklich. Auch wenn Rübhügel es gelegentlich versucht hat mit »Ich spreche hier vom Amtstelefon, Abteilung Kultur« oder gerade dann – den Grad der Respektlosigkeit am anderen Ende der Leitung kann man nur schätzen. Die Webcam ist noch nicht erfunden.

Irgendwo aber müssen sie hin mit ihrer Produktion. Sie können ja schlecht blaue Waschbecken stapeln, bis sie keinen Platz mehr haben für die Betriebsfeier. Es wär doch gelacht, wenn sich da nicht was zusammenschöbe. War er nicht immer ein Gunstknabe gewesen, heimgesucht vom Erfolg wie andere vom Ischiasleiden? Einmal geräuspert, einmal tief Luft geholt, zwei Stufen – endlich stand er vor der Ladentür.

——— ———

Geschehnisse vertauschen manchmal eigenmächtig ihre Reihenfolge. Kubisch zum Beispiel wollte seine Frau anrufen und dann das dritte Bier trinken, hat aber das dritte Bier schon getrunken und noch niemanden angerufen. Auch dass er jetzt über die Teppichkante stolpert, war an dieser Stelle nicht vorgesehen. Weißgott, er hat früher mehr abgekonnt. Kann sich gerade noch fangen. Interessant wäre festzustellen, ob ihm das auch nüchtern passiert wäre, denkt er. Lässt sich aber nicht feststellen. Demnach gibt es noch Dinge, die sich nicht feststellen lassen? Die Welt ist erforscht bis ins letzte Loch, auf alles gibt es Antwort, nur auf die Frage nicht, ob der Frührentner Kubisch auch nüchtern über diese Teppichkante gestolpert wäre. Ein philosophisches Phänomen! Heute kriegt er das nicht mehr auf die Reihe. Wird das morgen ausklamüsern. Macht sich eine entsprechende Notiz.

Das vierte Bier ist ihm nicht weniger freundlich gesinnt als die anderen zuvor. Jemand schmückt, nein: brüstet sich mit seiner Biografie – was wird das wohl für einer sein? Offenbar ein Spinner: Erzählt wildfremden Leuten, er habe sich ein preisgesenktes Gewächshaus gekauft!

Oder es handelt sich um ein Casting fürs Voyeur-Fernsehen. Sie locken die Halbprominenz mit Komplimenten und Schmeicheleien, weil die richtige nicht zu haben ist. Aber doch nicht mit ihm! So schnell krabbelt ein Kubisch in keine Leimfalle. Wobei die geklaute Biografie, zugegeben, nicht der schlechteste Köder wäre. Kubisch kann nicht leugnen, einen gewissen Kitzel verspürt zu haben. Aber dieser Dr. Resch ist ja wohl außer Verdacht, ein Soap-Produzent zu sein. Und sein »Fährtendieb« ist ein Wichtigtuer, eine Quasselstrippe. Es gibt Leute, denen ist wurscht, was sie reden, solange sie nur jemanden haben, der zuhört. Notfalls nehmen sie sich 'ne Taxe.

Oder es ist ein Verehrer, einer, der auf unkonventionelle Art den Hut ziehen möchte vor ihm. Warum auch nicht. Hat Kubisch die Menschen nicht einst von Schnüren der Bevormundung befreit? Aber ja doch! Wenn auch nur für ein Stündchen. Ein mutiger Streiter, glaubt er von sich behaupten zu können, ist er gewesen, ein Mann des offenen Wortes in Zeiten der Verschlossenheit. Er kann deshalb sogar mit einem längeren Gefängnisaufenthalt aufwarten, und das kann nun wirklich nicht jeder. Wann immer der Gesprächsstoff ausgeht, kann er sagen: »Übrigens, ich hab schon mal im Gefängnis gesessen.«

Was sonst ist dran an seiner Vita, dass sie diebische Neigungen zu wecken, einen Hochstapler zu inspirieren vermag? Wer immer sie sich ans Revers heftet – ein paar Sachen kann er von vornherein vergessen:

»Oh, Sie haben Abitur mit befriedigend bestanden, darf ich Ihnen meinen Platz anbieten?«

»Oh, Sie haben Witze über die Regierung gemacht? Sie sind selbstverständlich mein Gast!«

»Oh, Sie waren mal ein Frauenheld? Da wird der Chefarzt höchstpersönlich nach Ihrer Prostata schauen wollen.«

Am ehesten punkten könnte er noch, wenn er Nero ins Spiel brächte. »Ach, von *der* Annerose Winter sind Sie der Mann?« Aber seinen Platz räumen wird deswegen noch lange keiner oder die Zeche zahlen. Also, was bezweckt die Übung?

Plötzlich überkommt Kubisch ein Hauch von Düsternis. Eine Übung? Zweifel zwackt, die Stimmung sackt ab: Es geht vielleicht gar nicht um ihn? Da übt sich einer in Täuschungsmanövern?

Schon jagt ein Verdacht den nächsten. Da will einer nur ausloten, ob er die Leute an der Nase rumführen kann! Vielleicht gibt der heute den und morgen den? Kubisch erschrickt. Ein Verwandlungskünstler? Ein elender Schauspieler? Geht nach Hause und erzählt seiner Frau: »Hab heute einem weisgemacht, ich sei Jacobus Kubisch.« Und die Frau fragt womöglich: »Und wer ist das?«

——— ———

Jacobus Kubisch ist das Kind der Deutschlehrerin Mathilde Kubisch und eines Lazarettarztes, von dem er nicht viel mehr weiß, als dass er Dr. Bernhard Berger hieß. Seine Mutter hatte sich wenige Tage vor Kriegsende in diesen nicht besonders stattlichen, aber, wie sie fand, außerordentlich charmanten Mann verliebt, der ihr den öden Luftschutzdienst mit Witz und Komplimenten verkurzweilt hatte, und sich auf eine Liaison mit ihm eingelassen, obwohl er ihr an Lebensjahren um einiges voraus war.

Im Aufwind von Frühling und Frieden hob das Paar ab. In Dr. Bergers winziger Wohnung im dritten Stock eines Altbaus durchlebte Mathilde Monate ungekannten Glücks. Sie war ohne Zögern zu ihm gezogen, nachdem ihre Eltern ein uneheliches Verhältnis ihrer siebzehnjährigen Tochter mit einem älteren Herren, und sei es auch ein Herr Doktor, zu einem Akt der Unzucht erklärt und damit gedroht hatten, ihn anzuzeigen.

Doch dann war ihr Liebster plötzlich verschwunden, ansatzlos, ohne Abschied, um erst Jahre später wie aus dem Nichts wiederaufzutauchen. Oh, wie hatte Mathilde sich nach diesem Augenblick gesehnt! Die Momente, in denen sie ans Fenster getreten war, zu schauen, ob er nicht um die Ecke käme wie einst, waren in der Zwischenzeit kaum seltener geworden. Stets war sie darauf vorbereitet, schnell noch das Haar zu stecken und dann auf dem Korridor zu lauschen, bis seine Schritte die Treppe hinaufkämen, um ihn unwiderstehlich lächelnd in der geöffneten Tür zu empfangen. Das Hoffen auf die Stunde seiner Wiederkehr war zum Mittelpunkt ihrer Gedanken geworden. Auf ihren Wegen meinte sie, seine Blicke zu spüren, und mühte sich um Eleganz ihrer Schritte. Näherte sich ein Fahrzeug, war sie sicher, gleich würde es neben ihr Schritt fahren, jemand würde die Scheibe runterkurbeln und »Tille!« rufen. Jeden Morgen machte sie sein Bett mit und schlug auch seine Decke zurück, bevor sie sich abends hineinlegte. Früh, wenn sie wach wurde mit dem Rücken zu seiner Seite des Bettes, wagte sie nicht, sich umzudrehen, denn die Möglichkeit, dass er nachts gekommen war und sich zu ihr gelegt hatte, bestand erfahrungsgemäß nur so lange, bis sie nachsah.

Ihr fiel auf, dass sie wenig über ihn wusste, ja, im Nachhinein kam es ihr vor, als habe er um seine Person bewusst ein Geheimnis gemacht. Dass er eigentlich ganz anders hieß, als er vorgab, hatte sie auch nur unter dem Siegel der Verschwiegenheit erfahren. Männer, uniformiert oder in Zivil, die klingelten und nach Dr. Bernhard Berger fragten, mehrten ihre Ängste, dass er was auf dem Kerbholz haben könnte. Man hörte viel von Verhaftungen und sibirischen Arbeitslagern. Er war immerhin Wehrmachtsoffizier gewesen. Auskunft bekam sie ohne verwandtschaftliche Bindungen zu ihm nirgendwo.

Einmal, als sie mit zwei Eimern Kohle aus dem Keller kam, ganz ohne die Hüften zu schwingen, auch ohne die Haare gesteckt zu haben und an gar nichts denkend, stand wieder so ein Mann vor ihrer Wohnungstür, und sie, ziemlich aus der Puste, hievte die Eimer auf den Treppenabsatz und sagte, die Henkel noch in der Hand, ihren Standardsatz:

»Dr. Berger ist beruflich für länger unterwegs, ich bin hier nur die Aufwartung.«

Der Fremde drehte sich zu ihr: »Frau Dr. Berger, Sie gestatten?«

Die beiden Eimer in den Händen stand er vor der Wohnungstür. So konnte er sie gar nicht umarmen. Und sie mit ihren Kohlefingern ihn auch nicht so richtig. Sie lehnte nur den Kopf gegen seine Brust, bemüht, ihn nicht merken zu lassen, dass ihr Herz sich gebärdete, als wolle es entkommen.

Das war nicht das Einzige, was sie sich anders vorgestellt hatte. In seine Augen war Unruhe eingekehrt. Seine Liebkosungen wirkten fahrig und hölzern, sein Humor mühevoll. Warum er das Türschild aus Messing abschraubte und durch kein anderes ersetzen wollte, darüber gab er keine Auskunft. Auch alle ihre Fragen zu seiner Vergangenheit wimmelte Berger ab. Er sei in Dinge verstrickt, von denen sie besser nichts wisse, und von Verrat und Rache bedroht, habe sich aber nichts vorzuwerfen. Als Arzt könne er nicht mehr arbeiten, werde aber bald eine andere Stelle bekommen.

»Als was denn?«

»Als Fragnichsoviel.«

Einige Zeit später verschwand er erneut. Da war Mathilde schwanger, das Aufgebot schon bestellt. Als die Wehen einsetzten, als sie mit einem Knaben niederkam, als sie im Wochenbett fieberte, als sie Wohnraum und Milchmarken beantragte – immer fragte man sie, wer denn der Vater sei. Doch sie gab seinen Namen nicht preis. Sie ließ das Kind als Jacobus Kubisch ins standesamtliche Register eintragen. Nicht, um ihren Eltern, dem Pastorenehepaar Fritz und Irmtraut Kubisch, die sie verstoßen hatten, eine biblische Brücke zu bauen, sondern weil ihr Bräutigam einen zweiten Namen hatte, den, wie sie glaubte, nur sie kannte und nur sie (und nur wenn sie mit ihm allein gewesen war) hatte aussprechen dürfen: Jacob. Das blieb ihr Geheimnis vor der Welt, und somit auch, dass ihr Liebster, der, anders war sein Verschwinden nicht zu erklären, umgekommen sein musste, im Namen ihres gemeinsamen Sohnes weiterlebte.

Als ein Großteil der Tränen geweint war und Mathilde sich mit dem Gedanken vertraut gemacht hatte, den Jungen ohne Vater großziehen zu müssen, suchte sie nach einem Rufnamen für ihn, denn Jacobus, so sehr sie den Namen mochte, war ihr zu lang. Eine Beschränkung auf höchstens zwei Silben fand sie angemessen. Nun, die Auswahl war nicht so groß: »Jacob« machte sie traurig, »Obus« war ihr ein Synonym für Unzuverlässigkeit, blieb nur Cobu.

Der Knabe, Doktor Bernhard Bergers Sohn, war nicht besonders erpicht darauf, Näheres über seinen Vater zu erfahren, im Gegenteil: Er hoffte, dass der wirklich ordentlich tot wäre und nicht etwa plötzlich anspaziert käme, denn immer, wenn Mathilde mit schwalbensanfter Stimme von ihm sprach, wanderte ihr Blick in eine andere Gegend der Welt, eine, in der Cobu nicht vorkam. Dann sah er Flammen der Sehnsucht in ihren Augen züngeln, woraus zu schlussfolgern war, dass die Liebe seiner Mutter nicht ihm allein gehörte, sondern er sie mit diesem fremden Mann teilen musste. Je weiter der im Jenseits verschwunden war, desto besser.

Später, als er gern mehr über seinen Vater erfahren hätte, konnte Mathilde keine Auskunft mehr geben. An seinem achtzehnten Geburtstag, gerade als er die Geschenke auspackte, wurde sie plötzlich ganz schmal, als hätte sie auf einen Schlag fünf Kilo abgenommen, sank in einen Sessel und kam nicht wieder daraus hervor.

— —

Alkohol macht aus Düsternis Finsternis (genau wie er Wohlbefinden in Euphorie zu steigern vermag). Dies ist Kubisch bekannt. Trotzdem hofft er, wie Millionen Gleichgesinnte, die jede Nacht einsam und mit hängenden Augenlidern über ihre geleerten Gläser gebeugt am Tresen hocken, auf die Zauberkraft eines »letzten«, das schaffen möge, was die bereits ausgetrunkenen nicht geschafft haben, nämlich über Anflüge von Trübsinn und Selbstzweifel hinwegzuhelfen oder einen Traum wahr werden zu lassen, sei es in Form einer weltumspannenden Erleuchtung oder einer schönen Frau, die hereingeschwebt kommt und es genau auf so einen abgesehen hat, wie er da einsam und mit hängenden Augenlidern über sein leeres Glas gebeugt ...

Kubisch würde es schon reichen, wenn bessere Laune hereingeschwebt käme. Der Gang zur Bierkiste kurbelt seinen Kreislauf an, auf dem Rückweg geht es ihm tatsächlich schon etwas besser. Die Flasche ist geöffnet, sie steht schäumend auf dem Couchtisch und harrt ihrer Verwendung. Nur noch kurz Nero anrufen, wie versprochen. Das Handy-Display äußert:

Ein Anliegen bef
inde ausser des
Waehlen Bereich
drucken Rautetaste

Kubisch drückt die Rautetaste. Und weil nichts geschieht, drückt er die grüne Taste, die rote, STOP, hoch, runter, OK und aus Versehen auch noch SOS. Das Handy reagiert mit Schüttelfrost. Vor Schreck lässt er es fallen.

»Hallo«, krächzt das Handy auf dem Teppich. Glücklich, dass es noch spricht, bückt er sich danach. »Hallo, Nero?«

»Nero? Na *du* kennst Leute, Schnucki!«

Kubisch stutzt. »Mein Name ist Kubisch. Ich wollte gern meine Frau sprechen. Die heißt Nero.«

»Und ich heiße Augustus. Oder willste lieber mit Cäsar? Die macht grad Kaffeepause, da musste in zehn Minuten noch mal …«

»Ich möchte meine Frau sprechen, ist sie in der Nähe?«

»Kann ich mir nicht vorstellen. Wenn sie in der Nähe wäre, würdest du mich doch nicht anrufen, du kleines Ferkel.«

»Sie ist verreist. Ich meinte, ob sie bei *Ihnen* in der Nähe ist.«

»Verreist? Ohne dich? Wo du doch so'n toller Hecht bist!«

»Dann hat sich das wohl er…«

»Mach kein' Ärger, Schätzchen. Jetzt geht's erst richtig los. Mann, bist du ein toller Hecht!«

»Wer immer Sie sind, mit meiner Frau haben Sie nicht viel Ähnlichkeit«, macht Kubisch auf locker.

»Sei froh, Süßer. Komm, ich hol dir einen runter …«

»Das ist wirklich sehr freundlich, aber …«

»… ah, hast du ein geiles Schweineschwänzchen, ich bin schon ganz feucht.«

»… ich glaube, das ist ein Missverständnis.«

»Na, das werd ich ja wohl besser wi…«

Kubisch drückt rot. Donnerwetter! Die war ja nicht ohne, die Dame. Richtig ins Schwitzen gekommen ist er. Wenn er nicht Angst gehabt hätte, dass es Geld kostet! Hauptsache, es kommt keine Rechnung »Ihr Anruf bei *Feuchte Muschis* e.V.« und fällt Nero in die Hände. Da kann er sich gleich selber in die Urne verkrümeln.

Er wird jetzt nicht mehr versuchen, irgendwas Sinnvolles zu tun. Auch Nero nicht mehr anrufen. Nero reagiert seismographisch auf veränderte Blutwerte. Empfindlicher als 'ne Verkehrskontrolle. Die Entfernung spielt da keine Rolle. Dann sagt sie sowas wie »War wohl wieder heiß auf Hawaii, was?« Oder sie nennt ihn »Zwitscherli«. Das ärgert ihn genauso, als würde sie ihn »Bierfläschli« nennen. Oder »Halbliterli«. Das kann er nicht gut ab. Sowas reduziert seine Persönlichkeit auf Saufschwein. Und dagegen hat er was. Allerdings gibt es gewisse Anzeichen dafür, dass er eins ist. Stolpern über die Teppichkante gehört dazu wie auch eine falsche Handytaste drücken.

Also macht er doch was Sinnvolles: Er geht ins Bett.

Das gibt uns Gelegenheit, die Geschichte vom blauen Waschbecken weiterzuverfolgen. Über kurz oder lang, wenn sie schon hier nicht so richtig was zu suchen hat, wird sie zu der flüchtigen und einzigen Begegnung zwischen Cobu und Reinhard Rübhügel führen, von der schon kurz die Rede war. Erinnern Sie sich, wie Rübhügel, der Ratsvorsitzende, Abteilung Kultur, vor der Ladentür der Baustoffversorgung seinen großen Auftritt vorbereitete, sich noch einmal räusperte, tief Luft holte und zwei Stufen erklomm?

Wir schreiben das Jahr 1979. Es ist das Jahr der gebeutelten Dreißig. Obwohl es um einen Jahres*tag* geht, der gefeiert werden soll, beherrscht die Dreißig anordnungsweise schon monatelang die Gesichtsfelder, macht sich durch Omnipräsenz unbeliebt. Das wird sie büßen müssen. Lange wird es dauern, bis sie wieder eine ganz gewöhnliche Zahl sein kann. Bis dahin werden die Leute einen Bogen machen um alles, wo eine Drei mit 'ner Null draufsteht, Häuser mit der Nummer dreißig meiden, im Buch die Seite dreißig überblättern. Und wenn sie bis hundert zählen, werden nur 99 Ziffern zusammenkommen.

Nachdem Rübhügel sich nun endlich ein Herz gefasst hatte und festen Schrittes eingetreten war, suchte er, die Hände auf dem Rücken verschränkt, den Laden der Baustoffversorgung nach Baustoff oder einem Ansprechpartner ab, beides ohne nennenswerten Erfolg. Die Papp-Dreißig füllte auch Wochen nach dem Jahrestag noch in allen möglichen Variationen die Regale, vorzugweise silbern oder golden. Sonst war nichts weiter zu sehen als eine Kiste mit ein paar Eisenteilen darin. »Walmdachfensterverriegelungen, DIN …« stand drauf. Mein Gott, wer braucht sowas? Offensichtlich kein Mensch. Fehlplanung! Schlamperei, elende. In seinem Ressort kommt sowas nicht vor. Er dient seinem Volk mit Hirn und Hingabe, er ist ein Patriot. Sein Plan heißt Kultur. Und wenn er Kultur ansagt, *gibt* es Kultur! Frische Blumen schmücken die Amtsstuben seiner Behörde, und die öffentlichen Klos sind gefliest. Jawohl! Wie er das macht, hat nicht zu interessieren. Aber dass es geht! Er wird gleich mal 'n paar Takte … – na ja, ist vielleicht doch nicht der günstigste Moment für ein Donnerwetter: Er will was.

»Guten Tag!«, sagte er laut und, wie er fand, ganz ohne die Attitüde des Bittstellers, denn so gefiel er sich am besten. Das änderte allerdings nichts an der Gesamtsituation, nämlich dass er sich in einem Laden befand, wo es nichts zu kaufen gab und auch niemanden, der es einem verkauft hätte. Da ist es am Ende egal, wie man »Guten Tag!« sagt und dass man noch einmal die Tür öffnet, um sie etwas lauter zu schließen als zuvor.

Auch auf dem Hof war nicht viel zu finden. Nur ein breitgelatschter Sandhaufen und ein kniehoher Stapel rissiger Zementsäcke mit dem Schild »verkauft«. Blieb nur die Hoffnung auf den Zauber seines Charmes. Aber die Angestellte schlurfte einfach an ihm vorbei.

»Ärwin gomma, hier will eener ä blaues Waschbeggn.«

Erwin Wencke kam aus'm Schuppen gelatscht, zwei Umrundungen dünner als Rübhügel.

»Ä blaues Waschbeggn? Warum nich glei ä goldnes?«

Reinhard Rübhügel, obwohl selber durchaus mit dem Humor seiner Landsleute gesegnet, konnte im Moment, während er hinter Erwin her trottete, nicht viel anfangen damit.

»Unser Bad ist blau gefliest …«

»Na schigg.«

»… jetzt wollten wir gern passend dazu ein Waschbecken.«

»Da hilft nur beten, dass eens vom Himmel fällt. Hier gibt's schon ewig keene Waschbeggn mehr. Bring' Se uns zweä, dann verkoof'mer Ihn'n eens.«

Rübhügel probierte es noch mit einem dezenten Hinweis auf seine gesellschaftliche Stellung, aber das brachte bei Erwin keine Punkte. Stattdessen ein unverschämt inhaltsschwangeres Gegrummel.

Zurück auf der Straße und nicht wahrhaben wollend, dass dies bereits das Ende seiner Mission bedeuten sollte, schaute er in die Runde, als erwarte er aus irgendeiner Himmelsrichtung Hilfe, und stutzte: Ihm war ganz entgangen, dass der Laden ein Schaufenster hat. Es war auch gut getarnt. Einzig die mit Lausbubenfingern in die Schmutzschicht gemalten Obszönitäten ließen erahnen, dass es sich um eine Glasscheibe handelte. Etwas näher heran getreten, sah er eine gerahmte Urkunde. Noch einen Schritt näher konnte er sogar entziffern, was draufstand: »Sieger im Wettbewerb *Schönstes Schaufenster der Stadt«*, darüber, von der Decke hängend, eine suppentellergroße, ährenumrankte, goldfarbene – kein Zweifel – Fünfundzwanzig.

Rübhügel kombinierte scharf. Er war nahe dran, noch einmal in diesen nichtsnutzigen Laden zu gehen und dem schlampigen Verkäufer die Meinung zu geigen, da glaubte er, im Hintergrund etwas zu erkennen, das einst den Sieg im Schaufensterwettbewerb gerechtfertigt haben könnte. Mit der Faust wischte er ein Guckloch und linste hindurch. Ein komisches Bild gab er ab dabei, der Kulturbezirksrat, so ganz allein, das Gesicht an der verdreckten Scheibe, mit den Händen seitlich die Augen abdeckend, bemüht, seinen Mantel nicht zu beschmutzen. Jemand kam von hinten:

»De Monna Lisa, wa?«

»Nee nee, nichts Besonderes.«

Aber der Mann stand bereits neben ihm.

»Zeische ma, was gibt's denn?«

Rübhügel, bemüht, den Mann schnell loszuwerden, drehte sich in ganzer Breite zu ihm, um seine Gesinnung zu demonstrieren, die an das Revers seines Mantels geheftet war, und sagte ernst: »Die Losungen zum 1. Mai.«

»Vom letzten oder vom nächsten?«

»Sowohl als auch.«

»Na, da ham Se ja noch 'ne Weile zu tun«, sagte der Mann, »lassen Se sich mal nich weiter störn.«

Rübhügel wartete, bis er um die Ecke war, wischte sein Guckloch wieder blind und betrat erneut den Laden.

»Was is«, empfing ihn Erwin, als wär er jeder x-beliebige Kunde.

»Das Zeug im Fenster – ist das zu verkaufen?«

Erwin bog den Kopf nach hinten und spähte unter den Augenlidern auf sein Gegenüber, zum Schaufenster und zurück:

»Wer will'n das ham?«

»Ich.«

»Willste denn damit?«

»Ich frag ja nur so.«

»Was zahlste.«

»Was soll's denn kosten?«

»Hm, sach'mer ma .... achtzsch?«

»So viel hab ich gar nicht bei mir. Wo kommt denn das her?«

»Was weeß denn ich. Hat de Blembe hier angeschlebbt. Ham se irschndewo beschlachnahmd. Aber wer kooft so'n Grembl. Die Leude wolln Holz, ganz normale Bredder. Für de Durchreiche, vestehste. Oder für de Gellerbar. Das is modern. Da sin die scharf droff.«

»Ich kann Ihnen fünfzig geben.«

»Na gut. Weil du's bist.«

Reinhard Rübhügel zog einen Fünfziger aus der Börse, überlegte kurz, steckte ihn wieder hinein, fingerte einen größeren Schein hervor und legte ihn auf den Tresen:

»Ich mach Ihnen einen Vorschlag: Ich gebe Ihnen hundert, dafür leihen Sie mir Ihren Laster.«

Erwin Wencke sah seinem Gegenüber in die Augen, dann auf den Hunderter und zurück, wiegte dezent den Kopf und sprach:

»Du Schweinebagge.«

Rübhügel griff erneut in die Börse und legte noch einen Schein dazu.

»Hundertzwanzig?«

Erwin staunte nicht schlecht: »Hundertzwanzsch? Hmmm.« Die Sache begann ihm Spaß zu machen: »Horsche ma här, du Sesselfurzer. Du sitzt doch am Häbl. Meine Gundschaft, die frachn andauernd nach Dachbabbe. Bei dän'n drobbt's rin. Die wern langsam ungemidlich.«

»Ich kümmere mich drum.«

»Aha?«

»Versprochen.«

»Die brauchen aber ooch Dachbabbenäschl. Sonst nützt'n de Dachbabbe nischt.«

»Verstehe. Ich organisiere das.«

»Mit'n Fünf-Jahr-Blan?«

»Bis nächste Woche. Ich kenne da jemand.«

Erwin schaute leicht ungläubig drein und fügte vorsichtig an: »Dachbabbenäschl ohne Dachbabbe nütz aber ooch nischt.«

»Verlassen Sie sich auf mich. Ich besorge das Zeug, ich garantiere es Ihnen! Krieg ich den Wagen?«

»Du krist die Garre und den Blunder, wenn de Dachbabbe hier steht. Hier offm Hof und nirschndewo sonst.«

»Abgemacht. Und Sie putzen bis dahin bitte die Scheibe nicht.«

Erwin stutzte. »Wie gommst'de denn of die Idee, dass ich die Scheibe budze?«

»Ich meine ja nur.«

»Hmm«, brummte Erwin. »Und'ä blaues sollte's sin, das Waschbeggn? Da gomm' dann nochema siemvörtzsch zweendreißsch dazu zu dän … äh … hundertfuffzsch.«

—— ——

Kubisch kommen Zweifel, ob ihm angenehm ist, dass er nicht einschlafen kann. Fast eine Stunde liegt er schon wach im Dunkel des Schlafzimmers beziehungsweise in dem, was die Straßenbeleuchtung davon übrig lässt. Mit Adelheid, die ihm später nicht nachsehen konnte, dass er im Kittchen saß statt auf ihrer Bettkante, hatte er parterre gewohnt, zur Straße raus. Da fuhren nachts die Scheinwerfer der Autos über die Zimmerdecke, kein Einschlafen ohne zeternde Pärchen oder den Weltschmerz der Betrunkenen. Hier in Halmrode, einem Dorf im Westteil des Felsberger Landes, wohin er sich mit Nero zurückgezogen hat, schleichen die Nächte ums Haus wie schwarze Katzen. Aber die Laterne vor dem Fenster macht rosa Schweinchen aus ihnen. Er kann die Farbe ihres Lichts nicht leiden.

Einst, vor dem Fenster seines Kinderzimmers, stand eine Gaslaterne, eine Grazie mit verschnörkeltem, gusseisernem Pfahl und märchenhaftem Schein, der wie ein Feenschleier auf die Straße fiel. Darüber leuchteten die Sterne, und eines störte das andere nicht. Wenn er zum Schlafen verdonnert war, reichte das milde Licht, heimlich noch ein paar Seiten zu lesen. War er müde, hinderte es ihn nicht am Einschlafen. Heimlich lesen konnte er auch noch, als die zierliche Laterne gegen einen elektrischen Lichtmast aus Stahlbeton getauscht wurde, dreimal so hoch. Aber Sterne sah er keine mehr. Da lag sie, seine Schöne, auf einem Pritschenwagen, wie ein entwurzelter Baum mit ihrem lehmigen, unförmigen Erdanker. Sie fuhr dahin wie zum Armenbegräbnis, und mit ihr ein Stück Geborgenheit.

LEUCHTE

Mit dem Ende der Gaslaternen war auch das Schicksal des Laternenmannes besiegelt, der mit seiner Stange durch die Dämmerung balancierte wie ein Seiltänzer. Eine Glanznummer für jedes Varieté wäre der gewesen! Ein Magier war er zudem. Konnte graues Straßenpflaster in Glitzerstein verwandeln und einem die Angst vor düsteren Ecken nehmen. Wenn sie ihn bei seiner Arbeit beobachteten, träumten die Kinder davon, selbst einmal ein Laternenmann zu werden, und wären gern mit ihm befreundet gewesen. Aber das war gar nicht so einfach. Dass sie ihn »Leuchte« riefen, hatte nämlich weniger mit seinen Laternen zu tun als damit, dass er 'n Klein'n weg hatte. Schmatzte mehr als dass er redete, begriff nur die Hälfte und guckte komisch. Sein grimassenartiges Grinsen, Folge einer halbseitigen Gesichtslähmung, gab Anlass für Gekicher hinter seinem Rücken. Einige Überlängen des Skeletts machten, dass er schlaksig wirkte wie eine Marionette. Man hatte den Eindruck, sein Unterteil laufe immer ein Stück vor ihm her und der Oberkörper sei hinten auf dem Steiß festgemacht. Alles oberhalb der Rippen hing vornüber wie bei einer verblühten Sonnenblume.

Nun, da er kein Laternenzaubermann mehr sein konnte, zauberte er auf andere Art. Er war nämlich jetzt bei der Eisenbahn, und zwar nicht irgendwas, sondern »Dischbädschor«. Auch wenn das ein bisschen hoch gegriffen war, denn genau genommen arbeitete er als Hilfskraft auf dem Güterbahnhof und hatte schwere Kisten vom Lager in die Waggons zu karren und umgekehrt. Aber wen interessierte das schon? »Dischbädschor« klang nach Oberwasser, roch nach Höhenluft, obgleich keins der Kinder eine Vorstellung von der Tätigkeit eines Dispatchers hatte. Was Leuchte so aus seinen Hosentaschen fingerte, war allemal beeindruckend genug. Es waren Gegenstände, die durch ihre bloße Existenz zu faszinieren vermochten. Flügelmuttern, optische Gläser, aus der Mode gekommene Geldscheine mit irrsinnig vielen Nullen oder handtellergroße Kugellager, lauter Dinge, deren eigentlicher Verwendungszweck kaum eine Rolle spielte. Manchmal verteilte er sogar Karten fürs Zeitkino und spendierte die Straßenbahn. All das verhalf ihm zu einigem Ansehen in der Kurze-Hosen-Szene. Nur normal reden konnte man eben nicht mit ihm, weil er schwer von Kapee war und was er von sich gab, nur ahnungsweise zu verstehen. Sprach er, warf er Blasen und zischte wie die Loks, die oben vorbeidampften, jedes Wort musste er mühsam rauswürgen, als sei ihm die Zunge zu lang gewachsen und er trage sie nach hinten geklappt, damit sie nicht vorne rausbaumelt.

So ganz zutraulich wurden sie also nicht, die Kinder der Witwenstadt. Andersrum schien sich Leuchte seiner

Eigenarten bewusst zu sein und nicht erpicht darauf, einen Stammplatz in ihrer Gesellschaft zu ergattern. Seine Auftritte waren eher selten und entsprechend ereignishaft.

Irgendwo im Viertel musste er sein Zuhause haben, wo genau, konnte niemand sagen. Man schätzte ihn auf Mitte zwanzig, Fragen nach seiner Person beantwortete er mit Kopfschütteln. Oder er legte die Hände um den Mund und rief etwas, dessen Sinn Uneingeweihten verborgen blieb. Und das waren alle außer Leuchte. Es war ein Geheimwort, eine verschlüsselte Botschaft oder sowas und schien für manches zu taugen, für oben so gut wie für unten, für hü wie für hott: »Tschie-de-ga-räh!« Und wenn die Kinder ihn grüßten mit »Tschiedegaräh!, Leuchte!«, grinste sogar der gelähmte Mundwinkel. Inzwischen fragte keiner mehr, was es zu bedeuten hatte, denn Leuchte konnte es nicht vermitteln, egal, wie oft und wie eindringlich er es wiederholte. Nicht langsamer gesprochen, nicht lauter, nicht mit getrennten Silben. Sein Gesichtsausdruck wurde nur immer verzweifelter, bis er schließlich traurig abwinkte und sich verzog. Zurück blieb Mitleid wie mit einem kranken Tier, dem nicht zu helfen ist, weil es nicht zustande bringt, sich zu seinen Symptomen zu äußern.

Kubisch wird eines Tages rausfinden, was » Tschiedegaräh!« zu bedeuten hatte. Aber da wird Leuchte nicht mehr genug am Leben sein, es ihm bestätigen zu können.

Die Ursache seiner Macke blieb Spekulation. In der Rangliste der Geschichten, die die Runde machten, führte die, seine Mutter habe einst das ehrgeizige Ziel verfolgt, zu Führers Geburtstag mit ihm niederzukommen und versucht, den Anweisungen einer alten Quacksalberfibel folgend, den vom Arzt errechneten Termin einen Tag vorzuverlegen. Ihr Mann, heiß auf eine Parteikarriere und mit einem zu Führers Geburtstag geborenen Sohn, den er dem Führer quasi zum Geschenk machen würde, kaum zu toppen, stand ihr dabei zur Seite. Er kochte die Mixturen und wachte, dass sie bis zum letzten Tropfen getrunken wurden, heizte den Ofen für die Sitzbäder und half ihr auf den Küchenstuhl, von dem sie stündlich genau sieben Mal zu springen hatte.

Dem Schicksal indes gefiel diese Strategie nicht, vielleicht waren der Dinge auch zu viel getan. Die Wehen setzten am Vorabend des großen Tages ein, und trotz aller Bemühungen, die Geburt nunmehr mit Tricks aus derselben Schwarte hinauszuzögern, kam das Baby, wann es wollte, nämlich zwölf Minuten vor Mitternacht. Genau zwölf Minuten, bevor dieses freudige Ereignis an Herzen und Trommelfelle der Nachbarn rühren durfte. Und so kam es, dass das Licht der Welt, das Leuchte erblickte, von der Art war, wie es unter einem dicken Daunenkissen zu finden ist.

—— ——

Noch immer kein Schlaf, Kubischs Gedanken springen umher wie die Affen im Baum, zischen an ihm vorbei, rempeln einander, halten kurz inne, hängen rum, mancher auch kopfüber. Adelheid hatte sich gerade hier langgehangelt, irrsinnig nackt, hinauf zu ihm in das himmlische Hochbett ihrer Parterrewohnung. Er sieht sie, hingestreckt, die Arme hinterm Kopf verschränkt seine Hand erwartend, und genießt den Anblick. Gleich darauf sieht er sie ins Besucherzimmer des Gefängnisses stöckeln, bunt wie eine Bergwiese, eilig, eisigen Luftzug fabrizierend. Ein einziges Mal kam sie. Und – haste nich gesehn – weg war sie wieder.

Blickbiest, das Fräulein Schinkel, die Sekretärin, den Kubischs als Mitbewohnerin zugeteilt, seit Dr. Bernhard Berger als »vermisst« aus der Einwohnerliste der Stadt gestrichen worden war, geistert plötzlich durchs Geäst der Gedanken. Nicht ohne ihren Dackel Wölflein, versteht sich, der es einst mit einer von Leuchtes Laternen zu tun bekam. Wobei das nicht ganz korrekt ausgedrückt ist – sagen wir besser, eine von Leuchtes Laternen bekam es einst mit Wölflein zu tun. Allerdings ganz anders, als sie es von anderen Dackeln gewohnt war. Dieser hier ließ sie einfach links liegen und trippelte, Blickbiests Gebote missachtend, auf die regenglatte, abschüssige Fahrbahn. Kubisch in seinem Halbschlaf kriegt es vorgeführt wie die Zeitlupe eines Stürmerfouls: die leere Straße, in der es im Moment genau vier Materieklumpen gibt, die etwas miteinander zu tun bekommen könnten, nämlich ein Frauchen, einen Dackel, die Laterne und ein Auto, und wie sich dann alles fügt, Blickbiests »Sofort kommst du hierher!« zwar Wölfleins Dackelohren bewegt, nicht aber sein Herz, wie er hochgeschleudert wird, dass man denkt, er ist nicht mehr, dann aber unbeirrt weitertrippelt, während der Laternenpfahl auf das quietschende Auto zurast und in der Folge im 60-Grad-Winkel zur Erdkruste verharren wird, bis ihm nach einigen schrägen Jahren ein Stahlbetonpfahl seinen Platz streitig macht. Blickbiest steht unter Schock. Nicht wegen der schiefen Laterne, auch nicht wegen des verbeulten Autos oder der hagelnden Unflätigkeiten des Fahrers, nicht mal wegen der 180 Mark, die sie Strafe zahlen muss, nein: Wölflein hat ihr Wort missachtet. Und sie weiß noch nicht, was das für ihrer beider Beziehung auf Dauer bedeuten wird.

Am Ende der Geschichte, leider, verlöschen die fröhlichen Lichter im Gedankengeäst, langsam, eins nach dem anderen, und mit jedem weicht ein Stück Leben.

Könnte sich um die Einschlafphase handeln. Oder ums Sterben? Nicht doch. Kubischs Gedanken wechseln nur die Lokalität. Sie wandern, ob er will oder nicht, in den Salon einer verfallenen Villa, einen Raum, in dem es nach Leerstand riecht und dämmert.

DAS KAMINZIMMER

Nachdem der junge Mann, den sie im Park verhaftet und hier eingeschlossen hatten, schon weit über zwei Stunden grübelnd auf und ab gegangen war, verließ ihn schlagartig die Lust daran. Das Muster des Parketts hatte er verinnerlicht, auch den knarrigen Singsang, den es unter seinen Schritten von sich gab. Er glaubte, mit verbundenen Augen gehen zu können, ohne eine Wand zu berühren, und dabei ansagen, wo er auf ein Astloch, wo auf eine Ritze oder wo auf eine auffällige Maserung tritt.

Autotüren hatte er knallen hören und das Starten des Motors und wie sich alle Geräusche entfernten. Dann war nichts mehr, was noch auf Bewegung im Haus schließen ließ. Er erschrak: Was, wenn sie ihn hier einfach vergaßen, an diesem zivilisationsfernen Ort? Prompt überfiel ihn Heißhunger, gleich darauf die Sehnsucht nach der schmusigen Kneipe mit Sylvias Schulter. Er spürte das Bedürfnis, sein ganzes Elend hinauszuschreien, gebündelt in einem einzigen Wort. Als er das passende gefunden zu haben glaubte, legte er die Hände um den Mund, um ihm die nötige Strahlkraft zu verleihen, und brüllte: »Zie-gen-mief!«

Dann wartete er, bis der Hall verklungen war, und lauschte.

»Na na na!«, kam es nach einer Weile von draußen. Dann war es wieder still.

Cobu, einigermaßen erleichtert, dass da noch ein lebendiges Wesen war, was für eins auch immer, setzte seine Parkettwanderung fort.

Offensichtlich befand er sich im einstigen Prunkstück der Villa. Was vom Blattgold am Stuck und von den Malereien an der Decke noch erhalten war, vermittelte nicht den Eindruck, der Bauherr habe bei der Finanzierung seines Eigenheims besonders bedacht vorgehen müssen. Aus der Decke ragte ein mächtiger Haken, im Stich gelassen von seinem Kronleuchter und völlig unterfordert mit der nackten Glühbirne, die man ihm unwürdigerweise angehängt hatte, die aber nicht leuchten wollte, egal, ob man dem Lichtschalter zärtlich kam oder im Zorn.

Dicke Mörtelbrocken in der Asche des letzten Feuers zeugten von Nässe und Frost im Schornstein des offenen Kamins, durch den zu entkommen ein Ding der Unmöglichkeit schien, genau wie durch die vergitterten Fenster. Der Blick nach draußen war getrübt. Die aufgerissene Erde bedeckte ihre Blöße mit Dunst, aus dem sich, ein Stück weg, irrwitzig ein Gebäude erhob, das einzige weit und breit, alabasterweiß, mit einem klassizistischen Säulenportal. Wie eine Fata Morgana mutete es an, wie ein griechischer Tempel mitten im Ozean, wäre da nicht dieser weithin leuchtende, rote Stern auf dem Dach gewesen.

Nach Erkundung aller Gegebenheiten blieb als Fluchtweg einzig die museale Holztür mit dem Stillhaltekünstler dahinter, von dem man nicht mehr hörte, als von ihm zu sehen war. Der unschuldigen Tür Schaden zuzufügen widerstrebte Cobu. Und weil er auch nicht abschätzen konnte, von welchem Ausmaß der

Diensteifer seines Wächters sein würde, vertagte er seine Revolte fürs Erste. Mit voranschreitender Dämmerung allerdings wuchs sein Unbehagen über das grottenhafte Klima im Raum, mehrten sich Durst und Freiheitsdrang. Und so war er nicht sicher, ob er nicht doch demnächst, ganz gegen sein ästhetisches Empfinden, mit seinem kantigen, schmucklosen Hocker, der sein einziges Möbel war, gegen die Tür und die dahinter lauernde Ungewissheit vorgehen müsste.

»Zie-gen-mief!«

»Jaja.«

Eigenwilliges Gefängnis, das. Könnte ein gutes Zeichen sein. Er ist schließlich nicht jeder. Sein Name ist ein Begriff, seine Bühnenshow populär. Schon bald wird man ihn wieder laufen lassen, um Entschuldigung bitten, ihn entschädigen wollen. Dann wird er sagen: Lasst gut sein, Kinder, halb so wild. Weiß doch, dass ich ohne Netz auf dem Seil des Lebens tanze. Ich mag's nun mal so. Ihr habt's ja auch nicht leicht. Mit so einem wie mir schon gar nicht. Weiß Gott, ich kann mir auch was Lustigeres vorstellen, als dass einer wie ich öffentlich Witze über mich macht!

Aber im Ernst, Kinder: Was ihr hier treibt, riecht ein bisschen nach Willkür. Nach Entführung, um es klar zu sagen. Für sowas gibt es keine gesetzliche Handhabe. Wer wagt sich da, derart mit mir umzuspringen! Ich verlange ein ordentliches Gefängnis! Oder handelt es sich doch um einen Geburtstagsscherz? Dann wär es aber langsam Zeit für die Pointe. Ist der Witz zu breit, wird das Lachen schmal. Berufserfahrung.

»Zie-gen-mief!«

»Schnauze!«

Plötzlich kam Bewegung in die Sache. Autos hielten, Türen knallten, es wurde gelacht, Männer betraten das

Haus, querten das Foyer, redeten miteinander, ohne dass er verstehen konnte, was. Dann endlich lärmte ein Schlüssel in der Tür. Das war das Zeichen für seinen Auftritt. Für einen Mann wie Cobu ist jeder Ort eine Bühne, jeder Raum ein Theater, jedes Lebewesen Publikum. Er stellte sich in der Mitte des Zimmers auf den Hocker. Gleich würde er jemanden vor sich haben, der zu beeindrucken ist.

»Wenn meine Zunge nicht befolgt, was mein Herz ihr befiehlt, nämlich …«

Aber er wurde um seinen Monolog betrogen. Die Tür öffnete sich nur einen Spalt, eine Hand stellte eine grüne, fettfleckige Papiertüte auf den Boden, eine Thermoskanne folgte. Cobu sprang vom Hocker, doch bevor er die Tür erreicht hatte, war sie wieder verschlossen.

»Eh, Hallo!«, brüllte er und hämmerte mit den Fäusten dagegen.

»Ja, was is denn?«

»Wenn meine Zunge nicht befolgt, was mein Herz ihr befiehlt, nämlich zu protestieren gegen die Verhaftung eines unschuldigen Menschen, dann allein aus dem Grund, dass sie ohne lange Vorrede, jedoch umso leidenschaftlicher, seine sofortige Freilassung fordert!«

»*Was* is?«

»Ich will hier raus! Es gibt keinen Grund, mich hier festzuhalten!«

»Schon möglich.«

»Man hat mir gesagt, ich würde einer Befragung zugeführt. Und es dauere nicht lange.«

»Dauert's auch nicht.«

»Ich warte aber schon 'n paar Stunden!«

»Essen Sie erst mal. Kommt gleich jemand.« Schritte und Stimme entfernten sich.

»Wer denn?«

»Der, auf den Sie warten«, hallte es von weit.

Es war schon fast dunkel, als er den Rest seiner Nerven verlor. Die Fäuste taten ihm weh vom Hämmern, jetzt ging er mit Tritten gegen die Tür vor, die sich davon wenig beeindruckt zeigte, und brüllte unflätiges Zeug. Kurz innehaltend, vernahm er draußen Bewegung, Rennen, Hämmern, Möbelrücken. Als sich aber weiter nichts tat, griff er sich endlich den Hocker und holte aus.

—— ——

Das Handy dudelt auf dem Nachttisch. Kubisch fährt aus den Federn, froh, dass es ihn aus seinen unschönen Gedanken reißt. Seine Frau wird das sein. Endlich. Ist er wieder nüchtern? Er darf sich nicht verplappern, will er sich nicht lächerlich machen. Also kein Wort von wegen »Fährtendieb«!

Nero muss lachen, als er dann doch pfeift wie ein Kessel mit Überdruck. »Is ja süß!«, sagt sie, »eine Vita, in die ein anderer schlüpft – das hat nicht jeder. Da kannste dir was drauf einbilden.«

Ob er sich Sorgen machen muss? Man hört doch so viel von gefährlichen Mails?

Ach was. Ein Dr. Resch? Nein, sie wird drüber nachdenken, aber so auf Anhieb – nein. Soll nicht so viel grübeln, ihr Alter, soll sich lieber freuen. Sie an seiner Stelle würde Luftsprünge machen, sich einen Eisbecher genehmigen. Mit Bitterschokoraspeln und Eierlikör. Aber ihr passiert ja sowas nicht. Sie hat ja nicht so 'ne schicke Biografie. Was stand denn noch so drin in der Mail? Gut, dann bis morgen. »Tschüss, Zwitscherli!«

Kubisch ärgert sich über das bescheuerte »Zwitscherli« genauso wie über seine Geschwätzigkeit. Wenn sie Geheimnisse hüten soll, die Zunge, ist sie besonders schwer zu bändigen. Kindischer, alter Madensack. Nicht mal, wie ihr Konzert war, hat er Nero gefragt. Schwerfällig schlappt er durchs Haus. Hat plötzlich wieder Bierdurst. War er schon eingeschlafen, bevor das Telefon klingelte? Müde jedenfalls ist er nicht. Also ein allerletztes noch. Und Nachrichten gucken.

Was ist das? Ein Bild von ihm! Er in seinem Garten. Mit der Gießkanne. Das gibt's doch gar nicht! Wann war er wohl das letzte Mal im Fernsehen? Er guckt ein bisschen grimmig auf dem Foto. Wie ein böser alter Mann. Aber kein Zweifel, das ist er, Kubisch. Steht sogar sein Name drunter. Er hat keinen Ton – wo ist die verdammte Fernbedienung?

»... Literaturpreis. Er ist dotiert mit fünftausend Euro. Kubisch erhält ihn für sein Lebenswerk. Er sei stets gleichermaßen Diener wie Herr des Humors gewesen, heißt es in der Laudatio. Kubisch, der unter dem Pseudonym Cobu auftrat, war in jüngeren Jahren staatlicher Verfolgung ausgesetzt und zeitweise inhaftiert. Er lebt krankheitsbedingt zurückgezogen und ist verheiratet mit der bekannten Pianistin Annerose Winter. Hier noch das Wetter von ...«

Uff! Kubisch drückt Off.

Ein Preis für Literatur? Mehr überrascht hätte ihn allenfalls die Nachricht, er sei gestorben! »Herr und Diener des Humors«? Egal. Preis ist Preis. Und das viele Geld! »Lauf zum Großen Klaus, er soll uns sein Scheffelmaß leihen«, sagte der Kleine Klaus. Vielleicht ruft er Nero noch mal an und fragt, ob sie Nachrichten gesehen hat? Der Gedanke, so verlockend er ist, wird verworfen angesichts des zur Hälfte geleerten Bieres. Aller Drang hat seine Hürden.

Die vom Hocker bedrohte Tür öffnete sich, eine hünenhafte Gestalt präsentierend, die irgendwas unterm Arm trug und lächelte.

»Guten Tag. Könnten Sie mir den kurz leihen?« Die Gestalt trat herein, die Tür schloss sich wie automatisch.

Ziemlich perplex ließ sich Cobu den erhobenen Hocker abnehmen, den der Hüne mit der freien Hand zum Fenster trug und genau davor, im Schummerlicht aus Mondschein und rotem Stern, abstellte. »Bitte, nehmen Sie Platz.«

Für sich selbst entfaltete er den Campinghocker, der unter seinem Arm geklemmt hatte, zog aus der Brusttasche einen Notizblock mit Kugelschreiber und lächelte wieder.

»Da staunen Sie, was?«

»Wer sind Sie?«, fragte Cobu.

»Das wollte ich Sie gerade fragen. Bitte nehmen Sie doch Platz. Sie heißen?«

In dem wenigen Licht vor dem Fenster konnte sich Cobu nur ein unscharfes Bild von dem Mann machen. Lesern des *Lochwitzer Landrufs* wird er später wie folgt beschrieben werden: »Kopf und Körper entstammten offensichtlich zwei verschiedenen Entwürfen. In beiden war ein Hals nicht vorgesehen, sodass der aufgeblasene Kopf mit den Glupschaugen direkt überm Brustbein des langen, dürren Gestells saß. Ohren und Schultern pflegten engste Beziehungen. Was am Körper zu lang war, war am Kopf zu breit, hier besonders der Mund und das dickfleischige Drumherum. Wie ein Frosch mit Bart auf Stelzen.«

»Wie lange können Sie mich ohne Haftbefehl festhalten?«

»Vierundzwanzig Stunden. Beziehungsweise solange es nötig ist. Name und Vorname bitte.«

»Ich kann mir nicht vorstellen, dass Sie nicht wissen, wer ich bin.«

»Da liegen Sie nicht ganz falsch, Herr Kubisch. Aber ich möchte es gern von Ihnen wissen. Es muss alles seine Ordnung haben.« Er schrieb etwas auf seinen Block. »Geburtsdatum?«

»Und das hat alles seine Ordnung, diese Dunkelkammer hier, der Campinghocker?«

»Außergewöhnliche Gäste, außergewöhnlicher Service. Wo wohnen Sie, wenn Sie nicht Gast unseres Hauses sind?«

»Im Wind.«

»Aha. Nummer?« Der Froschbart grinste in dem Maße, wie Cobu sich ärgerte.

»Was hat das alles mit diesem Theater hier zu tun?«

»Ohne festen Wohnsitz.« Auch das schrieb der Mann auf, sagte dann mit der Attitüde des Kinderarztes »Das war's schon. Hat doch gar nicht wehgetan«, und hielt Cobu seinen Stift hin. »Wenn Sie bitte hier unterschreiben?«

»Erst will ich wissen, was gegen mich vorliegt.«

»Nichts weiter.«

»Dann kann ich ja jetzt gehen.«

»Bleiben Sie mal noch'n bisschen. Ihr Bett wird gerade gemacht. Und morgen früh gibt's gutes Frühstück.«

»Ich bleib doch nicht freiwillig *noch'n bisschen* in dieser Geistervilla!«

»Von freiwillig war auch nicht die Rede.«

»Was wolln Sie denn von mir!«

»Es könnte sein, dass wir vermuten, vielleicht einen kleinen Verdacht zu hegen.«

»Der wäre?«

»Zum Beispiel, dass Sie ohne festen Wohnsitz sind.«

»Ist es verboten, nicht zu wohnen?«

»Nicht ausdrücklich. Aber auch nicht ausdrücklich erlaubt. Wir werden das prüfen.«

Cobu begrub endgültig die Hoffnung, seine Freunde spielten ihm einen Streich.

»Soll ich Ihnen mal was sagen?«

»Immer raus mit der Sprache.«

»Insgesamt vier Leuten von Ihrer Truppe bin ich heute begegnet. Keiner von denen hat sich ausgewiesen.«

»Eijeijei.«

»Und wissen Sie, was das Schlimmste ist? Ich hab auch nicht danach verlangt. In diesem Land ist Willkür Bestandteil der Atemluft. Es ist aussichtslos, sie nicht an sich herankommen lassen zu wollen. Wir sind zu Fatalisten geworden, zu Hinnehmern. Man wird verhaftet und fragt gar nicht mehr, wer und warum. Das müsste Sie doch eigentlich erschrecken.«

»Huch!«, machte Froschbart.

Doch bevor er seinen Scherz so richtig auskosten konnte, war der Raum plötzlich hell erleuchtet, klingelte es schrill und anhaltend, eine Sirene schraubte sich furchterregend in die Höhe, dazu dröhnte voll aufgedreht ein Radio los. Cobu hielt sich die Ohren zu. Durch die zusammengekniffenen Augen nahm er wahr, dass sein Gegenüber nur unwesentlich älter sein konnte als er selbst und nicht ein einziges Wort auf seinen Block geschrieben hatte.

»Mach'mer alles morgen«, brüllte Froschbart, die Hand über den Augen. Dann klappte er eilig seinen Hocker zusammen, haute mit der Faust an die Tür und quetschte sich durch den Spalt, der sich ihm auftat. Cobu sah noch die Silhouette des Fahrers mit dem Hut vorbeihuschen, bevor sich die Tür wieder schloss, die Sirene herunterfuhr, der *Aus*-Knopf am Radio gefunden war und endlich auch jemand die in die Wanddose gestopften Klingeldrähte auseinanderfitzte.

TAG ZWEI

Aufwachen. Räkeln. Oh, schon so spät? Aufstehen, Bademantel, aufs Klo. Wie oft in seinem Leben ist Kubisch diesen Parcours schon geritten? Zähne putzen, Wasser ins Gesicht, Resthaar kämmen, das Bettzeug aufschütteln. Kommt ihm vor, als würde der Abstand dazwischen von Mal zu Mal kürzer.

Steckt die Zeitung schon im Kasten? Mal sehen, ob sich bis in diese Gegend rumgesprochen hat, dass er einen Preis kriegt. Es ist nicht sein erster, aber der erste mit »Literatur-« vorneweg. Schöne Vorstellung. Er ist nämlich nicht bloß so'n kleiner Nummern-Schreiber. Er hat ein bisschen mehr zu bieten. Geahnt hat er's schon immer. »... und ist verheiratet mit der bekannten Pianistin Annerose Winter« – naja, mal nicht so wichtig nehmen. Ziegenmief.

Kubisch kocht Kaffee. Er wartet auf Sonne, ganz ohne mag er um diese Jahreszeit nicht mehr sitzen auf der Terrasse. Gleich wird sie lächelnd um die Ecke spaziert kommen wie eine junge Geliebte. Er will raus, arbeiten. Seine Glosse sollte eigentlich gestern schon zur Post. Da kam ihm dieser Doktor Resch in die Quere mit seinem Fährtendieb. Jetzt muss er sich ganz schnell was aus den Fingern saugen. Fährtendieb mischt sich in seine Abläufe.

Angerufen hat niemand? Der Automat sagt nein. Hätte ja sein können. Gucken die plötzlich alle kein

Fernsehen mehr? Ginge es nach der örtlichen Zeitung, wär er auch kein Preisträger, kein Literat. Sogar den Sportteil hat er durchkämmt nach verirrten Kulturmeldungen – nichts. Er wird doch nicht spinnen, sich das einbilden, angesoffen haben oder geträumt?

Oder doch? Es gibt leider so Tage, an denen sich alle Ratio eine Auszeit nimmt, um durchzuatmen. Dann tobt der Irrsinn. Ein Fährtendieb mit 'nem Faible für Gewächshäuser, ein Lachs in der Schildergasse, Telefonsex mit dem Forum Romanum – manches muss man einfach unter »Schmarren« abhaken. Vorausgesetzt man erkennt, dass es welcher ist. Peinlich, wenn man drauf reinfällt. Ein Literat kann man trotzdem sein. Ist nicht der Kollege Goethe, genau in seinem Alter, der Illusion erlegen, eine Siebzehnjährige begehre ihn als Liebhaber? Schade nur, wenn die 5000 Eierchen eine virtuelle Größe blieben wie Ulrikes geöffnete Schenkel.

Endlich Sonne. Bademantel an den Haken, Hemd an, dann die leidigen Socken. (Hat er sich derer nicht gerade eben erst mühsam entledigt?) In die Hose steigen, Bauch einziehen, Luft anhalten, zuknöpfen, Luft raus, rein in die Pantoffeln. Den Manuskriptblock unterm Arm, den Kaffeebecher frisch gefüllt, schreitet Kubisch zu seinem Lieblingsplatz auf der Terrasse, direkt neben der Hecke, wo er Sichtschutz vor der Straße hat und trotzdem den Durchblick. Wie ein Geheimagent am Fenster, der mit spitzen Fingern die Gardine einen Spalt breit zur Seite schiebt, um Verdächtiges zu erspähen. Nur dass Kubisch nichts zur Seite schieben muss. Hier hat er seinen Frieden und kann in Ruhe arbeiten. Und wenn er den Blick hebt, um die Gedanken zu ordnen, können eigentlich nur zwei Objekte seiner Konzentration gefährlich werden: sein Garten und der erstaunliche Himmel darüber.

Er guckt in Neros Stern-Büchlein, ob er was reingeschrieben hat. War da nicht schon eine Idee gewesen?

no-pr/ Urkn. / Schnurs. / GV7

Manchmal hat er's wirklich nicht leicht mit sich. Aber er hat keinen anderen. Wofür, verdammt, steht »no-pr«? Er verliert Zeit, bis er darauf kommt.

~~Sicher haben auch Sie~~
~~Wieder haben wir alle ge~~
Alle warten wir gespannt auf die Vergabe der Nobelpreise. Wie jedes Jahr. Aber es wird ~~dasselbe~~ sein wie immer: Der Chemiker hat's mit'n Reagenzien, der Physiker mit'n Teilchen, der Literat mit der Metapher. ~~Was geht uns das~~ Für unsereinen ~~ist bestimmt~~ wird wieder mal nichts dabei sein. Kein Mensch ~~isst gern~~ mag sich den Bauch mit Reagenzien vollschlagen. ~~Keiner~~ Niemand kann mit Teilchen seine Miete bezahlen oder mit Metaphern den Ofen heizen.
Neulich in den Nachrichten: Amerikaner jagen eine 4 Milliarden teure Sonde ins All. »Die Forscher erhoffen sich neue Erkenntnisse zum Urknall«, heißt es. Vier Milliarden Dollar – so viel Geld haben Forscher? Natürlich nicht. Es sind Steuergelder, die sie da ~~verpulvern verforschen~~ verpulvern. Es ist das Geld von Taxifahrer Jim Miller oder das von Farmer Billy John. Hat die jemand gefragt, ob sie sich an dem Projekt finanziell beteiligen möchten? ~~Na das möchte ich sehen, was zus~~ Was käme wohl zusammen, wenn die NASA mit der Sammelbüchse an der Tür von Taxifahrer Miller oder Farmer John klopfte: »Wir bitten um eine kleine Spende für neue Erkenntnisse zum Urknall«?
Wir einfachen Leute haben ganz andere Sorgen. ~~Seit~~

~~Menschengedenken kämpfen wir~~ Zum Beispiel haben wir damit zu kämpfen, dass der Knoten sich lockert, während man die Schleife bindet. Stellen Sie sich vor, die NASA würde für die Lösung dieses Problems sammeln. Na, ich gäb doch sofort ~~zehn~~ fünf Euro!

Kubisch verzieht das Gesicht. Er quält sich. Verärgert durchkreuzt er das Geschriebene als Ganzes. Neuer Ansatz:

(hier viell. noch zwei, 3 Sätz. Einleit.?)
Neulich im Vorabendprogramm eine Straßenbefragung: Haben Sie regelmäßig Geschlechtsverkehr?
Die Leute, erstaunlich auskunftsfreudig: Ja, sie vögeln alle regelmäßig.
Und wie oft so?
Zweimal die Woche. Auch darin stimmen sie alle überein.
Was ist das für ein ~~saudummes~~ Geschwätz! Regelmäßig zweimal die Woche Geschlechtsverkehr? Wie wolln die denn das machen, wenn die Woche sieben Tage hat? Wir können auch nicht regelmäßig zweimal die Woche duschen. Wenn jemand regelmäßig duschen will, muss er siebenmal die Woche duschen. Oder einmal. Oder gar nicht. Wobei zu klären wäre, ob gar nicht duschen auch regelm-

Ein Laster vermasselt Kubisch die Konzentration. Er schießt einen ärgerlichen Blick durch die Hecke. Täglich rattern sie, die kleine Dorfstraße schändend, hier entlang, liefern ab und rattern wieder raus. Die Häuser, in die sie sich entladen, sind nicht mehr zu sehen, wenn sie sich vor ihnen aufgebaut haben. Ob Häuser sich auch überfressen können? Völlegefühl kennen? Sie scheinen jedenfalls tatsächlich etwas in die Breite gegangen zu sein, wenn die Ungetüme auf Rädern sich wieder davonmachen.

STRASSENLEBEN

Die Straßen der Kindheit vor seinem inneren Auge, überkommt Kubisch stets ein wohliges Gefühl. Es geschah nämlich nicht das auf ihnen, wofür sie eigentlich da waren. Sie kannten keinen richtigen Verkehr, schon gar keine ratternden Lkw. Da war nichts, was einem hätte gefährlich werden können. Man konnte glauben, es gab sie nur, weil es Kinder gibt, die Platz zum Spielen brauchen. Gebaut waren sie für den Verkehr mehrspuriger Vehikel, kein Zweifel. Zwei davon hätten locker aneinander vorbei gepasst. Aber es fuhr nichts auf ihnen. Weder in der einen noch in der anderen Richtung. Nicht in der Woche, noch weniger am Wochenende. Nicht morgens, nicht abends. Und zwei was auf einmal schon gar nicht. Als sei das Zeitalter des Automobils einst verheißen, das Automobil dann aber doch nicht erfunden worden.

Als einmal über Nacht die Hälfte der Hauptstraße unterm Viadukt absackte, hatte das keinerlei Auswirkung auf den Verkehrsfluss. Es bedurfte auch keiner mobilen Bauampel, selbst wenn es derlei schon gegeben hätte. Zwei Böcke, einer vor, einer hinterm Loch, basta. Bis nach einigen Wochen auch die andere Seite einbrach und ein Bautrupp anrückte, bestehend aus einem Mann mit 'ner Schippe, hatte es nicht ein einziges Mal eine Behinderung gegeben. Die Schaulustigen traten sich angesichts des Schippenden gegenseitig auf die Füße, schließlich sah man Bauarbeiten nicht alle Tage. Sie blockierten die ganze Fahrbahn. Aber glaubt da jemand, es hätte sich eine Schlange gebildet mit hupenden, fluchenden Autofahrern? Weit gefehlt! Autos im Stau waren, wenige Jahre bevor das Normalität wurde, eine genauso absurde Vorstellung wie Mädchen in heißen Höschen.

Ja, wo waren sie denn alle, die schönen Autos, die der Führer gebaut hatte? Hatten die auch in den Krieg gemusst und waren gefallen? Wie die schönen Männer, deren Fotos gerahmt auf den Nachttischen stehen, mit einer schwarzen Borte über Eck, als hätten die Witwen allabendlich eine Erinnerung nötig, dass sie im Bett nichts zum Ankuscheln vorfinden werden?

Später wird Kubisch im Fernsehen Bilder gefallener Autos sehen, neben dem Stahlbeton gefallener Hochstraßen, Farbklekse im Morast der Muren, manövrierunfähig auf dem Rücken liegend, wie dicke Brummer auf der Fensterbank. So werden unsere Nachfolger die Erde einmal vorfinden, wird er dabei denken. Werden sie ihren Gott auch den »lieben« nennen? Werden sie sich auch so eine wundersame Schöpfungsgeschichte erzählen, einen Haydn hervorbringen, der sie vertont?

Aber so weit sind wir noch nicht. Wir werfen gerade einen Blick auf die fünfziger Jahre des zwanzigsten Jahrhunderts. Die Straßen der Witwenstadt hängen nicht in der Luft. Bunten Autolack zu erfinden hat sich noch niemand die Zeit genommen. Motorgeräusche haben Seltenheitswert. Wenn mal eine der klapprigen Limousinen über die graublauen Pflastersteine holpert, dann rollen die Fußbälle ins Aus, Springseile hängen durch, Kreisel trudeln. Alles, was Kind ist, glotzt. Es riecht lecker nach Benzin und Abgas. Träume fahren vorbei: einmal hinterm Steuer sitzen, mit der einen Hand lenken, mit der anderen die störrischen Gänge schalten, den Scheibenwischer hin und her schieben oder den Zeiger ausklappen! Und Gas geben – was für ein Traum!

Wenn großer Jahrmarkt ist, zweimal im Jahr, dann sind plötzlich ganz viele Autos in der Stadt, enorm farbig und überhaupt total anders. Aber auch für die hätte die Hälfte der Straße gereicht. Allerdings sind sie besonders triftige Gründe, den Kopf zu drehen. Wie Außerirdische kommen sie daher. Wo immer eins parkt, steht ein Kreis Leute drum, die sich gegenseitig zeigen, wie es wippt, wenn man die Karosse runterdrückt und wieder loslässt. »Gugge ma, die Fäderung!« schwärmt dann stets einer. Und die anderen im Kreis nicken: »Eujeujeu, was für enne Fäderung!« Wenn der Besitzer nach einer Woche wieder heimschwebte mit seinem Ufo in jene geheimnisumwobene Galaxis, in der es angeblich von solchen Kisten nur so wimmelte, musste er als Erstes in die Werkstatt zum Lackieren, denn auf Kofferraumklappe und Motorhaube war je eine blankgewetzte Stelle.

In der Witwenstadt behäbigte sich das Leben derweil auf sein Trott-Niveau zurück, und Willi, der Scherenschleifer, stand wieder im Mittelpunkt der Straßenszene mit seiner selbstgebauten Apparatur, die auf zwei Eisenrädern rollte, wenn er sie ankippte, und auf vier Füßen stand, wenn er sie aufrichtete. Sah verdammt aus nach 'ner alten Nähmaschine, das Teil, besonders was die Tretmechanik betraf. »Scheren schleifen, Messer schärfen, und ein'n Blick auf Willi werfen!«, rumorte er dann derart eindringlich, dass man erschrecken wollte. Er lachte auch höllentief, wie vom Schwungrad angetrieben, so

»hö hö hö hö«, wie eine alte, ausgeleierte Hexe. Dann aber spannte er seinen Riemen, und die Frauen kamen gelaufen, ließen sich allerlei scharf machen und »meine Gnädigste« nennen, lachten über Willis Witze und mahnten im Gehen die Kinder, nicht auf der Straße zu spielen. »Lass sie auf der Straße spielen, Mutti, die Unfälle passieren im Bett.« Der Scherz gehörte zu seinen Standards.

Der mit seiner schwarzen Tolle und den langen Koteletten, im abgewetzten Nadelstreifen, zweireihig versteht sich – wie ein Azzurro kam er daher, wie ein Gondoliere in Gala. Dem konnte man einfach nichts übelnehmen. Zumal er einen Buckel hatte auf der linken Schulter.

»Nee, das tut nicht weh.«

Aber der Zweireiher hängt schief.

»Das kommt wieder hin. In der Urne sind alle Menschen symmetrisch.«

Auf dem Foto in seiner Brusttasche, das er jedem gern zeigte, auch sich selbst, saß der Zweireiher noch fast perfekt, und die eingewebten Silberfäden glänzten mit Willis Augen um die Wette. Nur wer Willi kannte, wie er jetzt aussah, konnte ahnen, dass sich unterm Sakko was zu wölben begann.

Und Elsa, die hochzeitlich geschmückt in die Linse lächelt? Den Kopf auf seiner Schulter, als wiege er zu viel, und allein Willis Schulter böte Sicherheit, dass sie ihn nicht verliere? Elsa war dafür bestimmt, dass sie die Tochter eines Düngemittelhändlers sei, zum Verzweifeln schön mit ihrem geflochtenen Haarkranz, dass sie eine Brille zu tragen habe ab dem zehnten Lebensjahr, ihre Tuberkulose geheilt werde im Sanatorium, unten im Thüringischen – da war sie vierzehn, als sie eingeliefert wurde, und siebzehn, als sie wieder rauskam –, dass sie in Vaters Laden Buchhaltung zu lernen und auch das Lager zu kontrollieren habe, dass sie dort dem feschen Lieferanten Wilhelm Schaft begegnen sollte, sich von ihm um den Finger wickeln lassen, ihn ehelichen, ihn glücklich machen, schließlich mit ihm eine kleine Wohnung in der Nordstadt beziehen. Auch war sie geschaffen, ihrem Willi um den Hals zu fallen, wenn der eines Tages, mit der Untauglichkeitsbescheinigung der Wehrmacht zwischen Daumen und Zeigefinger schon von ferne winkend (Diagnose: Anomalie des Skeletts) nach Hause gerannt käme, keine Kinder mit ihm zu haben (»Nicht, solang Krieg ist.«), im Winter der Bomben die kleine Wohnung und alles darin zu verlieren, aber das Leben zu behalten. Einen Sommer Frieden mit Willi zu erleben, war ihr vorbestimmt, untergekommen im Delikatessenladen des Herrn Meininger, den der Krieg die Reichhaltigkeit seines Angebots, bald danach die Kunden, schließlich das Leben, aber, wie man erzählte, nie den Glauben an den Führer gekostet hatte, dann einen zweiten Herzschlag zu spüren im Leib, siebzehn Wochen lang, mit dem eigenen aber nicht mehr klarzukommen, weil eine Myokarditis in solchen Zeiten einfach die falsche Krankheit ist.

Und so wäre Willi auch ohne Nadelstreifen, Koteletten, Reibestimme und Buckel schon ein Unikum gewesen auf der Straße, so als Witwer in der Stadt der Witwen.

»Nicht weinen, Gnädigste, das Leben ist manchmal traurig, aber das macht es auch nicht länger.«

Gegenüber vom Haus der Kubischs arbeitete der Drahtzaunflechter. Seine Frau zog Gemüse auf dem Hof und versorgte die Kaninchen. Der Krieg hatte auf seinem Anwesen ordentlich Platz geschaffen. So war er nicht mehr eingeengt durch Außen- und Zwischenwände. Auf der Brache, auf der eben noch sein Haus gestanden hatte, flocht er das Eisen, baute die Böcke auf, dass der eine in der Stube stand, der andere in der Küche, zwackte die Drähte im Schlafzimmer auf Länge und hing, wenn er seine Rahmen schweißte, mit dem Hintern aus'm Klofenster. Die Wände hatten einen Grundriss eins zu eins hinterlassen und man ahnte, dass da mal so etwas wie Wohlhabenheit im Spiel gewesen war. Übrig geblieben war nur ein alter Schuppen, seine einstige Werkstatt, die er jetzt bewohnte. Nicht besonders komfortabel mit all den Drahtrollen, Böcken und Werkzeugen darin. Aber das Dach war dicht.

Mit den Händen konnte er schneller als ein Hütchenspieler. Was eben noch parallel war, war plötzlich verknotet und über Kreuz. Dass er seine Arbeit an der frischen Luft erledigte, hatte vor allem den Vorteil, dass man ihm dabei zusehen konnte, auch seinen Hühnern, wie sie zwischen seinen Füßen rumrannten, bis sie ihm auf die Nerven gingen und er mürrisch »Rägs!« rief, woraufhin sein Schäferhund angeschlurft kam und sie leidenschaftslos knurrend in die Schranken wies.

Die Straßen der Witwenstadt waren die tollsten Spielplätze. Aber das wahre Abenteuer lauerte am Rand. In den Ruinen. Man musste sich nur hineintrauen, dann boten sie alles, was man brauchte: Schätze, Spielzeug und Verstecke.

Ihr sollt nicht in den Ruinen spielen, schimpften die Mütter, das ist verboten.

Und warum ist das verboten?

Weil man die nicht betreten darf.

Und warum nicht?

Weil die gefährlich sind.

Warum sind die denn gefährlich?
Weil sie kaputt sind.
Kaputt? Wir spielen doch nicht in 'ner kaputten Ruine!
Es sind kaputte Häuser. Zu nichts nütze.
Und warum gibt's die dann?
Nur so. Da kommen neue Häuser hin.
Und wo kommen dann die Ruinen hin?
Weg eben. Bis keine mehr da sind.

Was? Eine Stadt ohne Ruinen? Wozu solln die gut sein. Überall bloß Häuser und Straßen?

—— ——

Von wegen Ruinen sind zu nichts nütze. Krachte eine in sich zusammen, keineswegs ein seltenes Ereignis, machte sie Platz für Lücken, schuf sie Horizonte. Inzwischen sind all die schönen Lücken verstopft mit »Centern«, die Horizonte voll mit Verkaufshallen und Auto-Abstellflächen, »Parks« genannt, Bauwerke, zu denen Kubisch Zutritt hat, aber keinen Zu*gang*, wenn Sie verstehen, was ich meine. Er ist ein »Leberwilli«, wie sie so einen in der Branche nennen (*lediglich bedingt erwerbswillig*). Dummerweise aber kreisen über Halmrode, speziell überm Grundstück Ackerrand 17, keine Butterdrohnen, die die Zutaten für seine göttliche Küche abwerfen würden. Also muss selbst einer wie Kubisch sich ab und zu durch die Gänge der Supermärkte graben, auch wenn er dabei noch mehr zum Fürchten aussieht als ohnehin.

An der Kasse verlässt ihn schließlich der Rest der Laune. Erst im Würgegriff der Warterschlange, dann gejagt vom Scanner. Er kommt nicht hinterher mit dem Einpacken. Und während er schwitzt, verwickelt ihn die Kassiererin in Gespräche, die er nicht führen will.

Ob er eine Payback-Card hat? Ob er Treuepunkte sammelt? Ob er beim Gewinnspiel mitmachen will? So viele Hemden hat Kubisch gar nicht, wie ihm da allemal der Kragen platzt: »Gammer 'ier ooch besaln?«

»Pflegeleichtester Kunde des Monats« wäre also ein Titel, für den Kubisch eher weniger infrage käme. Auch die vielen Lieferwagen, die Halmrode täglich heimsuchen, lassen sein Haus in aller Regel links liegen. Anders der grüne, der eben hier vorbeigescheppert war, um ihm die Konzentration zu vermasseln. Kommt, scheint's, unverrichteter Dinge vom Dorfrand zurückgescheppert, hält. Kubisch linst durch die Hecke. Der Motor wird abgeschaltet. Kurz wird es ganz still. Man hört es zwitschern. Zwei Männer springen aus dem Fahrerhaus, zwei Türen knallen. Dann schlurft es vierfüßig.

Gleich werden sie wieder »Hallokönnsemirsagen …?« rufen und nach Wildbacher fragen, die Hippie-WG Ackerrand 2, ein Stück hinterm Rosmarin-Hof, nicht ganz leicht zu finden. Am besten, er fackelt nicht lange und gibt Auskunft, statt wie gewöhnlich »Binnich von hier« zu grummeln. Umso eher ist die Luft wieder rein. Er lässt sein Manuskript im Stich, steigt von der Terrasse, läuft ums Haus zur Einfahrt und zeigt bereits im Gehen in die Richtung, aus der der Lkw zurückgekommen war: »Hinterm Rosmarin-Hof geht links noch ein Weg rein!«

Aber die Männer verziehen sich nicht dankend in ihren 16-Tonner, im Gegenteil: Einer öffnet, ungebremst mit den Riegeln knallend, die Ladeklappe, während der andere zum Zaun tritt:

»Herr Kubisch?«

»Ja und?«, entgegnet der, am Zaun angekommen.

»Ihr Gewächshaus.«

—— ——

Im Garten des Großvaters stand einst ein Gewächshaus, zusammengeschustert aus Wellblechresten und alten Fenstern, architektonisch einem Kartenhaus nachempfunden. Aber es stand. Man konnte mit dem Fuß dagegen treten. Der Opa hatte es vorgemacht, nachdem der kleine Jacobus einmal Bedenken bezüglich der Statik geäußert hatte, was aber nur ein Vorwand war, denn er traute sich nicht hinein wegen der Spinnen. Trat er kräftig genug zu, flüchteten die Spinnen in ihre Verstecke und blieben dort auch 'ne Weile. In dieser Beziehung konnte man sich auf sie verlassen. So musste das Gebäude im Laufe der Zeit einiges aushalten, wenn Cobu bei den Großeltern zu Besuch war und irgendwas aus dem Gewächshaus holen sollte.

Auch vom Urgroßvater ist Gärtnerleidenschaft überliefert. Er beackerte eine Parzelle des proletarischen Gartenvereins »Morgenrot«, dem er ehrenamtlich vorstand. Es war natürlich die größte, die mit der meisten Sonne, und er wurde hoch geachtet im Verein, nicht allein wegen der bemerkenswerten Vielfalt seiner Parzellenflora, sondern vor allem, weil er den Hauptgang der Siedlung umgestaltete, ihn verbreitern, Kastanien pflanzen und eine Gasleitung legen ließ (inklusive eines kleinen Abzweigs zu seinem gemauerten Gartenhäuschen, aber das musste niemand wissen) und schließlich eine derartige Menge Laternen aufstellte, dass man sich vorkam wie auf der Makrelendorfer Strandpromenade. Zum Dank beschloss der Verein, den Gang von »Hauptgang« in »Karl-Weber-Weg« umzubenennen.

Eine richtige Glückssträhne hatte er da, der Karl. Die zwanziger Jahre, die rückblickend mit dem Attribut »golden« überzogen wurden, begannen gerade erst leicht zu schimmern, da eröffnete er ein Caféhaus im Wiener Stil, über dem er eine Wohnung bezog, mitten in Cotteritz, dem Arbeiterviertel der Stadt. Sowas hatte es dort noch nie gegeben. Etwas mehr Geld verdienen als bislang mit seinem Brennholzhandel, etwas weniger Schweiß vergießen und nebenbei dem einfachen Volk einen Hauch Hautevolee servieren – das schwebte ihm vor. Und weil er ein Sozi war, zu sozialen Preisen.

Seine Zielgruppe schaute interessiert, aber eilig durch die Scheiben, auf die kistenhohen Torten in der Auslage, auf die weiß und silbern gedeckten Tische, auf die einladenden Polsterstühle, auch auf die moderaten Preise an der Tafel. Lust auf Torte hatten sie wohl, die Leute, und auch Geld. Leider waren sie aber auch gut beschäftigt und hatten keine Zeit, sich ins Café zu setzen. Bis die große Weltwirtschaftsblase platzte und die Krise die Kontinente überschwemmte, schneller als Carusos Schmelz.

Wieder schauten die Menschen interessiert durch die Scheiben, regelrecht Trauben bildend, denn Appetit auf Torte hatten sie nach wie vor. Jetzt, als Arbeitslose, hätten sie auch Zeit gehabt, mehr als für nur ein Stück davon. Aber ihr Stempelgeld war nicht auf den Verzehr von Cremetorten ausgelegt. Der Atem des Wohltäters Karl Weber war lang genug gewesen, die Widrigkeiten des Wirtschaftsbooms wegzustecken. Für die Widrigkeiten der Krise reichte er nicht mehr. Nicht mal die Miete für seine Wohnung konnte er noch bezahlen.

In letzter Not zogen Kubischs Urgroßeltern samt Tochter Irmtraut in das Gartenhaus in der »Morgenrot«-Siedlung, das zwar ein Sommerhaus war, aber dank der Weitsicht des Vereinsvorsitzenden mit einer Gasleitung versehen, wenn auch nicht mit einem Zähler. Karl besorgte einen Herd, ein Tischgerät, zweiflammig, nicht teuer in der Anschaffung, unter diesen Umständen gar kostenlos im Betrieb. Voll aufgedreht war es in der Lage, die ganze Bude zu heizen. Leider hatte das Herdlein keine Thermostatsicherungen. In einer eisigen Schicksalsnacht genügte eine kurze Druckschwankung, seine Flammen zu löschen, während das Ehepaar schlief.

Tochter Irmtraut hatte an diesem Abend vorgegeben, ein Seminar über Kneippsche Wadengüsse besuchen zu wollen, tat aber etwas ganz anderes: Zielsicher ging sie die ersten Schritte auf dem Weg zu ihrer späteren Großmutterschaft. Dazu musste sie über die Mauer eines theologischen Seminars steigen, hinter der der Pfarrschüler Fritz Kubisch schon sehnsüchtig auf sie wartete. Ihm war Damen zu empfangen durch die Heimleitung ebenso streng verboten, wie es ihr von den Eltern verboten war, Herren zu besuchen. Das Sündigen kostete sie Zeit und Hymen, und als sie viel später als versprochen nach Hause kam, geistesgegenwärtig die Fenster aufriss und das Gas abdrehte, waren die Eltern tot.

Dumm, dass die Kripo nun auch noch die heimliche Gasleitung entdeckte. So wurde der alte Karl posthum vom Sockel gestoßen, seine Promenade hieß zunächst wieder »Hauptgang« und wurde bald darauf in – na, wer war der größte Naturfreund unter den Deutschen? – umgetauft. Als es sich für einen Gartenweg nicht mehr ziemte, »Adolf-Hitler-Promenade« zu heißen, einigte man sich auf »Kastanienweg«. Prompt machten die Leute »*Gas*tanienweg« draus. Ja, diese Cotteritzer! Sie sind berühmt dafür, dass sie ihren Witz in Pfeffer wenden. Aber unter uns: Sie können es auch gar nicht anders aussprechen.

Selbstverständlich wurden die Kinder ein Paar, die Irmi und der Fritz, der nach seinem Kriegsdienst in der kaiserlichen Armee keiner weltlichen Macht mehr zu dienen gelobt hatte. Er wurde Pastor einer kleinen, unabhängigen Glaubensgemeinschaft, wo sie ihn mit »Bruder Fritz« anredeten. Tochter Mathilde, dem einzigen Kind, ließen sie eine humanistische Erziehung angedeihen und stellten ihr Wohl über alles, bis sie eines Tages, offenbar irre geworden im Kopf, mit einem fast doppelt alten Kerl anbändelte und mit ihm ein nicht legitimiertes Verhältnis einging. Dass die Tochter ihren warnenden Worten keine Bedeutung zumaß, kränkte Vater und Mutter zutiefst. Dass sie die oft gewünschte und auch immer wieder gern erzählte Geschichte der Liebschaft zwischen dem Pfarrschüler Fritz und der Konditoreitochter Irmi, die mit Ungehorsam, Tricks und Notlügen nur so gespickt war, nun gegen die Eltern verwendete und sie der Scheinheiligkeit bezichtigte, brach ihnen fast das Herz. Erst als Mathilde Mutter wurde und der Gegenstand der Entzweiung, dieser Doktor Berger, von der Bildfläche verschwunden war, löste sich der Bann. Mochte ihr Enkel auch mit dem Makel der Unehelichkeit behaftet sein, sie würden das vor Gott und der Gemeinde mit Würde zu vertreten wissen und bemuddelten den kleinen Jacobus nach besten Kräften. Der hatte nicht viel auszusetzen an seinen Großeltern. Abgesehen davon, dass erst der Teller mit der Möhrenpampe geleert sein musste, bevor man an den Pudding ran durfte, waren sie ganz gut auszuhalten. Die Liebe zum Gärtnern verdankt er ihnen. Genau wie seine Abneigung gegen Gewächshäuser.

Verunsichert beschaut Kubisch die Planken des grünen Lkw. »www.allesgarten.de« ist da zu lesen, Tel. soundso.

»Und?«, fragt der Lastermann.

Er ist auch grün, ungeheuer ähnlich dem Helden eines russischen Science-Fiction-Films aus Kubischs Jugend. Nur das »allesgarten« quer über der Latzhose passt nicht.

»Ich hab nichts bestellt, oder?«

Der Mann hat's eilig, hält ein Klemmbrett mit Papier übern Zaun, tippt mit dem Zeigefinger mehrmals auf dessen Kopf: »Empfänger« steht da dick, und drunter »Kubisch, Ackerrand 17«.

»Ich hab nichts bestellt«, sagt Kubisch nach einem flüchtigen Blick auf den Zettel, und zwar im typischen Tonfall eines sich bei seiner Arbeit gestört fühlenden Künstlers, »ich hab zu tun.« Und um seiner Rede Nachdruck zu verleihen, schiebt er noch ein Argument hinterher, das er für unschlagbar hält: »Ich hab auch gar kein Geld im Haus.«

Der fremde Finger rutscht zum Fuß des Zettels, tippt hier nur einmal, aber eindringlich. *»Allesgarten-Sonderrabatt«* steht da. Dazu eine Menge Zahlen. Und direkt neben dem Finger: *»gegeben bar 200.-«*

Kubisch gerät in einen Knäuel aus Wirrfäden. Dieser Trojaner kommt ihm in den Sinn, der kürzlich sein Konto um genau 200 Euro erleichtert hat. Aber den Gedanken wischt er schnell beiseite. »Emm, emm«, murmelt er und dreht dabei langsam den Kopf hin und her, als müsse er ihn aus einer Schlinge ziehen.

»Ich hab das nicht bestellt«, teilt er schließlich mit, »ganz sicher nicht.«

Der Mann hält sein Klemmbrett vor die Brust, benetzt den Finger, blättert unwirsch, hält an bei einem grünen Zettel, schlägt das Papier darüber zurück, hält das Brett mit der Linken Kubisch wieder vor die Nase, rechts spreizt er die Finger und bedeutet seinem Kollegen mit einer kurzen Wischerbewegung vor den Augen, dass dieser Kunde mit einer beschlagenen Scheibe durchs Leben geistert.

Kubisch gerät derweil in Abgründe. Unter der Bestellung eines Gewächshauses zum Sonderpreis steht seine Unterschrift.

»Und?«, drängelt der Lastermann den Abwesenden.

»Ja?«

»Na wohin?«

»Wohin? Tja. Wohin fragt keiner, der sich am Ziel wähnt. Demnach sind Sie noch nicht ganz da, wo Sie hinwollten?«

»Wohin wir das Zeug packen sollen!«

»Nirwana«, murmelt Kubisch.

»Wir liefern nur bis Grundstücksgrenze.«

»Auch das noch.«

»Solln wir es auf die Straße stellen?«

Widerwillig öffnet Kubisch das Tor. Es sind mehrere flache Teile, in Pappe verpackt, die sie scheinbar locker hereintragen und gegen die Hecke lehnen, die die Einfahrt säumt. Schließlich kriegt er wieder das Klemmbrett hingehalten mit dem Lieferschein zum Unterschreiben. Den Durchschlag in der Hand, schaut er dem davondonnernden Laster hinterher, nicht ganz sicher, ob es sich nicht doch um einen Russenfilm handelt. Mit der freien Hand schließt er benommen das Tor, was gar nicht so einfach geht, weil es verzogen ist und eigentlich mit zwei Händen angehoben werden will. Da muss er ein bisschen fluchen. Dann trabt er ums Haus zur Terrasse zurück, fällt in einen der Gartenstühle. Der Lieferschein, den er unterwegs in geistiger Abwesenheit auf die Größe eines Daumenkinos zusammengefaltet hat, entgleitet ihm dabei. Mühsam und mit sehr spitzen Fingern klaubt er ihn vom Boden und streicht ihn glatt. Da steht »Artikel 5G28, Menge 1, Gewächshaus *Herrenstein*.«

— —

»Was -stein?«

»Herrenstein«, wiederholte Froschbart.

»Ist das ein Mensch?«

»Werd ich gleich erfahren. Freu mich schon drauf.«

»Wenn es ein Mensch ist, freue ich mich auch drauf. Dann bin ich nicht mehr so alleine hier.«

Froschbart zeigte sich ungerührt von dieser kleinen Frechheit. Er schien es nicht eilig zu haben. Auf seinem Schreibtisch lag ein Stapel Illustrierte, die er von unten nach oben sortierte und zurück. *Psychologie heute* konnte Cobu erkennen, und es schien ihm, er sollte dies auch erkennen.

Froschbart gluckte ziemlich breit im Gegenlicht des vergitterten Fensters, direkt vor einer Gardine, die der Farbe nach schon seit Ewigkeiten als Emissionsfilter für seine *Zemper* gedient haben musste, von denen stets eine zwischen den vergilbten Fingern klemmte, wenn sie nicht gerade im Aschbecher vor sich hin schmauchte. Ein Fluchtversuch durch das vergitterte Fenster, dachte Cobu, würde womöglich bereits an dieser Gardine scheitern.

Das Gegenlicht gehörte offenbar zum Kalkül. Es ließ das Gesicht des Vernehmers im Dunklen und verpasste seinem Gegenüber den Teint eines Schwindsüchtigen.

Der blutige Tschekist mit dem unaussprechlichen Namen, der, gerahmt und hinter Glas, milde von der Seitenwand herab lächelte, war hingegen ausgeglichen illuminiert und schien kerngesund.

»Herrenstein«, sagte Froschbart wieder.

Seit er im Kaminzimmer eingesperrt war, hatte Cobu viel Zeit gehabt, sich auf seine Verteidigung vorzubereiten. Sein Tatort war immer die Öffentlichkeit gewesen. Das unterschied ihn von den bedauernswerten Geschöpfen, die was zu verheimlichen haben. Namen von Beteiligten zum Beispiel, oder das Versteck einer Beute. Er als Einzeltäter hatte nichts zu verheimlichen, im Gegenteil. Er brannte darauf, gefragt zu werden und überhäuft mit Vorwürfen und Anschuldigungen, mit denen er hantieren würde wie ein Jongleur mit Keulen. Ja, er sehnte sich geradezu danach, auspacken zu müssen. Jeden Versuch, seinem Werk mit irgendwelchen Paragrafen des Gesetzbuches beizukommen, würde er als Angriff auf die Freiheit der Kunst brandmarken. Bei seinen einsamen Wanderungen über das Parkett hatte er bereits etliche Rededuelle mit seinen Anklägern ausgefochten und, in aller Bescheidenheit, kein einziges verloren.

Herrenstein? Nie gehört. Das ist nur Taktik. Fragen, fragen, nochmals fragen. Das gehört zum Instrumentarium, mit dem die Delinquenten weichgekocht werden sollen. Sie reden dir so lange ein, dass du über etwas Bescheid weißt, wovon du keine Ahnung hast, bis du es selbst glaubst oder es zugibst, weil du endlich deine Ruhe haben willst. Und dann überführen sie dich der Falschaussage und bezichtigen dich der Lüge.

»Haben Sie noch andere Tricks auf Lager? Ich kenne keinen Herrenstein.«

»Kennen Sie vielleicht den Witz mit der Speisekarte, wo nur Gulaschsuppe draufsteht und sonst nichts?«

»Wo haben Sie denn *das* her?«

»Betriebsgeheimnis. Wir haben hier jedenfalls alle sehr gelacht.«

»Freut mich. Hoffentlich haben Sie's auch verstanden.«

»Ich fand besonders bemerkenswert, dass unsere Volkswahlen metaphorisch bedacht werden mit sowas Kulinarischem wie einer Gulaschsuppe. Demnach sind sie etwas Nahrhaftes, Wärmendes, eine sinnliche Erfahrung mit Geschmack, mit einem Wort: eine Wohltat.«

»Na, wenn Sie meinen.«

»Was meinen *Sie* denn?«

»Ich bewerte nicht die Qualität der Suppe, sondern die der Speisekarte, auf der *Gulaschsuppe* steht und sonst nichts.«

»Ach ja?«

»Das Nächste ist die Reaktion des Gastes, der die Suppe bestellt, statt unter Protest das Lokal zu wechseln.«

»Sie meinen, das Volk sollte nicht essen wollen, sondern rebellieren und – wie Sie's nennen – das Lokal wechseln? Dann ist der Witz ja gar nicht lustig! Wohl eher eine kleine Provokation?«

»Es ist nicht ungewöhnlich, dass für den einen lustig ist, wovon ein anderer sich provoziert fühlt.«

»Aha«, sagte Froschbart und klopfte mit den flachen Händen seinen Zeitschriftenstapel auf Kante, »so verhält sich das also.« Er neigte sich nach vorn, bis der Kopf fast auf der Schreibtischplatte lag, kniff ein Auge zu und drehte den Stapel, um sein Werk in aller Ruhe von allen Seiten zu begutachten.

So kindisch dieses Spielchen auch war, es machte Cobu zu schaffen. Oder gerade deshalb. Natürlich hatte er vorgehabt, irgendwelches taktische Geplänkel gar nicht erst an sich ranzulassen. Jetzt ertappte er sich bei der Suche nach einer angemessenen Reaktion, was darauf hindeutete, dass der Punkt bereits an Froschbart gegangen war. Er setzte an, etwas zu äußern, aber Froschbart kam ihm in die Quere:

»Moment.«

Er nahm noch ein paar Korrekturen an seinem Stapel vor, so lange, bis er zufrieden war, dann richtete er sich wieder auf.

»Ja bitte?«

»Ist sie jetzt in der Norm, Ihre Psychologie?«

»Sie hat Kanten und Winkel. Wie es sein muss. Noch was?«

»Interessieren Sie sich gar nicht für meine Verbrechen?«

»Doch, doch!« Froschbart stand auf, verschränkte die Hände auf dem Rücken, trat ans Fenster und schaute hinaus.

»Wir werden überhaupt nur tätig im Dienst von Interesse.«

Dann ging er in dem kleinen Raum hin und her wie ein Gelehrter in der Studierstube.

»Wir dienen dem Interesse durch Tätigkeit, kurz: Wir tätigen einen interessanten Dienst. Wenn Sie mir sagen, was Sie verbrochen haben, klär ich es auf. Ich hab nämlich eine Leidenschaft. Soll ich Ihnen sagen, welche?«

Jetzt beugte er sich hinunter zu Cobu, dass der es mit seinem Atem zu tun bekam:

»In Erfahrung bringen.« Dann ging er zurück auf seinen Platz. »Also – was ham Se denn nu Schlimmes verbrochen?«

»Was denn, das wissen Sie nicht?«

»Nicht wissen ist wiederum die Triebfeder meiner Leidenschaft. Bin sehr gespannt«, sagte Froschbart und fläzte sich in seinen Stuhl wie in einen Fernsehsessel.

»Ich habe mich in aller Öffentlichkeit an eine Fahne gehängt, bis ihr Zugseil riss.«

»Geschenkt.«

»Ich hatte zuvor in übelster Weise meine Notdurft an der Fahnenstange verrichtet.«

»Kann jedem mal passieren.«

»Aber die Fahne, die zu Boden glitt, landete in meiner Pfütze!«

»Was zu Boden gleitet, muss vorlieb nehmen mit dem, was sich ihm am Boden bietet.«

»Ich habe Volksgut beschädigt, eine Fahne entweiht. Schreiben Sie das ins Protokoll!«

»Das Volk ist im Besitz von Ersatzfahnen und verzeiht Ihnen.«

»Ich will nichts wissen von der Großmut des Volkes. Ich will, dass Sie meine Aussagen protokollieren.«

»Alles zu seiner Zeit.«

»Was heißt ›alles zu seiner Zeit‹? Ich habe das Volk aufgehetzt, über die Staatsführung zu lachen. Ist das nichts?«

»Bereits aktenkundig.«

»Ich verlange, dass Sie ein Protokoll schreiben. Sonst sag ich nichts mehr.«

»Oooch«, stöhnte Froschbart. Widerwillig zog er einen karierten Schreibblock aus der Schublade und tastete dann die Oberfläche seines Schreibtischs ab.

»Ham Sie mal 'n Stift?«, fragte er jovial grinsend. Schließlich fand er einen Bleistiftrest in seiner Hosentasche.

»Also: Ich hetzte ...«, diktierte er sich selbst, »... das Volk auf, über die Staatsführung zu lachen, Punkt. Frage, Doppelpunkt: Wann hetzten Sie das Volk auf, über die Staatsführung zu lachen, Fragezeichen?«

»Bei jeder sich bietenden Gelegenheit, sozusagen als kleiner Beitrag zu stabilen politischen Verhältnissen im Land, denn es gibt keine stärkere Regierung als die, über die gelacht werden darf, wobei es mir primär ...«

»Moment, Moment …«, unterbrach Froschbart, »… bei jeder Gelegenheit, Punkt. Frage, Doppelpunkt: Mit welchem Ziel hetzten Sie bei jeder Gelegenheit das Volk auf, über die Staatsführung zu lachen, Fragezeichen?«

»Mit dem Ziel, dass es über die Staatsführung lacht.«

»Hm hm. Sehr gut … Staatsführung lacht, Punkt. Frage, Doppelpunkt: Lachte das Volk über die Staatsführung, nachdem Sie es bei jeder Gelegenheit mit dem Ziel, über die Staatsführung zu lachen, aufgehetzt hatten, Fragezeichen?«

»Lachen ist die Belüftung der Seele. Mein Publikum lacht gewöhnlich wie geplant an den dafür vorgesehenen Stellen. Und zwar herzlich und befreit.«

»… wie geplant, Punkt. Frage, Doppelpunkt: Was bewog Sie, das Volk planmäßig und bei jeder Gelegenheit mit dem Ziel, dass es über die Staatsführung lacht, aufzuhetzen, Fragezeichen?«

»Ich bin ein Lachenmacher. Bemüht, dem Verstaubten Glanz zu entlocken, dem unter den Teppich Gekehrten sein Geheimnis, dem Ungesagten die Brisanz, dem Ernst des Lebens den Witz …«

»Nicht ganz so schnell, bitte.«

»… da soll ich ausgerechnet die Regierung aus dem Spiel lassen? Dem Lachen über Schwellen der Angst zu helfen, das ist meine Kunst! Und das betrifft beileibe nicht nur die Staatsführung. So lustig ist die nun auch wieder nicht.«

»Schön gesagt. Sehr schön! … betrifft … Führung … nicht. Punkt. Frage, Doppelpunkt: Über wen oder was außer über die Staatsführung hetzten Sie das Volk planmäßig auf, bei jeder Gelegenheit zu lachen?«

Cobu vernahm ein leises Trapsen. Hörte sich verdammt nach ’ner Nachtigall an.

»Ich verlange meine sofortige Freilassung.«

Froschbart schrieb: »… sofortige Freilassung, Punkt.« Dann sah er auf: »Und weiter?«

»Nichts weiter. Nur das. Vorerst.«

»Ach schade. Sie waren doch gerade so gut in Fahrt und wollten erzählen. Über Kunst und was sie dürfen muss. Oder müssen darf.«

»Sieht nicht so aus, als ob's die Mühe wert wäre.«

»Ach bitte. Wie gesagt – es ist meine Leidenschaft, mich zu interessieren. Es interessiert mich aber nicht nur dienstlich, es ist mir auch so ein Bedürfnis, dieser kleine Gedankenaustausch mit Ihnen.«

»Na gut. Wo war ich stehengeblieben?«

»Wo Sie sich nicht setzen wollten vielleicht?«

Froschbart hätte plötzlich eine ganze Schachtel *Zemper* auf einmal rauchen können, wie er da mit Überbreite über seinen infantilen Witz grinste.

»Entschuldigen Sie. Kleiner Ausrutscher«, sagte er, »kann ja mal vorkommen. Eigentlich geht es mir nur um die Wahrheit.«

»An deren Findung sind schon Klügere gescheitert.«

»Wenn ich schon nicht klug geworden bin, will ich es doch wenigstens versucht haben.«

»Dann sagen Sie mir, was geschieht, wenn es dämmert. Endet der Tag oder beginnt die Nacht?«

»Schwierig. Wie wär's mit sowohl als auch?«

»Sowohl gut als auch böse? Sowas gibt Ihre Ideologie nicht her. Würde mich nicht mal geknebelt trauen, Derartiges zu äußern!«

»Oder die Dämmerung ist ein ganz eigener Zustand.«

»Ein eigener Zustand? Das wär ja Anarchie!«

»Anarchie wäre, wenn der Tag noch nicht zu Ende ist und es wird trotzdem Nacht. Glauben Sie mir. Die Dämmerung ist ein Übergang. Sowohl noch Tag als auch schon Nacht. Sowas gibt's.«

»Demnach ist die Brühe sowohl noch heiß als auch schon kalt? Besser gesagt, es gibt gar keine heiße Brühe, denn eine heiße Brühe ist keine heiße Brühe, sondern nur ein Übergang von einer heißen Brühe zu einer kalten?«

»Solide Erkenntnis.«

»Dann ist der Wirt, der eine heiße Brühe verspricht, ein Lügner. Denn seine Brühe ist in jeder Sekunde kälter als gerade eben, als sie noch heiß war. Wenn er es mit der Wahrheit hält, muss er ›Erkaltende Brühe mit Ei‹ in die Karte schreiben.«

»Verstehe nicht ganz, wo Sie hinwollen.«

»Hier raus.«

»Das geht mir genauso.«

Froschbart riss den beschriebenen Bogen vom Block, zerknüllte ihn und formte mit den flachen Händen eine Kugel, die er vorsichtig pustend über die Schreibtischplatte trieb, bis sie im Papierkorb landete. Sagte dann, sehr zufrieden mit seinem Kunststück: »Also: Herrenstein.«

»Sagen Sie mir lieber, wessen man mich beschuldigt.«

»Beschuldigt?« Jetzt ging Froschbart in die Länge, nahm sein langes Lineal in die Rechte und schlug damit auf die Handfläche der Linken. »Wer hat Sie denn hier beschuldigt? Das wünschen Sie sich vielleicht, weil Sie berühmt werden wollen. Aber so leicht machen wir es niemandem.«

Er setze sich wieder.

»Niemandem!«, wiederholte er mit Nachdruck und auch: »Herrenstein.«

Gott sei Dank hat jeder Tag ein Ende. Sicher gibt es auch für Vernehmer gewerkschaftlich garantierte Pausenzeiten, dachte Cobu. Allerdings schien dem Mann sein Job Freude zu bereiten. Er machte nicht den Eindruck, als brauche er eine Pause oder sehne sich nach dem Feierabend. Sein Gegenüber mit leicht durchschaubaren

Mätzchen und Narrheiten hinzuhalten, dargeboten mit dem Anspruch von Wichtigkeit, bereitete ihm sichtlich Vergnügen. Vielleicht war er am besten mit seinen eigenen Mitteln zu schlagen?

»Also Herrenstein: Bimsstein, Bordstein, Pflasterstein – wie viel Zeit haben wir noch?«

»Na geht doch.«

»Einstein, Eckstein, Zahnstein.«

»Die Uhr läuft.«

»Steingut, Steinzeit. Hmm …, Steinbruch. Marmor, Stein und Eisen bricht, weine nicht, dam dam.«

Froschbart sah rüber zu seinem russischen Kollegen an der Wand. Aber der schien sich zu langweilen. Guckte an Froschbart vorbei wie eine eingeschnappte Geliebte.

»… Königstein und Ziegelstein …«

Froschbarts Blick wanderte zur Zimmerdecke.

»… Nierenstein, Blasenstein, Gallenstein. Und Edelstein natürlich.«

»Natürlich.«

Froschbart sah finster drein, lehnte sich zurück, die Hände flach auf dem Schreibtisch, und klopfte mit beiden Mittelfingern auf die Platte. Nicht ganz synchron, wie Cobu registrierte. Analyse: Die Rechte weiß nicht, was die Linke tut. Könnte aber auch etwas ganz anderes bedeuten, er würde darüber nachdenken.

»Weiter geht's«, drängte Froschbart.

Jetzt zog Cobu die Augenbrauen zusammen und tat, als grabe er sich durch unterirdische Gänge seines Gedächtnisses. Hin und wieder schüttelte er langsam den Kopf, als hätte er sich eine Frage gestellt, die es zu verneinen galt. Froschbart war nicht besonders beeindruckt.

»Graben Sie ruhig tief, ohne Schnüffeln keine Trüffeln.«

Dann machte er ein verhaltenes Haha, das nicht besonders begeistert klang, Cobu aber trotzdem ärgerte.

»Herrenstein, Herrenstein ...«

»Na, legen Sie mal los.«

»Nicht zu verwechseln mit Herrensand.«

»Oho! Oder gar mit Frauenstein.«

»Richtig. Wenn wir die Bibel fragen, ist besser auf Stein gebaut als auf Sand. Allerdings gibt es leider auch Sandstein.«

»Korrekt.«

»Aber keinen Steinsand.«

»Ist mir auch nicht geläufig.«

»Der philologische Almanach 1453 sagt, Herrenstein ist nichts anderes als das Gegenteil von Damenstein.«

»So weit warn wir schon mal.«

»Dann machen wir doch einfach da weiter. Stelln Sie sich vor, Sie sind ein kronkorkenförmiger Spielstein, ein Maskulinum also, kämpfen aber in einem Spiel, das ›Dame‹ heißt. Sie müssen die gegnerische Grundlinie erreichen, damit eine Dame aus Ihnen werden kann. Wenn Sie das geschafft haben, wird Ihnen ein anderer Stein bündig obenauf gesetzt. Damit ist die Geschlechtsumwandlung vollzogen und Sie sind ein Damenstein.«

»Bleibt es nicht trotzdem ein Maskulinum?«

»Was?«

»Ach nichts.«

»Sie sind nun eine Dame und dürfen Sprünge machen, kreuz und quer und weiter und höher als jeder andere Stein. Aber wehe, Sie übersehen eine Möglichkeit zum Springen, dann sind Sie geliefert. Dann werden Sie gepustet, und das ist Ihr Ende als Dame.«

»Ich kenne das Spiel.«

»Moment. Bei Herren verhält es sich ganz anders, sie werden nicht gepustet, sondern *weg*-gepustet. Mit'm Schießeisen. Aber dieses Spiel findet nicht auf einem Schachbrett statt, da geht's auch nicht um

Geschlechtsumwandlung. Und der Herr heißt nicht Herr, sondern Ratte oder Wurm.«

Cobu formte mit der Hand eine Pistole und richtete sie gegen Froschbart.

»Dich puste ich weg, du kleiner Wurm! Peng! Aber Sie hatten mich nicht nach Kleinwurmstein gefragt, oder?«

Cobu war auf alles gefasst. Wie reagiert ein Ochsenfrosch, wenn er sich verarscht fühlt?

Der gähnte wie ein Flusspferd.

»Schon ganz gut«, sagte er dann, klopfte mit den Knöcheln irgendein Zeichen an die Wand und vertiefte sich in seine Psycho-Zeitung.

POST

Der Computer fährt hoch. Auf der Tastatur liegt eine handschriftliche Notiz: »phil: Dinge n. feststb??? (Tepp-Kant.)« Kubisch grübelt einen Moment, schüttelt dann den Kopf, zeigt dem Zettel einen Vogel. Zusammen mit dem Lieferschein des Gewächshauses landet die Notiz im Papierkorb. Er trägt »Herrenstein« ein in die Suchleiste. Es dauert.

Sagen aus dem Baltikum … www.baltikumsagen.lt … nur den Stein, der ihren Herren …

Wenig erhellend. Der Weg zur Erkenntnis führt vielleicht über einen Stuhl, der bestiegen werden muss, will man an Neros Lexika ran, die mit der Zeit immer höher gerückt und inzwischen auf dem obersten Regalbrett gelandet sind. Das kommt, weil Maus und Monitor Fingeranlecken und Seitenblättern aufs Altenteil gesetzt haben. Lediglich weil es sich um schmucke Erinnerungsstücke handelt, die seinem Arbeitszimmer eine gewisse Gelehrten-Aura verleihen, stehen sie überhaupt noch im Regal. Manchmal verspürt er Lust, in ihnen zu schmökern. Doch stets bremst ihn der Gedanke an die Mühsal des Hinaufsteigens, an diesen launischen Stuhl, von dem man nie weiß, ob man unbeschadet rauf und heil wieder runterkommt. So sind sie fortschreitender Vereinsamung ausgesetzt in ihrer Höhenluft, Neros alleswissende, olivgrüne Wälzer.

Kubisch meistert den Kampf gegen die Gravitation ohne Bänderabrisse und Gelenkkapselsprünge. Er greift sich Band vier. Die schwere Schwarte staubt wie die Savanne unter einer aufgescheuchten Herde Zebras. Buchstabe »H« steht ganz am Ende, was sie zusätzlich ungleichgewichtig macht. Dass der Stuhl, auf dem man steht, nicht kippelt, bis man gefunden hat, was man sucht, widerspricht sowieso jeder Erfahrung. Also vorsichtig runtergestiegen, in der linken Hand das offene Buch, mit dem Zeigefinger der rechten die Stelle markiert, zu der man sich schon vorgearbeitet hat, und zum Schreibtisch geschlurft. Kleiner Wutanfall, weil darauf kein Platz ist. Mit den Ellenbogen, ziemlich ungehalten, schafft Kubisch sich welchen. Endlich kann er sich setzen, blättern und Stichwörter überfliegen. Mit »Herren-« gibt's tausend, mit »Herrenstein« nur eins: Herrensteinpilz.

Ein Einschreiben, wenn er bitte quittieren möchte.

Ein Einschreiben?

Hübsch selten, sowas. Kein Absender. Aber schickes, gefüttertes Couvert. Pergamentartig. Das Herz klopft. Wenn das mal nicht sein Preis ist! Mit Schwung signiert Kubisch den Screen des Postmanns. Danke, auf Wiedersehen, Ihnen auch.

Zurück zum Schreibtisch. Es ist schon weit nach Mittag inzwischen. Er hängt mit seiner Glosse. Und seine schöne, dichte Sichtschutzhecke, sie wird gleich schön dichten, kalten Schatten werfen auf Terrassenplatz und Manuskript. Also Beeilung.

Er fährt den Computer runter, bugsiert, wie just dem Jungbrunnen entstiegen, das Lexikon wieder ins Regal und flitzt mit seinem Einschreiben auf die Terrasse. Wenn man einen solchen Brief öffnet, müssen die Rahmenbedingungen stimmen. Angemessene optische Verhältnisse braucht es und würdige Utensilien. Er geht noch mal zum Schreibtisch, holt die Lesebrille und den Brieföffner mit der Gravur »Prostillon«, ein Werbegeschenk seiner Brauerei. Den kalten Kaffee mit der Fliege drin kippt er in die Büsche und kocht neuen. Jetzt noch das Sitzpolster für den Gartenstuhl und die dicke Wolldecke für die Lenden. Die Bandscheibe ist ein launischer Gegenstand. Wenn in ihrem Umfeld irgendwas nicht stimmt, reagiert sie ungehalten. Also zuvorkommend behandeln, das Teil.

Sehr geehrter Herr Kubisch, lieber »Cobu«!

Die Kräpelhofer Literaturgesellschaft schätzt sich glücklich, Ihnen für Ihr Lebenswerk den diesjährigen Literaturpreis verleihen zu können.
Wie uns bekannt ist, waren Sie in den achtziger Jahren des vergangenen Jahrhunderts lange inhaftiert für ein Verbrechen, das Sie nicht begangen hatten. Der Preis soll auch eine Anerkennung sein für die Courage, die Sie bei Ihrem Kampf für die Freiheit der Künste an den Tag gelegt haben. Stets sind Sie gleichermaßen Diener

wie Herr des Humors gewesen. Dass Sie sich den Ihren bei aller Unbill des Lebens erhalten haben, wissen nicht nur die Literaturfreunde in unserem Lande zu schätzen. Unser Preis sei deshalb sowohl Anerkennung als auch ein großes Dankeschön.
Da es um Ihre Gesundheit nicht zum Besten steht, wie wir leider erfahren mussten, verzichten wir auf eine öffentliche Preisübergabe und wünschen Ihnen auf diesem Wege alles Gute.

In tiefer Verehrung,
i.A. Schwitzer, 2. Vorsitzender

Mit einer Büroklammer ist oben rechts am Brief ein Papier angeheftet, das wie die Rückseite eines Schecks aussieht. Beim Lesen hat er es nur cool mit der Spitze seines Brieföffners ein wenig angehoben, wenn es den Text verdeckte. Jetzt linst er vorsichtig drunter. Wie der Spargelbauer im Frühjahr unter seine Folie. Soweit er es erkennen kann, steht das Geschriebene im Missverhältnis zu seinen Erwartungen, denn es handelt sich nicht um eine Zahl mit drei Nullen. Vier-sechs-sieben-null könnte es heißen. Auch nicht schlecht. Aber warum ist die Summe eine so krumme?

Kubisch löst den Scheck aus der Umklammerung und dreht ihn um 180 Grad:

€ 46,70 – in Worten – sechsundvierzig siebzig –

Ungläubig stiert er auf den Scheck, dann hat er eine schreckliche Ahnung. Er fühlt sich plötzlich beobachtet, hechtet ins Arbeitszimmer. Fingert im Papierkorb nach dem Lieferschein des Gewächshauses, schaut sich währenddessen um wie einer, der einen Schatz ausgräbt, aber nicht dabei ertappt werden will. Die Botschaft des Papiers, das er schließlich angelt, ist arg faltig, aber er weiß eh, was ihn erwartet: »Gewächshaus Herrenstein, 153,30 EUR, gegeben bar 200.–, Rückgeld …«

—— ——

Sehr viel, vielleicht zu viel auf einmal, ist das, was in Kubischs Kopf drängt. Er spürt von innen Druck auf die Schädeldecke und hat Sorge, dass die nicht stabil genug sein könnte. Stellt sich vor, was passiert, wenn die Gedanken durch ein Leck austreten wie Federn aus löchrigem Bettzeug und zu Boden schweben. Er kennt Neros Putzfimmel. Wenn sie zurückkommt, holt sie als Erstes den Staubsauger …

Kein Zweifel, der Irrsinn hat in seinem Hirn mehrere Filialen auf einmal eröffnet, obwohl es Irrsinn im Plural gar nicht gibt.

Er muss den Kopf systematisch entrümpeln, und zwar umgehend. Irgendein Spinner hat sich ein Gewächshaus gekauft. Die Bestellung dafür trägt aber seine Unterschrift. Da er selber keinen Gewächshausbedarf verspürt, hat er ganz sicher auch kein Gewächshaus bestellt. Aber bezahlt hat er für eins und es geliefert bekommen. Das heißt, dass ein anderer sich was gekauft hat, was jetzt ihm gehört, was er aber nicht haben will.

Angenommen, er hat wirklich vergessen, dass er was bestellt und bezahlt hat, dann müsste sich doch trotzdem ein Beleg finden. Schaun wir mal in die entsprechende Ablage auf dem Schreibtisch. Da ist natürlich keiner. Entlastung. Kann aber leider auch bedeuten, dass er ihn versiebt hat. Seinen Taschenkalender befragen kann er noch, in dem er bisweilen tagebuchartig Notizen macht. Hat lange nichts hineingeschrieben, muss ein paar Tage zurückblättern, ehe der erste Eintrag kommt: *Wetter wird besser. Erdbeeren gepflanzt. Übergewicht. Herrlich trunken.*

Ein Tag zurück:

Mieses Wetter. Nero auf Tour: Singleparty – oho!

Noch ein Tag zurück:

Nero morgen Tour. Heimlich zwei Bier. Verdammt gute Laune.

Darunter ist noch was gekritzelt, was er nicht gleich zu deuten weiß.

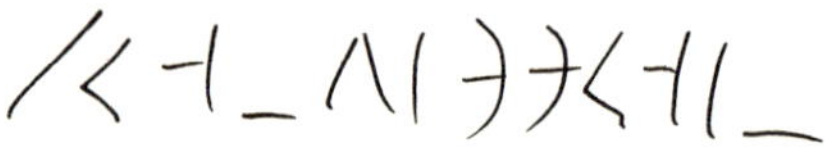

Einen Moment grübelt er, dann hat er's und muss lächeln: Schnäppchen. Gleich darauf bemächtigt sich ein antarktisches Frösteln der Haut seines Rückens. Das hat nicht er da hineingeschrieben.

GWARG

Neuerer, hatten die Kinder gelernt, als vom Normenbrecher Alfons Brennecke die Rede war, kommen ins Fernsehen, kriegen Fettzulage und es auch sonst vorne und hinten reingeschoben. Glaubte man Fräulein Elfenhain, der Heimatkundelehrerin, die machte, dass Flecken in der Schlafanzughose waren, wenn man von ihr geträumt hatte, war von allen Bewegungen im Universum die Neuererbewegung die wichtigste.

Cobu war schwer beeindruckt. Beherzt schloss er sich mit ein paar Gleichgesinnten der Neuererbewegung an. Zu bessern gab's schließlich genug im Land. Und dagegen, ein bisschen berühmt zu werden, war wenig einzuwenden.

Schnell waren sie sich einig, dass es sich bei ihrer Neuerung um eine handeln müsste, die vor allem ihnen selbst zugutekäme, das Leben als Kind ein wenig erträglicher machte. Wunde Punkte wurden vorgebracht, der eine hatte eine blöde Schwester, die ihn des Zimmers verwies, wenn sie von Jungs Besuch bekam, der andere einen beschwerlichen Schulweg bergauf, beim nächsten war es das Schuhputzzeug, das es abzuschaffen galt, oder es quälte sich einer mit den schwergängigen Knöpfen seiner Lederhose und so weiter – alles schlimme, aber auch recht individuelle Nöte, der großen Sache, der sie sich verschrieben hatten, unangemessen. Allen gemeinsam hingegen eine Bürde und der Neuererbewegung würdig, fanden sie endlich heraus, war ein schulischer Gegenstand: die Rechtschreibung. Schließlich sprachen sie eine komplett andere Orthografie als die, die schriftlich von ihnen verlangt wurde. Und die Lehrer, einer wie der andere, nahmen es verdammt genau. Wär es nicht eine tolle Neuerung, wenn nicht mehr sie nach deren Pfeife zu tanzen hätten, sondern die nach ihrer?

Entsprechend motiviert machten sie sich über das Alphabet her. Sie säuberten es von kleinen Buchstaben und befreiten die großen von Ballast, manche fielen ihrer Rationalisierungswut gar komplett zum Opfer, zum Beispiel das »Q«. Wer Kwark sagt soll auch Kwark schreiben. Dem »E« ließen sie nur seinen vertikalen Teil, dem »I« nur einen Punkt. Was könnte dadurch an Zeit, Papier und Druckerschwärze eingespart werden! Vom »N« mit seinem opulenten Zickzack blieb nicht viel mehr als eine Lücke: »_«. Und was bedurfte es, ferner, eines »T's«, wenn man ein »D« hat und eh eins wie's andre gesprochen wird? Wozu »P« und »K«, wenn man doch »Gribbe« sagt, ganz gleich ob »Grippe«, »Krippe« oder »Gerippe« geschrieben steht? Also raus mit »T« und »P« und, nach längerer Diskussion, auch mit dem »K«. Was unter diesen Umständen vom Quark noch blieb, sah etwas eigenartig aus, taugte aber nach wie vor, wenn nicht gar besser, als Beilage zu Bellgardoffln oder, gesießd, für de Gäsedorde. Sogar, wie man sieht, als Kapitelüberschrift.

Nach drei Sitzungen in geheimer Runde war das Werk vollendet. Der kränkelnden Volkswirtschaft würde das entrümpelte, schnörkellose Alphabet, aus dem ihren Regeln gemäß nun ein »Alfabed« geworden war, eine wirkungsvolle Medizin sein, schrieben sie ans Ideenministerium mit der Bitte, für den Fall der Prämierung die Fettzulage nicht zu vergessen, vorzugsweise in Form altbackener Semmeln mit Gänseschmalz.

Nun warteten sie gespannt auf die Vergabe der Staatspreise in der Sparte Köpfchen, schoben sich inzwischen gegenseitig Alfabed-chiffrierte Briefchen in die Hosentaschen und fühlten sich mächtig exklusiv dabei.

Aber die Sache nahm kein erfreuliches Ende. Zunächst verwahrte sich das Ministerium gegen die Behauptung, die Volkswirtschaft kränkle, und drohte für den Fall der Wiederholung öffentlichen Tadel an. In der Schule verdächtigte man sie der Geheimbündelei, nachdem einige der Kassiber, achtlos weggeworfen, von eifersüchtigen Mitschülern auf dem Hof aufgesammelt und bei der Pausenwacht abgegeben worden waren. Zum Direktor zitiert, wurden sie genötigt, ihre kleinen Botschaften zu dechiffrieren und laut vorzulesen, ferner das gesamte Alfabed zu offenbaren wie auch die Namen aller Mittäter preiszugeben. Schließlich bemängelte der Direktor, der neuen Schrift nunmehr kundig, Ausdruck und Grammatik auf den Zetteln, erteilte eine Fünf in Deutsch für jeden der Verschwörer und verdonnerte sie ohne Ausnahme zu einer gepfefferten Strafarbeit: Fünfzig Mal hatten sie den Satz zu schreiben: »Es ist nicht statthaft, das Areal des Pausenhofes einer allgemeinbildenden, polytechnischen Bildungseinrichtung mit Knüllpapier zu verunreinigen.«

Axthiebartig war's vorbei mit der Begeisterung fürs Neuererwesen. Seither hat Kubisch diese Schrift nicht mehr gesehen. Noch weniger hat er sie benutzt. Wer war eingeweiht in den Geheimbund Alfabed? Nero etwa? Nein, bestimmt nicht. Hundertprozentig keine Weiber.

Wahrscheinlicher ist da schon die Komplizenschaft von Diethold Kraus, auch wenn es ein langer Weg war, bis sie Freunde wurden. Ewig zwei Jahre älter, überragte der längenmäßig alle anderen und war spitz und staksig wie 'ne Spicknadel. Sie riefen ihn auch »Spicke«, aber das kam woanders her, nämlich vom Fußballspielen, wo er mit Vorliebe im Tor stand. Er passte da als Riese gut hinein, nur die Ballkontakte waren ihm zu selten. In seinen Leerzeiten kommentierte er deshalb virtuelle Angriffe, hechtete wie wild durch die Luft und fing imaginäre Bälle, immer mit dem Ruf: »Spickehagel! Spickehagel!«, bevor er zu Boden krachte. Seine blonde Tolle, deren Sitz sonst alle fünf Atemzüge mit Igelbürste und spuckefeuchten Fingern korrigiert wurde, klebte dabei strähnenweise an seinen Geheimratsecken. Die umstehenden Mädchen nahmen das Theater wohl zur Kenntnis, aber so richtig heiß schien es sie nicht zu machen. Eher war anzunehmen, dass der nicht alle beinander hatte.

Beneidenswerterweise aber hatte er einen Vater. Extra noch hatten sie ein Fernsehgerät, die Krauses, denn der Vater fuhr D-Zug-Loks bei der Bahn und bekam Zulagen für seine Nachtschichten. Leider sendete das Fernsehen immer dann, wenn Vater Kraus gerade Schicht schob oder schlief. Anders ausgedrückt konnte er immer gerade dann nicht ferngucken, wenn was im Fernsehen kam. Vielleicht hätte er besser einen Tauchsieder gekauft oder einen Besenschrank, also irgendwas, was keine Sendezeiten hat. Aber was geht das uns an.

Sohn Diethold jedenfalls hatte seinen Spaß mit dem Fernsehgerät. Zum Beispiel wenn sich der echte Spickehagel darin langmachte. Er war auch voll im Bilde, was die Olympiade betraf oder die Starterliste der Radfernfahrer, inklusive aller Ersatzmänner. Ausgerechnet mit Wiesel hatte er sich zusammengetan, dem Sohn der Fleischerei Poschmann, der eigentlich Frieder hieß und aussah, als sei er schuld an der allgemeinen Lebensmittelknappheit. Seinen Eltern fehlte je ein Daumen, dem Vater noch dazu der halbe Mittelfinger der linken Hand, aber davon abgesehen war die Familie Poschmann komplett, Wiesel gar derart, dass sich beim Versteckspiel nie ein Versteck fand, geräumig genug, ihm in vollem Umfang Sichtschutz zu gewähren.

Der lange Diethold Kraus war verliebt in Trude Poschmann, Wiesels auch nicht gerade vom Fleisch gefallene Schwester. Um an deren Herz zu rühren, nahm er ihren Bruder vor Häme und Tätlichkeiten bösmeinender Altersgenossen in Schutz. Und er war wirklich verdammt stark. Trude zu knacken reichte es nicht, für Cobu und seinen Freund Beri aber wäre es einmal fast gefährlich geworden.

Sie hatten ein Versteck, ein Kellerloch unter einem der toten Häuser, das ihre Schatzkammer und überhaupt ihr großes Geheimnis war. Unbezahlbares, was sie aus anderen Ruinen zusammengetragen hatten, füllte den Raum, darunter, von der Wand eines ehemaligen ehelichen Schlafzimmers, ein Gemälde badender Quellnymphen, deren rosiges Fleisch im aufsteigenden Nebel gerade noch zu erahnen war. An Glas und Glanz des Bildes hatte sich die Hitze der Brandnächte gütlich getan, seine erotische Botschaft indes war verschont geblieben.

In einer emaillierten Waschschüssel auf einem dreifüßigen, geschwungenen Eisengestell horteten sie ihre gesammelten Patronenhülsen, die, ihrer todbringenden Füllung beraubt, durchaus noch Schrecken verbreiten konnten, indem man auf ihnen pfiff. Das kleine Fenster des Kellers befand sich nämlich auf einer Ebene mit dem Bürgersteig der Cotteritzer Straße. Gelang ein Blick unter einen der vorbeirauschenden Röcke, rasselte es in den Eingeweiden. Und wenn Trude im kurzen Sommerkleidchen, kniend oder kauernd, ausgerechnet vor ihrem Fenster ihren Flohmarkt präsentierte, tat es richtig weh.

Eröffnete sich ausnahmsweise mal keinerlei erotische Perspektive, gab es trotzdem keinen Anlass zum Gähnen da unten. Man konnte zum Beispiel Löschblatt kauen und eingespeichelte Kügelchen durch die von der ausgebombten Firma *Guhl Spezialglas* hinterlassenen Röhrchen, von denen sie rechtzeitig einen ordentlichen Vorrat angelegt hatten, in die Welt pusten. Hei, wie da Hände an getroffene Schläfen schnellten! Als hätte ein Insekt zugeschlagen! Dann der Blick auf das erwischte rosa Sabberzeug, der nächste in die Richtung, aus der es gekommen sein musste. Aber da war nichts als ein marodes Kellerfenster. Um die Täter zu erwischen, hätte man zur Parallelstraße gemusst, über einen Gitterzaun klettern, einen Garagenhof ungesehen queren, die Mauerkrone mit den mörderischen Glasscherben obendrauf überwinden, im Nachbarhof, ganz an dessen Rand entlang (denn er war die brüchige Decke eines Kellers, in der Mitte bereits abgesackt) zu einer Ruine mit verbarrikadiertem Eingang schleichen, das Mauerloch an der Seite kennen wie auch die morschen Stellen der Kellertreppe, unten über einen Schutthaufen in den dunklen Kellergang robben und schließlich die lose Tür wegschieben, vor der eine Sperre aufgebaut war in Form eines Kanonenofens. Kaum anzunehmen, dass hier je einer herfinden könnte.

Diethold Kraus hat es einmal versucht.

Das war, nachdem er seine Trude vor dem Fenster entdeckt hatte, kniend auf einer Wolldecke, ihren Krempel vor sich ausgebreitet. Lässig, wie sich das für einen Frauenhelden gehört, war er auf sie zugegangen. Aber, o Schreck, was musste er da sehen? Zwei Arme, dürr und weiß und geil wie unterbelichtete Pflanzentriebe, die aus dem Keller herauswuchsen und unter Trudes Rock ihre spitzen Enden hatten! Seine Trude lächelte zu ihm hinauf und flötete: »Is was?« Und ehe er sich versah, waren die Triebe verschwunden, das Fenster verschlossen. Da schwoll ihm der schüttere Kamm, er dürstete nach Vergeltung. Dass er nur von hinten in das Haus gelangen würde, hatte er schnell erfasst, denn der Vordereingang war verbrettert. Er lief hin und her, schaute wie gejagt von allen Seiten, rannte zur Parallelstraße, Wiesel kam kaum mit, rannte um den ganzen Block – vergeblich. Es war kein Rankommen. Er musste aufgeben, was eigentlich nicht seine Art war. Wiesel, hochrot, schnaufte: »Die ist doch selber schuld.« Das tat zusätzlich weh. Obwohl es nur die Wahrheit war beziehungsweise gerade deshalb.

Das nächste Mal wollte er es besser machen. Das war, als Beri und Cobu gerade einen neuen Trick ausprobierten: Ein leeres Portemonnaie aus ihrem Fundus warfen sie auf den Bürgersteig. Bückte sich jemand danach, zogen sie es an einem Zwirnsfaden zurück und hatten ihren Spaß, wenn die Gelackmeierten sich mühten zu tun, als wäre nichts gewesen.

Wiesel war's, der den Köder entdeckte, er verspürte aber kein Verlangen, sich danach zu bücken, wies nur mit dem Finger darauf. Und so erwischte es Diethold Kraus. In seiner Wut wählte er diesmal den direkten Weg, indem er sich in das Fenster warf, das in tausend Stücke barst, und sich hinab in den Keller fallen ließ. Aber die Feinde waren flüchtig. Keinen Moment zögerte er, die Verfolgung aufzunehmen und dabei ihren geheimen Weg nach draußen zu erkunden. Tags drauf kam er auf Krücken und mit eingegipstem Fuß zur Schule. Wie gesagt, man musste die morschen Stellen der Kellertreppe kennen.

Am Nachmittag, gerade als sie wieder hinunterwollten in ihre Schatzkammer, türmte sich Diethold vor ihnen auf: »Was krieg ich, wenn ich euch nicht verpfeife?«

»Was willste denn nicht verpfeifen?«

»Dass ihr in 'ner Ruine spielt.«

»Sonst noch was?«

»Zum Beispiel, dass ihr Weibern untern Rock guckt und dabei die Hand im Hosenschlitz habt.«

»Und wer sagt das?«

»Trude vielleicht.«

»Sag deiner Trude, wenn sie petzt, soll sie woanders mit'm Arsch wackeln und nicht vor unserem Fenster.«

»Genau. Die nimmt uns die Sicht.«

Der lange Kraus war auf Bambule aus. Er krallte Beri am Hemd, die Szene bekam Zulauf. Für einen Moment vergaß er dabei leider seine Knöchelfraktur. Ein Tritt gegen den Gips, und Beri hatte seine Bewegungsfreiheit zurück. Kraus schrie auf, und prompt, als hätte es jemand so in eine Opernpartitur geschrieben, setzten fröhliche Fanfarenklänge ein. Das war wie ein biblisches Zeichen, das Heiden zu Heiligen werden lässt, Krieger zu Sanftmütigen. Alles rannte los zur großen Kreuzung Cotteritzer Ecke Litzestraße. Dort hatte sich bereits ein

Menschenring um die Lautsprechersäule gebildet, die Berichte von der Radfernfahrt ausstrahlte. Häve in der Spitzengruppe!

Diethold Kraus drohte die Vereinsamung. »Eh, wartet doch mal!«, rief er, hilflos wie ein Storch mit lahmen Flügeln. Und dass nicht nur sein Freund Wiesel, sondern auch Beri und Cobu dieser Bitte folgten, muss ihn schwer beeindruckt haben.

Gemeinsam vor der Säule fiebernd, führten sie in den Pausen der Berichterstattung Friedensverhandlungen, begleitet von den Schlagern der Woche. Ergebnis: eine Einladung zum Fernsehen bei Krauses, freie Standortwahl für Trude und ihren Flohmarkt sowie Dieth°lds Aufnahme in den Kellerbund. Damit waren sie nun zwangsläufig auch mit Wiesel verbündet, der aber schon beim Erklimmen des Gitterzauns aufgeben musste und deshalb nie da unten auftauchte.

Ja, Diethold Kraus war bestimmt mit von der Partie auf dem Weg zum Staatspreis. Sie haben sich aus den Augen verloren, Kubisch weiß nicht, was aus ihm geworden ist. Das Ding mit Trude war wohl eher ein Flop. Deshalb ist der aber noch lange keiner, der mit anderer Leute Biografie hausieren geht. Und Wiesel, der feiste Trommler der Ringelbeats, der nach Auflösung der Band noch lange Musik machte und gern ein Profi geworden wäre, dann aber zum Glück Journalistik studierte und heute Chefredakteur der Zeitung ist, die Kubischs Glossen druckt, was sollte der für einen Grund haben, ihm ein Gewächshaus überzuhelfen? Noch dazu eins, was ausgerechnet »Herrenstein« heißt?

Nie hat Kubisch jemandem von Herrenstein erzählt, diesem Unbekannten, der in einem Rock aus Düsternis und Nebel durch seine Erinnerungen geistert. Von seinem

Berufsfrager, der bei ihm »Froschbart« hieß, hat er anderen erzählt, einmal sogar, lange her, in einer Kolumne über ihn geschrieben, seinen Spitznamen öffentlich gemacht, lästernd Mutmaßungen angestellt, wer er sein und was er gerade tun könnte. Dass er ihm bei der Vernehmung unterlegen gewesen war, vielleicht nicht inhaltlich, schon gar nicht moralisch, aber in puncto Gewieftheit und Psychozauber zweifelsohne, blieb dabei ausgespart. Auch dass sie etwas verband: die ewige Jagd nach Pointen.

Angenommen, er erführe Froschbarts bürgerlichen Namen – nein, er hätte nicht das Verlangen, den Mann in die Pfanne zu hauen. Ein bisschen ausquetschen – das vielleicht. Einfach so. In einer stillen Kneipenecke, bei Bier und Kerze. Wie einen ehemaligen Boxkampfgegner, von dem nichts mehr zu befürchten, aber einiges über die Taktik zu erfahren ist, die man einst nicht durchschaut hat. Ob man sowas wie Stolz empfinden kann über einen Sieg in einem Wettkampf, bei dem der Kontrahent nicht gleichberechtigt war, das würde ihn interessieren. Oder auch nicht. Ein Nachdenken darüber ist eh müßig. Es gibt keinen Anhaltspunkt, wer dieser Mann sein könnte, keinerlei Unterlagen über einen Fall Jacobus Kubisch. Bei der entsprechenden Behörde war nichts zu holen, nur bedauernde Worte und, immerhin, ein paar Autogrammwünsche.

»Herr Kubisch!«

Klingt wie Thronreiter. Die Terrassentür ist offen. Aber Thronreiter hat ihn noch nie mit »Herr Kubisch« angeredet. Kubisch geht raus, um den Fall aufzuklären.

Es *ist* Thronreiter. Steht hinten am Zaun und wedelt mit einem großen, braunen Briefumschlag. Von Ferne entschuldigt er sich für die Störung und dafür, dass er diesen Brief geöffnet hat, der an Kubisch adressiert, aber mit der falschen Hausnummer versehen und deshalb bei ihm gelandet ist.

»Ich hab es erst gemerkt, als ich den Inhalt schon in der Hand hielt. Hab's gleich wieder eingetütet. Ohne es zu lesen natürlich.«

»Danke. Verbessern Sie die Nummer und werfen Sie's in den Briefkasten. Dann wird es mir ordentlich zugestellt«, sagt Kubisch im Gehen.

»Kann aber sein, es ist was Wichtiges.«

»Kann schon sein. Aber ich hab zu tun.«

»Ich wusste ja gar nicht, was für ein berühmter Mann Sie waren da drüben«, ruft Thronreiter ihm hinterher.

Kubisch dreht sich noch einmal zu ihm:

»Ich denke, Sie haben es nicht gelesen?«

»Da sehn Sie mal, wie gut Ihr Text ist! Wenn man ihn nur in der Hand hält, muss man schon lachen.«

»Ein Text von mir?«

»Ja. Eine Mitschrift. Von früher. Eine Kabarett-Nummer oder sowas. Ganz schön scharf, alle Achtung!«

»Eine Mitschrift?« Kubisch kommt runter von der Terrasse. »Von wem ist denn der Brief?«

Thronreiter sucht nach dem Absender: »Ein Doktor Resch?«

Jetzt eilt Kubisch durch den Garten zum Zaun, nimmt Thronreiter den Brief weg. Er zieht das Papier ein Stück aus dem Umschlag, der offensichtlich schon einige Einsätze hinter sich hat. Es sind mehrere Seiten DIN A4, vergilbt, holzig, mit Schreibmaschinenschrift. Aus einem anderen Jahrhundert.

Thronreiter ist immer noch voller Ehrfurcht:

»Da waren Sie ja drüben ein richtig Prominenter, was? Jetzt müssen Sie mir nur noch erklären, was ein OV ist.«

Aber Kubisch ist gerade nicht auskunftsfreudig. Er beschaut den vollgekritzelten Umschlag von allen Seiten. Außer einem blassen »Dr. Resch« ist nichts zu entziffern.

»Und der Witz, wie geht der weiter?«

»Was für'n Witz?«

»Es bricht mittendrin ab, da fehlt die Hälfte. Kommt ein Mann in die Gaststätte, will was essen. Auf der Karte steht nur Gulaschsuppe ...«

»Den verstehn Sie nicht, wenn Sie nicht da gelebt haben«, murmelt Kubisch abwesend.

»... nach 'ner Weile kommt der Wirt und fragt: Na, haben Sie schon gewählt?«

»Jaja, das hatte mit den Wahlen zu tun.«

»Und der Gast sagt? ... Ach bitte, Herr Kubisch!«

»Also«, leiert Kubisch runter, »der Gast sagt, na gut, ich nehm die Gulaschsuppe, aber sag'n Se ma, warum steht auf Ihrer Karte nur Gulaschsuppe und gar nichts anderes? Sagt der Wirt: Ich hab doch gewusst, dass Sie die Gulaschsuppe nehmen, warum soll ich'n da noch was anderes kochen.« Thronreiter guckt sehr interessiert.

»Witz-Ende«, fügt Kubisch an.

Thronreiter schüttelt sich, als wäre er kurz eingenickt.

»Ach so! Oha! Sehr gut. Verraten Sie mir nun noch, was ein OV ist?«

»Ein Obstverkäufer vermutlich.«

»Machen Sie sich nicht lustig über mich, Kubitz.«

»Liegt mir fern.«

»Und was ist nun wirklich ein OV? Bitte!«

Kubisch stöhnt. »Ein OV ist ein operativer Vorgang.«

»Und sowas warn Sie da drüben? Beruflich?«

»Eher nebenberuflich. Ehrenamtlich, wenn Sie so wollen.«

Kubisch hat's jetzt eilig, schiebt schnell sein Papier wieder in die Tüte.

»Was ganz anderes, Herr Thronreiter: Gibt es eigentlich noch Schecks?«

»Schecks? Wie kommen Sie denn darauf? Ja sicher gibt es noch Schecks. Das heißt, ich weiß gar nicht. Hab lange keinen in der Hand gehabt. Also Schecks – gibt's noch Schecks? Gute Frage. Nee, was? Was wolln Sie denn mit'm Scheck?«

»Ich muss Ihnen kurz was erzählen, Herr Thronreiter. Mir wird nämlich langsam mulmig. Es geschehen sonderbare Dinge, und dieser Brief hier gehört dazu. Ich fürchte gar, dass jemand in unserem Haus war und Manipulationen an der Kommunikationstechnik vorgenommen hat. Man hat mir ein Gewächshaus geliefert, gerade eben, das ich nicht bestellt habe. Da ist jemand, und ich will, dass Sie das wissen, weil ich alleine im Haus bin, da ist jemand, der aus irgendeinem Grund behauptet, er sei ich.«

»Ooor, was? Sieht der denn aus wie Sie?«

»Das weiß ich nicht. Ist vielleicht auch nicht der springende Punkt. Ich hab nur das Gefühl, der will mir was Böses.«

»So berühmt sind Sie?«

Magnetbandabschrift eines provokatorisch negativen Auftritts des
KUBISCH, Jacobus
(OV »Witzbold«)

Der OV trat am 24. August des Jahres als Teil eines Estradenprogrammes im großen Saal des staatlichen Klubhauses »Unsre Heimat« auf. Das Eintrittsgeld betrug einheitlich 2,40 plus 0,05 Kultur. Die Veranstaltung war ausverkauft. Nach zwei musikalischen Beiträgen, einer

Akrobatiknummer, einem Zauberer sowie einem Paar, das Gesellschaftstanz vorführte, folgte der Auftritt des »Witzbold« als »Höhepunkt« des Abends. Dabei gab »Witzbold« provokatorische Äußerungen von sich, die in der folgenden »Satire« gipfelten. (Auszug):

Wenn Sie also ein Ding mit Phantasie betrachten, wird mehr daraus. Phantasie füllt die leere Obstschüssel. Oder Ihr Bett: Mit etwas Phantasie liegen sie nicht alleine drin.
Phantasie kann auch heißen, man bleibt, wo man ist, begibt sich aber woanders hin. Oder anders: Man ist nicht da, wo man sich befindet und trotzdem anwesend.
Stelln wir uns mal vor, wir wären nicht in dem Raum, in dem wir uns gerade befinden, sondern in einem mit 'ner Lüftung. (Gelächter) Das ist Phantasie.
Oder die Damen: Stelln Sie sich vor, Sie wären nicht verheiratet mit dem Mann, mit dem Sie verheiratet sind, sondern mit einem wie ... äh ... Gérard Philipe. (Hier klatschten einige Frauen begeistert Beifall) Sehn Sie, so aufregend kann Phantasie sein.
Jetzt kurbeln wir mal die Phantasie der Männer bißchen an.
Stelln Sie sich vor, Sie lesen beim Frühstück nicht die Zeitung, die Sie abonniert haben, sondern eine, bei der Sie hinterher mehr wissen als vorher. (Heiterkeit, Beifall)
Oder wir stellen uns vor, wir wohnen nicht in der Stadt, in der wir wohnen, sondern in einer, wo es nicht reinregnet. (langer Beifall)
Angenommen, Sie wolln ein halbes Pfund Käse kaufen und die Verkäuferin sagt nicht »Müssen Se

nächste Woche nochema probiern«, sondern fragt: »Vom Schaf? Vom Büffel? Mager oder Vollfett? Streichkäse, Frischkäse, Schnittkäse? Schweizer, Allgäuer oder aus der Provence, im Stück, in Scheiben oder gerieben – was darf's sein?« Das macht Phantasie. (Gelächter, Beifall)
Stelln Sie sich vor, Sie leben nicht in dem Land, in dem Sie leben, sondern in einem, wo die Regierung mit 99 Prozent gewählt wird. (stürmischer Beifall, einzelne Buh-Rufe)
Oder wir stellen uns vor, in diesem Raum hier wäre niemand, der spitzelt, niemand der mitschreibt. Keiner, der Buh ruft, weil er dafür bezahlt wird. (Publikum reagiert eher zurückhaltend, es wird still) Na, wie wär das, wenn alle diese Phantasien Wirklichkeit würden? (Stille. Ein Einzelner: »Prima!« Vermutlich viertletzte Reihe, dritter von links, Hornbrillenträger, Identität konnte nicht geklärt werden)
Was hör ich da? Prima? Schrecklich wär das! Es wär mein Ende! Welche Frau geht denn ins Kabarett, wenn sie einen Gerard Philipe zu Hause hat!

(Applaus, auch »Zugabe«-Rufe. Der OV geht nur kurz ab, kommt aber wie zu erwarten sogleich wieder auf die Bühne, um seine Provokationen fortzusetzen)
Ich wäre zu 99 Prozent auch so noch mal rausgekommen, aber Sie lassen mir ja keine Wahl. (Gelächter)
Apropos: Kommt ein Mann in die Gaststätte. Der Wirt bringt die Karte, da steht »Gulaschsuppe, 80 Pfennig«. Sonst nichts. Nach einer Weile kommt der Wirt mit Notizblock und Bleistift: »Na, haben Sie schon ge-

Kubisch sitzt wieder auf seinem Schemel am Schreibtisch. Es könnte auch eine Palme sein, worauf er sitzt, oder ein Nadelkissen – würde man ihn auf die Schulter tippen und fragen, wo er sich gerade befindet, er müsste um etwas Bedenkzeit bitten, so weit weg ist er in Gedanken.

Gespannt, aber auch besorgt, ständig gefasst auf Peinlichkeiten und ihre Strudelwirkung auf das Selbstwertgefühl, liest er die Tonband-Abschrift seines Auftritts in der »Heimat«. Was er sich damals zurechtgelegt hatte, erwies sich schon nach den ersten Sätzen als zu schwerfällig für so einen schwülen Tag. Er verlegte sich aufs Improvisieren, machte Scherze, tröstete sein Publikum, dass aus der Veranstaltung mit etwas Fantasie im Nachhinein noch ein schöner Abend werden könnte, und klammerte sich bis zum Ende an diesen Strang.

Gesprochen auf einer Bühne, kann ein Wort auch mal etwas magersüchtig daherkommen. Ein Luftzug, und weg ist es. Hier aber hat jemand Kubischs Worte konserviert, der Selektion durch den Wind entzogen, auf Tonband aufgezeichnet und zu Papier gebracht, wofür sie nicht gedacht waren. So landet jedes Wort auf der Substanzwaage, die gnadenlos anzeigt, wenn eins kein Gewicht hat. Und obwohl Kubisch sich selbst einen Lang-ist-es-her-Rabatt einräumt, bewegt er sich ängstlich durch das Labyrinth der Buchstaben, immer gefasst auf den nächsten Schreck. Wie in der Geisterbahn.

Dass er hinter Gittern saß als Satiriker, weiß er, heißt noch nicht, dass seine Nummern gut waren. Was bleibt von einem Text, dem gewisse Umstände einst zu einer Korona aus Brisanz verhalfen, ohne diese Umstände? Splitternackt steht er da, und man sieht sogleich, wenn eine Stelle nicht gut durchblutet ist oder was mit der Pigmentierung nicht stimmt.Bei seinen Auftritten agierte Cobu meist aus dem Stegreif, er kann sie nicht reproduzieren, er hat keine Belege für ihre Qualität, für seine Künste als Entertainer. Er geht davon aus, dass er gut war. Beweisen kann er es nicht. Seien wir ausnahmsweise einen Moment ganz diskret. Lassen wir Kubisch allein mit seinem Text und seinen Schweißausbrüchen. Hat er vielleicht zwischendurch auch mal gelächelt, »nun ja« gemurmelt und dazu den Kopf gewiegt, sogar anerkennend genickt?

— —

Ende der Diskretion.

WER IST FÄHRTENDIEB?

Kaum hat Kubisch die Lektüre seiner Nummer ohne Kreislaufkollaps überstanden, belagert die Frage sein Gemüt, aus welchem Aktengrab das Dokument plötzlich auferstanden ist, wer es ihm geschickt hat und warum gerade jetzt. Die Angelegenheit bedarf komplexer Ermittlungen, Variante Rasterfahndung. Wer immer dahintersteckt, er weiß mehr über Kubisch als Kubisch über sich selbst. Die Liste der Kandidaten ist nicht lang. Näher betrachtet steht nur ein Name darauf: Froschbart. Denn Froschbart kannte den Witz mit der Gulaschsuppe, also ist er bei einem von Cobus Auftritten gewesen oder hat diese Mitschrift zu lesen bekommen, damals, als er noch Macht hatte. Jetzt könnte er an Kubisch auslassen wollen, dass er verloren hat, wo er doch so brillant war und den Untergang des ganzen Apparates schon deshalb nie für möglich gehalten haben dürfte. Oder er hängt einfach im Seil, wie man so schön sagt. Ein Geheimdienstler ohne Geheimdienst, das ist bestimmt ein sehr einsamer Wolf. Aber was in aller Welt glaubt er, ist bei Kubisch zu holen? Zuspruch? Alibi? Absolution? Vielleicht ist er stigmatisiert, ein politisch Verfolgter, wird nirgendwo mehr eingestellt, ist völlig verarmt, ein Sozialfall? Genau: Der hat Hunger! Oder Durst??

Nein, Kubisch wird jetzt nicht nachsehen, ob seine Biervorräte noch vollzählig sind. Mundraub passt nicht ins Verhaltensmuster. Wenn er Hunger hat, der Fährtendieb, muss er nicht solche Mätzchen machen. Wenn er Hunger hat, kann er übern Zaun steigen und sich am Birnbaum gütlich tun oder Karotten ziehen. Wenn er sich ins Haus schleichen kann, um sich im Kalender zu verewigen, kann er auch zum Kühlschrank schleichen. Der ist immer gut gefüllt. Das sollte ihm bekannt sein, wenn er sein Handwerk versteht. Und überhaupt: Ein ehemaliger Staatsgeheimer muss nicht Hunger leiden. So einer klagt eher über verkorkste Reputation als über Magenknurren.

Aber angenommen, Froschbart wäre der Fährtendieb, wer ist dann Dr. Resch, von dem die Mail kam und auch der fehlgeleitete Brief? Hat Kubisch es mit einer Bande zu tun, einem Syndikat? Der dicke, braune Brief stammt zweifellos aus Fährtendiebs Zauberkiste. Genau wie der Trojaner, der Literaturpreis oder das gedopte Handy. Zu welchem großen Zirkus gehören all diese kleinen Tricks?

Kubisch fühlt sich an seinen Schulfreund Beri erinnert und das Manöver, mit dem er die »Ringelbeats« einst an den Fallgruben der Verbote vorbeigelotst hatte. Der dachte sich gern solchen Zwirn aus. Absolut reißfest. Und er wusste daraus Netze zu knüpfen, in denen seine Opfer vergebens nach Schlupflöchern suchten. Dabei war, solange er daran spann, nicht zu erraten, was er eigentlich vorhat.

Am Ende der achten Klasse stand das Schreiben eines Aufsatzes an. Thema: Die sich jährende Vereinigung von Sozialkommunisten und Parteidemokraten, insbesondere der symbolische Händedruck auf ihrer Anstecknadel. Deutschlehrer Oppendorf war bemüht, die inhaltliche und literarische Qualität besonders hoch zu halten, und lockte mit der Aussicht, der Beste dürfe seine Arbeit bei der Feierstunde in der Aula vorlesen.

Das riss keinen groß vom Hocker. Mit der Aussicht, der Feierstunde fernbleiben zu dürfen, hätte Oppendorf den Ehrgeiz seiner Schüler womöglich wirkungsvoller gekitzelt. Beri allein entwickelte einen Eifer, wie er noch nie zuvor an ihm beobachtet worden war und wie ihn auch niemand so recht nachvollziehen konnte. Er jagte durch die ganze Stadt, um Schreibhefte zu kaufen. Teuer warn sie nicht, aber lange danach noch Mangelware.

Kurz bevor es ernst wurde mit dem Aufsatz, brachten sie Cobu mit Blinddarmdurchbruch und einundvierzig fünf ins Krankenhaus. Notoperation. Vier Wochen Eiterstation. Zwanzig Mann auf einem Saal. Nebenan die Lungen, auch zwanzig, ganztägig auf dem Balkon rauchend, hustend und gallefarbenen Auswurf fabrizierend.

Zweimal kam Beri zu Besuch, und zwar wann und wie er wollte. Das lag ihm einfach mehr, als sich an die strengen Besuchszeiten zu halten. Das erste Mal erschien er am Tag vor dem Aufsatz, um mit Cobus Hilfe über Partei, Parteiführer und Parteilogo hymnische Prosa zu verfassen. Da war Cobus Operationswunde noch frisch und sein Kopf voll mit Ängsten vor dem nächsten Tag, wenn Schwestern und Ärzte ihm wieder mit silbernem Besteck aus einem fahrbaren Glaskasten kommen würden. Aber mit vereinten Kräften kreierten sie schließlich ein Phrasenmenü, von dem sie annahmen, dass es Lehrer Oppendorf, der auch Oberparteisekretär der Schule war, munden würde. Prompt präsentierte Beri eine Woche später den besten Aufsatz des ganzen Jahrgangs. Wie es seine Art war, ohne besondere Regung.

»Jetzt soll ich das vorlesen bei der großen Andacht in der Aula.«

»Na, klasse«, sagte Cobu nicht ohne Stolz.

»Ich kann aber sowas nicht vorlesen.«

»Hm. Machste eben krank.«

»Denkste! Das ist meine Chance, Oppendorf eins auszuwischen.«

»Was haste denn mit Oppendorf?«

»In der dritten Klasse, da war er noch nicht ganz so weit oben, aber die Schleimspur war schon gelegt, da waren wir mit ihm im Ferienlager. Nachtwanderung durch den Wald. Er hatte verboten, die Taschenlampen anzumachen, bevor er das Kommando gibt. Ich hatte aber keine Lust, so lange zu warten. Da hat er mich am Genick gepackt, grunzend und wüst schnaubend, hat mir seine widerlichen Finger in den Nacken gebohrt, so lange, bis ich meine Lampe rausgerückt hab ...«

»Jacobus Kubisch?«, trötete eine der Schwestern schon in der Tür und rauschte in den Saal, als sei die Polizei hinter ihr her. Die große Flasche mit der schrecklich kalten Flüssigkeit, die Cobu regelmäßig über den Rücken gegossen und eingerieben wurde, hielt sie unterm Arm wie Diebesgut. Gegen Nebenwirkungen der Äthermaske, mit der sie ihn eingeschläfert hatten, sollte das helfen. Die Schwester machte nicht den Eindruck, als wollte sie sich lange mit der Prozedur aufhalten.

»Ja-co-bus-ku-bisch!«, hämmerte sie in den Frieden des Raums, »ist hier ein Ku-bisch!«

Endlich richtete sich Cobu stöhnend auf: »Ich fürchte, das bin ich.«

Das Sitzen tat ihm wirklich weh, denn es staken zwei Gummischläuche in seinem Bauch, die für den Abfluss eitriger Flüssigkeiten sorgen sollten. Täglich wurden sie ein Stück herausgezogen, gekürzt und mit Sicherheitsnadeln gegen Hineinrutschen gesichert. Die Schwester war nicht sonderlich beeindruckt vom Leid ihres Patienten. Im Gegenteil. Sie bearbeitete Cobus Rücken wie die Waschfrau ihr Brett und schob wieder hinaus. Womöglich hätte sie Beri gar nicht wahrgenommen, selbst wenn der nicht unterm Bett verschwunden wäre.

»Kann weitergehn«, ließ sich Cobu hören.

Beri kam aus der Versenkung.

»Er hat mir die Lampe abgenommen. Ich musste stehenbleiben, Hände auf'm Rücken, Gesicht zum Baum, während er mit den anderen weiter ist. Die Stimmen und die Schritte entfernten sich, und es wurde immer finsterer. Und dann war ich ganz allein in diesem Wald. Bei jedem Geräusch war ich sicher, es ist mein letztes. Da muss man kein Kind sein, glaubste? Weiß nicht, ob ich je wieder so 'ne Angst haben werde.«

»Und jetzt willste Oppendorf auch mal 'n bisschen Angst machen?«

»Ich will ihn *fertig*machen. Ich will, dass er fliegt.«

»Auweia!«

»Schlimmstenfalls erwischt's mich selber.«

»Wegen 'ner konfiszierten Taschenlampe? Du erwartest nicht, dass ich da mitmache, oder?«

Notgedrungen lüftete Beri nun sein großes Geheimnis, eine Sache, von der er bisher niemandem erzählt hatte, die in ihm klemmte seit seiner frühen Kindheit, deutlich wie keine andere Erinnerung aus dieser Zeit. Und es war derart, dass Cobu einen roten Kopf bekam und wegen der Geschichte die Nacht danach und viele Male später, wenn er aus Versehen beim Zubettgehen daran dachte, schlecht einschlief. Es war die Geschichte von einer Frau, die etwas nicht wollte, was ein Mann mit ihr vorhatte, und von einem Mann, der versprochen hatte, es nicht zu tun, dann aber den Kopf der Frau festhielt, als er es trotzdem tat, schnaubend wie ein Pferd, seine Hose wieder hochzog, während die Frau in die Küche stürmte und in den Ausguss kotzte und die anderen Mieter in ihren Türen sich vielsagende Blicke zuwarfen und »Ja ja, der Alkohol!« murmelten. Es war die Geschichte einer Frau, die kein Fräulein sein wollte, viel Tusche auftat und rot verschmierte Zigarettenkippen ausdrückte. Der Mann war – klar – Oppendorf, die Frau eine Bardame. Sie hatten zusammen nur ein Zimmer, sie und ihr Sohn. Und nur ein mottenlöchriger Vorhang hatte vor Beris Bett gehangen.

»Und du bist sicher, dass das Oppendorf war?«

»Er gab tierische Laute von sich. Es waren dieselben wie im Wald.«

Cobus Stöhnen hatte diesmal nichts mit Wundschmerz zu tun.

»Und jetzt – was soll jetzt werden?«

»Jetzt warte ich auf die Feierstunde.«

»Du willst was anderes vorlesen, als im Aufsatz steht?«

»Ich will was vorlesen, was im Aufsatz steht, was aber nicht drin stand, als Oppendorf ihn für gut befand.«

Nun erfuhr Cobu auch das Motiv für den Großeinkauf der Schreibhefte. Beri hatte bis zur Perfektion trainiert, wie man die weißen Fäden, mit denen sie gebunden waren, löst und so wieder verknotet, dass nicht zu merken ist, wenn Seiten herausgetrennt oder eingefügt worden waren. Es war bewundernswert, wie er dies in Windeseile und mit bloßen Fingern zustande brachte. Cobu konnte sich eines kleinen Applauses nicht enthalten. Aber Beri winkte ab und deutete an, dass er keine Zeit zu verschwenden habe. Er brauchte Text, und zwar für genau eine Doppelseite, vorn und hinten, mit der er die entsprechende Seite aus seinem Aufsatz ersetzen wollte.

Sie glühten vor Eifer und bastelten, bis die Länge stimmte und die Anschlüsse passten, vergaßen auch nicht, die entsprechende Menge Fehler wieder einzubauen und mit roter Tinte zu korrigieren. Die Stimmung stieg mit der Zahl der Respektlosigkeiten, die sie sich einfallen ließen, dic Welt umher rückte immer weiter weg. Cobu mit seiner frischen Wunde machte ein paarmal die schmerzliche Erfahrung, dass Lachen zwar auch eine Sache der mimischen, vor allem aber eine der Bauchmuskulatur ist. Schließlich wurde der ganze Saal angesteckt von ihrer Heiterkeit, gar nicht zu reden von dem befreienden Lachen, das ausbrach, als Beri, von Cobu präsentiert als »Bernd Ringel, der Schlingel«, das vollendete Werk, ohne eine Miene zu verziehen, vortrug. Man sagte später, etliche Heilungsprozesse seien an diesem Nachmittag sprunghaft vorangeschritten.

Oh, es gäbe noch eine Menge zu erzählen von Beri! Zum Beispiel wie er Cobu später, nach einem Abend zu dritt, von Cobu selbst arrangiert, die Freundin ausspannte. Cobu hatte geglaubt, die Sache mit ihr habe an Reiz verloren. Sie war ihm zu strebsam mit ihrem Klavierspiel und ihrem Einser-Abi. Und für ein wenig Abwechslung war er immer zu haben. Auch ahnte er, dass Beri dieses

Mädchen liebte und sich nur deshalb zurückhielt, weil sie die Freundin seines besten Freundes war. Kubisch weiß noch sehr gut, wie er ihn ermutigt hatte, mitzukommen, wie sie Wein tranken, wie sie zärtlich wurden, zu dritt auf ihrem Bett, wie er dann bald merkte, dass er erwünscht war wie 'ne blanke Zehn beim Null Ouvert, wie er irritiert feststellte, dass Nero Dinge tat, für die er sie zu prüde gehalten hatte, wie sich daraufhin überraschend und zum ersten Mal Eifersucht seiner bemächtigte, er sich angesichts dieser beiden begierigen Körper aus der Wohnung stahl und durch die Straßen irrte, fröstelnd, und lange brauchte, nein, eigentlich nie verwinden konnte, was da geschehen war.

Dafür wie auch für die Vorstellung, dass sie nicht wie selbstverständlich zu ihm zurückkehren, sondern mit einer Erklärung kommen würde, dieser Junge passe mit seiner Seriosität sowieso besser zu ihr als so eine, nicht böse sein, leicht morbide Existenz wie Cobu, hatte seine Fantasie nicht gereicht.

Bald darauf trennten sich Cobus und Beris Wege. Aber das hatte andere Gründe. Während sich Cobu in sein Lotterleben warf wie in ein Daunenbett, stieg Beri, typisch Beri, in einem Land, in dem jedwede Karriere nur vorstellbar war als Mitglied der regierenden Partei, in den Club der Mächtigen auf. Und zwar ohne irgendeiner Partei anzugehören. Keine Windungen, keine Schnörkel. Als hätte jemand ihn losgeschickt zu beweisen, dass es auch so geht.

Aber das hat alles nichts mit der Geschichte zu tun, die mit der Mail »Fährtendieb« begann und Kubischs Kopf mit Rätseln vollstopft, denn Beri lebt schon lange nicht mehr.

Cobu hat an seinem Grab gestanden, überwältigt von der Wucht der Traurigkeit, die ihn überfiel, hatte die Witwe in den Arm genommen, mit ihr geweint und sich dabei des Gedankens geschämt (ohne sich seiner erwehren zu können), der Tod seines Freundes könnte eine Chance sein, diese Frau zurückzubekommen.

DER FESTAKT

Den feierlichen Einzug der Fahne, die Begrüßung durch den Direktor, zwei Lieder, ein Gedicht und die Rede des Ehrengastes, eines Veteranen des antifaschistischen Widerstandes, wie er vorgestellt wurde, hatten die Schüler in der herausgeputzten Aula bereits hinter sich. Von Beris Aufsatz, schon seit Tagen als vorbildlich und nacheifernswert gepriesen, war auch nicht gerade ein Reißer zu erwarten. Beri selbst galt als zugeknöpft und arrogant, was bewirkte, dass er nicht besonders beliebt war. Dass er nun auch noch so einen Streberaufsatz abgeliefert hatte, machte die Sache nicht besser.

»Das Reichen der Hände – Symbol der Einheit, ein Aufsatz von Bernd Ringel, Klasse 7c.«

Das Auditorium applaudierte. Nach der Lesung standen nur noch die abschließenden Worte des Direktors und ein Auftritt des Chores auf dem Programm, die Hofpause rückte in erfreuliche Nähe, Hasche und Fettbemme inklusive.

Beri hatte direkt unter dem riesigen Händedruck zu stehen, wie er da bunt und überlebensgroß an der mit grauem Tuch verkleideten Rückwand der Bühne prangte. Er schlug sein Heft auf und schaute noch einmal zu Oppendorf in der ersten Reihe links. Der nickte ihm aufmunternd zu. Dann schaute er zum Direktor, der in der Mitte saß, direkt neben dem Ehrengast, und ihm mit einer Handbewegung sowas bedeutete wie »Nur zu«. Also begann er, beschrieb zunächst den Weg zur großen, historischen Konferenz der Vereinigungsparteien, lobte deren Führer für Weitsicht und Weisheit, warf dann einen Blick zurück auf die Geschichte der Arbeiterbewegung, die sich für seinen Geschmack zu sehr in Richtungskämpfen verzettelt und so, uneins, ihren Feinden unnötig viel Angriffsfläche geboten hatte, was ihr nicht gut bekommen sei. Dann nahm er sich die gereichten Hände vor und würdigte sie als Symbol dafür, dass es nie wieder eine Spaltung der Arbeiterbewegung geben dürfe.

Oppendorf initiierte einen kleinen Zwischenbeifall.

Prompt, als hätte er damit einen Dämon geweckt, wandelte sich der Duktus von Beris Rede. Eine durchgestrichene Axt, erklärte er, hätte denselben Zweck erfüllt, ja, ein treffenderes Bild gegen Spaltung könne man sich gar nicht vorstellen. Wo doch scharfes und spitzes Gerät sowieso gern zur Verdeutlichung hehrer Ziele benutzt werde, ich sage nur: Hammer und Sichel. Auch Zirkelspitzen und alles, was Werkstatt und Schuppen sonst noch hergeben. Als Symbole des Humanismus in Stein gehauen oder kunstvoll in Fahnentuch eingewebt. »Sogar Gewehre mit aufgepflanztem Bajonett wurden in diesem Zusammenhang schon beobachtet!«

Der Direktor beugte sich ein wenig vor, um Oppendorf am Ende der Reihe fragend anzuschauen, so in der Art wie »Für sowas kriegt man heutzutage eine Eins?« Aber Oppendorf, zwar ein wenig blass, tat, als sei ihm nichts Besonderes aufgefallen.

Im Saal wuchs unterdessen das Interesse für den Vortrag. Beri nahm sich die Kirche vor: »Was haben sich die Christen als Symbol für ihre Botschaft der Gewaltlosigkeit ausgesucht? Ein Foltergerät! Einen Marterpfahl!

Das Kreuz, an dem der Herr Jesus starb.« Wäre der Herr Jesus gestorben wie jeder andere, erklärte er, wäre nicht das Kreuz Symbol des Christentums geworden, sondern vielleicht eine Matratze oder ein Fernsehsessel. Aber natürlich mache sich ein Kreuz besser auf der Kirchturmspitze.

»Das gehört hier nicht her!«

Der Ton des Direktors ließ vermuten, dass er langsam zornig wurde. Sein erneuter Blick zu Oppendorf war es ganz sicher.

Beri schaute strafend auf den Störenfried und setzte seine Rede erst fort, als wieder Ruhe eingekehrt war:

»Der Totenkopf auf der Giftflasche will uns sagen: Ich habe davon getrunken. Die Hände auf dem Parteiabzeichen wollen sagen: Wir reichen uns. Sie machen einen friedfertigen Eindruck. Kein Messer, keine Handschellen, keine Daumenschrauben. Aber niemand weiß, was sich wirklich zwischen ihnen abspielt. Ob sie einander waschen? Ob da einer den anderen in die Knie zwingt? Ob Krankheitserreger übertragen werden? Ja, musste es denn überhaupt unbedingt was mit Anfassen sein? Hände machen auf Parteitagen schließlich noch ganz andere Sachen als einander halten. Sowas wie Däumchen drehen zum Beispiel. Oder die Augen reiben …«

Der Direktor machte alles noch schlimmer. Er erhob sich geräuschvoll, während es hinter ihm verhalten feixte und kicherte, und holte sich Oppendorf an den Rand. Der zuckte zunächst mit den Schultern, zeigte dann auf seine Armbanduhr und machte mit den Händen das Finito-Zeichen, um dem Direktor zu bedeuten, dass er es gleich hinter sich habe. Dem Direktor aber ging Oppendorfs Uhr nicht schnell genug. Wild entschlossen eilte er zum Musiklehrer und forderte ihn raunend auf, den Chor in Position zu bringen.

Doch Beri war noch nicht am Ende.

Während der Chor sich aufstellte und ihn dabei von seinem Platz verdrängte, trat er an den Bühnenrand, hob die Stimme, um das Getrampel der Chorsänger zu übertönen, und setzte seinen Vortrag fort mit den Möglichkeiten der Händeverwendung auf Parteitagen: ... ein Gähnen verstecken, die Ohren zuhalten oder in der Nase bohren. Zum Ausklang der Versammlung, heißt es, hätten die Delegierten *mit den Händen* das Glas erhoben und auf das Wohl der Führung getrunken. So hätten es auch zwei gekreuzte Sektgläser werden können, die das Abzeichen zieren. Oder die roten Nasen der besoffenen Parteiführer ... »zu später Stunde des ruhmreichen Tages, der für immer die Einheit brachte. Nun steht der Zukunft nichts mehr im Wege. Hört die Signale, Völker!«

Beris mutierende Stimme war immer lauter geworden und überschlug sich am Ende wie ein gestrauchelter Abfahrtsläufer. Niemand lachte oder klatschte. Die Luft im Saal war voller Elektrizität. Wer sich bewegte, lief Gefahr, eine gewischt zu kriegen. Es war so still, dass man die Stimmgabel des Musiklehrers hörte, wie sie auf seinen Zeigefinger knallte, wie sie in Schwingung geriet, einen schrillen Ton von sich gab, das Ansummen seines Chores sowieso, aber auch den Wind, den er mit den Händen machte, um den Einsatz zu geben, das Luftholen der Sänger –

»Die Feier ist beendet«, sagte der Direktor leise und gefasst. »Alles in die Klassen. Der Unterricht beginnt in fünf Minuten!«

Er nahm Beri das Heft weg, der Musiklehrer ließ die Arme sinken, der Chor die Luft wieder raus. Die Schüler waren enttäuscht. Weniger, weil sie gern noch ein zukunftsweisendes Lied mit vielen Strophen gehört hätten, eher, weil die Hofpause flöten ging. Aber es blieb alles gespenstisch ruhig. Das Einzige, was Lärm machte, war Oppendorf mit seinem »Ringel zum Direktor!«.

Der Ehrengast trug einen leuchtgrauen Anzug. Jetzt, wo er seinen öffentlichen Auftritt hinter sich hatte, war das Jackett geöffnet und machte den Blick frei auf seinen Bauch, der die Knopfleiste des weißen Hemdes bis an die Grenzen ihrer Leidensfähigkeit beanspruchte. Die Frisur war extrem aus der Mode: oben nicht mehr viel los, ringsum lange Zotteln, farbgleich mit dem Anzug. Vor die Brille rutschte ihm andauernd eine schwer zu bändigende, dünne Strähne, die er mit Pusten und Kopfzucken zur Seite schleudern musste, wollte er nicht blind in die Runde blicken. Zwischen seiner breiten, großporigen Nase und den wulstigen Lippen wucherte ein Schnauzbart. Im Lehnstuhl des Direktors hinterm Schreibtisch nahm der Ehrengast allen verfügbaren Raum ein.

Der Direktor selbst ging vor dem Schreibtisch auf und ab, getrieben von innerer Unruhe. Oder auch nur, weil sein Platz besetzt war. Oppendorf öffnete die Tür, an die Beri geklopft hatte, und zog den Jungen am Handgelenk zum Schreibtisch.

»Der Genosse ist vom Sicherheitsdienst«, stellte er den Ehrengast vor, »ich hoffe, du weißt, was das bedeutet, Ringel?«

»Das bedeutet, der Genosse ist nicht von der Müllabfuhr.«

Der Ehrengast blies die Strähne zur Seite.

»Na mal sehen, wie weit du es noch bringst mit deinen Frechheiten«, übernahm der Direktor das Kommando, sich immer wieder mit einem kurzen Blick zum Ehrengast vergewissernd, ob er alles richtig machte mit der Vernehmung. Schließlich bediente sich der Sicherheitsdienst ausgeklügelter, höchst effektiver Verhörmethoden. Das wusste nicht nur er, der Direktor, das hatte sich schon weit über die Grenzen des Landes hinaus rumgesprochen. Volksfeinde gestanden ihre Verbrechen beim bloßen Gedanken daran oder begingen sie erst gar nicht. Und der Genosse Ehrengast war in dieser Beziehung bestimmt ein besonders scharfer Hund, so, wie der gucken konnte.

Im Moment schien er allerdings eher reif für ein Mittagsschläfchen, der Genosse Ehrengast. Fläzte teilnahmslos in seinem Lehnstuhl, die Arme verschränkt, das Kinn auf der Brust, vor sich auf dem Schreibtisch das Corpus Delicti.

Umso eifriger der Direktor: Woher Beri die Unverfrorenheit nehme, so etwas vorzulesen? Wie er dazu komme, so etwas aufzuschreiben, ja gar sich auszudenken? Oder hat es ihm jemand eingeflüstert? Vielleicht sein Busenfreund Kubisch? Der ist doch bekannt für seine Obszönitäten.

»Kubisch ist krank«, mischte sich Oppendorf ein, »komplizierter Blinddarm, liegt im Krankenhaus.«

Der Direktor: Da hat er aber Glück. Denn hier liegt ein Fall von Verächtlichmachung der Parteisymbole und Beleidigung der Parteiführung vor. Wie könne er, Ringel, sich überhaupt erdreisten, etwas anderes zu lesen als im Aufsatz stand?

Es steht alles so im Aufsatz. Er kann ja nachsehen.

So? Auch dass, wenn die Parteiführer besoffen sind, der Zukunft nichts mehr im Wege steht?

So ähnlich.

Na, das wolln wir doch mal sehn!

Der Direktor nahm das Heft vom Schreibtisch und blätterte, las ein paar Sätze, stutzte, blickte dann hilflos zu Oppendorf. Der machte ein paar Schritte vorwärts und streckte die Hand nach dem Heft aus.

»Darf ich?«, griff sich der Ehrengast das Heft von hinten.

Oppendorf krähte: »Der hat das alles gefälscht! Das wird teuer, Bürschchen. Das ist Urkundenfälschung, da steht Gefängnis drauf.«

»Probiern wir es noch mal im Guten«, sagte der Direktor. »Du sagst uns, von wem du diesen Text hast, und wir vergessen das gefälschte Heft.«

»Ich hab nur geschrieben, was wir im Unterricht behandelt haben.«

»Im Unterricht behandelt, ja? Bei Herrn Oppendorf, ja?«

»Bei Herrn Oppendorf. Genau.«

»Also auch ... äh ...« Der Direktor wollte noch einmal das Heft zu Hilfe nehmen, um daraus zu zitieren, aber der Genosse Ehrengast hatte gerade die Sitzstellung gewechselt und es dabei auf dem Schreibtisch unter seinen Unterarmen begraben.

»... auch dass sie Händchen gehalten haben auf der Parteikonferenz und in der Nase gebohrt?«

»Klar.«

Der Direktor ließ einen Moment dem allgemeinen Erstaunen Raum, wie ein Staranwalt bei Paramount, der seinen Überraschungscoup startet. Betont ruhig setzte er wieder an: »Du bist also ganz sicher, dass Herr Oppendorf im Unterricht erzählt hat, dass die Delegierten auf der Parteikonferenz gepopelt haben?«

»Woher soll ich's denn sonst wissen?«

Jetzt zog der Direktor sein Pik-Ass: »Und warum steht das dann nicht auch in den Aufsätzen der anderen?«

»Weiß ich doch nicht. Wenn in allen Arbeiten immer stünde, was der Lehrer erzählt hat ...«

»Sechzig Schüler, sechzig Aufsätze. Und bei keinem steht was von popeln, nur bei dir.«

»Die haben ja auch keine Eins gekriegt.«

Jetzt rastete Oppendorf aus: »Was bezweckst du, du Zecke? Wem willst du imponieren? Warum denkst du dir solches Zeug aus. Von wem hast du das? Wer steckt dahinter? Raus mit der Sprache!« Er krallte Beri am Genick und rüttelte daran. Da war es wieder, das Schnaufen aus dem Wald.

»Lassen Sie den Jungen los«, sagte der Ehrengast ruhig, »die Zeiten sind vorbei.«

Aber Oppendorf hatte seine Beute in den Klauen und machte keine Anstalten, von ihr zu lassen. Nach Beistand heischend drehte er sich zum Direktor. Doch da war nichts mehr zu holen.

»Lassen Sie ihn los! Haben Sie's nicht gehört?«

Oppendorf schaute einigermaßen verwundert drein, ließ Beri los, stützte sich dann auf den Schreibtisch, um es dem Ehrengast ins Gesicht sagen zu können:

»Kapieren Sie nicht, was hier vorgeht?«

Der Ehrengast sah an ihm vorbei. »Dieser Mann ist nicht geeignet, unserer Jugend den neuen Geist zu vermitteln«, sagte er zum Direktor und hob dabei kaum die Stimme, »sorgen Sie dafür, dass er umgehend vom Dienst suspendiert wird.«

Oppendorf wurde laut: »Ich hab solches Zeug nicht erzählt! Ich bin doch nicht lebensmüde!«

»Sie erscheinen morgen in meiner Dienststelle, Obersturmführer.«

Oppendorf stutzte.

»Kommen Sie mir nicht so! Das muss ich mir nicht gefallen lassen! Ich bin rehabilitiert. Meine Akte ist sauber, das Verfahren ist lange abgeschlossen!«

»Acht Uhr fünfzig.«

»Hören Sie: Ich bin Obersekretär dieser Schule, verdienter Lehrer des Volkes. Ich habe keine Veranlassung ...«

»Oder wollen Sie, dass ich Sie holen lasse? Jetzt gleich, unter den Augen Ihrer Schüler?«

Oppendorf verstummte.

»Wir werden es nicht leicht haben, einen Ersatz zu finden«, intervenierte der Direktor vorsichtig.

»Wir haben es alle nicht leicht. Und jetzt lassen Sie mich mit dem Jungen alleine.«

Oppendorf schüttelte ungläubig den Kopf und schritt zur Tür. Der Direktor, hinterherschlurfend, war um Abstand bemüht wie zu einem, der aus der Jauchegrube gekrochen kam.

NULL NULL SIEBEN

»Nun, hast du's, wie du's haben wolltest?«

»Was denn?«

»Wir wissen beide, dass dein Lehrer nichts von dem erzählt hat, was du vorgelesen hast.«

»Aber er hat mir eine Eins gegeben. Gucken Sie doch ins Heft.«

»Ich weiß, was da drinsteht. Ich weiß es schon lange. Habt ihr ganz gut hingekriegt. Dass aber die Seite nachträglich eingefügt wurde, ist nicht zu übersehen. Also, wenn man sich mit solchen Dingen ein bisschen auskennt. Schau hier: Man muss nur am Rand ein wenig aufblättern, da sieht man genau eine Linie, die nicht mit den anderen übereinstimmt. Sie kommen nicht alle hundertprozentig gleich aus der Maschine, diese Hefte.«

Beri hatte plötzlich einen sehr trocknen Mund.

»Und .. woher ... kennen Sie ...?«

»St. Gregor, Haus 4, zweiter Stock, Eiterstation. Zwei Tage vor meiner Entlassung.«

»Nee, das …«

»Doch, das gibt's.«

»Ich hab aber niemanden gesehen, der nicht gelacht hat.«

»Ich hab ja auch gelacht.«

»Aber über sowas – einer wie Sie?«

»Wenn wir nicht über uns lachen können, können wir nicht verlangen, dass wir ernst genommen werden. Außerdem war ich nicht im Dienst.«

»Und was machen Sie jetzt mit mir?«

»Komm mich mal besuchen, dann reden wir darüber. Wir brauchen solche wie dich.«

»Fälscher?«

Ein Schmunzeln: »Waghalsige.«

»Ich glaube, das ist nichts für mich«, äußerte Beri vorsichtig.

Der Ehrengast schrieb eine Adresse auf einen Zettel. »Was hast du denn gegen den Herrn Oppendorf?«

»Nichts.«

»Für nichts riskiert man nicht so viel.«

»Der hat meiner Mutter was getan.«

»Was war denn mit deiner Mutter?«

»Möchte nicht darüber reden.«

»Wie geht es denn deiner Mutter?«

»Sie lebt nicht mehr.«

Der Ehrengast hörte auf zu lächeln.

»O Gott. Woran ist sie denn gestorben?«

»Möchte nicht darüber reden.«

»Und dein Vater?«

»Hab kein'.«

»Und du?«

»Was ich?«

»Na, wo wohnst du denn?«

»Na wo schon.«

»O Gott«, sagte der Ehrengast erneut. Dann schob er den Zettel mit der Adresse über den Schreibtisch, stand auf und reichte Beri die Hand zum Abschied. Beris Aufsatzheft faltete er einmal längs und ließ es in seiner Brusttasche verschwinden.

»Ich warte auf dich«, sagte er, bevor er aus der Tür ging.

Als der Direktor zurückkehrte, vorsichtig angeklopft und das »Herein!« abgewartet hatte, bleich wie die Belegschaft am Tag nach der Betriebsfeier, zeichnete sich in seinem großen Lehnstuhl ein Strichmännchen ab, noch bleicher als er selbst. Wie mit Kreide hineingemalt.

»Es ist Schulschluss«, sagte er leidenschaftslos, »du kannst nach Hause gehen.«

Das Strichmännchen löste sich langsam vom Leder und zog sich an der Schreibtischkante hoch.

»Das war knapp«, resümierte es, bevor es die Kante kurz losließ, um seine Standfestigkeit zu testen.

»Raus jetzt!«

Steifbeinig wankte Beri zur Tür. Sein Heimweg aber glich dem Triumphzug eines amerikanischen Helden durch New York, nur dass es keine Papierschnipsel waren, die auf ihn fielen, sondern Blicke seiner Mitschüler, verstohlen, aber Anerkennung bezeigend, kleine Ritterschläge, die ihm halfen, sein zerknautschtes Nervenkostüm wieder in Form zu bringen. Im Heim angekommen, hatte er schon wieder etwas Farbe, aß sogar die Krautsuppe aus dem grünen Blechkübel, die er gewöhnlich ausließ, mit Appetit. Seine Beliebtheitskurve in der Schule wies ungeahnte Steigerungsraten auf, und es dauerte eine ganze Zeit, bis der Normalwert wieder erreicht war.

Der Einladung des Ehrengastes vom Sicherheitsdienst zu folgen, zögerte er lange. Aber so, wie er gestrickt war, reizte ihn dann doch das Unberechenbare an der Sache. Einmal dort gewesen, häuften sich die Besuche, sein »Null Null Sieben« war gut zu ihm, wie ein väterlicher Freund, für den elternlosen Jungen ein Glücksfall. Familiäre Gefühle hatte er schon lange nicht mehr verspürt, glaubte auch nicht, dass sie für ihn von Bedeutung sein könnten. Als sie ihn jetzt überkamen, begegnete er ihnen mit Misstrauen. Aber Null Null Sieben wusste das zu nehmen und ihn zu begeistern für wer weiß was.

Cobu hatte mit dem Gefühl zu kämpfen, dass sein Freund ihm entglitt. Nicht nur, dass er seltener zur Verfügung stand und ohne Not schulischen Eifer entwickelte. Er trug ein Geheimnis mit sich rum, einen inneren Umbau, zu dem Cobu keinen Zugang hatte, und erklärte seine »Weltanschauung« für wissenschaftlich, während alle anderen mit dem Begriff Weltanschauung allenfalls den Blick vom 10-Meter-Turm verbanden. Null Null Siebens Geist hatte sich seines Herzens und seiner Zunge bemächtigt. Und wenn der die Vaterfigur war, war die Ideologie vielleicht ein Ersatz für die Mutter, die eines Nachts auf ihrem Heimweg von der Bar ihrer Einnahmen beraubt worden und dabei zu Tode gekommen war.

Später studierte Beri Philosophie, aber das half auch nichts. Im Gegenteil. Wann immer sie sich zufällig trafen, hatte er wieder was dazugelernt über das Wesen von Erscheinungen und Eigenheiten von Zusammenhängen mit dem großen Ganzen. Noch später, als Staatsdiener, versuchte er Cobu klarzumachen, dass es sich bei dessen Auftritten nicht um Kunst handle, sondern um einen Akt der Selbstgefälligkeit, ja, der Selbstbefriedigung. Und Selbstbefriedigung habe nun mal keinen befruchtenden Effekt, was wiederum bedeute, dass Cobu nichts zum Wohle des Volkes beizutragen habe, auch wenn es bisweilen so scheine. Und wundern, wenn's bald mal Ärger gibt, müsse er sich schon gar nicht.

Diese Ansagen waren so strikt, dass Cobu allemal tagelang gegen schlechtes Gewissen und Selbstzweifel zu kämpfen hatte. Bis er wieder irgendeine Art Zustimmung erhielt, ein Schulterklopfen, einen Autogrammwunsch, ein neues Engagement. Er begann, seinem besten Freund aus dem Weg zu gehen, um sich diese Irritationen vom Leibe zu halten. Schließlich begriff er sich als Unterhaltungskünstler jenseits aller Staatsraison und Ideologieschranken. So absurd ihm Beris Vorwürfe schienen, sie verunsicherten ihn trotzdem. Mit der Ideologie ist es wie mit der Sterndeutung. So ganz genau weiß man nie, ob nicht doch irgendwas dran ist.

DIE RÜBHÜGEL-BEGEGNUNG

Durch den November des dreißigsten Jahres, durch die Ödnis des Proletarierviertels im Osten der Stadt, rollte ein nagelneues zartblaues Waschbecken. Vorbei an Fassaden, denen die Zeit ihre Vielfalt genommen hatte und die nur dort noch ein wenig Farbe zeigten, wo der Putz bröckelte. In den riesigen Schaufenstern der Altstoff-Sammelstelle, ausgekleidet mit rotem Tuch, glänzte silbern die allgegenwärtige Dreißig neben einer Losung, die schon geraume Zeit bessere Zeiten verkündete, sofern man dem eingeschlagenen Weg folge. Der Rest der Dekoration bestand aus verstaubtem Leergut, auch leeren Gurkengläsern und einem mit Bindfaden geschnürten Bündel vergilbter Zeitungen. Quer über die ganze Schaufensterfront war als heller Schatten des

Schriftzuges, der dort einst prangte, noch zu erkennen: *Café WIENER WALZER*. Und klein darunter: *Inh. Karl Weber.* Aber von all dem nahm keiner der Drei-Mann-Besatzung auf dem kleinen Laster Notiz.

Mit dem Hosenboden auf der Ladefläche, eingeklemmt zwischen sonderbaren Gegenständen, die er Erwin Wencke von der Baustoffversorgung für ein Trinkgeld abgeschwatzt und in alte Pappen verpackt hat, ist der oberste Kulturbezirksrat Rübhügel damit beschäftigt, das seltene Waschbecken auf seinem Schoß, seinen Schatz, sein blaues Edelsteingut, wie ein Leibwächter vor Anschlägen zu schützen. Um ihn herum, im Rhythmus der Schlaglöcher, tanzt Erwins Tand, den er seinem schwedischen Freund Olaf Björnsson bei nächstbester Gelegenheit zum Kauf anbieten will. Das wird dem gefallen! Der ist verrückt nach solchem altmodischen Krempel. Und: Er zahlt mit Zauberzaster. Rübhügel freut sich drauf. Das bringt wieder bisschen Bewegung in die gute Sache, der er dient. Irgendwo ist immer 'ne Stelle, wo's klemmt. Da heißt es lockermachen, bewerkstelligen und ranschaffen, seine Spezialität. Unmengen Zeugs hat er Björnsson schon verhökert, Zeugs, das hier niemand mehr braucht. Weiß der Himmel, was der damit bei sich zu Hause anstellt. In keiner normalen Wohnung, auch nicht in Bezirksrat Rübhügels geräumiger Altbau-Etage, nicht mal in der Villa des Oberbezirksrats ist Platz für derart viel Kram. Der muss in einer Konzerthalle wohnen, der gute Olaf, oder in 'nem Zeppelin-Hangar. Diese Kapitalisten – Verständnis für die Notwendigkeit ihrer Enteignung haben sie keins, aber Platz scheinen sie zu haben.

Zwei Helfer hat Rübhügel. Erwin Wencke ist keiner davon. Erwin Wencke hat Rübhügel ausrichten lassen, er solle gefälligst seinen Mist abholen, der Platz werde gebraucht für die Dachpappe. Noch nie war derart Betrieb in seinem Laden. Drei Rollen pro Kunde – mehr rückt er nicht raus. Bei wem's nicht fürs ganze Dach reicht, der muss sehn, wo er bleibt. Mit Lichtgeschwindigkeit hat sich rumgesprochen, dass es Dachpappe gibt. Erwin ist der Größte. Auch Leute ohne Dachschaden, ja gar ohne Dach, kaufen Dachpappe. Ganze Familien stehen in der Reihe. Der Vater, der Großvater, der Schwiegersohn. Jeder kriegt seine drei Rollen. Man kann die tollsten Dinge dagegen tauschen. Vor der Tür geht's zu wie auf einem byzantinischen Basar.

Vorn auf dem Beifahrersitz des rollenden Lkw ersehnt ein junger Mann das Ende des Tages. Den kennen wir schon, allerdings nicht so, geschwächt und schweißgebadet, mit schmerzenden Händen: Cobu Kubisch. Der ist es nicht gewohnt, so schweres Zeug zu schleppen. Zumindest nicht mit den Händen. Mit dem Kopf bewegt er durchaus Schwerwiegendes: Prosa, Pointen, Publikum. Möbel überlässt er lieber anderen. Er, Vortragskünstler aus Passion und von Beruf, ist hier nur anwesend, weil um einen Freundschaftsdienst gebeten. Sowas kann einem passieren, wenn man ein Stammlokal hat und verlässlich zu bestimmten Zeiten dort Hof hält. Gestern war es sein einstiger Klassenkamerad Beri, der um eine Audienz ersuchte.

Cobu hatte sich gefreut, Beri mal wieder zu sehen. Ihre Begegnungen wurden immer seltener. Sie waren jetzt Ende zwanzig, und wenn sie überhaupt so etwas hatten wie Lebenspläne, so waren die sehr unterschiedlich. Das konnte man schon Beris »Weder noch« entnehmen auf Cobus Frage: »'n Wermut? Oder lieber 'n Schnäppi?«

Cobu schien nicht realisiert zu haben, wie dekadent sein Lebenswandel angesichts der Aufbauleistung des Volkes erscheinen musste, welchen Anachronismus ein am Kneipenstuhl klebender Hintern in Zeiten revolutionärer gesellschaftlicher Umwälzungen darstellt.

So recht er möglicherweise auch habe, ob er nicht mal was anderes erzählen könne, hatte Cobu daraufhin gefragt. Und Beri war überraschenderweise zu einem Themenwechsel bereit gewesen: Er brauche Cobus Hilfe. Morgen. Nur ein paar Sachen ins Auto laden und in seine Garage fahren. Da konnte Cobu schlecht nein sagen, wollte er nicht neben seinem Ruf als Volksschmarotzer auch noch den eines Stiesels abbekommen.

Beri thront nun hinter dem riesigen Lenkrad von Erwins Lkw. Ein eigenes Auto hat er noch nicht, aber 'ne Fahrerlaubnis, was schon die halbe Miete ist. Er erzählt aus seinem Privatleben. Das tut er selten. Er muss sehr laut reden, um die Fahrgeräusche zu übertönen. Vielleicht hilft ihm das, seine Hemmungen zu überwinden. Also, der Mann hinten auf der Ladefläche, der Rübhügel, das ist sein Chef. Ein Pragmatiker. Ein glühender Patriot mit Ideen. Bei dem ist man vor Überraschungen nie sicher, und deshalb versteht er sich prima mit ihm. Und deshalb hat er ihm auch angeboten, den Krempel in seiner Garage zu lagern, die er glücklicherweise ebenfalls schon hat, aber erst, wenn er hoffentlich bald seinen Barrakas kriegt, benötigen wird. Zwei Kinder will er haben, das ist sein Traum, und dann mit dem Kleinbus, mit seiner Frau und den beiden Wänstern Urlaub am Balaton und überhaupt alles besser machen, als man es mit ihm gemacht hat.

Am Ziel, Beris Garage, ist das Ausladen mit weniger Kraftaufwand verbunden als das Einladen bei der Baustoffversorgung. Die Wege sind kürzer. Der Laster steht mit der Ladefläche direkt vor dem Garagentor. Reinhard Rübhügel stellt oben seine Schätze an den Rand, damit Cobu und Beri sie entgegennehmen und in die Garage tragen. »Vorsicht, Vorsicht!«, ruft er immer wieder. Beim letzten Teil reißt er die Verpackung ein Stück auf. »Na?«, fragt er stolz.

Cobu wirft einen flüchtigen Blick darauf, froh, dass es gleich geschafft ist. Es ist eine hölzerne Platte, bestückt mit allerlei Zierrat, schön bunt und schön schwer. Irgendwo hat er sowas schon mal gesehen. Vielleicht in einem Heimatmuseum, in das sie ihn als Schüler geschleift haben. Er will jetzt nicht danach fragen. Er hat keine Lust auf lange Antworten. Er will zurück ins »Torso«, wo die Verheißung am Tresen auf ihn wartet und lächelt. Viel mehr als »vielleicht aus irgendeinem Heimatmuseum« hätte ihm Rübhügel auch nicht sagen können. Und Beri hätte es auch nicht besser gewusst. (Andernfalls – man möge ihnen nachsehen, dass sie es taten – hätten sie sich gehütet, das Zeug von einer zu einer anderen Stelle zu bewegen. Sie wären nicht mal auf die Idee gekommen, es zu berühren, ja, es überhaupt auch nur wahrzunehmen.)

Nein, Cobu hat gerade kein Auskunftsbedürfnis. Er macht es kurz, er hat Durst. Woher soll er wissen, dass dies die letzte Begegnung mit seinem Freund sein wird? Auch mit dessen Chef übrigens, der inzwischen wieder zur Abfahrt bereit auf der Ladefläche sitzt, sein blaues Waschbecken auf dem Schoß, und guckt wie der Prophet, dem soeben die Offenbarung zuteilwurde.

Noch oft in seinem Leben wird Kubisch sich dieses Bildes erinnern, die hagere Gestalt seines Freundes, wie er zum Abschied kurz die Hand hebt, bevor er ins Fahrerhaus steigt, die Tür zuknallt, noch einmal das Fenster runterkurbelt und hinauslächelt. Und an das letzte Wort, das sie wechselten: »Atsche.«

—— ——

Solange einer lebt, kann man sich ganz gut vorstellen, dass es auch ohne ihn geht. Wenn er rausfällt aus dem Leben, fängt er an zu fehlen wie ein Buchstabe einer defekten Leuchtschrift. Das war mit Beri nicht anders. Wenn es nach Kubisch gegangen wäre, hätte Beri inzwischen schon oft mit seinem kristallklaren Verstand Licht in dunkle Stellen seiner Gedankengänge bringen sollen. Im Moment, den Fährtendieb im Nacken, könnte er ihn erst recht brauchen.

Was würden sie sich wohl heute unterhalten, womit die Zeit totschlagen, wenn sie noch Freunde wären, der Bernd und der Jacobus? Dass es wie einst heiß herginge im Streit über den rechten Weg zur Verbesserung der Welt, ist eher unwahrscheinlich. Eifer wie Optimismus zeigen mit den Jahren Erosionserscheinungen. Das ist bestimmt nicht nur bei Kubisch so. Beri ist zuzutrauen, dass er Kubischs Trinkgewohnheiten wortlos, aber mit gelegentlichen verächtlichen Mundwinkelzuckungen kommentiert, die die Intensität des Vergnügens beeinträchtigen wie Wespen die Freude am Picknick.

Alt-Herren-Gespräche würden sie führen, sich gegenseitig was vorjammern von wegen erfolgter Zahnextraktionen und sich häufender Sinnkrisen.

Sie könnten sich auch auslassen über unlogische Erscheinungen beim Alterungsprozess wie zum Beispiel die vermehrte *Ab*nutzung der Gelenke bei weniger *Be*nutzung derselben. Oder die Gleichzeitigkeit von nachlassendem Sexualtrieb und nicht nachlassen wollender Lust, nach den Mädchen zu schielen.

In seiner Not hat Kubisch sich angewöhnt, dieses Phänomen mit geänderten Beweggründen zu erklären. Einst betrachtete er ein Mädchen unter dem Aspekt des Verlaufs: Wie würde sie aussehen beim Frühstück, flott irgendwas übergeworfen, mit nassem Haar und ungeschminkt? Weil sich bestimmte Dinge im Leben aber mit den Jahren entscheidend wandeln und manche Möglichkeiten nur noch im Bereich des Unwahrscheinlichen vorstellbar sind, behauptet er, dass ihn inzwischen eher die Frage beschäftigt: Wie wird sie aussehen, wenn sie in meinem Alter ist? Was die zurückgeworfenen Blicke sagen, hat er den Eindruck, ist sich gar nicht so unähnlich. Einst: »Du musst dich nur noch ein bisschen gedulden.« Heute: »Da wirst du dich noch 'n bisschen gedulden müssen.«

Ihre Erinnerungen auszutauschen reichte keine Ewigkeit. Allein mit den Sehenswürdigkeiten hinter dem Kellerfenster ihrer Ruine, an dem die ganze Welt vorbeizog, hätten sie schon genug zu tun. Es war wie eine Expedition, bei der der Forscher sich nicht vom Fleck bewegen muss. Sie würden sich ihrer Streiche erinnern und der vielen Entdeckungen, die man von da unten aus machen konnte. Wie sie ihrem kindlichen Kokon entschlüpften, ausgerechnet im Souterrain der Stadt, tief unter diesem abgeschossenen Haus, das, fast ein Wunder, in einer anderen Stunde zusammenbrach und nicht, während sie sich, von unvertrauter Lust erfasst, neugierig berührten und staunten, wie ähnlich sich eine Plastelani-Stange anfühlt, nur mit dem Unterschied, dass die weich wird in der warmen Hand. Und wie sie sich gegenseitig ewiges Schweigen darüber gelobten, dieses Gelübde gar mit Blut besiegelten, indem sie sich mit einem rostigen Nagel ein Kreuz in die Unterseite des Handgelenks ratzten, zunächst nur ein blass-rotes Gebilde, das aber bald zu nässen begann und nach Tagen durch sich bildenden Schorf ein richtig schickes Wundmal wurde, das versteckt werden musste, wollte man sich nicht unangenehmen Befragungen der Erziehungsberechtigten aussetzen. Auch ihre kleinen Heldentaten würden sie sich in Erinnerung rufen, ihre Abenteuer, wo sie versagt oder triumphiert hatten, wie sie Mumm hatten oder ihnen die Düse ging. Manchmal auch alles auf einmal.

IRRLICHTER

Der zweite Zettel aus dem braunen Umschlag trägt die Überschrift »Verzichtserklärung des Bürgers Kubisch, Jacobus«.

Er hatte noch lange grübelnd auf seinem Notbett gelegen, eingesperrt in die klamme Nacht der verfallenen Villa. Gedanken, Gedanken. Nicht ihre Tiefe, sondern ihre Vielzahl war es, die ihn nicht schlafen ließ. Er wusste nicht, wo anfangen, und kam erst recht zu keinem Schluss.

Herauszufinden, dass die Regierung mit Humor nicht viel am Hut hatte, bedurfte es keiner Langzeitbeobachtung. Besonders wenn es auf ihre Kosten ging. Umso größer die Verlockung für einen Spaßmacher wie Cobu. Oft genug hatte er sich an die Grenzen der zugestandenen Freiheiten vorgewagt, bisweilen auch ein Stück darüber. Gar nicht mal aus Kalkül, eher zufällig, aus einer Laune heraus oder einer Anwandlung von Übermut. Aber nie war er vorgeladen, nie verwarnt worden, wie es üblich war. War er nicht verwegen genug gewesen? Wie kommt's dann, dass sie plötzlich Ernst machen? Ist jemand gestorben da oben? Kehrt da ein neuer Besen? Die Angelegenheit bedurfte einer baldigen Klärung, denn nicht allein, dass sie ihn jetzt ohne Vorwarnung gekascht hatten: Die Erfahrung, die er gerade machte, konnte ihn seine Unbedarftheit kosten, ihn vorsichtig werden lassen oder zum Zyniker. Dann wäre er nicht mehr geeignet für seinen Beruf.

Man hatte ihn zur Toilette geführt und inzwischen das Sofa mit einer Wolldecke zum Schlafen hingestellt, davor ein Tischlein mit welligem Furnier. Ziemlich verloren fühlte er sich in der verkommenen Nobelherberge. Wie ergeht es einem, wenn der Sack erst mal zugeschnürt ist? Gibt es Möglichkeiten, Drehgeschwindigkeit oder Körnung der Mühle zu beeinflussen, deren Motor gerade angesprungen ist? Hast du eine Chance gegen die, die mit deiner Weiterbearbeitung beauftragt sind? Wie verhält man sich, wenn sie bohren, drohen, lächeln, brüllen? Entsprechenden Ratschlägen war er stets mit Skepsis begegnet. Woher wollte das jemand wissen, der es nicht am eigenen Leibe erfahren hat. Guter Rat wäre zu bekommen von einem, der im Verhör alles falsch gemacht hatte und folgerichtig hingerichtet wurde. Aber so jemand war nicht zu sprechen.

Die Brote zum Frühstück, in Anzahl und Belegung identisch mit denen in der Papiertüte vom Abend zuvor, aß er mit einem Appetit, über den er sich heute noch wundert. Bis zum Mittagessen (Quarkkeulchen mit Apfelmus, nicht gerade wie bei Muttern, aber unter diesen Umständen …) dauerte die Befragung zu dem großen Unbekannten namens Herrenstein. Dann begann wieder der Marsch übers Parkett, untermalt von sich mehrenden »Ziegenmief!«-Rufen. Bis Froschbart in der Tür erschien:

»Sonst noch was Neues?«

Neu sei, sagte Cobu, dass er zu keinerlei Gesprächen mehr zur Verfügung stehe, solange nicht ein Gerichtsbeschluss vorliegt, der Gründe dafür benennt, warum man ihn hier festhält.

»Was darf's denn sein?«

»Inhaftnahmevollzugsbegründung oder Verdachtäußerungsniederschriftsprotokoll – ist mir ganz egal, wie Sie's nennen.«

»Ich schau mal, ob wir sowas im Hause haben.«

Froschbart ließ sich wieder die Tür öffnen und verschwand für wenigstens zwei Stunden. Dann schleppte er einen Unbekannten an, den er als Haftrichter vorstellte. Der Haftrichter verlas einen Haftbefehl wegen des Verdachtes auf asoziales Verhalten. Cobu nahm es gelassen, verlangte aber Schreibzeug und verfasste eine Haftbeschwerde mit der Forderung, ihn sofort laufen zu lassen, da er ansonsten gegen alle Beteiligten rote Einträge im Brigadebuch erwirken werde. Man brachte ihm wieder sein Abendbrot und am Morgen sein Frühstück, das er aber kaum anrührte. Er fühlte sich verkatert und schmutzig, griff sich den Hocker und begann, die Wände damit zu bearbeiten. Es lärmte und stiebte nicht schlecht, bald war er vom Kalkriesel übersät und so beschäftigt mit seinem Werk, dass er Froschbart nicht wahrnahm, bis der direkt neben ihm stand und brüllte:

»Brauchen Sie noch jemanden?«

Cobu erschrak und hielt kurz inne, dann hieb er weiter auf das erbarmungswürdige Gemäuer ein, das so rein gar nichts für all das konnte.

Wumm! »Der Künstler Jacobus Kubisch – wumm! – wird jetzt den dritten Tag – wumm! – ohne Grund – wumm! – in dieser stinkenden Pissbude – wumm! – gefangen gehalten.« Wumm!

»Sie hatten doch Haftbeschwerde eingelegt«, versuchte Froschbart den Lärm zu übertönen, »sowas dauert. Muss ja erst mal bearbeitet werden.«

»Und?« Cobu schleuderte den Hocker in die Ecke. »Das Ergebnis?«

»Es hat sich nicht bestätigt.«

»Was hat sich nicht bestätigt?«
»Unser Verdacht.«
»Und der wäre?«
»Der wäre, der wäre …« Froschbart fingerte seinen Notizblock aus der Brusttasche, feuchtete den Finger an und blätterte. »… dass Sie keinen festen Wohnsitz haben.«
»Ich hab aber keinen.«
»Das macht nichts.«
»Das – macht – nichts!«, höhnte Cobu. »Und was bewirkt etwas, das nichts macht?«
»Ihrer Haftbeschwerde wird hiermit stattgegeben. Es bedarf nur noch einer Unterschrift von Ihnen. Und zwar …« Froschbart pustete den Staub von Cobus Tischlein, legte ein Papier darauf und tippte mit dem Zeigefinger mehrmals energisch auf die Stelle, wo die Unterschrift hinsollte: »… hier.«

VERZICHTSERKLÄRUNG
des Bürgers Kubisch, Jacobus
geboren:
wohnhaft: ohne festen Wohnsitz

Ich versichere hiermit, über meine zeitweilige Arrestierung gegen jedermann Stillschweigen zu wahren. Mit meiner Unterschrift verzichte ich zudem auf alle möglicherweise entstandenen Ansprüche und Entschädigungsforderungen.

»Warum sollte ich sowas unterschreiben?«
»Ich dachte, Sie hätten Gründe, die eine Entlassung aus der Haft wünschenswert erscheinen lassen. Und zwar sobald wie möglich.«

»Verstehe ich recht?«

»Unter uns gesagt: Ja.«

»Na, dann zücken Sie mal Ihren großen Schlüsselbund, Herr Kerkermeister«, sagte Cobu und unterschrieb. »Ich warte draußen.«

»Immer der Reihe nach.«

Froschbart trug den Wisch auf den Händen zur Tür wie einen frischen Siebdruck, besah ihn kurz und lächelte. Sein Klopfzeichen machte er mit dem Fuß, immer noch lächelnd. Es erschien ein Uniformierter, der Cobu zum Ausgang geleitete. Doch statt des Türschlüssels zückte der Mann Handschellen.

»Was soll *das* denn? Glauben Sie, ich erwürge Sie schnell noch, bevor Sie mich hier rauslassen?«, fragte Cobu belustigt.

Betont gelassen ließ der Mann die Verriegelung der Handschellen einrasten: »Jetzt nicht mehr.«

Er führte ihn die Freitreppe hinab zu einem fahrbaren Blechgefängnis, ausgestattet mit quadratischen Zellen wie Plumpsklos, in die Kubisch heute nicht mal gevierteilt hineinpassen würde.

»Steigen Sie bitte ein.«

»Wohin bringen Sie mich?«

»Zum Ausgangspunkt der Aktion.«

»Müssen Sie nicht, ich finde allein zurück. Würde gern ein Stück laufen.«

»Wir machen das schon. Es muss alles seine Ordnung haben.«

Cobu quittierte das mit einem Lächeln, das er bereits wenig später nicht mehr nachvollziehen konnte. Es war ein Tag wie ein sonniger Siebenschläfer. Unter seine Unterschrift auf Froschbarts Verzichtserklärung hatte er geschrieben: »P.S.: Ich wünsche Ihnen allen ein langes Leben und mir ein schönes!«

Die Fahrt in der Blechbüchse nahm kein Ende. Da sie nun, wie ihm schien, schon erheblich länger dauerte, als die Autofahrt zu dem toten Dorf mit der verfallenen Villa gedauert hatte, konnte das mit dem »Bringen zum Ausgangspunkt« nicht stimmen. Oder verlängert sich die Reisezeit, wenn man nicht sehen kann, wo's langgeht? Selbst wenn der Fahrer sich schon zehnmal verfahren hätte, müssten sie doch langsam da sein!

Cobu verfolgte in Gedanken den Weg: Eine Kurve? Könnte die vorm Ortseingang sein. Dann müsste jetzt der Bahnübergang kommen – hält er? – nein. Das wäre das erste Mal, dass diese Schranke nicht geschlossen ist. Die Stoppstraße am Südkreuz? Nichts. Die Ampeln auf dem Weg ins Zentrum? Nichts. Kaum anzunehmen, dass man sie alle auf Grün geschaltet hatte zu seinen Ehren. Oder doch? Aber die hereindringenden Geräusche wurden immer eintöniger und verrieten, dass sie nicht zur Fahrt durch eine Stadt gehörten. Wie hatte er so blöd sein können: Ausgerechnet mit der Aussicht auf Freiheit hatten sie ihn in die Falle gelockt. Und als er bereits drin saß, selbst da hatte er noch geglaubt, er stünde über den Dingen.

Er fühlte sich erschlaffen. Am Rücken war ein Jucken, äußerst störend, penetrant, irgendein Ungeziefer, 'ne Motte oder sowas, er kam nicht hin mit den gefesselten Händen und wand sich und rieb sich an der Rückwand seiner eisernen Behausung. Aber die war glatt und kalt wie eine Eistanzfläche. Ziegenmief! Er ging härter zur Sache. Das Blech protestierte knallend gegen seine Verformung. Von draußen brüllte es: »Nicht richtig ausgewuchtet oder was?«

Wo hat er sich die Motte eingefangen? Wohnte sie in der Wolldecke, unter der er geschlafen hatte? Oder kam sie aus dem Sofa gekrochen? Beides roch nach chemischen Kampfstoffen, eingepulvert nach allen Regeln der Kunst. Aber diese eine Motte musste dem Zeug widerstanden haben. Menschen werden schon krank, wenn sie nur in der Nähe der Fabriken wohnen, in denen sowas hergestellt wird. Verneige man sich vor dieser Motte! Sie ist groß. Nein: Sie ist die Größte! Vielleicht ist sie die erste mottenpulverresistente Motte der Welt überhaupt und mutiert nun zu einer neuen Qualität Motte, einer Monstermotte mit Verbindungen zum Geheimdienst!

Der Sauerstoff in der Blechkutsche war auf der Flucht, ohne dass jemand Anstalten machte, ihn aufzuhalten. Die Motte, die auf Cobus Rückgrat balancierte, schien zu wachsen. Vielleicht waren sie auch zu zweit? Pflaumenkerngroße, sexbesessene Motten bei der Familienplanung. Sie könnten kurzfristig bedeutsam werden im Kampf gegen die Willkür, kam ihm in den Sinn. Er wird sich ab sofort nicht mehr gegen sie auflehnen. Je länger man ihn in der Büchse umherfährt, desto mehr werden es nämlich werden. Sollen sie sich mal richtig wohlfühlen in seiner Wäsche, er übernimmt jetzt die Schirmherrschaft über diese Veranstaltung. Wenn er erst mal frei ist, wird er sie ein paar Tage fasten lassen und dann über die Mauer dieser lausigen Villa pusten. Aus der hohlen Hand, ganz zart, wie einen Kuss. Sie werden auf alles fliegen, was sich fressen lässt. Herbeigerufene Kammerjäger werden entsetzt konstatieren, dass ihre Chemie keine Wirkung zeigt, die Motten unbeeindruckt Hochzeit halten und sich der Völlerei hingeben. Allenfalls an einer Stelle werden ein paar tote Motten gefunden werden: unter der Gardine in Froschbarts Zimmer.

»Hör'n Se off zu schnarchen. Wer'n Se munter, Mann!«

Das Auto fuhr nicht mehr, kein Zweifel. Der Motor lief im Leerlauf. Die Türen standen offen. Cobu blickte schläfrig in die Nacht. Er war noch halb in seinem Ungeziefertraum.

»Aussteigen!«

Der Mann nahm Cobu die Handschellen ab, steckte sie in die Hosentasche und zückte eine Pistole. Cobu, der geglaubt hatte, sich endlich am Rücken kratzen zu können, hob vor Schreck die Hände über den Kopf.

»Hände runter!«, befahl der Mann und richtete die Waffe gegen ihn.

Cobu nahm die Hände runter und kratzte sich am Rücken, so gut es ging.

»Das ist aber jetzt plötzlich sehr ernst hier. Was soll'n der Spaß?«

»Drehn Sie sich um und gehen Sie.«

»Wohin denn?«

»Immer geradeaus, bis Sie neue Anweisungen bekommen.«

»Wo sind wir denn hier?«

»Am Ausgangspunkt der Aktion.«

»Und das Ziel?«

»Drehen Sie sich um und gehen Sie! Dann laufen Sie genau drauf zu.«

Cobu drehte sich widerwillig um. Er nahm einen mächtigen Drahtzaun wahr, wenigstens drei Meter hoch, obendrauf Stachel- und wer weiß was für Draht, der sich in der einen wie in der anderen Richtung irgendwo mit der Dunkelheit verwob. Die Scheinwerfer des Autos waren auf eine schmale Tür gerichtet, die offen stand.

»Los, nu machen Sie schon!«

Cobu trat unschlüssig durch das Eisentürchen. Er ging wie auf Eiern.

»Weiter!«

»Wird hier geschossen?«

»Wenn Sie stehen bleiben, ja.«

Cobu hörte das Türchen hinter sich zuschlagen, riss vor Schreck erneut die Hände hoch und drehte sich ängstlich um.

»Hände runter, verdammt!«, brüllte der Pistolenmann.

Cobu nahm die Hände runter und ging ein paar Schritte rückwärts.

»Was wolln Sie denn von mir?«

»Haun Se ab!«

»Das ist eine Verwechslung! Ich ...«

»Nicht stehen bleiben, oder ich schieße!«

»Lassen Sie mich doch mal aus...«

Der Knall raubte Cobu den letzten Rest Überblick und bewirkte, dass er wie ein Hundertmeterläufer aus den Startblöcken in die pechschwarze Nacht sprang und, sich die Ohren zuhaltend, losrannte, ohne noch einmal zurückzuschauen. Nicht mal die Zeit nachzusehen, ob er irgendwo getroffen war, nahm er sich. Unter ihm war Wiese, aber nicht dergestalt, dass man annehmen konnte, hier geht der Grundstückseigentümer zweimal die Woche mit dem Aufsitzmäher rüber. Als er zum zehnten Mal stürzte, blieb er kurz am Boden, um durchzuatmen und sich zu sammeln. War er noch am Leben? War das noch die Erde, über was er da rannte? Das Mündungsfeuer hatte ihn geblendet. Er sah nur gelbe Ringe. So lief er weiter, ohne zu wissen, wohin ihn seine Füße trugen. Erst recht, wie weit sie ihn schon getragen hatten. Wie ihm schien, war es mehr als im ganzen bisherigen Leben zusammen. Beim zwanzigsten Sturz landete er auf hartem Untergrund. Es tat zumindest mehr weh als bei den anderen zuvor.

Sicher ist es ein unvergleichlicher Moment, wenn man merkt, dass man gestorben ist. Festzustellen, dass man noch lebt, nachdem man eben noch berechtigte Zweifel daran hegen konnte, ist aber auch nicht ohne. Auf dem Bauch liegend, hechelnd wie ein ausgelaugter Hund, die Augen geschlossen, betastete Cobu den Untergrund. Sacht glitten die Fingerkuppen über Unebenheiten im Boden, wie über Blindenschrift. A-sp-ph-ha-l-- Asphalt? Hei! Wo Asphalt ist, ist auch Leben. Ja, es war Asphalt, eine Straße, was er da streichelte!

Wo ein Weg ist, ist auch ein Wille. Also hoch auf die Schlotterknie und gespäht. Was bietet der Blick in die Ferne? Dunkelheit, Schwärze, Finsternis. Kaum ein lohnendes Ziel für einen Mann in Cobus Lage. Blickrichtungswechsel. Da! Ein Licht! Ein einsames, winziges Licht – Cobu hatte eine Idee, worum es sich dabei handeln könnte: Was ein richtiges Dorf ist, das hat auch eine Dorfkneipe mit einem Gast darin, der nicht nach Hause will. Er selbst besaß keinen Pfennig Geld. Aber wenn er da einkehren würde, bisschen auf geschunden machen und erzählen, dass er von drüben ist und gerade über die Grenze abgehauen – wetten, der Wirt schmeißt 'ne Lage?

Also auf ins Dorf, und nicht schlappgemacht unterwegs!

Ein Brummen mischte sich in das Geräusch seiner Schritte. Cobu blieb stehen. Jetzt mischte sich das Brummen mit dem Hämmern seines Blutes. Es kam aus der anderen Richtung, aber es war nicht viel zu sehen. Er lief ein Stück rückwärts weiter, um nichts zu verpassen. Langsam kamen zwei Lichtkegel aus einer Senke gekrochen, durch die die Straße führte, und nach einer Weile tauchte auch das dazugehörige Auto auf. Cobu winkte mit beiden Armen, wie ein Schiffbrüchiger, der einen Feuerschein am

Horizont auszumachen glaubt. Das Auto fuhr auf ihn zu, wurde langsamer und hielt schließlich direkt vor ihm, ohne dass der Motor ausgeschaltet wurde. Cobu reckte beide Daumen hoch: »Können Sie mich ein Stück mitnehmen?«

Viel sehen konnte er nicht im Gegenlicht der Scheinwerfer, aber er nahm, die Augen mit dem Unterarm gegen das Licht schützend, zwei Gestalten im Auto wahr. Eine davon stieg aus und kam auf ihn zu. Und jetzt sah er auch die Flinte, die der Mann vor dem Bauch hängen hatte, und dass er uniformiert war. Er kapitulierte.

»Hände hoch oder runter?«, leierte er müde.

»Drehn Sie sich um und gehen Sie.«

»Fahren Sie ins Dorf?«

»Jaja, vorwärts.«

»Ich bin von drüben, hab mich verlaufen. Können Sie mich bitte wieder zurückbringen?«

»Jetzt gehen Sie erst mal!«

Die Erde, dachte Cobu, während sie zum Dorf liefen und der Wagen ihnen folgte, die Erde ist rundherum ein feines Ding. Einzigartig, unvergleichlich. Es gibt genug Gründe, mit ihr zufrieden zu sein. Man wird darauf geboren, um gern auf ihr zu leben, und möchte sie tatsächlich nur ungern wieder verlassen. Man kann es gut auf ihr haben und muss sich nicht nach einer anderen Welt sehnen. Nur wenn man es mit Uniformierten zu tun kriegt, wäre es angebracht, man hätte eine Ausweichmöglichkeit.

Hier, wo er nach seiner Odyssee gestrandet war, schienen sie jedenfalls genauso borniert zu sein wie in seiner Heimat. Er wird ihnen ein paar seiner Motten dalassen zur Erinnerung. Es sind Ost-Motten, denen werden die West-Uniformen schmecken wie dem Zoni die Micorali. Die werden sich vorkommen wie im Inshopter, wenn sie sich da durchknabbern. Und wenn sie einmal auf den Geschmack gekommen sind, wehe wehe, werden sie den Rest der Welt erobern, sich hermachen über alles, was nach Uniform aussieht, und es löchern. Die Militärparaden wie die Trachtenvereine, die Büttenredner wie die Schornsteinfeger. Bis alle nackt sind. Nicht zu vergessen die Mädchen vom Fernwehballett.

Als sie endlich im Dorf angelangt waren, bestand es bedauerlicherweise nur aus einem Wachturm und einer Baracke. Hinter dem Schreibtisch, auf dem die Lampe stand, die Cobu aus der Ferne Wärme und Freibier verheißen hatte, ihn nun aber blendete und sonst gar nichts, schlürfte einer Bohnenkaffe. Er schien hier der Chef zu sein. Es roch verführerisch.

»Wolln Sie ’ne Tasse ab?«, fragte der Mann im Dunkel.

»Wenn Sie so fragen!«

Auf dem Schreibtisch wurde hantiert. Geschirr klapperte, das Eingießen war zu hören, schließlich schob eine Hand ein kleines Tablett zu Cobu hinüber, darauf eine Tasse Kaffee samt Untertasse und Löffel, ein Stück Würfelzucker, ein Sahnekännchen. Es war bekannt, dass sie hier den besseren Kaffee hatten. Es hieß sogar, überall auf der Welt hätten sie besseren Kaffee als den, den Cobu kannte. Ihm kam es vor wie eine Ewigkeit, dass er überhaupt welchen getrunken hatte. Und dieser hier war so gut, dass er kurz die Augen schloss vor Verzückung.

»Danke für den Kaffee. Wenn man jetzt die Lampe noch ein bisschen drehen könnte? Sie macht mich blind, und ich würde gern sehen, mit wem ich es zu tun habe.«

»Zunächst müssen Sie mir bitte ein bisschen was erzählen. Wer Sie sind, zum Beispiel, und was Sie hier im Grenzgebiet verloren haben.«

»Ich bin von drüben. Ich hab mich verirrt und wäre Ihnen dankbar, Sie würden mich wieder rüberbringen.«

»Das kommt nicht oft vor, sowas.«

»Das glaube ich Ihnen gern.«

»Hm.« Der Mann schrieb etwas.

»Mir würde schon reichen, Sie zeigen mir den Weg. Ich gehe dann zu Fuß weiter.«

»Hm. Sie haben sicher einen Ausweis.«

»Hab ich einen Ausweis?« Cobu tastete seine Hosentaschen ab. »Nein. Tut mir leid.«

»Verloren?«

»Man hat ihn mir abgenommen.«

»Abgenommen?«

»Ich war in Haft.«

»Ach. Und warum?«

»Das weiß ich auch nicht so genau. Die Gefängnisse bei uns sind voll mit Leuten, die sich nicht recht erklären können, was sie verbrochen haben sollen.«

»Das ist ja schrecklich.«

»Besonders erfreulich ist es nicht.«

»Und da wolln Sie wieder hin?«

»Ich *muss* da wieder hin: Ich bin Kabarettist. Humorist, wenn Sie so wollen. Mein Publikum ist dort und die Realität, der ich meine Pointen verdanke. Und meine Gagen natürlich auch.«

»Und was suchen Sie dann bei uns?«

»Gar nichts. Ich hab mich nur verlaufen, beziehungsweise bin ich gezwungen worden, mich zu verlaufen.«

»Verstehe ich recht – man hat Sie gezwungen, spazieren zu gehen?«

»Wie soll ich Ihnen das erklären. Es war sowas wie ein bewaffneter Landesverweis.«

»Was es alles gibt! Erzähln Sie mal.«

»Sie haben mich an die Grenze gefahren und aus nächster Nähe auf mich geschossen, nur damit ich abhaue.«

»O je! Sind Sie verletzt?«

»Nein, nein.«
»Nirgendwo?«
»Überhaupt nicht.«
»Ganz sicher nicht?«
»Nein doch.«

»Was sind denn das für miserable Schützen da drüben!«

»Na ja, es war schon dunkel. Vielleicht wollten sie mich auch gar nicht treffen. Aber erschrocken bin ich trotzdem.«

»Blödmänner. Schießen auf was, was sie nicht treffen wollen!«

»Es war der Versuch, ein Bleibenwollen im Lande in eine Landesflucht zu verwandeln. Die Inszenierung einer Selbstverbannung, wenn Sie so wollen, verstehn Sie?«

Es sind von hier an noch etwa dreißig Jahre, bis ein Hirnschlag Jacobus Kubisch die Zunge lähmen wird. Im Moment gibt es noch keinen Grund, warum jemand nicht verstehen sollte, was er sagt.

»Verstehe«, sagte der Mann in Uniform und (weil das Telefon klingelte) »klein'n Augenblick.«

Er nahm den Hörer von der Gabel und erhob sich: »Abschnitt sieben ... ja ...vor 'ner halben Stunde ... genau ... Hat sich verlaufen ... Keinen Moment! ... Selbstverständlich. Wiederhörn, Genosse Oberleutnant.«

Mariendorn, Dienststellenleitung
- 2 -
nicht einer gewissen Komik. Womöglich um seiner Berufsangabe »Humorist« gerecht zu werden, hatte der Grenzverletzer versucht, sich mit einem »Trick« der Festnahme durch die diensthabenden Grenzposten zu entziehen, indem er angab, er sei »von drüben« und wolle dorthin zurückgebracht werden. Die Genossen des Abschnitts 7 des Grenzregiments »Willi Erich« ließen sich diesbezüglich aber auf keine Diskussion ein und überstellten den Gesetzesbrecher pflichtgemäß umgehend den zuständigen Strafverfolgungsbehörden.
Gez. Blume, Oberleutnant

Was, glaubt man, hat Kubisch zu hören bekommen, als er etliche Jahre später mit einem Rechtsberater die Möglichkeit einer Anzeige gegen unbekannt erörterte, weil man ihn genötigt hatte, ins Grenzgebiet einzudringen? Da werde er auf Schwierigkeiten stoßen, hat man ihm gesagt. Denn die Straftat, zu der man ihn hat verleiten wollen, nämlich von einem Teil des Landes in einen anderen zu gehen, ist keine Straftat mehr. Und wenn es keine Straftat ist, ist auch das Auffordern dazu keine. »Hau ab« sagen ist nicht strafbar.

Aber der Schuss mit der Pistole?

Darüber könnte man reden. Er muss nur zur Polizei gehen, möglichst genau die Stelle beschreiben und ein bisschen Glück haben, dass die Kugel gefunden wird.

—— ——

Kubisch nimmt sich das letzte Papier aus Thronreiters Brief vor. Es ist noch faseriger als die anderen, bräunlich wie die Finger von Kettenrauchern. Schreibmaschine, ungewohnt engzeilig. Allein daran, dass Vorder- und Rückseite beschrieben sind, erkennt man, dass es aus einer anderen Epoche stammt. Die Buchstaben sind verwackelt und blass. Das Lesen ist mühsam. Es ist auch schon fast dunkel, er hat nicht bemerkt, wie die Dämmerung sich in sein Zimmer geschlichen hat und mit ihr die Kälte, die ihn nun plötzlich überfällt. Im Wohnzimmer bläht der Wind die Stores, mit steifen Gliedmaßen stakst Kubisch zur Terrassentür, die er in der Aufregung zu schließen vergessen hatte.

Moment bitte, Herr Kubisch: Dämmerung, Kälte und Luftzug, eine offene Terrassentür, wehende Vorhänge – wo haben wir sowas schon mal gesehen?

In einem Krimi?

Falsch: In tausend Krimis.

Stimmt. Dann werden wir dem keine weitere Bedeutung zumessen.

Kubisch verriegelt die Terrassentür und sucht seine Strickjacke, ein sicheres Zeichen, dass der Sommer zu Ende geht. Im Wäscheschrank auf dem Dachboden findet er sie endlich. Sie muffelt. Zurück am Schreibtisch reibt er sich die Hände warm. Ein Bierchen brächte vielleicht ein wenig Leben in diese wüstentrockene Prosa. Aber es ist besser zu warten, bis alles gelesen ist.

Er macht Licht und widmet sich dem Rest aus dem braunen Umschlag. Vier Blätter sind es, zusammengehalten von einer verrosteten Büroklammer. »Dr. Resch, Vierblätterwald« hatte unter der Mail »Fährtendieb« gestanden.

Bericht über den Fund einer männlichen Leiche
7. November
Zielstrebigkeit und verantwortungsvolles Handeln der Genossen des Abschnitts Nord führten gestern zu einer männlichen Leiche.

Angefangen hatte alles mit Beris Taschenlampe.

Es war eine echte Eisenbahner-Lampe. Aus schwarzem Blech, leicht verbeult, aber funktionstüchtig, nicht viel größer als ein Stück Kernseife. Ihr Licht kam aus einem kreisrunden Loch, wie ein Bullauge. Vor die Glühbirne, und das war der Clou, konnte man mit kleinen Hebeln an der Seite verschiedenfarbiges Glas schieben. Er hatte sie gegaubelt gegen seinen größten Schatz, ein tennisballgroßes, rubinrot funkelndes Katzenauge, gefunden im Schutt eines Garagendaches.

Von der Lampe gingen von Anfang an geheimnisvolle Kräfte aus. Sie konnte morsen oder knutschende Pärchen in Hauseingängen auseinanderfahren lassen, Autos anhalten und Katzen nerven. Sie schien auch geeignet, den Mann zu jagen, von dem es hieß, er vertreibe sich die Nächte mit »Exhibitionismus«. Wenn es dazu einer solchen Wunderlampe bedurfte und jemand das Glück hatte, sie zu besitzen, musste er sich dann nicht berufen, ja verpflichtet fühlen, den Entblößer zu stellen? So ergab es sich fast von selbst, dass sie sich zu nachtschlafender Zeit aus ihren Betten stahlen und aufbrachen, ihrer Bestimmung zu folgen.

Zum Tatbestand wurden zwei Minderjährige aus dem Viertel vernommen, und zwar

Ringel, Bernd und
Kubisch, Jacobus,

beide bisher als unbescholten einschlägig bekannt, beide Schüler der 6. Klasse. Sie gaben übereinstimmend an, vor einigen Wochen, aus ihrer Erinnerung in der Nacht vom 18. zum 19. Sept. des Jahres, etwas getan zu haben, zu dem sie nun Stellung nehmen wollen. Für ihr Vorhaben betraten sie unbefugt den Bahndamm zwischen Post- und Litzestraße.

Sie kletterten den Damm hinauf, um das ganze Gelände überblicken zu können. Cobu vorneweg.

»Mach Licht, wozu hast du die Lampe!«

»Wir sind hier zum Sehen, nicht zum Gesehen werden.«

»Ohne Licht komm ich nicht weiter.«

»Das ist eine Signallampe und nicht für Muschepupu. Mit der kann ich 'n Zug anhalten.«

»Ohne Leuchten kannst du auch keinen Zug anhalten.«

»So'ne Flachbatterie kostet ein Vermögen. Hast du etwa Angst?«

»Ich hab keine Angst, ich kann nur nichts sehen, wenn's dunkel ist. Kenne noch mehr Leute, denen das so geht.«

Leider begann es zu nieseln. Die Hälfte des Damms hatten sie jetzt auf Händen und Füßen erklommen. Er war steiler, als es von unten aussah, und viel dichter bewachsen, gut für seinen Zusammenhalt, schlecht für die Fortbewegung auf allen vieren.

»Wenn du Schiss hast, lass mich vor!«

»Na los.«

Beri zwängte sich an Cobu vorbei, was Cobu einige Hiebe zurückschnellender Zweige einbrachte. Es tat weh, aber er ließ sich nichts anmerken. Er kannte Beri gut, auch dessen Abneigung gegen maulende Altersgenossen. Und er wollte nicht einfach hier stehengelassen werden.

Die Schlippe lag schon weit unter ihnen, sie kamen jetzt schneller voran. Fast waren sie so weit, dass sie wie von einem Hochsitz aus in aller Ruhe die Lage hätten peilen können. Doch plötzlich war da was, das beide schnappschussartig erstarren ließ, Hände und Füße auf der Erde, den Hintern in der Höhe. Ein Rascheln war das, und zwar keins, das sie selbst verursacht hatten. Ein unbekanntes Wesen machte sich in unmittelbarer Nähe zu schaffen, kein Zweifel, ein Tier, ein Monster oder gar ein Mensch. Sie fühlten, wie große Augen sie beobachteten. Vielleicht würde das Wesen wieder verschwinden, wenn sie sich nicht rührten und nur durch den weit geöffneten Mund atmeten, um so wenig wie möglich Geräusch zu machen? Dummerweise waren sie mächtig aus der Puste. Und lange war es in dieser Stellung nicht auszuhalten.

Ringsumher herrschte Stille, die Welt schien tot. Kein Wind bewegte irgendein Blatt, keines Vogels Flügelschlag die Lüfte. Nur das verdammte Hämmern in ihren Adern, bumm bumm, bumm bumm, konnte das Wesen das auch hören?

Und dann donnerte es auf sie herab wie ein Sack Kartoffeln auf die Pauke:

NA, IHR KLEINEN KINDERLEIN?

Ein Leben als Stein erschien beiden kurzzeitig die erstrebenswerteste Form des Daseins. Sie wagten nicht aufzublicken. Wieder war Stille. Aber wieder nur kurz.

»Hu!«, machte das Wesen und quittierte das Zucken der Versteinerten mit einem hämischen »Hä hä hä«. Dann drehte es ab. Cobu bekam als Erster seine Blutzirkulation wieder in Gang.

»Die Lampe«, hauchte er.

Langsam, ganz langsam fischte Beri die Lampe aus seiner Hosentasche, bedacht, keine wahrnehmbare Bewegung zu machen. Wie ein Großwildjäger Auge in Auge mit dem Panther die Flinte von der Schulter streift, ohne sich auch nur das leiseste Zucken einer Wimper zu leisten. Noch in der Tasche, damit es kein Geräusch macht, schaltete er das Licht ein. Ganz langsam und synchron zum Strahl der Signallampe gingen die Blicke nach oben. Und dann sahen sie ihn. Groß, wie sie größer nie einen gesehen hatten. Weiß und wabbelig, wie 'ne frische Bratwurscht, bammelte er am Himmel.

In der Absicht, den lange gesuchten Exhibitionisten zu stellen, begegneten sie einem männlichen Subjekt mit entblößtem Geschlechtsteil.

Vor Scham wich aus der Flachbatterie alle Spannung, der Lichtkegel wurde gelblich und fiel schließlich in sich zusammen.

Kein Zweifel, sie hatten es geschafft: Der Entblößer stand vor ihnen! Entblößt wie es entblößter nicht geht. Zum Greifen nah. Siegesgeheul wäre angebracht gewesen, Urschrei und Jubel. Stattdessen äußerte Beri flüsternd: »Scheiße.«

»Ich hol dir 'ne neue!«, gab Cobu zurück.
»Nicht die Batterie, Mensch.«
»Was denn?«
»Alles.«

Es ist nämlich so, dass dem Schicksal bisweilen der Schalk im Nacken sitzt. Klingt komisch, ist aber eine ernste Sache. Ein Plan ist ausgeheckt, alles läuft verdächtig perfekt, ohne Verzögerungen, ohne Korrekturen, es geht aufwärts, immer nur aufwärts, der Erfolg ist in Sichtweite, man stößt sich schon fast den Kopf dran. Da, plötzlich, kurz vorm Ziel, tut sich eine winzige Lücke in der Logistik auf.

Beispiel: Es ist Weihnachten. Du ziehst die Gans aus der Röhre. Sie hat Farbe, sie ist zart und knusprig, ihr Duft unwiderstehlich, die Gäste loben bereits den Koch. Du weißt, einen besseren Gänsebraten werden sie nie serviert bekommen. Du kannst stolz sein. Doch da kommt die Logistiklücke: Du hast vergessen, dich eines freien Platzes zum Abstellen des heißen Bräters zu vergewissern. Das ist der Schalk im Nacken des Schicksals. Auf das Brett, das du dafür zurechtgelegt hattest, hat irgendein Idiot das Tablett mit den Kompottschüsseln gestellt. Oben auf dem Herd ist alles besetzt. Das Rotkraut dämpft, die Klöße ziehen, die Soße wallt. Die Tür des Backofens, die du so elegant mit dem Fuß zugekickt hast, kriegst du mit dem Fuß nicht wieder auf. Und jetzt wird's brenzlich. Die Funktionalität der Topflappen erweist sich als unzureichend. Bevor du mit deinem »Kann mir mal schnell jemand hel…« zu Ende bist, ist der Bräter abgestürzt, Unglaubliches ergießt sich auf den Küchenboden, darin badend der stolze Vogel.

Die beiden Jungs im Unterholz des Bahndammes hatten gewonnen. Sie hatten den Unzüchtigen ertappt bei der Unzucht. Wie wir wissen, waren sie nicht die Ersten, die es versucht hatten, doch niemandem vor ihnen war es gelungen. Auch keinem Erwachsenen. Nicht den Reinemachefrauen, nicht der Polizei, auch nicht den Männern vom Akrobatikverein, die ausgezogen waren, dem Unhold zu zeigen, was ein Dreifachsalto ist. Nein, die Helden waren Kinder. Zwei Halbwüchsige mit den Namen Bernd und Jacobus. Und endlich war der Lohn fällig für ihre Tapferkeit, die ausgestandenen Ängste und die erlittenen Blessuren: Fahnenappell auf dem Schulhof, Schüler und Lehrer in Hufeisenform angetreten, strammstehend, die Jungs neidisch, die Mädchen schmachtend. Auf einem kleinen Podest die beiden vorbildlichen Mitschüler. Langstielige Blumen, ein Tag schulfrei und fünf Mark für jeden. Das Finale: »Freude, schöner Götterfunken …«

So hatten sie sich das vorgestellt. Aber ausgerechnet jetzt, so kurz vorm Weihrauch, offenbarte der Plan seine heißen Henkel: Wie sollten sie das Wesen dingfest machen, es dazu bringen, mit ihnen zu gehen? »Kommen Sie mit! Wir wissen, dass Sie der Entblößer sind!«? Sie konnten ihn schlecht am Tatwerkzeug packen und durch die Stadt gängeln, bis ihnen ein Ordnungshüter über den Weg laufen würde, der was Besseres damit anzufangen wüsste.

»Scheiße«, hatte jetzt auch Cobu kapiert.

— —

Die Erinnerung an diese Nacht ist Kubisch nicht besonders angenehm. Sie weckt Schuldgefühle in ihm. Es hat mit Ohnmacht und Überforderung zu tun. Wer denkt schon gern an Momente zurück, in denen er kein guter Mensch war, aber einer hätte sein können, an Situationen, in denen er nicht konnte, wie er wollte, nicht souverän entschied, schwach wurde. Deshalb denkt Kubisch auch nicht gern an den Tag seiner Verhaftung oder an Froschbarts »Verzichtserklärung«, die er unterschrieben hatte, obwohl es ihm widerstrebte. Vielleicht ist es das, was hier gespielt wird: Jemand, dem er Unrecht getan hat, will sich rächen, will ihm vor Augen führen, dass er nicht in ungetrübtem Heldenwasser badet, sondern oft genug winzig und schmutzig aus Pfuhlen der Erbärmlichkeit gekrochen kam?

Als ob er das nicht selber wüsste! Wer ist da seiner eigenen moralischen Unfehlbarkeit so sicher, steht derart über den Dingen, dass er sich anmaßt, Kubisch den Spiegel vorzuhalten? Er muss einen triftigen Grund haben, wenn er sich so viel Mühe macht. Vielleicht ist es etwas, das Kubisch gar nicht mitgekriegt oder für unwichtig gehalten und deshalb im Ordner »Vergessen« abgespeichert hat? Ein allzu offenes Wort, eine ethische Verfehlung, irgendwas, das er verzapft hat, ohne sich dessen bewusst zu sein. Im Suff? Tatbestand Filmriss?

Die Soldaten des Grenzoffiziers, als sie ihm Handschellen anlegten und ihn abführten, hatten auch nicht gerade den Eindruck, es mit einem Helden zu tun zu haben. Übernächtigt und willenlos trabte Cobu vor ihnen her, als sie ihn zum Auto brachten. Er nahm gerade noch wahr, dass es zu dämmern begann, bevor er wieder in diesem finsteren Blechkäfig klemmte, ohne dass ihm jemand gesagt hätte, warum und wohin. Ein richtiger Mensch ist man nicht, mal dahin, mal dorthin verfrachtet wie ein ungeliebter Hund, während draußen vielleicht schon die Sonne blinzelt und den Mädchen ihr Gold ins Haar webt.

Cobu hatte den Offizier beschworen, ihn nicht auszuliefern. Dass keine Gefahr von seinem Gefangenen ausgeht, müsste ihm doch aufgefallen sein? Am besten, er würde ihn einfach nicht mehr beachten, ihn ziehen lassen wie einen Darmwind.

Aber der Weg nach Utopia war nicht beschienen von den Sonnen der Milde, nicht gepflastert mit Gnadenstein. Eindringlich hatte Cobu geschildert, was ihm widerfahren war. Die Umstände seiner Festnahme, die Bedingungen des Arrestes in der verfallenen Villa, das Geisterdorf drumherum, diese ganze unwirkliche Welt in der Braunkohle, in die sie ihn verfrachtet hatten – ja, meint der Herr Grenzoffizier vielleicht, da ging alles mit rechten Dingen zu? Auch dass sie ihm wie Laien gekommen waren, unbeholfen, tölpelhaft, vertraute er dem Offizier an. Vielleicht waren es Kriminelle, mit denen er es da zu tun bekommen hatte? Räuber? Sie hatten ihm alles abgenommen, was er bei sich trug, auch wenn es noch so wenig war. Ja, macht man denn sowas? Die Gefängnismauer hätte man mit dem Zeigefinger umstoßen können, so marode war die. Und nirgendwo auf dem Gelände war ein ordentlich öder Platz für Hofgänge auszumachen. Wo doch jedes Kind weiß, dass sowas zu einem Gefängnis dazugehört. Das sah eher aus wie im Klostergarten da, unglaublich! Und die Zellentür hatte weder Spion noch Essensklappe, auch keine doppelte Verriegelung, wie man es von jeder ordentlichen Zellentür erwarten kann. Kann man doch, oder? Und Uniformen trugen sie auch nicht, und der Vernehmer hatte nicht mal eine Schreibtischlampe, die er dem Beschuldigten ins Gesicht hätte drehen können, wie es doch zu einer ordentlichen Vernehmung dazugehört. Auch kein ordentliches Schreibzeug hatte der. Genau: Analphabeten sind das, gemeine Verbrecher aus dem Asozialenmilieu. Kidnapper! Oder Mörder gar? Einer von denen war offensichtlich kostümiert. So'ne dicke Sonnenbrille haben Sie noch nie gesehen! Und einer seiner Komplizen sprach Italienisch! Ja, ist sich der Herr Offizier der Möglichkeit bewusst, dass er einen friedfertigen Menschen der Mafia ausliefert?

Die Antwort war immer dieselbe: Das ändert alles nichts an der Tatsache, dass er ins Grenzgebiet eingedrungen ist. Die Grenzsoldaten hätten nun mal einen Eid geschworen, die Staatsgrenze zu schützen und Grenzverletzern das Handwerk zu legen.

»Ich bin aber nicht aus freien Stücken ins Grenzgebiet eingedrungen!«

»Das Gesetz macht da keinen Unterschied.«

Ob der Herr Offizier sich vorstellen könne, dass er einem traumatisierten jungen Menschen, der hier auf diesem Stuhl sitzt und von dem er weiß, dass er keine bösen Absichten hegt, dass der vielleicht nur die Nerven verloren hat, in einem Anfall von Trotz von zu Hause ausgerissen ist, kann er sich vorstellen, dass er so einem 50 Pfennige in die Hand drückt und sagt: Lauf ins Dorf, nimm den nächsten Bus, fahr zu Mutti, die wartet auf dich, und dann vergessen wir die Sache, hatte Cobu ihn gefragt. Kann er sich das vorstellen?

Er sei nicht Offizier geworden, um Busfahrten zu organisieren, war die Antwort, er sei Offizier geworden, um sein Land zu verteidigen. Der Schutz der Staatsgrenze diene bekanntlich dem Schutz des Volkes, zu dem Kubisch sich ja wohl auch rechne. Wenn er ihn, einen, der die Grenze verletzt und somit das Volk in Gefahr gebracht hat, einfach laufen ließe, setze er das Volk ja weiterhin der Gefahr aus, die von ihm, Kubisch, bedauernswerterweise ausgehe. Es sei aber seine Pflicht, ja seine Berufung, Leute wie Kubisch daran zu hindern, dem Volk, dem Kubisch sich nach eigenem Bekunden zugehörig fühle, gefährlich zu werden. Im konkreten

Falle bedeute das, dass er das Volk vor Kubisch und gleichermaßen Kubisch vor sich selbst zu schützen habe.

Sich einer solchen Logik hinzugeben, ist nicht jedermanns Sache. Unter normalen Umständen kann lachen helfen. In einer Situation wie der von Cobu mag man eher daran verzweifeln. Auch das zweite Mal in Gewahrsam hatte er nicht ergründen können, welchem seiner Verdienste er diese Sonderbehandlungen zu verdanken hat.

—— ——

Er wurde wach, als das Auto hielt. Der Motor war verstummt, dafür lärmte eisernes Gerät. Sein Blechkäfig wurde entriegelt, die Fessel abgenommen. Wo war er? Wieso war es so dunkel? Als sie an der Grenze losgefahren waren, hatte der Morgen gegraut. Wenn inzwischen Abend war, musste es sich hier wieder um eine Grenze handeln. Denn das Land der Sackgassen – so schön es war – so groß, dass man einen ganzen Tag mit dem Auto hätte hindurch fahren können, ohne erneut an eine Grenze zu stoßen, war es nicht.

Schläfrig kletterte er hinaus und fand sich vor einem überdachten Hauseingang wieder. Drumherum eine Einfahrtshalle, wie bei einem teuren Hotel. Eine kleine Treppe mit rotem Teppich führte hinauf zur Eingangstür. Cobu war geblendet vom vielen Licht, das ihm entgegenströmte. Aber das Licht, wieso kommt es von nackten Neonröhren? Warum grüßt ihn der Page nicht mit »Willkommen, der Herr!«, wie sich's gehört? Wach auf, Cobu! Der ist nicht in Livree!

»Los, gehn Se!«

Langer Gang, graue Türen, eine an der anderen, schwere Riegel.

»Halt!«

Die Asservatenkammer.

»Alles ausziehn! Mund auf! Bücken! Ziehn Se mal die Backen auseinander!«

Mach, was sie sagen, Cobu, wenn du nicht willst, dass sie dich anfassen. Und vergiss, dass sie dich bevorzugt behandeln werden, nur weil du ein bekannter Mann bist.

»Setzen Se sich ordentlich hin!«

Es bleibt einem aber auch nichts erspart.

Der Fotograf kann mit einer Hebelmechanik den Stuhl drehen. Blitz, blitz, blitz. Von links, von vorn, von rechts – so schnell geht das. Wie hab ich denn geguckt?

»Gesicht zur Wand!«

Als die Riegel der Zellentür lärmend hinter ihm einrasteten, war ihm schlagartig bewusst, dass es aus der Zeit, die gerade anbrach, kein Zurück geben würde in das gleiche Leben, aus dem er gekommen, als derselbe, der er gewesen war, egal, was noch werden und wie lange es dauern würde. Jetzt war es keine Posse mehr, jetzt war er ein richtiger Verbrecher.

DIE BOTSCHAFT DES GRABES

Man gönne Kubisch sein Bier. Auch wenn er sich vorgenommen hatte, damit zu warten, bis alles aus dem braunen Umschlag gelesen ist. Werden wir nicht alle mal schwach und zu Verrätern an unseren guten Vorsätzen? Stellen Sie sich vor, *Sie* kriegen so einen Packen Schrift, einen Menschen betreffend, der Sie sein sollen, an den Sie sich aber kaum noch erinnern. Da ist einem doch nicht nach Mineralwasser!

Wo kommt das her, was da auf ihn herabdonnert?

Kubisch will es jetzt wissen. Er besitzt eine Lupe mit Beleuchtung, kaum gebraucht, ein Verlegenheitsgeschenk vom Ortsrat zu seinem sechzigsten Geburtstag. Die dazugehörige Laudatio hat er sich an die Wand gepinnt. Der Ortsbürgermeister hatte aus einer Zitatensammlung »Humor ist, wenn man trotzdem lacht« ausgesucht, womöglich in der Annahme, dass einem wie Kubisch, der aus den wunderlichen Ostländern stammt, dieses Bonmot bislang vorenthalten wurde. Es steht, quasi als Motto, halbrund in bunten Lettern wie ein Regenbogen über der bekränzten 60, darunter ist eine Lupe gemalt, die die Spitze eines Gänsekiels vergrößert, und zu lesen: »Damit Ihnen auch weiterhin nichts entgeht, was Sie mit spitzer Feder auf die Schippe nehmen können.«

Aber die Lupe ist okay. Und er hat heute einen triftigen Grund, sie zu benutzen: Systematisch und lückenlos, wie der Falke über zerklüftete Landschaften, gleitet Kubisch über Kleckse, Knicke und Krakeleien auf dem braunen Umschlag mit der falschen Anschrift. So richtig Beute macht er nicht. Nur eine einzige verwertbare Stelle findet sich, gleich unter dem Namen Dr. Resch: eine verblasste, mehrfach übermalte Adresse. Die allerdings hat es in sich. Gerade so kann er noch die Hausnummer erkennen: 47a. Lupe und Kombinationsgabe in konzertierter Aktion eröffnen ihm schließlich auch den Straßennamen: Cotteritzer. Es ist die Adresse der Ruine, in deren Keller sie einst ihre Schatzkammer hatten und die eines heiteren Tages einfach in sich zusammenfiel, ohne Ankündigung, ohne viel Lärm, gerade als der Physiklehrer ihnen die Gesetze der Verdunstung nahezubringen suchte.

Das leichte Donnergrollen, der letzte Seufzer eines einst stolzen Bürgerhauses, das sie während des Unterrichts gehört hatten, war nichts Außergewöhnliches. Es donnerte alle Tage an irgendeiner Ecke des Viertels.

Als sie aus der Schule kamen, verflog gerade der Rest der Staubwolke und machte den Blick frei auf den Schutthügel, unter dem ihr aufregendes Kellerleben begraben lag, auch das Nummernschild mit der 47a, dessen sie sich, weil es so trübselig an seiner letzten Schraube hing, erbarmt und unten an die Wand genagelt hatten. Die Herzen pochten mächtig, als sie, ohne es verabredet zu haben, eine Schweigeminute einlegten, von Gedanken an zwei Sachverhalte bewegt, nämlich dass sie nie wieder an ihre Schätze herankommen würden und dass sie nicht zusammen mit ihnen da unten begraben lagen, ein Zeichen dafür, dass sie gegen Unheil aller Arten gefeit waren.

Kubisch dampft. Er beschließt, seiner Überforderung eine kurze Pause zu gönnen. Schreck will er heute auch keinen mehr kriegen. Ein Bier hat er sich schon genehmigt, wie wir wissen – soll er mal noch ein zweites haben. »Wer bin ich denn!«, sagt er laut.

Nachdenken erweist sich schon seit Stunden als zeitraubender denn je und wenig ergiebig. Sein altbackenes Hirn ist schlagartig voll mit Leben, wie ein lange ausgetrocknetes Flussbett, in das plötzlich wieder Wasser strömt. Er weiß gar nicht, wohin damit, die Mechanismen des natürlichen Kreislaufs lassen sich so schnell nicht wiederherstellen. Überflutung droht.

Die Akte Kubisch, es gibt sie also doch. Die Blätter aus dem fehlgeleiteten Brief kommen ihm vor wie zufällig da herausgefischt oder nach einem Prinzip, das er nicht durchschaut. Da zieht eine finstere Macht Strippen, jemand, der alles weiß über ihn, der überhaupt alles weiß und über allem wacht. Ein Superhirn.

Ein Superhirn? Dann war die falsche Anschrift auf dem braunen Umschlag kein Versehen! Ein Superhirn macht Fehler nicht aus Versehen. Ein Superhirn macht überhaupt keine Fehler, es sei denn, es verfolgt damit ein bestimmtes Ziel: Thronreiter weiß jetzt, was Kubisch von Beruf war, wo er herkommt, dass er dort unter Beobachtung stand, was ein OV ist. Er sollte auch erfahren, dass Kubisch verunsichert ist, sich bedroht fühlt und irgendwas mit einem Scheck am Hut hat. Und von wem sollte er das erfahren? Von Kubisch höchstpersönlich. Und von wem *hat* er es erfahren?

Schockschwere Not – er ist ferngesteuert! Was immer er tut, er folgt Fährtendiebs Vorgaben. Fährtendieb spielt über Bande. Kubisch durchschaut seine Winkelzüge nicht, kann ihn nicht austricksen. Selbst wenn er stets das Gegenteil dessen tut, was Fährtendieb offenbar von ihm will – wer sagt, dass nicht genau das zu Fährtendiebs Strategie gehört? Ziegenmief! Wie soll man mit sowas klarkommen als ein Mensch, der glaubt, mit gesundem Eigensinn ausgestattet zu sein!

Beri ist plötzlich allgegenwärtig. Lebendig gar, als säße er mit im Zimmer. Wie auferstanden. Aber darüber muss man nicht nachdenken. Beri ist nun mal gestorben. Schlimm genug. Er bekam sogar einen offiziellen Nachruf in der Zeitung als stellvertretender Vorsitzender beim Bezirksrat. Und selbst, wenn er heute noch am Leben wäre – damals war er bestimmt tot. Sie haben ihn ja in Kubischs Beisein – aha! – die Beerdigung! Da soll er hin! Wie war das Wetter, wer waren die anwesenden Leute, wie viele waren es, fehlte jemand, den man erwartet hatte? Was spielte das Harmonium, wer sprach am Grab, was stand auf dem Grabstein – nein, Kubisch will nicht an diese Beerdigung denken müssen. Er war froh, als es vorbei war.

Offen war er nicht, der Sarg mit seinem Freund darin. Auch nicht gläsern. Unfallopfer sind nun mal nicht so lecker anzusehen wie vergiftete Königstöchter. Aber angenommen, Beri wäre weder gestorben noch beerdigt worden, man wäre sich ja wohl irgendwann mal begegnet in den Jahrzehnten, die seither vergangen sind. Kubisch kann sich an niemanden erinnern, der ihm auch nur im Entferntesten geähnelt hätte. Er hätte sich nach allen Regeln der Kunst maskieren – – Moment bitte, Herr Kubisch: Der Chauffeur in der schwarzen Kluft, der mit dem schwarzen Hut und der großen Sonnenbrille, der aussah wie ein Pop-Star?

Na, das fehlte nun grade noch. Sicher hat er sich manchmal gefragt, wer das wohl gewesen sein könnte. Aber dass ein Toter sich so einen großen Hut aufsetzt, eine derart extravagante Sonnenbrille dazu und in aller Ruhe mit dem Auto durch die Gegend düst – also nee. Beim besten Willen. An sowas glaubt nicht mal der Weihnachtsmann. Mindestens zehn Augenpaare außer seinen eigenen und Neros haben gesehen, wie der Sarg hinabgelassen wurde. Er kannte die Leute nicht, sie standen auf der anderen Seite der Grube, ausgewähltes Publikum offensichtlich, keine Frauen dabei, mehr oder weniger gefasst, außer einem, der alle überragte, selbst mit gesenktem Kopf. Er hatte wohl gegen Tränen zu kämpfen und schnäuzte sich fortwährend. Oder war es Heuschnupfen? Der Tag war heiß und bot beste Flugbedingungen für Pollen. Alle hatten Probleme damit, es war schwer zu sagen, bei wem die Augen wovon gerötet waren. Aber der Lange mit den dicken Backen schoss den Vogel ab. Die meiste Zeit hatte er ein großes, blau-rosa gestreiftes Taschentuch vorm Gesicht, mit dem er die Begleiterscheinungen seines Schnupfens zu bändigen suchte. Ausgerechnet als Cobu am Grabesrand Abschied nahm, brach sich sein aufgestauter Niesdrang bahn, und zwar derart, dass Cobu zusammenfuhr und ihn mit einem vernichtenden Blick strafte. Schuldbewusst ließ der Mann den Arm mit dem Taschentuch sinken. Es war nur ein Moment, und es ist sehr lange her – verdammt – Kubisch wollte nicht an die Beerdigung denken! Aber es ist schon zu spät: Plötzlich hat er dieses verquollene Gesicht zwischen den hohen Schultern für Sekunden deutlich im Fokus seiner Erinnerung, und bevor es wieder verblasst und sich auch nicht ein zweites Mal projizieren lassen will, hat er den Mann erkannt: Froschbart.

»Wollen Sie lieber verbrannt werden oder im Stück beerdigt?« Thronreiter fragt immer so komisches Zeug. Ohne Vorwarnung. Und immer, wenn Kubisch gerade seinen Abendgang durch den Garten macht.

»Hauptsache nicht bei lebendigem Leibe«, hat er geantwortet.

»Das wollen die Wenigsten. Aber sagen Sie mal.«

»Im Sarg herrscht kein gesundes Klima für einen Rheumatiker wie mich.«

»Aber Verbrennen tut vielleicht weh.«

»Dann tut Verrotten auch weh. Und dauert länger.«

»Nee, Kubitz. Wenn verrotten wehtäte, wär die Welt voll Schmerzgeschrei.«

»Ist sie das nicht?«

»Na Sie nun wieder! Haben Sie schon einen Spruch für Ihren Grabstein?«

»Na klar.«

»Sagen Sie mal.«

»Da müssen Sie meine Frau fragen. Die hat ihn entworfen.«

»Und Sie dürfen's keinem verraten?«

»Nee. Sie verrät's *mir* nicht. Soll 'ne Überraschung werden zu meiner Beerdigung. Da ist die eisern.«

Der Grabstein! Was stand auf Beris Grabstein? Ja, was stand da noch mal drauf? Es war ein Sinnspruch, nein, irgendein verdrehtes Ding. So genau hat er damals nicht drauf geachtet. Ihm lag mehr daran, der bedrückenden Stimmung dieses Ortes zu entrinnen, mit Nero Kaffee trinken zu gehen, allein zu sein mit ihr. Es reimte sich und war ein bisschen aus der Norm, nicht sonderlich originell, aber auch nicht gerade aus dem Lexikon der Friedhofspoesie. Kubisch wühlt in der Reimkiste für Grabsteine:

Müh und Plage / alle Tage
nun zur Ruh / Augen zu
still und leise / letzte Reise

Nee nee. Er muss Nero anrufen.

Nero hat eine strenge Einteilung ihrer Tageszeiten, dazu gehört das dürftige Mittagessen unbedingt vor zwölf wie der limitierte Schlaf im Anschluss daran. Danach ausgiebiges Kaffeetrinken mit »Synapsenschlendern«, wie sie das nennt, eine ihrer drei zugänglichen Zeiten, die einzig nutzbare für einen wie Kubisch, der am Vormittag (Sprechzeit 2) noch schläft und die zwischen Konzert und Nachtruhe (3), eigentlich die gemütlichste, nicht wahrnehmen kann, wenn er nicht will, dass er nach den aktuellen Temperaturen auf Hawaii gefragt oder sonst irgendwie blöd angemacht wird. Man ist gut beraten, außerhalb dieser Zeiten nicht zu intervenieren.

stehn und liegen / Seelenfrieden

Kubisch schaut auf seine Armbanduhr, das Werbegeschenk einer Wochenzeitung. Er hat schon eine ganze Schublade davon und traut sich nicht, sie wegzuwerfen. Irgendwie ticken sie alle noch, bloß nicht richtig. Haben alle irgendwann begonnen, eigensinnig zu werden, was sie sich hätten besser überlegen sollen, hätten sie nicht in der Vergessenheit dieser Schublade landen wollen, aus der es kein Comeback gibt. Eine kaputte Billiguhr ist nicht zu beneiden. Sie findet keine Fürsprecher. Selbst der Uhrmacher, der davon lebt, rät von einer Reparatur ab. »Das lohnt sich nicht mehr bei diesem Modell.« Hört sich verdammt an wie ein Gespräch aus dem Nebenzimmer der Arztpraxis, wenn man erst mal in Kubischs Alter ist.

Gott es will / für immer still …

Sicher gibt es Tage, an denen er gar nicht auf eine Uhr schaut. Darum kriegt er immer zu spät mit, wenn eine streikt. Sie nehmen es einem übel, wenn man sie nicht beachtet, hat er festgestellt, zürnen und bocken. Aber man kann ja schlecht den Wecker stellen, damit man nicht vergisst, auf die Uhr zu schauen, weil die sonst sauer ist. Für den seltenen Fall, dass er genau wissen will, wie spät es ist, hat Kubisch sich einen Kontrollblick zur Wanduhr angewöhnt, ein Erbstück seiner angeheirateten Frau Annerose, genannt Nero, wobei man sich fragen könnte, warum er dann überhaupt vorher noch auf die Armbanduhr guckt, ja warum er überhaupt eine trägt?

»Weil sie geschenkt ist.«

»Geschenkt hat den Vorteil, dass es nichts kostet, und den Nachteil, dass man nicht lange Freude dran hat«, hat Nero dazu geäußert. »Wie man so sagt: Was umsonst ist, taugt nichts.«

»Man sagt aber auch: Umsonst ist der Tod.«

»Na und?«

»Das würde bedeuten, dass er nichts taugt, der Tod. Der Tod ist aber leider das Einzige, was wirklich perfekt ist.«

»Und was ist mit der vollendeten Gegenwart?«

Frauen und das letzte Wort: siehe Seite 24 oben.

Sinn des Lebens / du vergebens

Viertel nach zehn ist es schon auf seiner Armbanduhr, zwanzig vor elf an der Wand, ungefähr eine gute Zeit, mit Nero zu telefonieren, wenn auch nicht die günstigste, denn er wird sich wie immer einem telefonetischen Promilletest unterziehen lassen müssen mit seinen zwei Bier. Für diesen Fall hat er sich gleich noch ein drittes geholt und als Antwort zurechtgelegt: »Was dem einen sein Klavier, ist dem anderen sein Bier.« Solche Art Pappnasenpoesie macht Nero sprachlos. Man kriegt es an irgendeiner Stelle zurück, aber für den Moment hat man erst mal Ruhe. Und Kubisch braucht Ruhe. Er muss rausfinden, warum er scharf darauf ist zu erfahren, was auf Beris Grabstein stand.

ich verblich / ruhe ich

Nero macht gar keine anzügliche Bemerkung. Sie ist bester Laune und freut sich über den Anruf. So wie er sich das vorgenommen hatte, hat Kubisch sie als Erstes nach ihrem Auftritt gefragt. Das Instrument sei wirklich beeindruckend gewesen, so schlecht, dass sie nahe dran war, das Konzert abzusagen, hat sie erzählt. Dass es sowas überhaupt noch gibt heutzutage! Früher war man daran gewöhnt, ab und zu auf einem Hackklotz musizieren zu müssen. Im Klubhaus Schwermaschinenbau kann man nicht viel Feinmechanik erwarten. Aber jetzt hat sie doch eine Agentur und ordentliche Verträge. Gut, dass sie durch diese harte Schule gegangen ist, sonst hätte sie das Ding kaum gradebiegen können. Hat sie aber. Ihr Alter wäre stolz gewesen, was sie aus dem ollen Karnickelstall noch rausgeholt hat. Und die Leute – tobender Wahnsinn! Sie ist noch ganz zappelig.

Kubisch freut sich aufrichtig mit ihr. Er kann Nero gut leiden, wenn sie so aufgeräumt ist. Er kann sie überhaupt gut leiden. Das hat damit zu tun, dass sie meistens so aufgeräumt ist. Bei ihm selbst verhält sich das ein bisschen anders mit der Aufgeräumtheit. Entsprechend kann er sich manchmal auch nicht gut leiden. Verstehen zu wollen, warum Nero ihn gut leiden kann, hat er längst aufgegeben.

Er wollte doch erzählen, was noch so in der ominösen Mail gestanden hat von diesem …

Doktor Resch.

Genau. Das Ding mit dem Stalker. »Spurenfeind« oder wie noch mal?

Fährtendieb.

Yeah! Mach's nicht so spannend! Lies mal vor.

Moment.

»Ein preisgesenktes Gewächshaus? Is ja süß!« Nero lacht. »Und die Ringelbeats – dass die noch jemand kennt! Das war mal meine Lieblingsband! Und den kleen' Trällermann da vorn mit der großen Klampfe, den hätt ich fressen können! Was hast du denn geantwortet?«

»Dass ich nicht glaube, dass ich das war, den er da getroffen hat, der Resch, dass ich mich aber trotzdem gern mit ihm unterhalten habe oder so ähnlich.«

Wieder lacht Nero und sagt: »Süß.«

Vorsichtig geht Kubisch auf die Bremse. Er lässt durchblicken, dass in der Einfahrt des Hauses große Kartons stehen mit einem preisgesenkten Gewächshaus drin (»Nee!«), dass das Ding »Herrenstein« heißt und dass es in einer Vernehmung einst um einen Herrenstein ging.

»Uff. Noch was?«

Kubisch erzählt von Kaiserin Augustus am Handy und Chiffren in seinem Taschenkalender. Sogar das Ding mit der Preisverleihung lässt er gucken (leicht getönt, es muss ja nicht jeder wissen, dass der Sitz der Literaturgesellschaft »Kräpelhof« heißt und er sich freudigen Erwartungen hingegeben hat). Und dann ist da noch der braune Brief, die Wundertüte, die Nachbar Thronreiter im Kasten hatte. Nero soll sich aber nicht aufregen, er passt schon auf sich auf.

Nero ist aber bereits aufgeregt: »Willst du nicht die Polizei rufen?«

»Ich telefoniere nicht gern. Weißt du doch.«

»Na, wenn der im Haus war?«

»Was soll ich denen erzählen? Nein, keine Spuren, nichts gestohlen. Der wollte nur einen kleinen Eintrag in meinem Kalender hinterlassen?«

»Hm. Von diesem Dr. Resch kam auch der ganze Papierkram?«

»Ja. Es sind Originale, ohne Behördenstempel. Das heißt, dass sie jemand geklaut hat, bevor der ganze Dienst aufflog. Da kommt Geröll herab, von dem man meinte, es sei längst im Tal.«

»Und was heißt ›der letzte Nachfahre des Sethus Groschenberg‹? Wer soll das sein, dieser Groschenberg?«

»Nie gehört.«

»War nicht dein Vater was mit Berg?«

»Berg*er*. Doktor Bernhard Berg*er*.«

»Hmm. Wenn der Fährtendieb ein Nachfahre vom

Groschenberg ist, muss der Groschenberg ein Urahn vom Fährtendieb sein.«

»Korrekt. Nur, der Fährtendieb hat sich meine Biografie angeeignet, also bin *ich* der letzte Nachfahre vom Groschenberg. Ich bin's ja auch, der sich ein preisgesenktes Gewächshaus gekauft hat.«

Nero sagt nichts.

»Willst du gar nicht wissen, ob's heiß war auf Hawaii?«

»Trink mal dein Bier, ich werde mir auch gleich eins ordern vor Schreck.«

»Oho! Man staune. Eine Frage hab ich aber noch: Beri hatte einen Grabstein, stimmt's?«

»Klar.«

»Steht der noch?«

»Weiß ich nicht. Ich war nie wieder da. Du weißt, warum.«

»Nicht weinen, Annilein. Gibt's denn das Grab noch?«

»Weiß ich auch nicht. Ich hab die Pacht nie verlängert. Ich glaube, sie galt für zehn Jahre.«

»Weißt du noch, was auf dem Stein stand?«

»Warum willst du denn das plötzlich alles wissen!«

»Nur so. Weißt du es noch?«

Nero stöhnt. »O Mann. Muss das sein?«

»Es hatte so eine Note, typisch Beri, sehr funktional, bisschen verdreht, aber treffend. Das muss jemand entworfen haben, der Beri gut kannte.«

»Jaja.«

»Und wer?«

»Beri.«

»Beri?«

»Es war sein letzter Wille.«

»Er hatte noch einen Willen?«

Zumindest hat er noch gelebt, sagt Nero. Er wurde nach der komplizierten Bergungsaktion in ein

Regierungskrankenhaus eingeliefert, völlig abgeschirmt. Die Polizei ermittelte, weil er den Unfall gebaut hatte, die Sicherheit ermittelte, weil ein hohes Tier mit im Auto saß.

»Es hieß immer, er sei *tödlich* verunglückt. Und so stand es auch in den Zeitungen.«

»Es ging auch nicht mehr lange. Bevor ich eine Besuchserlaubnis hatte, war er gestorben. Hinterlassen hat er nur den Text für seinen Grabstein. Das wurde mir mitgeteilt. Es war sein ganzes Vermächtnis, diese Grabinschrift. Mehr weiß ich nicht.«

»Und was stand da nun?«

Sie wird drüber nachdenken und ihn anrufen, wenn es ihr eingefallen ist. Er soll sich mal nicht verrückt machen. Jetzt muss sie erst mal verschnaufen. Wir werden gemeinsam rausfinden, wer der Kerl ist, der sich in ihr Leben drängt. Mach dir keine Sorgen, bin ja bald wieder da. Er kann ja auch diesen Anwalt anrufen und fragen, wie man gegen so jemanden vorgeht. Der ist doch immer so eifrig dabei, wenn er ihm dienlich sein kann.

»Ich will mit niemandem telefonieren. Und mit dem schon gar nicht!«

»Dann schick ihm 'ne Mail.«

»Der wird mich für völlig übergeschnappt halten.«

»Das wär ja nichts Neues.«

—— ——

»Guten Tag, seien Sie gegrüßt, Herr Kubisch. Nehmen Sie bitte hier Platz, mein Name ist Güselspecht, ich bin Ihr Anwalt. Wie geht es Ihnen denn?«

Cobu hatte auf etwas gehofft, von dem er nicht wusste, was es war. Er war in ein Zimmer geführt worden, das sich ausnahm wie das Büro einer in Konkurs gegangenen

Firma. Ein nackter Schreibtisch und drei Stühle. Einer vor dem Schreibtisch, einer dahinter, der dritte ein Stück abseits in der Ecke. Auf dem saß ein Unbekannter.

Er frohlockte innerlich. Endlich kam Bewegung in die Sache. Es wird Proteste gegen seine Inhaftierung gegeben haben. Sie müssen ihm einen Anwalt stellen, natürlich!

»Mein Anwalt?«, nahm er freudig die ausgestreckte Hand.

»Wenn Sie mir das Mandat dazu erteilen, ja. Sie müssten dann bitte dieses Papier hier unterzeichnen.«

Der Anwalt wies auf den Stuhl vor seinem Schreibtisch, setzte sich selbst dahinter und schob einen Vordruck »Mandatsübertragung« samt Stift rüber. »Wie geht's Ihnen denn?«, fragte er erneut und schaute auf die goldene Uhr an seinem Handgelenk.

»Wie spät ist es denn?«, fragte Cobu, sich setzend.

»Entschuldigen Sie. Es warten noch andere Mandanten, und die Sprechzeiten sind begrenzt.«

»Verstehe. Also: Man hat mich gezwungen …«

»Über das Verfahren darf nicht gesprochen werden«, fuhr der dritte Stuhl dazwischen.

Cobu blickte fragend in die Ecke, dann auf Güselspecht. Der hob die Schultern und guckte wie Tut-mir-leid-ich-kann-nichts-dafür.

»Und ich dachte, Sie würden mir sagen können, wie meine Chancen stehen, wann und wie ich hier wieder rauskomme?«

»Wir können über alles reden, nur, leider, über das Verfahren nicht.«

»Wir können über alles reden, sagte der Bäcker, nur nicht über Brot?«

Güselspecht hob wieder die Schultern und guckte auch wieder so.

»Sie wissen womöglich gar nicht, worum es hier geht?«

»Wenn das Verfahren abgeschlossen ist, werde ich Einsicht in die Akten bekommen und Sie – gegebenenfalls – vor Gericht verteidigen. Sie müssten allerdings zunächst diese Vollmacht unterschreiben.«

»Was sind Sie denn für ein komischer Anwalt, Herr – äh …«

»Güselspecht.«

»Sie wissen nicht, wessen wir hier beschuldigt werden, und wolln es auch gar nicht wissen? Sie dürfen mit Ihren Mandanten nur übers Wetter reden – warum gehen Sie nicht auf die Straße und schreien: ›Betrug, diese Justiz ist nur ein Kasperletheater!‹, Herr Güselfink?«

»Na na na!«, kam es aus der Ecke.

»*-specht*«, verbesserte der Anwalt.

Cobu ließ den Kopf hängen, sah auf der Schreibtischplatte verschwommen die gedruckte Vollmacht und quetschte hervor: »Sie machen gemeinsame Sache mit der politischen Polizei und spielen vor Gericht den Verteidiger, obwohl Sie wissen, dass Sie keinen Einfluss auf das Urteil haben werden, genauso wenig wie der Richter oder der Staatsanwalt.«

Der dritte Stuhl: »Über das Verfahren darf nicht gesprochen werden!«

»Ich kann Sie nicht zwingen, Herr Kubisch«, sagte Güselspecht und wies noch einmal auf den Mandatsauftrag. Als Cobu unterschrieben hatte, zog er das Papier mit der einen Hand zu sich und fischte derweil mit der anderen aus seiner Kollegmappe eine Tafel Betti Bamba, die er übern Tisch schob, obendrauf eine Schachtel *Duell*.

Cobu drehte sich zu dem Geheimen: »Mann, Schokolade und Zigaretten – dafür müsst Ihr mir doch keinen Anwalt schicken! Da reicht doch einer von der Volkssolidität!«

»Na wenn Sie nicht wollen …«

Güselspecht kam hinterm Schreibtisch vor, ging zur Tür und klopfte.

»Halten Sie sich fit, Herr Kubisch, sehen Sie zu, dass Sie gesund bleiben.«

Der Posten auf dem Gang leierte: »So, komm' Se.«

Auf dem Weg zur Tür suchte Cobu nach Worten. Sollte er nicht noch irgendwas Versöhnliches sagen? Dieser schleimige Advokat war seit langem der Erste, der ein paar freundliche Worte für ihn gehabt hatte, und sei es auch nur leeres Stroh wie »Bleiben Sie gesund«. Vielleicht galt es auch, sich so einen warm zu halten. Aber es wollte ihm nichts einfallen, was unverbindlich genug gewesen wäre.

Schließlich kehrte er noch einmal um und kratzte Schokolade und Zigaretten vom Tisch. Güselspechts gereichte Hand nahm er nicht, wies stattdessen auf die offen stehende Tür: »Nach Ihnen. Sie wollten doch wissen, wie's mir geht.«

WIE GEHT'S, COBU?

Das erste Wort, das ihn überkam, nachdem die beiden Riegel der Zellentür hinter ihm gekracht hatten wie Volltreffer beim Bowling, war »Zivilisation«. Na klar, das war sie, die Zivilisation, der Sieg über die Wildnis. Seine Zelle – eine Demonstration der Herrschaft des Menschen über Geometrie und Materie. Geölte Wände, ohne Unebenheiten, absolut einfarbig. Rechte Winkel, mehr als so ein Raum verträgt. Ein Fenster, das Licht hereinlässt, Blicke aber nicht hinaus. Ein Gebäude, in das man hinein-, dem man aber nicht *ent*kommt. Kultur, der Triumph über die Barbarei.

Den unzivilisiertesten, kulturlosesten, barbarischsten Lehm formt der Mensch zu einem ebenmäßigen Ziegel, den er mit Brand härtet und mit der Wunderkraft des Kalksteins zu unumstößlichen, zivilisierten Mauern verbaut. Hundertprozentig fluchtend, absolut lotrecht. Dick wie hundertjährige Eichen. Er vermag sogar, aus barbarischem, unzivilisiertem Gestein Metall herauszuschmelzen, dies, glühend wie es ist, in die Länge zu ziehen, bis sich ein besonders hochkultivierter Stacheldraht daraus machen lässt. Wo immer noch eine Lücke ist zwischen Mauern und Himmel, kommt der hin. Das alles war der Wunsch der Auftraggeber, und der Architekt freut sich über ihr Lob und ist stolz auf sein Werk, ob ihm gefällt, wofür es genutzt wird, oder nicht. »Es ist mein Job, und wenn ich es nicht mache, macht es ein anderer.«

So wird es auch nie mangeln an einem Gefängnisarzt, einem gebildeten Mann, der weiß, dass Gefängnis krank macht, Freilassungen aber nicht verschreibt. Das würde ihn ja seinen Job kosten. Und wem, bitteschön, sollte das was nützen? Mach ich es nicht, macht es ein anderer.

Es ist auch noch nie jemand eines natürlichen Todes gestorben, nur weil sich vielleicht kein Henker für ihn gefunden hätte. Es findet sich für jede Art Arbeit ein Mensch. Und darum gibt es auch den Gefängniswärter.

Doch wie kommt der zu diesem Posten? Erbfolge? In der Tombola gewinnt man so einen Job jedenfalls nicht. Oder ist es schon von Kindheit an sein Traumberuf gewesen, so wie Kubisch als Kind davon geträumt hat, einmal ein Charlie Chaplin zu werden? Schichten schieben, diese kratzige Uniform tragen, verbrauchte Luft atmen, lichtarme Gänge abschreiten, so düster, dass es ihn blendet, wenn er die Essensklappen in den Zellentüren öffnet? Warum schüttelt er sich nicht, sagt »Igitt!« und geht nach Hause? Muss er da verhungern? Hat man ihm Schläge angedroht? Ist er in den Fängen einer Mafia?

Was geht vor in so einem, wenn er nachts alle Stunde die Zellen abklappert, von außen das Licht anschaltet und durchs Guckloch linst? Schnarchende Staatsfeinde, wohin das eine Auge blickt. Gibt es etwas Trostloseres?

Aber was wissen wir über Geschmäcker, außer dass sie verschieden sind. Vielleicht hegt er fürsorgliche Gefühle für die Gefangenen wie andere für ihre Meerschweinchen. Den Käfig kontrollieren, füttern, ins Freigehege führen, schön aufpassen, dass sie nicht weglaufen.
Oder er übt sich nur in Geduld, liebäugelnd mit dem Posten des Anstaltsleiters? Ein Traum, der ihm die zähen Nachtschichten verkürzt: Er hätte ein großes Zimmer im Verhörtrakt. Mit schalldichter Tür und Teppichboden. Und die Sekretärin kommt im engen Kleid, stellt frische Blumen hin und serviert Bohnenkaffee. Von sowas ist gut träumen. Dann herrscht er über Monitore, Lämpchen und Knöpfchen am großen Regie-Pult, kann sehen, wer sich wo befindet, und herbeirufen, wen er gerade will. Das ist sein Kick. Er muss nicht Achterbahn fahren oder Krimis lesen. Nach Dienstschluss sehnt er schon wieder den Dienstbeginn herbei. Wenn nötig, lässt er seine Frau offen liegen und zieht sich eilig die Hosen über die Latte: »Liebling, ich muss.« Seine Kinder weiht er in den seltenen Spielstunden in die Mysterien seiner Arbeit ein. Vielleicht hat er ihnen eine Puppenstube gebastelt in Form einer Gefängniszelle mit kleinen Pritschen, Kloschüsselchen und Streichholzgefangenen, die sie kommandieren können: »Stehn Se off!«, »Komm Se her!«, »Sin Se ruisch!« Irgendwann werden sie heiraten, die Kinder, doch er muss zu seinen Gefangenen noch vor dem Jawort. In Rente geht er nicht, für Derartiges hat er keine Zeit. Er bittet um Verständnis. Er hat

Gefangene, und die brauchen ihn. Bei seiner goldenen Hochzeit muss er eher weg. Beim 80. Geburtstag muss er eher weg. Womöglich kann er nicht mal bei seinem Begräbnis bis zum Ende bleiben. Er ist ein Gefangener seiner Gefangenen, stets für sie da, so wie sie stets für ihn da sind.

Aber der blasshäutige Posten auf dem dunklen Gang, wie soll der seinen Traum verwirklichen, wie es bewerkstelligen, zum Anstaltsleiter befördert zu werden? Noch intensiver den Gang langlatschen, noch energischer durchs Guckloch linsen? Jeden Tag muss er ins Gefängnis, der arme Hund. Das ganze Leben vergittert! Da hatte Cobu die besseren Karten. Seine Aussichten verhießen Himmel und Horizont. Lieben, lachen und vergessen. Konnte nur noch ein bisschen dauern.

——— ———

Lebenszeit / Ewigkeit

Es ist ein sehr dunkler Wald, in dem Kubisch nach Grabsprüchen sucht. Er kämpft sich durch ein Dickicht aus Endreimen und Pietät, um die Botschaft von Beris Grabstein zu ergründen. Manchmal wähnt er sich schon ganz in der Nähe eines Jetzt-hab-ich's-gleich-Moments. Aber es ist wie verhext, als balanciere er auf einem Strohhalm über eine Schlucht, und allemal kurz vor Ende, vor dem letzten kleinen Schritt, knickt der Halm ein. Dann saust er hinab in die Tiefe und landet mitten in der Nacht, in der sie es in der Böschung des Bahndammes mit dem furchtbaren Wesen und seinem nackten Pimmel zu tun bekommen hatten. Dann muss er mühsam wieder nach oben kraxeln, denn an Beris Grabstein kommt er nur über den Strohhalm. Auch nachdem er sich den Schlafanzug angezogen und ein frisches Bier geholt hat, ändert sich an diesen Vorgängen nichts. Schlaf wäre im Moment das einzige Mittel, dem Phantom, das Macht über sein Hirn hat und ihm die Erinnerungen an die Nacht auf dem Bahndamm aufzwängt, ein Schnippchen zu schlagen.

DAS WESEN

So sehr er sich auch müht, nein, ich denke jetzt nicht an diese Nacht, sondern an jede andere – Kubisch muss ständig an diese eine denken.

Wie sie auf allen vieren verharrten, frierend, diesem verderbten Wesen schutzlos ausgeliefert, und nur noch »Scheiße« zu flüstern wussten, wie die Hoffnung schwand, es würde sich einfach so wieder vom Acker machen, wie sie dann ein Plätschern hörten, schier endlos, das Wesen schließlich in Riesenlatschen aus dem Dunkel trat und auf sie zu wankte, breitbeinig wie ein Seemann bei Wellengang, die Hand im Schritt, als laste da was, das herabzufallen droht, wenn es nicht gesondert getragen wird, und näher und näher kam, bis es direkt vor ihnen stand:

RÜHRST DU IN DER SCHEISSE,
DREHT SIE SICH IM KREISE.

Da endlich hatten sie sich aus ihrer Starre lösen und erleichtert aufrichten können. Es war nämlich nur ein einziger Mensch in der Lage, das Wort »Scheiße« derart auszusprechen, dass man glaubte, bereits hineingetreten zu sein.

Das Subjekt wurde wie folgt beschrieben:
ca. 25 bis 30 Jahre alt
ca. 1,90 m groß, schlank
schwerer Sprachfehler
blond, Pimpf-Frisur

»Was machst *du* denn hier, Leuchte? Du kannst einen aber erschrecken!«

»Dasch's mei Scheißhausch.«

»Der Bahndamm?«

»Klar. Isch mei Wohnung.«

»Deine Wohnung?«

»Klar. Sollsch eusch wasch zeisch'n?«

»Was denn?«

»Mei Schbieltscheusch?«

Die Jungs tauschten einen Blick. Sie waren nicht sicher, ob sie es noch mal sehen wollten.

»Bist du der Exhibitionist?«, fragte Beri.

»Hmm, hmm«, nickte Leuchte energisch, »oddr?«

Cobu hakte nach: »Weißt du denn, was das ist, ein Exhibitionist?«

»Nö nö«, schüttelte Leuchte heftig den Kopf.

»Wo ist denn dein Spielzeug?«

»In mei'm Balascht. Isch tscheig'sch eusch. Aber ihr dürftsch ni verraten.«

»Wir verraten nichts.«

»Isch mei Geheimnisch.«

»Klar.«

»Mei Schbielsachen un auch mei Freunde.«

»Klar. Wir verraten nichts.«

Wieder tauschten die Jungs einen Blick. Neugier hatte sich ihrer bemächtigt. Was Leuchte bislang so offeriert hatte, irgendwie aus der Mütze gezogen oder aus'm Mantelfutter gefingert, war noch immer spannend gewesen. Dinge mit unbekanntem Verwendungszweck, die aber entweder glitzerten oder durch irgendeine Mechanik oder anderen Zauber faszinierten. Leichtfüßig erklomm er nun den Rest des Dammes, bis er oben auf dem Gleisbett angekommen war. Riesig stand er da im Schlotterhemd, wie ein Arbeiterdenkmal, und bedeutete den zögerlichen Kindern mit ausladenden Armbewegungen, ihm zu folgen.

Besagtes Subjekt forderte die Kinder zum Mitkommen auf und lockte sie unter dem Vorwand, ihnen etwas zeigen zu wollen, in verkehrsgefährdender Weise über die Gleise der Bahn.

»Tschie-de-ga-räh! Hier fährt nie nachtsch kee Tschug!«, brüllte er lauter, als wenn einer gefahren wäre.

Die Knaben taten, was sie schon oft niemals zu tun gelobt hatten, und querten die Gleise. Es zeigte sich keine andere Möglichkeit, an Leuchtes Spielsachen zu gelangen, als ihm zu folgen. Auf der anderen Seite angekommen, sahen sie ihn mit langen Armen die Zweige eines struppigen Gebüschs auseinanderbiegen, wobei er sie mit dem Kopf zum Eintreten heranwinkte.

Zaghaft, mit sehr kurzen Schritten, bewegten sich die Jungs auf das Gebüsch zu. Es fehlte nicht viel, und sie hätten sich an der Hand genommen. Sie beließen es jedoch bei gelegentlichen Vergewisserungsblicken. Schließlich bei Leuchte angekommen, klappten die Zweige hinter ihnen wieder zusammen, und sie fanden sich auf einer Plattform, einer winzigen Lichtung, umwuchert von Buschwerk und von keiner Seite aus einzusehen.

»Wo sind die denn, deine Freunde?«, fragte Beri vorsichtig.

»Da.« Leuchte zeigte auf den Damm, und jetzt sahen die Jungs, dass sie direkt vor einem Loch standen, einem Eingang, so niedrig, dass man nur gebückt hineinkam, ein Rundbogen aus Urgestein, überwachsen von tropfnassem Moos, dahinter nichts als schwarze Nacht. Es konnte sich um einen Steinofen handeln, die Höllenpforte oder ein Katzenklo, nur nicht um den Eingang einer Wohnung mit Spielzeug und Kumpels.

Cobu zu dem Fall: »Ich geh da nicht rein.«

»Gimma dei Lambe«, forderte Leuchte Beri auf. Aus seiner Hosentasche zauberte er eine Flachbatterie und setzte sie ein. »Brima Lambe. Hab ooch so'ne.«

Er kauerte sich hin und hielt mit ausgestrecktem Arm die Lampe in den schaurigen Schlund. Jetzt konnten sie eine Treppe erkennen, die sich ziemlich steil hinabwand und womöglich erst irgendwo in der totalen Finsternis des Allerinnersten der Erde ein Ende haben würde. Vielleicht auch gar nirgendwo.

»Ich will da nicht runter«, ließ sich Cobu wieder hören.

Beri sprang ihm bei: »Es ist schon spät, wir kriegen Ärger.«

»Hab noch mehr Batt'rien«, sagte Leuchte.

»Wo denn?«

»Da.« Wieder zeigte er auf das schwarze Loch.

Cobu: »Ich *geh* da nicht runter. Da sind Käfer und Spinnen.«

»Da sind keine Spinnen, nä?«, fragte Beri in der Hoffnung auf einen abschlägigen Bescheid.

»I wo«, wiegelte Leuchte ab und gab ihm die Lampe zurück, »nur Schlang' un Schkorbone.«

Dann ließ er ein Lachen hören, wie es nur Leute seiner Geprägtheit draufhaben.

»Wolln wir?«, drängte Beri derweil flüsternd.

»Nee.«

»Der spinnt doch bloß!«

»Trotzdem.«

»Tschie-de-ga-räh!, mei Freunde warten.« Und mit einem Satz verschwand Leuchte in dem finsteren Abgrund.

Die Treppe war nicht besonders benutzerfreundlich. Keinesfalls entsprach sie den Bestimmungen der Stufen- und Bordsteinkantenverordnung von 1897 (StuBKaV). Sie hatte noch nicht mal ein Geländer. Ihre Stufen waren ausgetreten und brüchig, übersät mit Mörtel- und Gesteinsbrocken. Vor allem wollte sie kein Ende nehmen. Mit beiden Händen an der sandigen, salpetrigen Wand entlang, vor jedem Schritt sorgfältig mit dem Fuß die nächste Stufe ertastend, stiegen die Jungs hinab. Leuchte hatte eine effektivere Technik. Er war auf allen vieren unterwegs, den Hintern vorneweg, flink wie ein Pavian, auch ohne Licht. Die Geräusche, die er dabei machte, verebbten schnell und schließlich ganz.

»Bin schon da«, rief er von unten, »wo seid'er?«

»Hier! Wie lang ist denn die Treppe noch?«

»Von wo'er seid bisch runter.« Und wieder das Lachen.

Eine Meinungsumfrage in diesem Moment und an diesem Ort zur Ermittlung von Leuchtes Sympathiewerten hätte ergeben, dass die Jungs nicht besonders gut auf ihn zu sprechen waren. Tröstlich allein, dass die Treppe offenbar irgendwo ein Ende hatte und die Chance bestand, heil da unten anzukommen. Als sie es endlich geschafft hatten, ergab sich aber kein Grund, sich besonders herzlich eingeladen zu fühlen. Sie schienen ganz allein zu sein in der Behausung, keine Spur von ihrem Gastgeber. Der

Raum war nicht groß, er erinnerte an ein Burgverlies, und als Beri einmal rundherum leuchtete, huschten über die Wände angsteinflößende Schatten, so fürchterlich, dass er die Lampe vor Schreck an seine Brust presste und die Arme darum schlang, um ihr Licht gefangen zu halten, bis er mit zugekniffenen Augen den Schalter ertastet hatte, um sie ganz auszumachen. Teufel, was hatten sie da gesehen? Eisen, eins am anderen, mörderische Haken, Zwingen mit dicken Gewinden, mit Spitzen und Zacken, auch Zangen mit langen Hebeln und Schraubzeug, Foltergerät offensichtlich, bei dem man schon gesteht, wenn es einem nur gezeigt wird.

»Spielsachen …«, flüsterte Cobu.

Dann standen sie eine Weile sehr still, den Kopf tief zwischen die Schultern gezogen, als würde sie gleich ein Keulenhieb treffen. Die Augen, die sich nur langsam an die Dunkelheit gewöhnten, rollten vorsichtig hin und her. Blass, ganz blass wurden Umrisse sichtbar in dem wenigen Licht, das von oben bis hier hinunter gelangte, und die Blicke tasteten sich die Wände hinauf, immer höher, bis – Nein! Großer Gott! – da hing einer!

»'ne Leiche – nischt wie weg!« Beri war schon auf dem Rückzug. Doch er kam nicht weit.

»Halt!«, donnerte eine Stimme über ihnen, und das Grollen, das sie verursacht hatte, verklang erst nach mindestens zehnmaligem Echo. Es konnte sich eigentlich nur um Leuchte handeln, der hier rumbrüllte. Nur – die Logik, die wohnt nicht so tief unter der Erde. Mit der hatten sie es oben vor dem Höllentor zuletzt zu tun gehabt oder schon auf der anderen Seite des Dammes. Es konnte sich also auch um den Mumanz handeln, der hier »Halt!« brüllte, um den Teufel oder um einen Polizisten. Und so verharrten sie, nicht zum ersten Mal in dieser Nacht, mitten in der Bewegung, wie einst Gesinde und Hofstaat, als Dornröschen sich in den Finger stach. Ach, so eine kleine Ohnmacht, ja, das wär's jetzt. Müssen ja nicht gleich hundert Jahre sein. Und dann frisch gebettet erwachen, langsam die Augen öffnend das Antlitz der Mutter erblicken, die mit zarter Hand den Schweiß von der fiebrigen Stirn tupft und »Du musst keine Angst mehr haben« wispert. Aber hier unten waren zärtliche Mutterhände rar und tröstende Worte schon gar. Stattdessen röhrte die Stimme ein zweites Mal:

»Tschie-de-ga-räh, hier gehtsch lang!«

»Du machst's aber spannend«, nörgelte Beri.

Und Cobu maulte: »Wo sind wir denn hier, eh!«

»Mei Veranda«, gab Leuchte von oben zurück und knipste ein mageres Licht an, »glei kommt de Diele, dann d'r Schalong.« Er saß in einem Mauerfenster kurz unter der Decke, hinter ihm wieder so ein geheimnisvolles Dunkel, vielleicht ein Gang, nicht viel breiter als sein Grinsen, und ließ seine langen Knochen hinab in die Folterkammer baumeln, die auch bei Licht nur wenig von ihrem Schrecken verlor.

Es handelte sich um einen ausgedienten Revisionsschacht des Gaswerks, der bis zur Elektrifizierung der Straßenbeleuchtung vor zwei Jahren von den Bediensteten als Abstellraum genutzt wurde. Nach Aussagen von Kubisch, Jacobus soll besagter »Leuchte«, der seinen Namen mit Hermann, Siegfried angab, der Laternenmann des Viertels gewesen sein. Nachfragen bei der städt. Gasversorgung ergaben hingegen, dass der Laternenmann des Viertels bis zuletzt ein Hermann, Theo, geb. 1891, war, was aus den Lohnauszahlungslisten ersichtlich sei.

»Mei Babba. Der hatte hier sei Werkschtatt. Wenner Dienscht gemacht hat, binsch immer mit. Ooch wenner'sch Geld geholt hat. Dann war'r of ema weg. Enne Schbrengbombe – baff. Dann hab'sch dasch alleene gemacht mit'n Dienscht. Un ooch immer'sch Geld geholt in der Düde. Krikelkrakel auf d'r Lischte un fertsch.«

Sein Papa? Sie hätten gehört, sein Papa sei nicht Laternenmann, sondern der Kreisleiter Ottokar Hermann gewesen, wandten die Jungs ein.

Da musste Leuchte ihnen recht geben, einschränken allerdings insofern, als er zwar der Sohn dieses Mannes sei, getauft auf den Namen Siegfried Hermann, der aber nicht sein Vater. Wie das geht? Ganz einfach: Er, Siegfried Hermann, vom Kreisleiterkandidaten Ottokar Hermann in Missionarsstellung gezeugt, war dafür vorgesehen, ein Teutonicus virilis zu werden, zu Führers Geburtstag geboren und dem Führer zum Geschenk gemacht. So hatten es seine Eltern geplant und der Mitwelt verheißen. Ein Knabe, immerhin, wurde es. Es hätte auch ein Vorzeige-Germane aus ihm werden können, hätte er sich mal an die Terminabsprachen gehalten. Stattdessen erschien er, bevor er dran war. Genau 12 Minuten vor der alles entscheidenden Stunde. Das Geschrei, das er dabei machte, brachte die Eltern in Bedrängnis, drohte, die Sache platzen zu lassen. Ein Kissen sorgte für Ruhe. So weit, so gut.

Als sich aber bald rausstellte, dass er nicht ganz in der Norm ist, der kleine Siegfried, mithin der Knabe, der dem Führer zugeeignet war, sich als behindertes Kind entpuppte, der Führer also nichtsahnend die Patenschaft über einen Krüppel übernommen und dessen Vater auch noch zum Kreisleiter befördert hatte, und weil für diesen apokalyptischen Irrsinn niemand sonst verantwortlich gemacht werden konnte als er, der Kreisleiter Ottokar

Hermann allein, ging dem der Arsch auf Grundeis. Was, wenn der Onkel Reichskanzler plötzlich Lust verspürt, sein Patenkind zu besuchen und auf den Arm zu nehmen für ein Foto? Und die ganze Zeit glotzt der Kräpel mit offenem Maul in die Kamera und sabbert?

O weh, Ottokar! Im Zenit seiner politischen Karriere steht dem Kreisleiter das Wasser bis zum Halse. Keine Nacht schläft er mehr durch. Wälzt sich und kriegt das Grausen, wenn er an den Führer denkt. Der geht ihm plötzlich total auf die Nerven. Immer öfter erwischt er sich bei dem Gedanken, die einfachste Lösung des Problems wäre ein Attentat. Mit seiner Frau ist nicht zu reden. Seit sie diesen Balg haben, ist sie wie verwandelt. Er hat ihr angeboten, ein ordentliches Kind zu besorgen, unter der Hand, ohne Papiere, eins, was nicht blöd gafft und geifert. Aber sie will ihrs um keinen Preis rausrücken. Sie einigen sich auf den Terminus *verleihen*. Aber an wen?

Da erinnert sich Ottokar Hermann seines Bruders Theobald, von Beruf Laternenmann. Ein elender, unverbesserlicher Freidenker und Kriegsfeind, ein Schandfleck auf allen Familienfotos. Strammes Mundwerk, schlappe Muskeln. Predigen wie ein Gesalbter, das konnte der schon in der Kindheit, dass man die Lust verlor, mit ihm zu streiten. Aber wenn es darum ging, sich ordentlich zu kloppen, zog er den Schwanz ein. Spätestens seit Ottokar von den Pfadfindern zum Jungsturm wechselte, waren sie getrennte Leute.

Jetzt wird er ihm das Tor zur Versöhnung öffnen. Hatte Theo nicht immer den Menschenfreund rausgekehrt, besonders stolz auf seinen zimperlichen Humanismus? Nun, da sein Bruder Ottokar in Not ist, und der *ist* in Not, denn er hat den Führer zum Hanswurst gemacht, wovon der noch gar nichts ahnt, was aber vielleicht nicht für alle Zeit ein Geheimnis bleiben kann, nun also könnte Theo beweisen, dass er wirklich so ein feiner Mensch ist. Wenn Ottokar ihm jetzt die Fürsorge für diesen Balg anträgt, der stiert und schäumt – wie will der Bruder nein sagen, ohne als Maulheld dazustehen?

Nur finden muss er ihn.

Er hatte Theobald aus erzieherischen Gründen gleich nach der Machtübernahme wegen bolschewistischer Wühlarbeit angezeigt. Was hört er auch nicht auf, Artikel gegen den Führer zu schreiben und Flugblätter zu drucken? Tja, wo landet so jemand folgerichtig? Kreisleiter Hermann telefoniert viel in diesen Tagen, begibt sich schließlich auf eine Dienstreise nach Weimar. Zweck der Sache laut Spesenantrag: Studium der deutschen Klassiker sowie Informationen sammeln über die erfolgreiche Führung eines Konzentrationslagers. Ein wenig erschrickt er angesichts dessen, was ihm in Buchenwald vor Augen kommt. Aber rein von der Vernunft her muss er sagen, dass dort eine verdammt gute Arbeit gemacht wird.

Unter den Gefangenen, die er sich vorführen lässt, um ein möglichst umfassendes Bild zu gewinnen, ist wie zufällig einer mit dem Namen Theobald Hermann, der vor ihm strammsteht und bald darauf unter Auflagen aus dem KZ entlassen werden wird, nicht ohne vorher Bedingungen gestellt zu haben. Die wiederum kennt nur er, Ottokar Hermann, der Bruder, der Kreisleiter, denn das Gespräch findet unter vier Augen statt. Er hat Theo die Entlassung aus dem KZ in Aussicht gestellt und nebenbei sein kleines Anliegen vorgetragen.

»Du ewige Sau.«

Nun, Ottokar war als Bittsteller hier, da darf man nicht jedes Wort auf die Goldwaage legen.

»Und weiter, mein Bruder?«

»Übe kriegswichtige Tätigkeit aus. Bitte, mir umgehend die entsprechende Bescheinigung zukommen zu lassen.«

Weichling, elender. Will sich um den Barras drücken, die Memme.

»Sonst noch was, Brüderchen?«

»Zwei Gefangene, Kretschmar, Franz, Verwundetenabzeichen in Schwarz neunzehn siebzehn, und Wiegand, Walter, Tapferkeitsmedaille neunzehn achtzehn, sind bitteschön ebenfalls aus dem Lager zu entlassen und üben kriegswichtige Tätigkeiten aus.«

Das war kein Pappenstiel. Solcherart Geschäfte bedurften einer Währung, die durch Ottokars Stellung nicht gedeckt war. Da musste er ordentlich Schmiere ranschaffen, damit das Ding ohne Reibung vom Stapel laufen konnte. Vor die größte Herausforderung allerdings stellte ihn die dritte Bedingung seines Bruders. Eine eiserne Druckerpresse hatten sie einst vor der Beschlagnahme gerettet, Theo und seine Genossen. Nicht gerade das neueste Modell, aber sie war ihnen eine treue Gefährtin gewesen, hatte stets gute Arbeit geleistet im Kampf gegen das Unrecht, zu Streiks aufgerufen und böser Leute Ziele aufzuzeigen geholfen. Nun fristete sie in einer Gartenlaube ein illegales Dasein. So eine Druckerpresse aber braucht Platz, sonst kann sie sich nicht entfalten. Und Theo wusste einen Raum, in dem genug Platz war, einen Ort, der noch dazu eine gewisse Sicherheit vor dem Entdecktwerden bot: der Keller der Kreisleitung. Für Papier brauchte er da unten nicht zu sorgen. Trümmerfrauen fanden später stapelweise angekokelte Nazipropaganda, die Rückseiten bedruckt mit Umsturzaufrufen und Friedensappellen.

Kreisleiter Ottokar Hermann, seine Frau und der Führer bekamen nun einen alternativen Siegfried, einen, der nicht tropfte und Maulaffen feilbot. Der kleine Leuchte, der wahre Siegfried, tippelte derweil seinem Papa, der nicht sein Vater war, sondern sein Onkel, auf unzähligen Laternengängen hinterher und lernte, wie's geht, wie man mit der Stange den Ring angelt, wie der Zünder betätigt wird, wie die trapezförmige Leiter stehen muss, damit die Holmen am oberen Ende den Pfahl fassen, wie die Gläser herauszunehmen sind zum Putzen und wie man sie wieder einsetzt. Ferner lernte er, wo die besten Plätze sind, einen Stapel Flugblätter zu deponieren, damit der Wind sie an die Richtigen verteilt. Auch dass er bei Fliegeralarm, wenn der Vater rausging, sein Revier zu kontrollieren, nicht mitdurfte, musste er lernen. Beim ersten Luftangriff kam Theo gerade noch rechtzeitig, um den Jungen aus einem Luftschutzkeller ins Freie zu zerren, bevor das unersättliche Feuer der Brandbomben den Sauerstoff darin fraß, auch den in den Lungen der Schutzsuchenden. Aus einer späteren Bombennacht tauchte er nicht wieder auf.

»Er war mei Vater. Aber isch nisch sei Sohn.«

Und der, dessen Sohn er war, der aber sein Vater nicht sein wollte?

»Alle hoppsch. Mit'n MG. Ka ka ka ka ka kak.«

»Und deine Mama?«

»Hoppsch.«

»Auch das andere Kind?«

»Alle hoppsch. Ka ka ka ka ka kak.«

Dazu muss gesagt werden, daß der NSDAP-Kreisleiter Hermann im Februar 45 versucht hatte, sich mit seiner Familie und einer Gruppe SS-Leute abzusetzen, wobei auch sein Dienstauto durch Bordschützen eines Tieffliegers komplett zerstört wurde.

Leuchte hat noch viel zu erzählen in dieser Nacht. Es wird sehr spät werden. Erst kurz vor dem Wecken werden die Jungs unter ihre Bettdecken schlüpfen, vollgepackt mit märchenhaften Bildern und furchterregenden. Sie werden in die Schule gehen, ohne geschlafen zu haben. Denn was Leuchte ihnen erzählt, ist alles andere als einlullend. Er hat noch nie zuvor jemandem davon erzählt. Und niemand hat bisher etwas zu sehen bekommen von Veranda, Diele oder Salon, geschweige denn von seinem Spielzeug oder seinen Freunden. Er ist auf diesen Moment vorbereitet. Hat lange darüber nachgedacht in den Klemmen seiner Einsamkeit. Heute spürt er einen unbestimmten Impuls. Eine innere Stimme sagt ihm, dass der Zeitpunkt gekommen ist, Mitwisser zu haben, dass er die richtigen Leute dafür gefunden hat, die Begegnung mit den Kindern in dieser Nacht kein Zufall war, diese Nacht, die nicht die Länge einer Nacht haben wird. Sie wird sich auf die folgenden Wochen legen wie ein schwerer, schwarzer Schleier.

Ringel: Er hat gesagt, daß er jeden Morgen auf den Zug springt bis zum Güterbahnhof. Da arbeitet er. Da geht er auch immer zum Friseur, was sehr ziept. Aber nicht jeden Tag. Dann geht er auch immer ins Zeitkino.
Kubisch: Das kostet 50 Pfennig die Stunde, da kommen immer dieselben Filme. Wir waren auch schon mal mit. Da hat er uns eingeladen. Da sind wir aber mit der Straßenbahn gefahren.
Ringel: Der verdient da eine Mark die Stunde und kriegt Essen. Das Beste ist, daß die da keinen Ausweis sehen wollen, hat er gesagt. Die sind froh, wenn sie einen haben, der die Kisten karrt.

Den Kindern war nicht wärmer geworden bei der Geschichte von den ungleichen Brüdern Theo und Ottokar, aber der Hals steif, denn noch immer schauten sie nach oben auf die langen Nudelbeine, wie sie da zwar nicht an einer Leiche, aber an Leuchte hingen. In die Wand geschlagene Sprossen führten hinauf zu seinem Sitzplatz. Cobu konnte das Quengeln nicht lassen:

»Wie weit ist das denn noch? Ich bin müde.«

»Einmal über de Schtraße.«

»Na los«, sagte Beri und machte sich an den Aufstieg.

»Halt!«, kam es erneut von Leuchte, »ihr dürft nitsch ertschähln.«

Beri hing schon am dritten Eisen: »Wir erzählen schon nichts, keine Angst.«

»Halt!« Leuchte griff nach unten und zog barsch eine der eisernen Sprossen aus der Wand, die aussah, als sei sie festgemauert gewesen wie alle anderen. Das war das, was dem Burgherren einst seine Zugbrücke war. Damit ließ er alle Verfolger mit einem Griff außen vor, denn ohne diese eine Sprosse war kein Hinaufkommen.

»Ihr mütsch erscht schwörn.«

Beri stieg wieder ab: »Schwöre.«

Auch Cobu ließ etwas verlauten, das wie »Schwöre« klang, gleichzeitig jedoch vermittelte, dass er sich gerade was Besseres vorstellen konnte, als müde rumzustehen und Eide zu leisten.

Leuchte wuchs unterdessen über sich hinaus: Was er ihnen jetzt zeige, habe außer ihm noch nie ein Mensch zu Gesicht bekommen, und keines Menschen Auge soll es je wieder erblicken, solange das Herz in seiner Brust seinen Leib mit Blut und Leben versorgt, kurz: »Bissich auschgeschissen habbe.«

Es sei sein großes Geheimnis, so groß, dass er die Bürde, die ein solches Geheimnis nun mal bedeutet, kaum noch allein bewältigen könne und er es deshalb heute Nacht mit anderen zu teilen gedenke. Zum ersten und zum letzten Mal. Für die Eingeweihten bedeute dies eine große Verantwortung, und wer sich dieser Verantwortung nicht gewachsen fühle (»in de Hoschn scheißt vor Schiss«), solle lieber die Finger davon lassen und sich umgehend in die Obhut seiner Eltern begeben (»d'r Muddi untern Rock krieschn«), denn wer den geleisteten Schweigeeid breche, der sei mit einem Fluch belegt, der sein Verderben bedeuten und ihn sein Leben lang (»bischer auschgeschissen hat«) verfolgen, letztlich gar im Grab noch (»de Scheiße bisch'um Halsch«) schwer auf ihm lasten werde.

»SIND SIE BEREIT, EINEN EID ABZULEGEN, SO SPRECHEN SIE MIR NACH!«

Es wurde ermittelt, daß im Zeitkino in der vergangenen Woche ein Film über einen Schwurgerichtsprozeß gezeigt worden war.

Die Jungs, denen es eher klamm und mulmig zumute war in diesem Erdloch als feierlich, hoben die Schwurhand: »Ja ja ja. Mach hin, mach hin.«

Leuchte nahm nun einen Hammer von der Wand und schlug dreimal auf selbige ein:

»RUHE BITTE, SONST LASSE ICH DEN SAAL RÄUMEN!«

Wieder haute er dreimal gegen die Wand und hinterließ ein beachtliches Loch darin.

Jetzt waren die Jungs aber doch ein wenig beeindruckt: Von der Vehemenz der Hammerschläge zum einen, von dem auf sie herabrieselnden Mörtelstaub zum anderen. Vor allem aber waren Leuchtes Sätze bemerkenswert, denn geradere hatten sie noch nie von ihm gehört. Und so wiederholten sie, ziemlich ergriffen, versweise die vorgegebene Eidesformel:

MOND UND STERNE HALTET STILL
HÖRT, WAS ICH EUCH SCHWÖREN WILL
(»… euch schwören will.«)

WAS LEUCHTE MIR HEUT ZEIGEN TUT
MEIN MUND DARÜBER SCHWEIGEN TUT
(»… darüber schweigen tut.«)

UND DROHN SIE MIR MIT DRESCHE
HALT ICH TROTZDEM DIE FRESSE
(»… trotzdem die Fresse.«)

VON MITTAG BIS UM ZWÖLFE
SO WAHR MIR GOTT HELFE
(»… so wahr mir Gott helfe.«)

Es war für alle durchaus eine ernste und feierliche Sache, mit einer Aura von Unvergesslichkeit, und das mufflige Verlies, in dem sie stattfand, war für lange Momente erfüllt von würdevoller Luft. Nur eine Stelle gab es, an der die Jungs kurz aus der okkulten Strenge ausbüchsten und in ihre Kindlichkeit zurückkehrten. Wie Leuchte aus »Dresche« und »Fresse« einen hundertprozentig reinen Reim machte, war einfach zu komisch. Doch Leuchte verlor nicht die Contenance. »Wenn'r lacht, isch gut. Da merkt'r eusch dasch bescher«, sagte er streng und wiederholte den Vers, ohne dass jemand lachte.

— —

Die Szene glasklar, in hochaufgelösten Bildern vor Augen, wächst Kubischs Unsicherheit, ob seine Entscheidung, kein weiteres Bier mehr zu trinken, richtig war, ob sie auf der Grundlage seines eigenen Willens getroffen wurde oder Bestandteil von Fährtendiebs Betreiben ist, ihm das Leben schwerzumachen. In diesem Falle müsste er etwas dagegen unternehmen. Warum soll er denn kein Bier mehr trinken? Damit er einen klaren Kopf behält? Nein, damit er grübelt und grübelt und weitergrübelt und in hochaufgelösten Bildern Gespenster sieht.

Wenn nun der Mensch merkt, dass er etwas tut, was er gar nicht tun will, wie Kubisch, der nicht will, dass er nicht noch ein Bier trinkt, was tut er dann? Er lehnt sich auf, leistet Widerstand. Kubisch beschließt, kraft seines angeborenen Ungehorsams seinem Widersacher eins auszuwischen und entgegen der Vorgabe noch ein Bier zu trinken. In Bademantel und Pantoffeln holt er 'ne Flasche und latscht zur Sesselecke. Die Schwermut, die mit der Erinnerung an Leuchtes Nacht einhergeht, lässt prompt ein wenig Masse. Eigentlich war es doch ein tolles Ding, ein Abenteuer, wie es nicht jedes Kind erlebt. Wenn es mal nicht so furchtbar geendet hätte, nicht dieser Eid gewesen wäre und mit ihm die Gefahr, dass man ihn bricht.

Nun mussten die Kinder die Wand des Schachtes emporklettern, um in ein illegales Tunnelsystem zu gelangen. Dieses führte zu einem höhlenartigen Erdloch, welches der Unbekannte als seine Wohnung vorstellte. Dazu ist zu sagen, daß diese Wohnung in keinem Register der kommunalen Wohnungsverwaltung eingetragen ist, also auch nicht vermietet war.

Der Tunnel war an manchen Stellen kaum hoch genug, um darin kriechen zu können, aber ansonsten nicht ohne Komfort. Wenn sie schon mal sowas von innen gesehen hätten, hätten die Jungs gesagt, es sieht aus wie im Puff. Teppich bedeckte den ebenen Boden. An der Wand waren kleine, rote Lämpchen mit dem Schriftzug »Notausgang« aufgereiht, dazwischen rotes Tuch und bunte Wimpel, wie sie von Schulkindern gebastelt und in den Straßen aufgehängt wurden, wenn ein Mann der Regierung sich angesagt hatte. Von diesen Wimpelketten mit ihrer Vielfarbigkeit war Leuchte fasziniert und hatte sich da ein bisschen bedient in seinen Zeiten als Laternenmann, wo bei seinen frühmorgendlichen Gängen nie zu befürchten war, dass ihn jemand dabei beobachtete. Ein Wimpel hier, ein Wimpel da, wenn er die verbleibenden etwas auseinanderzog, blieb keine sichtbare Lücke. Im Zeitkino hatte er einmal eine Spalierfahrt des Präsidenten bestaunt: Sich den ganzen Tag im offenen Auto rumfahren lassen und winken, und entlang des Wegs ist alles bunt geschmückt – was für ein feiner Beruf, hatte er gedacht und sich mit Spruchbändern und Wimpeln Stück um Stück ein wenig von dieser anderen Welt in sein Reich geholt. Er hielt es für angemessen, dass auch sein Lebensweg, wenn schon kein Beifall zu erwarten und ein offener Wagen mit Chauffeur nicht verfügbar war, bunt geschmückt sei. Wenigstens streckenweise.

Je weiter sie vorankamen im Tunnel, desto anziehender wirkte seine Mündung. Selbst Cobu hegte schon bald keinen Gedanken mehr an Umkehr. Das größer werdende Loch am Ende verhieß Lichtfülle, Aufregung und Geheimnis wie ein weihnachtliches Bescherungszimmer. Warme Luftströme nahmen sie in Empfang wie Hausmädchen besonders willkommene Gäste.

Schließlich wurden sie belohnt für alles Ungemach, die Kratzer an den Beinen, das Frösteln, die Schrecksekunden. Und zwar in einem Maße, wie es alle Erwartungen übertraf.

—— ——

Kubisch in seinem Sessel ist voller Unglauben. Unglaube daran, dass er das alles selbst erlebt haben soll. Er verspürt Verlangen nach Gesellschaft. Nicht unbedingt in Gestalt eines Menschen, nein, mit einem weiteren Bier würde er sich gern zusammentun. Also schält er sich aus dem Sessel und holt sich noch eins. Auch wenn es schon in seinen Waden wabbelt, dass er läuft wie auf 'ner Hüpfburg. Soll das wirklich er gewesen sein, der da nächtens unter der Stadt langgekrochen war und schließlich einen Ort betreten hatte, wie kein Ali Baba ihn je zu Gesicht bekam?

Ringel: Es war sehr hell. Da brannten ganz viele Lampen, und überall war Glas und alles funkelte. Das sah aus wie in einer Schatzkammer. Es war auch schön warm, weil er einen elektrischen Heizer hat. Und ein Bett mit Dach. Wie ein König.
Frage: Woher hat er denn einen elektrischen Heizer?
Ringel: Hab ich vergessen.
Kubisch: Aus der Ruine von der Villa in der Poststraße. Da war mal ein Doktor drin. Da waren Bäder mit Badewanne und so. Da hing das an der Wand. Das hat er erzählt.
Frage: Und woher kommt der Strom?
Ringel: Aus einem schwarzen Kabel, was da aus der

Wand kommt, da kennt der sich aus. Kochen tut er auch damit.
Frage: Er sprach von seinen Freunden, die auch dort wohnen. Wer sind diese Freunde?
Kubisch: Das sind zwei Ratten. Wenn er die ruft, kommen die an.
Frage: Wie ruft er sie denn?
Kubisch: »Tschie-de-ga-räh!« Da kommen die angehäppelt.
Ringel: Mit denen haben wir gespielt. Die waren ganz zahm und kamen schmusen. Eine konnte einen Kopfstand machen, die andere sogar die Rolle rückwärts. Da mußte Leuchte aber bißchen helfen.
Kubisch: Da war auch ganz viel Spielzeug, das haben wir angeguckt. Und Leuchte hat ganz viel erzählt.
Frage: Was hat er erzählt?
Kubisch: Wie sein Vater gestorben ist und wie er sich nach dem Krieg in einer Höhle versteckt hat, weil er nicht ins Waisenhaus wollte. Als Soldaten gekommen sind und da drin was abgestellt haben, hat er fürchterliche Angst gekriegt und sich in eine Ecke verdrückt. Dann sind die Soldaten wieder weg und haben den Eingang zugemauert.
Ringel: Da war er gefangen. Da hat er noch mehr Angst gekriegt. Da hat er sogar gedacht, er muß sterben.

—— ——

Der 6. November, ein Tag, den sie nie mehr vergessen sollten, hatte schon seit dem Aufstehen einen Geruch von Ungewöhnlichkeit. Mathilde hatte beim Einkaufen das Brot vergessen, bei Kubischs gab es Kekse zum Frühstück. In Beris Heim stolperte die Küchenfrau mit den Milchflaschen auf dem Tablett und fiel hin, auf dem Boden mischten sich Blut und Milch, man schlug Bettlaken um ihre Hände, ein Krankenwagen mit Martinshorn kam angesaust und brachte sie ins Krankenhaus, wo ihr die Glassplitter aus den Handflächen gezogen werden mussten.

Dann, auf dem Weg zur Schule, sie waren kaum fertig mit erzählen, sahen sie die Menschenmenge, mitten auf der Hauptstraße, direkt unter der Eisenbahnbrücke. Eilig liefen sie hinzu, um, mal auf Zehenspitzen stehend, mal hopsend, durch die Lücken zwischen den Mantelkragen der Erwachsenen etwas von den Vorgängen zu erhaschen, die so viel Neugier erklären könnten. Aber es war nichts Aufregendes zu erkennen. Ein Haufen lehmfarbige Erde, eine Spitzhacke, eine Grube und ein Mann mit 'ner Schaufel, der die lehmfarbige Erde schaufelweise in die Grube beförderte.

> Dazu ist zu sagen, daß die Ausfallstraße nach Norden, die schon einige Zeit wegen Absenkung der Fahrbahn einseitig gesperrt war, nun auch auf der anderen Seite einbrach und sich eine Ausbesserung deshalb nicht mehr vermeiden ließ.

Die Jungs kämpften sich durch die Reihen der Schaulustigen, bis sie direkt an der Grube standen. Was sie dort zu sehen bekamen, machte, dass sie bleich wurden und zittrig. Auch den Erwachsenen drumrum war Verunsicherung anzumerken, Befremden über den Anblick, der sich ihnen in der Tiefe bot. An der Grubenwand hingen lehmbespritzte Wimpelketten, Fahnen und zerfetzte Losungen, dazwischen leuchtete ab und zu ein Notausgangslicht.

Sie sahen sich kurz an und erschraken über ihre erschrockenen Gesichter. Ihre Gedanken bewegten sich zurück in die Nacht ihres großen Abenteuers, verweilten kurz an der Stelle auf dem Damm, wo Leuchtes Pimmel sie geschockt hatte, wanderten über die Gleise, begaben sich unter die Erde, stiegen eine Wendeltreppe hinab, ein paar Eisensprossen hinauf und fanden sich in dem Graben wieder, vor dem sie jetzt standen und der die ganze Straße zu queren schien, auch wenn auf der anderen Seite die Straßendecke noch hielt und nur die Delle zu sehen war, die schon vor ein paar Wochen für die halbseitige Sperrung gesorgt hatte. Und weiter wanderten die Gedanken, immer geradeaus, bis sie unweigerlich unter dem Damm auf der anderen Straßenseite landeten. O Gott – wann hatten sie Leuchte zuletzt gesehen?

»Einmal über die Straße, hat er gesagt«, flüsterte Cobu.

Beri nickte. »Wenn der da drin ist, verhungert der.«

»Und ersticken tut er auch noch.«

»Wo die Delle ist, da ist das bestimmt schon lange untendrunter eingebrochen. Da haben wir verdammtes Glück gehabt.«

»Und wenn das gar nicht hier war?«

»Glaubst du, es hängen sonst noch wo Wimpel unter der Stadt? Wir müssen es melden«, sagte Beri entschlossen.

»Aber wir dürfen es niemandem erzählen. Wir ham's geschworen!«

»Wenn der tot ist, gilt das nicht mehr.«

»Und wenn er nicht tot ist?«

»Erst recht.«

Beri ging zu dem Mann mit der Schippe:

»Hallo, hörn Sie auf, da unten ist jemand drin!«

Der Mann ließ sich nicht abhalten von seiner Arbeit.

»Ich sehe niemand.«

»Der wohnt da, der muss hier durch.«

Der Mann beugte sich über die Grube: »Hallo, wohnt hier jemand?«

Die Umstehenden quittierten seinen Scherz dankbar mit Gelächter, die Anspannung löste sich ein wenig.

Cobu kam Beri zu Hilfe. Er hielt die Schippe des Mannes fest: »Da ist wirklich einer unten!«

»Der wird sich schon melden.«

»Bitte!«, flehten die Jungs und hielten nun beide die Schippe.

»Hört mal her, ihr Sechser«, schüttelte der Mann sie ab. »Ich muss bis Mittag hier fertig sein. Ich bin in der Norm. Wenn's euch nicht passt, macht 'ne Eingabe.«

Die Schulbank war wie ein Nagelbrett. Eine Stunde hielten sie es aus, dann liefen sie zurück zur Baustelle, wo der Mann bereits die labile Straßendecke auf der anderen Seite zum Einsturz gebracht hatte und damit beschäftigt war, den Rest der Grube zu verfüllen. Sie liefen auf die andere Straßenseite, wo der Bahndamm bis oben bepflastert war. Damals, tief unter der Erde und noch vom Drehwurm der Wendeltreppe erfasst, hatten sie nicht genügend Orientierung gehabt, die Richtung zu erkennen, in die Leuchtes Tunnel führte. Wenn sie aber, wie sie nun vermuteten, unter der Straße langgekrochen waren, musste sich Leuchtes Wohnung im Inneren des Dammes befinden. Es war nicht leicht, da heranzukommen, weil seit Ewigkeiten kein Mensch dort gewesen war und sich die Natur des ganzen Streifens entlang der Bahnlinie bemächtigt hatte. Aber sie glaubten, keine Zeit mehr verlieren zu dürfen, und kämpften sich eilig durch das garstige Gestrüpp. Was sie schließlich entdeckten, ließ ihre Herzen noch wilder schlagen. Es waren die Umrisse eines Türbogens, gerade mal mannshoch, ausgefacht mit Steinen, die nicht zu den anderen passten.

Der Eingemauerte habe bei der Suche nach einem Ausgang Rohre und Kabel ertastet, die in der Wand verschwanden, und sich durch deren Sandbett einen Gang nach draußen gegraben. Als Werkzeug diente ihm dabei sein einziger Besitz, ein Pfadfindermesser, angeblich ein Geschenk seines Vaters. Den Aushub lagerte er zunächst im Raum, später will er ihn Eimer für Eimer nach draußen getragen haben.

Panisch hämmerten sie mit nackten Fäusten auf das Gestein des Dammes ein und fluchten und riefen »Hallo!« und »Wir sind's!« und »Eh Leuchte, bist du da drin?«, bis ein müder Passant sie schalt: »Eh! Ihr seid doch nich alleene hier!«

Aber mit Untätigkeit konnten sie ihren Ängsten nicht beikommen. Verzweifelt drückten sie die Ohren auf das kalte Gemäuer in der Hoffnung auf eine Bewegung im Inneren oder ein Klopfen. Sie lauschten angestrengt, gefasst auf dumpfe Geräusche, und wechselten die Positionen wie ein Arzt mit dem Stethoskop. Aber was immer sie hörten, es kam nicht aus dem Inneren des Dammes.

Zwischendurch stritten sie über das weitere Vorgehen. Beide fanden sie es nicht fair von Leuchte, dass er ihnen sein großes Geheimnis anvertraut hatte und sie nun so allein ließ damit. Die Möglichkeit einer Katastrophe wie der Einbruch des Stollens war nicht Teil der Eidesformel gewesen. Ihm jetzt helfen hieße, sein Versteck preisgeben. Das war ganz unmöglich. Noch unmöglicher war, es *nicht* preiszugeben und Leuchte, falls er nicht gerade noch entkommen war, einem grausigen Schicksal zu überlassen.

Die Steine unter ihnen waren kalt und feucht und glitschig. Hier oben weiterzuforschen, schien sinnlos. Also machten sie sich an den Abstieg, rückwärts auf allen vieren. Cobu rutschten die Füße weg, er fiel auf die Knie und schlitterte auf der Schräge den ganzen Wall hinab. Unten angekommen und seine Schürfwunden an Knien und Händen begutachtend, entdeckte er ein Loch im Mauerwerk. Ganz unten, gleich überm Fundament. »Eh, hierher!«, rief er. Das Loch schluckte seinen Finger in voller Länge. Beri kam mit einem Stock, den er hin und her schob, stieß aber immer auf Widerstand. Er mühte sich sehr und bekam einen roten Kopf dabei – der Widerstand wollte nicht weichen. Er probierte es mit einem größeren Stock, den er mit aller Kraft hineinstieß. Da kam von innen ein Gekreisch, so schrill, dass Beri erschrocken zurückfuhr und sich einen abgebrochenen Ast in den Rücken rammte. Mit beiden Händen versuchte er, die schmerzende Stelle zu erreichen, aber seine Arme erwiesen sich als zu kurz. Es war zum Heulen. »Mach du mal«, sagte er, sich die Tränen verkneifend, und gab Cobu seine Taschenlampe. Cobu stellte die Lampe so auf den Boden, dass sie ins Loch leuchtete, und beugte sich langsam hinab. Kaum war er mit dem Kopf weit genug unten, um etwas erkennen zu können, sprang er auch schon auf und rannte »Or nee!« schreiend davon.

Nachdem die Vernehmung der Minderjährigen abgeschlossen war, führten diese die Diensthabenden zu dem zugemauerten Eingang des Bahndammes. Dieser wurde aufgestemmt. Es ergab sich ein fürchterlicher Gestank, sodaß der Tatort zunächst gelüftet werden mußte. Währenddessen flüchteten zahlreiche Ratten ins Freie. Hinzuzufügen ist, daß es auch sehr warm rauskam, weil im Raum zahlreiche Glühbirnen brannten und zusätzlich ein elektrischer Wandstrahler.

Sobald die Öffnung im Torbogen groß genug war, dass die Polizisten hineinsehen konnten, wurden die Jungs abgedrängt und auf die andere Straßenseite geführt, ohne dass sie dagegen protestierten, denn sie hatten Angst vor dem, was sich ihren Blicken möglicherweise bieten würde.

Aus der Ferne präsentierte sich die aufgebrochene Höhle wie das Bühnenbild einer Barockoper. Wer aber in ihrer Nähe zu tun hatte, wechselte die Gesichtsfarbe von bürofahl in untertageblass, mit einem Stich ins Grünliche. Polizisten, die da hineinmussten, kamen schnell wieder herausgerannt, um die angehaltene Luft auszustoßen und gierig nach frischer zu schnappen. Schließlich löschten sie das Licht und verbauten den Zugang mit Gegenständen aus dem Inneren, sodass nur eine Lüftungsöffnung blieb.

Der Chefpolizist trat zu den Jungs: »Ich werde dafür sorgen, dass ihr eine Belobigung bekommt. Geht erst mal nach Hause.«

»Und was passiert jetzt?«

»Darf ich euch nicht sagen. Wir räumen aus da.«

»Ist Leuchte tot?«

»Darf ich euch auch nicht sagen.«
»Lebt er noch?«
»Wie denn.«

Von der Leiche, die auf einem Bett lag, war fast nur noch das Gerippe übrig. Es ist anzunehmen, daß durch den Tunneleinsturz die Frischluftzufuhr unterbrochen war, sodaß der Tote zunächst müde wurde, dann das Bewußtsein verlor und so den Freßgelüsten seiner »Freunde« hilflos ausgeliefert war.

Beri und Cobu betrachteten die Massenflucht der Ratten mit gemischten Gefühlen. Die beiden, die Leuchte herbeigerufen hatte, waren ausgesprochen liebenswerte Geschöpfe gewesen, und so versuchten sie, sie mit »Tschiedegaräh!«-Rufen aus dem Pulk der anderen herauszulocken. Aber keine zeigte irgendeine Art von Wiedererkennensfreude. Vielleicht waren die Rufe auch etwas zu kläglich für ihren Geschmack. Eine wie die andere fegten sie durch den Rinnstein wie aufgezogen und guckten panisch. Und keine sah anders aus als die andere. War es möglich, dass sich die beiden da drin derartig vermehrt hatten?

Wahrscheinlich ist, daß sie durch das Loch am Boden ein und aus gingen und mehr und mehr Artgenossen anlockten. Das Ausmaß der Völlerei wurde besonders deutlich anhand einer Ratte, die so fett geworden war, daß sie auf dem Weg nach draußen im Schlupfloch steckenblieb. Das Tier war schwer verletzt und verstarb noch vor Ort. Die anderen Ratten hatten begonnen, ihr Hinterteil anzufressen. Vermutlich, um den Weg an die Luft freizubekommen. Hunger können die keinen mehr gehabt haben.

Einige Tage voller Schwermut vergingen, dann stand die feierliche Auszeichnung vor der versammelten Schule an, und die düsteren Gedanken wichen dem Lampenfieber.

Leider glich die Zeremonie auf dem Appellplatz der, die die Jungs sich ausgemalt hatten für den Fall, dass sie den Entblößer fangen würden, nur entfernt. Der Sommer war lange vorbei, und die Kälte verleidete den Mädchen das Schmachten wie den Jungs die Missgunst. Wegen der sehenswerten Schrammen an seinen Knien trug Cobu kurze Hosen und fror wie ein Rohrspatz. Der schulfreie Tag blieb ein Traum, aus den fünf Mark Belohnung wurde eine Ehrennadel. Keiner sang »Freude, schöner Götterfunke«, sondern alle zusammen nichts. Und Blumen im November?

Abschließend ist zu sagen, daß der Tote eindeutig des Diebstahls überführt wurde. Ist das Vorhandensein von Einrichtungsgegenständen am Tatort noch dadurch zu erklären, daß diese nach dem Krieg von Unbekannten dort eingelagert wurden, so ist der weitere Hausrat offensichtlich nach und nach durch Entwenden auf dem Güterbahnhof erfolgt. Den Kindern gegenüber gab der Tote diesbezüglich Bruchschäden von Transportkisten vor.

Gefunden wurden u. a. folgende Gegenstände:
- 2 Bündel Feuerhaken zu je 12 Stück
- 48 Abortpapierrollenhalterungen
- ein Karton Steuerbuchvordrucke
- 95 mal grüne Haarwäsche in Glasflaschen
- eine halbvolle Schachtel Notausgangsbeleuchtungen für Kinos
- ein Karton »10000 Wickelfleischformhalter« (Rouladennadeln)
- div. Trümmergut wie Elektrokabel und Wasserhähne, ferner Glühlampen, Schlüsselrohlinge, Trillerpfeifen, Lupengläser, Eisenbahnerkellen, Ausstechförmchen für Weihnachtsgebäck sowie Fahnen und Wimpel in nicht unerheblicher Zahl

Das Diebesgut wurde dem volkseigenen Handel zugeführt.
Dem illegalen Stromverbrauch des Täters wurde ein Ende bereitet und dieses den Stadtwerken zur Meldung gebracht. Die dortige Betriebsleitung bedankte sich mit einem Alpenveilchen sowie einer Flasche Rotwein der Marke Ochsenblut.
Der Eingang zum Tatort wurde endgültig zugemauert sowie dafür Vorsorge getroffen, daß keine Informationen in die Öffentlichkeit gelangen.
Zur Identität des Toten ist zu sagen, daß ein »Leuchte« nirgendwo gemeldet ist, also auch nicht vermißt wird. Es ist auch auszuschließen, daß es sich bei dem Verblichenen um einen Hermann, Siegfried handelt, weil der wie oben erwähnt kurz vor Kriegsende umgekommen ist und völlig auszuschließen ist, daß ein Verstorbener 20 Jahre nach seinem Tod erneut verstirbt.

Ach nein, das Leben ist kein Hummerzutschen, wenn es sich früh um fünf im Sessel abspielt, weil der Mensch nicht mehr ins Bett fand. Der Kopf hat die ganze Nacht vor der Brust hin und her gebaumelt, die Halswirbel knarren wie 'ne offene Schuppentür, und alles schmerzt, die Knochen, die Muskeln, das Herz, das Gewissen, die Seele, die Welt.

Die letzte Bierpulle hat sich dem Griff des Einschlafenden entwunden und auf dem Teppich einen dunklen, stinkenden Strich gezogen, bevor sie sich bösartig weit unters Sofa rollen ließ, damit Kubisch auf die Knie muss, sie da wieder hervorzuangeln. Der Strich verlangt eine Behandlung mit Küchenkrepp und Duftspray. Der Couchtisch will Möbelpolitur sehen. Wie die Ringe auf einer Baumscheibe gelebte Jahre anzeigen, zeigen Flaschenringe auf Oberflächen gelebte Schande an. Noch so eine Erfindung, für die Kubisch den Nobelpreis vergeben würde: Flaschenböden, die keine Spuren hinterlassen. Er verschiebt alles Aufräumen auf später, Nero ist erst morgen zu erwarten. Zunächst mal was tun gegen das flaue Gefühl im Magen. Dafür ist schon was erfunden: die Tütensuppe.

Pein ein Ende / Deine Hände …

Während er löffelt, ist er seinen Erinnerungsmanövern vom gestrigen Abend ausgesetzt. Manchmal vergisst er vor Schreck das Pusten, für Momente vergeht ihm auch der Appetit. Er sieht sich mit Beri auf dem Bürgersteig stehen, gegenüber dem Damm, mit Blick auf den aufgebrochenen Höhleneingang, vielfarbiges Licht dahinter, flüchtende Ratten, Männer, die sich mit dem Hineingehen abwechseln. Wenn einer wieder rauskommt, erstattet er nach Luft schnappend und sich schüttelnd Bericht, dann ist der nächste dran. Sie suchen was. Dann wird es duster im Inneren. Sie haben Leuchtes Stromanschluss gekappt. Die Hektik weicht, macht Platz für Routine. »Gehen Sie weiter!«, befehlen sie den Umstehenden und »Weg da!« den Bewohnern der gegenüberliegenden Häuser, die aus ihren Fenstern lehnen. Sie tragen Platten hinaus, schieben sie in die Büsche und fixieren sie da, wo sie nicht von allein stehen wollen, mit herumliegenden Ästen, bis die Sicht auf den Eingang versperrt ist. Es sind Leuchtes Zauberwände, an denen sich das Licht brach. Aber sie funkeln nicht mehr. Sie haben ihren Zauber verloren, scheinen zu trauern, so wie sie da blass im Herbstgrau stehen, wie krank inmitten des entlaubten Gebüschs. Genau so unschön, so fehl am Platze wie Kubischs Gewächshauskartons in den Büschen seiner Einfahrt.

Herrje, die Kartons, er muss sie ins Trockne bringen! Die ziehen Nässe und schimmeln. Es sieht auch nach Regen aus. Bevor er duschen geht, wird er sie schnell noch in die Garage schaffen, dann hat er das hinter sich. Und dann wird er es postwendend annoncieren, dieses vermaledeite Gewächshaus »Herrenstein«. Und zwar mit einem fett gedruckten »Liebhaberstück!« vorneweg.

In Pantoffeln und Bademantel schleicht Kubisch ums Haus zur Einfahrt. Warum geht er nicht den kürzeren Weg durch die Haustür? Nun, von der Haustür führen sechs Stufen hinab, da kommt man sich vor wie auf einer Gangway, und er ist noch nicht in Schale. Wenn er hinten rausgeht, über die Terrasse und am Haus entlang bis nach vorn, bieten Büsche Sichtschutz und er kommt am unteren Ende der Treppe an, ohne sie hinabgestiegen zu sein. Normalerweise ist hier um diese Zeit zwar noch niemand unterwegs, aber worauf ist schon Verlass heutzutage.

»Mor'n Herr Kubisch. Sind Sie nicht ganz auf'm Damm?«

Dalmitz zum Beispiel, den hat er ganz vergessen. Der hat andere Schlafzeiten. Wenn der sich hier früh halb sechs rumtreibt, war irgendwo Party. Wie der das macht, dass sie ihn immer wieder einladen! Klimpert den ganzen Abend aufm Klavier und geht nicht eher, als bis Dellen im Elfenbein und alle Whisky-Vorräte aufgebraucht sind. Und steht wie ein Maibaum. »Angewandter Blues« nennt er das.

»Hab mir was eingefangen«, sagt Kubisch. »Muss gleich wieder ins Bett. Wollte nur schnell die Kartons hier in die Garage bringen, damit sie nicht nass werden. Lassen Sie sich nicht aufhalten.«

»Soll ich Ihnen helfen?«

»Danke, ich war schon beim Arzt.«

»Die Kartons meine ich. Hams'n da Schönes drin?«

»Meine Medizin.«

Kubisch klappt das schwere Garagentor hoch. Jedes Mal, wenn er das tut, nimmt er sich vor, das Gestänge zu schmieren. Und jedes Mal vergisst er es. Inzwischen geht es schon ganz schön laut zu dabei und strengt an. Aber das Auto steht gut, es ist genug Platz für die Kartons. Alles könnte ganz schnell und unauffällig vonstattengehen, wenn dieser Dalmitz nicht gerade seine fürsorgliche Ader entdeckt hätte.

»Na komm' Sie, das kann man ja gar nicht mit ansehen, wie Sie sich quälen! Was haben Sie denn?«

»Ach, nichts weiter. Cholera. Brechdurchfall, blutiger Auswurf, das Übliche.«

Kubisch mag sich nicht damit abfinden, dass Dalmitz nicht nach Hause will. Er ist doch im Dorf bekannt als Säuerling, hat sich das bis zu Dalmitz noch nicht rumgesprochen?

»Nicht eher Cho*leria*?«

Also doch.

Kubisch tappt Richtung Tor zu seinen Kartons. Neben Dalmitz recken inzwischen zwei weitere Gottesgeschöpfe die Hälse: der pensionierte Bäckermeister Klapphuth, ein mickriges Männlein, hohlwangig, mit borstigem Ziegenbart, dem man irgendwie ansieht, dass Mehl in seinem Leben eine enstcheidende Rolle gespielt hat, daneben seine riesige Hündin Eierschecke, die zwar angeblich, wie alles Hundegetier, vom Wolf abstammt, mit ihrem weißen Fell und den schwarzen Flecken darauf aber glatt auch als Kuh durchginge. Beide haben sie die Hufe auf Kubischs Zaun. Eierschecke untergräbt die ländliche Morgenstimmung mit Tieftongebell:

»Wua wua wua!«

»Aus, Schecki!«, meckert Klapphuth. Er muss seinen Kopf dabei nach oben drehen, wenn er will, dass sein strafender Blick von Eierschecki zur Kenntnis genommen wird. Blues-Dalmitz leitet derweil aus der Tatsache, dass er der Erste am Schauplatz war, das Recht ab, die Pforte zu öffnen und einzutreten.

»Na zeigen Sie mal her. Wie schwer ist denn das Zeug?«

Er liftet einen Karton. Es ist der größte von allen. Herrensteins Seitenwände.

»Pillen sollen da drin sein?«

»Pornos. Hat mir der Arzt verschrieben.«

»Eins achtzig mal zwei Meter? Da hat Sie's aber ganz schön erwischt, was?«

Kubisch fügt sich in sein Schicksal: »'n Gewächshaus. Gab's günstig.«

Die Sache ist damit nicht ausgestanden. Frau Wildbacher lugt durch die Zaunslatten, die Evelyn. Sie pflegt sich so vorzustellen: »Wildbacher, die Evelyn«. Bis vor kurzem hat sie dazu noch'n Knicks gemacht. Das geht aber nicht mehr, ohne dass es knackst. Kubisch hat ihr letztes Jahr, zum Siebzigsten, eitel wie er ist, seinen größten Kürbis geschenkt, weil er weiß, dass sie seit fünfzig Jahren in einer Kommune lebt (mit ewig denselben drei Kerlen!) und einkocht. Das rächt sich jetzt.

»Ein Gewächshaus? Groovy. Ich miet'n Eckchen für meinen Hanf, gelle?«

Evelyn kann nicht gut über den Zaun gucken, weil sie so krumm geht. Wer weiß, was sie angestellt hat mit dem Kürbis. Sie lebt noch ganz im Sommer der Liebe, schmückt sich mit Naturalien à la saison, flicht Ähren und Kornblumen ins getönte Haar und steckt Zucchiniblüten hinein. Macht mächtig was her. An guten Tagen hängen dazu noch Kirschen über die Ohren oder Peperoni um den Hals. Aber so ein Kürbis – na, wenn sie ihn mal nicht geraucht hat. Jedenfalls ist sie durch die offene Pforte geschlupft, um nichts zu verpassen. Und Kubisch, der mit Dalmitz Gewächshauskartons schleppt, hat so eine Ahnung, Evelyns Auftritt wird nicht der letzte Albtraum sein an diesem eben erst angebrochenen Tag.

»Das wiegt ja nicht gerade viel, ihr Gewächshaus«, sagt Dalmitz nach dem ersten Karton. »Ist da überhaupt was drin?« nach dem zweiten. Als Nächstes kommt: »Erinnert mich irgendwie an ›Des Kaisers neue Kleider‹, sagt Ihnen das was?« Den letzten, den größten Karton schließlich, trägt er demonstrativ zwischen Daumen und Zeigefinger, wie einen toten Vogel: »Ultraleichtbauweise. Da könn' Sie nur hoffen, dass das Wurzeln schlägt. Also, Wind darf da keiner kommen. Das fliegt Ihnen glatt weg, das Gebäude. Da stehn die Tomaten im Regen.«

»Wua wua wua!«

»Aus, Schecki!«

Kubisch in seinen Schlafklamotten fühlt sich bloßgestellt. Guckt wie mit Essig gesäugt. Er spürt Druck im Inneren, ausreichend, ihn gleich platzen zu lassen. Gelächter ist zu vernehmen. Natürlich hat er sofort gemerkt, dass die Kartons leer sind. Es hätte der Dalmitzschen Sticheleien nicht bedurft. Einzig Frau Wildbacher zeigt Mitgefühl.

»Nicht ärgern, Kubi. Lassen Sie mal sehn, Ihr Gewächshaus.«

Kubisch hat genug. Er reißt seinen Bademantel auf und den Gummi der Schlafanzughose runter: »Daaaa!«

»Fuck!«, sagt Evelyn und legt eine Hand an die Backe. »Ich muss Ihnen recht geben, Dalmitz. Wind darf da keiner kommen.«

»Herr Kubisch?«

Noch jemand in der Einfahrt. Wua wua wua. Ein Fremder. Kubisch fühlt sich umzingelt, läuft rot an. Er packt den Mann in Brusthöhe am Anorak und quetscht jedes Wort einzeln durch die Zähne:

»Wer – sind – Sie!«

»Ich bringe Ihnen ein Telegramm.«

»Warum – sagen – Sie – das – nicht – gleich!« Kubisch rüttelt an dem Mann.

»Sind Sie Herr Kubisch?«

»Ja – ja – jaa! Ich bin Herr Kubisch, bin Herr Kubisch, bin Herr Kubisch!«

»Schön, Sie kennenzulernen. Unterschreiben Sie bitte hier. Einmal reicht.«

Kubisch reißt das Telegramm auf:

»Heute Wandertag – – 14 Uhr Teufelshornklippe – – Karte nicht vergessen – – Groschenberg.«

Er knüllt das Papier zusammen und spielt »Backe-Backe-Kuchen« mit ihm, guckt dabei triumphierend die Umstehenden an, als weide er sich an Qualen, die sie erleiden, weil er ihnen vorenthält, was drinsteht. Längst hat er vergessen, dass er noch im Bettzeug ist. Er will das Telegramm in die Hosentasche schieben, aber die Pyjamahose hat keine Tasche. Also zieht er am Bundgummi, bis der Arm gestreckt ist, und lässt es in den Trichter plumpsen wie einen Kloß in die Brühe. »Hä hä häää!« Dann geht er in die Hocke, sagt »Abrakadabra!«, macht Geräusche wie ein Durchfallkranker und holt die Kuller unter seinem Hintern aus der Hose, um sie der Runde zwischen Daumen und Zeigefinger zu präsentieren: »Putt, putt, putt, mein Hühnchen!«

»Wua wua!«

»Aus!«

Der Beifall ist verhalten. Die Szene hat trotzdem einigen Unterhaltungswert, das sieht man an der wachsenden Zahl Schaulustiger. Auf dem Zaun feixende Kinderköpfe, auf den billigen Stehplätzen daneben die Erwachsenen, wildfremde Leute darunter. Die offene Pforte ist verstopft, der Postbote, auf der Flucht, hat Mühe, sich nach draußen durchzuarbeiten. Wenn Kubisch so weitermacht, werden sie sich noch die Picknickdecken holen und sich's im Kreis um ihn herum gemütlich machen.

Aber Kubisch macht anders weiter. Er stopft sich das Telegramm zwischen die Zähne, formt die Hände zu Krallen und faucht so ungeheuerlich, dass Eierschecke vor Schreck die Finger vom Zaun nimmt. Drohend wie ein blutrünstiges, wildes Tier drängt Kubisch die Leute aus der Einfahrt:

»Wan - der - tag!!«

Dann knallt er das Tor zu.

Das Telefon klingelt, er wetzt ums Haus, stolpert prompt über die letzte Stufe zur Terrasse, rappelt sich auf, stolpert über die Terrassentürschwelle, greift in den Vorhang, was seine Fallgeschwindigkeit verringert, den Vorhang aber ruiniert. Am Telefon angekommen, hört es auf zu klingeln. Sein Atem geht wie der Auspuff eines Traktors. Neben dem Telefon liegt aufgeschlagen eine Landkarte, die dort noch nie gelegen hat. Mit Longliner und Marker ist seine Wandertag-Route eingetragen, inklusive einiger Anmerkungen wie »Hier parkt man gut«, »Hier ist es etwas steil« oder »Schöne Aussicht rechts«. Er dreht sich um nach der offenen Terrassentür, sieht dabei den runtergerissenen Vorhang und mag nicht mehr: »Ziegenmief! Das kommt alles davon, wenn man so früh aufsteht!« Derart komprimierten Schlamassel hat er noch nie erlebt. Ist auch noch nie so früh aufgestanden.

Das Bett muss er nicht machen heute. Aber die Terrassentür schließen. Dann aufs Klo, waschen, Socken anziehen und wieder in die Hülle eines angesehenen Bürgers steigen. Einigermaßen aufgefrischt kommt er aus dem Bad. Aufräumen kann er später. Sein Ziel: morgen um die Zeit die Angelegenheit »Fährtendieb« abschließend geklärt haben. Bevor Nero zurück ist. Inklusive Fleckeneliminierung, Teppichparfümierung, Garagentorschmierung und Aufhängen des abgestürzten Vorhangs.

—— ——

Wenn ein Jemand ein Telegramm verschickt und mit Groschenberg unterschreibt, heißt das noch lange nicht, dass der Absender Groschenberg heißt oder es überhaupt einen solchen Groschenberg gibt. Dieses Telegramm indes gibt's. Also muss es auch jemand aufgegeben haben. Was lange rätseln, er wird gleich erfahren, wer das ist. Beri kann's leider schlecht sein. Dass einer nicht mehr lebt, aber eines Tages gar nicht richtig gestorben ist, sowas passiert vielleicht in Gottvaters Dunstkreis oder in Frankensteins Bastelstube. Aber nicht, wo unsereiner seinen bescheidenen Schatten wirft.

Das Teufelshorn ist kein Berg wie jeder andere. Aus seinem bewaldeten Unterbau erhebt sich die steinerne Spitze zunächst kegelartig, neigt sich dann aber im letzten Drittel leicht und kippt am Ende zur Seite, als hätte sie Berührungsängste mit Höherem. Das gibt ihr die Form einer Zipfelmütze. Und »Zipfelmütze« wäre durchaus ein treffender und für den Fremdenverkehr förderlicher Name. Aber nur für den Berg selbst. Die riesigen Granitblöcke, die aus irgendeinem Grund weit über seinen Rand hinausragen, wären mit »Zipfelmützenklippe« nur unzureichend charakterisiert. Noch mehr gilt dies für den schaurigen Abgrund, der sich darunter auftut. Mit einem Namen wie »Zipfelmützenschlucht« würde man dem Andenken der vielen Bedauernswerten, die da schon hineinstürzten, aus Unbedachtsamkeit oder in selbstmörderischer Absicht, nicht annähernd gerecht werden. Ihr grausiges Schicksal wird es gewesen sein, das die Mitglieder der Namensfindungskommission einst dazu bewog, alles dreis, Berg, Klippe wie Schlucht, in die Nähe der Hölle zu rücken.

Kubisch kennt den Berg und die Gegend um das Teufelshorn gut. Sie sind viel gewandert früher, Nero und er. Eine halbe Stunde Autofahrt, dann eine gute Stunde Fußmarsch bergauf. Und dann wird es steil, fast alpin. Er wird einen Konditionstest zu bestehen haben und deshalb etwas früher starten als nötig. Den Gedanken, dass jemand beabsichtigen könnte, ihn von dort oben in die Tiefe zu stoßen, verwirft er ganz schnell. Hollywood ist weit weg. Er wüsste auf Anhieb auch niemanden, dem er zerschellt auf dem Grund einer Felsschlucht lieber wäre. Allenfalls die Rentenkasse.

Was sagen die Uhren? Noch Zeit für einen Kaffee und einen Blick in den Cyberspace:

Leere im Posteingang.

Kontostand? Lieber nicht.

Wetter: wechselhaft.

News: »Narren und Närrinnen fiebern der 5. Jahreszeit entgegen.«

Die Eingabe »Groschenberg« zeitigt keine verwertbaren Ergebnisse.

»Herrenstein«?

SAGEN AUS DEM BALTIKUM … www.baltikumsagen.lt … nur den Stein, der ihren Herren …

So weit war er schon mal. Vorsichtig klickt er auf den Link.

Seite 3/3
Als der Großfürst eintraf, standen die Festungstore weit offen, die Wächterinnen lagen erschlagen in ihrem Blut, das über die Planken der Zugbrücke rann. Hier hatte ein tapferer Kampf stattgefunden. Wer aber nicht als Held gestorben war, der hatte den Ort verlassen. Und als er in den Hof trat, stand auch das Tor zur steinernen Treppe offen, und als er die Treppe erklommen hatte, stand auch die Tür zu Visabellas Kemenate offen, und als er hineinging, war niemand darin und das Fenster stand offen.

DAS KÖNNTE SIE AUCH INTERESSIEREN:
RICHTIG LÜFTEN

Und jeder Sonnenstrahl hatte einen der unzähligen Edelsteine gefunden, mit denen die Wände verziert waren, um auf-

zubrechen in größeres Licht und zauberhaftes Farbenspiel. Da überkam Zorbolupidas eine tiefe Traurigkeit, und als er weinend ans Fenster trat, fielen sie von hinten über ihn her. Das waren Visabellas Brüder, die im Schatten des prächtigen Paravents gelauert hatten.
Aber der Großfürst war nicht gewillt zu sterben. Er biss und kratzte und fauchte furchtbar. Da warfen sie eine Schlinge um seinen Hals, schleiften ihn die steinerne Treppe hinab, banden ihn an ein Ochsengespann, zogen ihn damit bis zum Fuß des Berges Korlpor, banden ihn daselbst an Händen und Füßen und rollten einen mächtigen Felsbrocken von oben auf ihn herab. In der Nacht aber kamen die Wölfe aus dem Wald, gruben ihn darunter hervor und nahmen ihn mit sich, denn er war einer von ihnen.
Aber niemand weiß, ob er wirklich gestorben war, ob die Wölfe ihn begraben haben oder ob er noch heute mit ihnen durch die Wälder streift.
Die Getreuen des Großfürsten kamen zu spät. Vergeblich suchten sie nach Visabella, vergeblich auch nach Zorbolupidas. Sie fanden nur den Stein, der ihren Herren erschlagen hatte. Da weinten sie sieben Tage lang. Der Festung aber gaben sie den Namen

düdl lüdl lüd… düdl lüdl lüd…

Nero.

Das ist ja toll, dass er schon so früh auf ist! Alles okay? Na dann ist ja gut. Manchmal macht sie sich schon ein bisschen Gedanken, weil sie ihn so lange alleinlässt.

Muss sie nicht.

Ihr ist eingefallen, was auf Beris Grabstein stand. Aber noch was anderes, bevor sie's vergisst: Er soll mal in die Schublade des alten Küchenschranks schauen, jetzt weiß sie gar nicht, ob es die linke ist oder die rechte. Die mit dem Krimskrams, wo auch die Schnippsgummis drin sind. Da liegt so diverses Schreibzeug, und sie glaubt, irgendwo steht »Groschenberg« drauf.

Danke, er wird gleich mal nachsehen, aber was stand denn nun auf dem Grabstein?

»Nicht viel.«

»Ja was denn! Was heißt denn *nicht viel*? Da stand doch bestimmt nicht *nicht viel* drauf und sonst nichts, oder?«

»Mann, bist du grantig.«

»Ich will doch nur wissen, was auf dem verdammten Grabstein stand!«

»Na, so schon gar nicht.«

»Anneröschen, bitte!«

»Was hast du überhaupt mit diesem Grabstein am Hut?«

»Das kann ich dir erst sagen, wenn ich weiß, was draufstand.«

Nero holt tief Luft. Es sind nur wenige Worte, die sie spricht, bevor sie wieder weinen muss. Aber sie verschlagen Kubisch die Sprache. Ihm entfährt ein Pfiff, der nach Anerkennung klingt. Wie früher. Aber da betraf es keine Grabsteine. Dann ist er wieder still.

»Du sagst ja gar nichts. Ist irgendwas?«

Schweigen.

»Wenn du redest, bist du mir weniger unheimlich«, mault Nero.

»In Beris Grab liegt kein Toter.«

»Dann hab ich mich wohl geirrt.«

»Wie, geirrt.«

»Du bist mir *nicht* weniger unheimlich, wenn du redest.«

»In Beris Grab *liegt* aber kein Toter. Und schon gar nicht Beri.«

»Hör auf zu spinnen, Cobelchen, bitte!«

»Ich hab heute Wandertag.«

»Mann, ich krieg's mit der Angst. Drehst du jetzt durch?«

»Ich treffe mich mit Jacobus Kubisch alias Kubisch, Jacobus.«

»O Gott, was machen sie denn mit dir!«

—— ——

Kubisch durchkämmt das Chaos der Krimskrams-Lade, entdeckt lauter Schätze. Extravagante Büroklammern, raffinierte Flaschenöffner, gestylte Streichholzschachteln, Beutelverschlüsse und Schlüsselanhänger aller Art – Strandgut von Nippesfluten und Werbewellen, Dinge, die man nie brauchen kann oder erst dann, wenn man sie gerade weggeschmissen hat und, dies für möglich haltend, nicht wegschmeißt. Schreibgerät, so viel, dass man die Bibel abschreiben könnte und zusätzlich Koran und Kapital. Sofern man Lust dazu verspürt.

Kubisch verspürt keine. Er will nur bald das Kapitel Fährtendieb hinter sich bringen. In der Lade rasselt es mächtig unter dem unwirschen Hin und Her seines Zeigefingers.

Einen Stift mit der Aufschrift »Groschenberg« kann er nicht entdecken.

Zum Erfahrungsschatz eines jeden über sechzig gehört, dass Schubladen gleichen Alters zu klemmen pflegen. Beim Rausziehen mäßig, beim Hineinschieben umso leidenschaftlicher. Mit derselben Wut, mit der Kubisch jetzt gegen die Verklemmungen der Lade angeht, könnte man auch einen Bahnwaggon aus dem Gleis schaukeln. Vor, zurück und vor, zurück, bis sie sich gar nicht mehr rührt. Er stemmt das Bein gegen den Schrank und zieht mit aller Gewalt, da plötzlich zeigt sie sich entgegenkommend und schießt ungebremst aus ihren Führungen. Kubisch geht zu Boden und mit ihm der Inhalt der Lade.

Dinge gibt's, die kriegt man eigentlich nur im Kino zu sehen. Im Hause Kubisch ist das seit kurzem anders. Mit dem Rücken zur Spüle, gegen die er geknallt ist, sitzt er bedeppert auf dem Fußboden und verspürt Schmerz. Er hält noch immer den Griff der Lade in der Hand, die er zum Teufel wünscht, und überlegt, wie er ihr auch ein bisschen wehtun könnte. Gegen das Tischbein hauen hätte den meisten Effekt oder einfach an die Wand klatschen, aber beides hinterließe Spuren. Also besser der Fußboden. Er spreizt die Beine, hebt mit beiden Händen die Lade hoch und – lässt sie wieder sinken. Sie hat noch was ausgeklinkt, was zwischen seinen gegrätschten Beinen gelandet ist.
Es ist eine längliche Pappschachtel, pergamentfarben, mit bräunlicher Maserung. Könnte mal das Etui für einen Stift gewesen sein. Auf dem Deckel in goldener Prägung:

Dr. jur.
J. S. Groschenberg
Ministerialdirektor

—— ——

Trüber Himmel. Gut, dass er seine luftgefüllten Pappen im Trocknen hat. Hoffentlich ist der geheimnisvolle Telegrammschreiber nicht wasserscheu und bleibt lieber zu Hause, wenn's regnet. Dann würde Kubisch den beschwerlichen Weg auf den Berg umsonst machen. Aber dem ist eher zuzutrauen, dass er Regen organisiert, wenn er will, dass es regnet, und die Sonne scheinen lässt, wenn er's nicht will.

Kubisch steckt das Futteral mit der goldenen Schrift in die Brusttasche seines Jacketts wie in seinen wilden Jahren die Zahnbürste. Aufräumen kann er, wenn er von seiner Abenteuerwanderung zurück ist. Er prüft alle Fenster auf Geschlossenheit, schaut sogar, ob die Alarmanlage mit ihrem Bereitschaftslämpchen blinkt, was ihn noch nie besonders interessiert hat, verlässt das Haus durch die Vordertür und schließt sie sorgsam ab. Jetzt, wo er in Zivil flott die Stufen der Gangway und locker die zehn Meter der Einfahrt nimmt, sind, logisch, keine Schaulustigen vor Ort. Er öffnet das ewig hakende Tor der Einfahrt, fährt das Auto auf die Straße, lässt den Motor gleich laufen, schließt das Tor wieder, geht zur Garage zurück, um auch die zu schließen, aber etwas hält ihn davon ab. Es ist der Anblick, der sich ihm bietet: Diese Garage ohne Auto, zweckentfremdet als Abstellraum – genauso hatte es in Beris Garage ausgesehen damals, als sie schwere Kartons aus dem Laden der Baustoffversorgung hinaustragen, auf einen Laster hieven, durch die ganze Stadt fahren und wieder abladen mussten. Es war Herbst, das weiß er noch genau, und die Dreißig allgegenwärtig. Das letzte Mal, dass er seinen Freund Beri sah, auch dessen Chef, den komischen Kulturrat mit seinem blauen Waschbecken und diesem schweren, musealen Krempel. Nur einen flüchtigen Blick hatte er drauf geworfen, auch nur auf ein freigemachtes Eckchen eines einzigen Teils, und gemutmaßt, sowas schon mal in einem Heimatmuseum gesehen zu haben. Doch mit einem Mal überkommt Kubisch eine Ahnung, woher er das Zeug wirklich gekannt haben und wie es in Erwin Wenckes Baustoffladen gelangt sein könnte.

… Das Diebesgut wurde dem volkseigenen Handel zugeführt …

Was hatte der wohl vorgehabt damit, Beris Chef, dieser gewichtige Mann – wie hieß er noch?

—— ——

Reinhard Rübhügel, Ratsbezirksvorsitzender für Kultur, knapp zwei Jahre, bevor er bei einem schweren Verkehrsunfall ums Leben kommen wird, eben zurückgekehrt zu ehelichem Frieden mit seiner Frau Ulla, die zu drei Vierteln in Uppsala zu Hause ist, ha ha, ganz nebenbei Benutzer eines hellblau gefliesten Bades mit farblich passendem Waschbecken sowie Besitzer einer Anzahl geheimnisvoller Gegenstände aus dem Angebot des staatlichen Baustoffhandels, war gefasst auf Devisen wie auf Desaster. Sein Freund, der schwedische Baulöwe Olaf Björnsson, war zu Besuch, und eins von beidem ließ der gewöhnlich zurück, wenn er wieder abdüste: Desaster oder Devisen. Sie waren ganz allein in Beris Garage, das Tor war von innen verriegelt. Björnsson besah sich aus nächster Nähe, was Rübhügel aus drei Metern Entfernung durch die trübe Schaufensterscheibe von Erwins Baustoffversorgung erspäht hatte. Kauernd meist und stumm, Stück für Stück in Augenschein nehmend, blickte er mit zusammengekniffenen Augenbrauen dann und wann rüber zu Rübhügel und zurück, für Rübhügel ein Zeichen von Missmut. Er beschloss aber, es als Zeichen der Konzentration zu deuten und selbst eine unbeteiligte Miene aufzusetzen. Hauptsache, die hundertfünfzig, die er Erwin gezahlt hat, kommen wieder rein. Björnsson benutzte eine handtellergroße, flache Taschenlampe in Gestalt eines Marienkäfers, die ihn viel mehr interessierte. Er würde sie ihm abschwatzen müssen. Leider. Sowas hatte hier keiner.

»Nun ja, die Kronjuwelen sind's nicht. Aber seinen Wert hat es doch trotzdem, oder?«

Wieder traf ihn dieser missmutige Blick: »Ziemlich Schmutz.«

»Steht jetzt schon 'ne ganze Zeit rum. Ich kann es auch zurückbringen, wo ich's herhabe«, sagte Rübhügel, während Björnsson von Teil zu Teil watschelnd immer mehr Kartons aufriss und deren Inhalt inspizierte. »Nur den Transport müsste jemand organisieren«, fügte er vorsichtig hinzu, »ich hab kein Auto. Und der, dem die Garage gehört, hat auch keins.«

Das sei der Unterschied zwischen diesem und seinem Land, spöttelte Björnsson. In Schweden gäb's so viele Autos, dass man kaum einen Parkplatz finde, geschweige denn eine freie Garage.

Aber da war er bei Rübhügel an der falschen Adresse. Ausreichend Parkplätze seien beileibe nicht das Einzige, woran sich die Überlegenheit des Sozialismus zeige, konterte er kühl. »Was is nu?«

»Zwee five?«

Jetzt sprang der dickliche Bürohengst innerlich einen Oxer. Aus dem Stand. Doppelt gehockt, mit Salto und Schraube. Er hatte gehofft, es würden für die Gänge seiner Behörde ein paar Reproduktionen von der letzten Kunstausstellung rausspringen, Portraits junger Arbeiter mit hoher Stirn und markanten Kieferknochen, gerahmt und hinter Glas. Mit zweifünf ließen sich noch ganz andere Raketen starten. Mit zweifünf könnte er sogar die Eingangstreppe des alten wilhelminischen Protzbaus machen lassen, vor deren wackligen Steinstufen er einigen Respekt hatte. Sofern es sich bei den »Zweifünf« um Geld handeln würde, mit dem man was anfangen kann. In dieser Beziehung hatte ihn Björnsson aber noch selten enttäuscht. Jetzt mal hübsch gelassen bleiben, alter Rustikus.

»Kronen?«

Björnsson kam aus der Hocke und nahm die Hände zu Hilfe, um zu verdeutlichen: »Dollar. Zwee Miljoner fivehundred tusen.«

Nun konnte einer wie Rübhügel in seiner Position schlecht blass werden vor Schreck oder anfangen zu stottern oder noch mal nachfragen, ob er richtig gehört hat. Nein, diesen Schwinger galt es ohne Wackeln wegzustecken. Um der Wahrheit die Ehre zu geben: Dass er noch stand, sah nur so aus. Zum Glück konnte niemand in seinen Unterleib gucken, wo die Gedärme sich gebärdeten wie ein Knäuel Würmer im Mist. Weiß Gott, er hatte einige Gefahr in seinem Leben gemeistert. In die Nähe eines solchen Batzen Geldes allerdings war er noch nie geraten. Wie beiläufig fuhr er mit dem Finger über eine Reihe staubiger Flaschen auf einem Wandbrett, griff sich, als er merkte, dass der Finger zitterte, eine davon mit der Aufschrift »Kühlerfrostschutz«, hielt sie ganz fest, schüttelte sie am Ohr, als interessiere er sich in diesem Moment für nichts mehr als für das Geräusch, das Kühlerfrostschutzmittel in einer halbvollen, am Ohr hin und her geschüttelten Flasche verursacht, und stellte sie wieder weg. Sein Gesicht blieb zur Wand gekehrt, als er sagte: »Das entspricht ungefähr meinen Vorstellungen.«

Sie verabredeten sich für den Abend in einem Lokal der Innenstadt, um die Einzelheiten ihres kleinen Riesengeschäfts zu besprechen und es zu begießen. Rübhügel war von seinem Gast dazu eingeladen wie stets bei solchen Gelegenheiten. Denn immer, wenn Björnsson zu Besuch kam, war Handelsmesse. Der kam ja nicht hierher, um durch den Park zu schlendern oder Rübhügel Gebrauchtwaren abzukaufen. Der wollte richtige Geschäfte machen. Und die Stadt wollte solchen Leuten gefallen. Wenn Messe war, wandelte sie sich vom Mauerblümchen zum Flittchen, trug Reizwäsche und klapperte mit langen Wimpern. Wenn es ans Kassieren ging, outete sie sich als kühle Puffmutter. Das Geld ihrer Einwohner, auch das des Bezirksrates für Kultur, wies sie arrogant von sich und nahm nur »konvertierbare Währung«, wie sie das nannte. Zweimal im Jahr spielte sie sich für 'ne Woche so auf. Kaum waren die Fremden wieder weg, war sie das Aschenputtel von vorher.

Rübhügels Nachmittag war ein sehr einsames Zwiegespräch gewesen: Wohin mit seinen Goldtalern? Es gibt ein Gesetz, das den Umgang mit ausländischen Währungen regelt. Der Fall, dass einer zweieinhalb Millionen Dollar zu viel hat, ist darin nicht vorgesehen. Unmöglich kann er sein Himmelsgeschenk im Bollerwagen hinter sich herziehen und rufen: »Schaut Leute, was ich hier habe! Wollt ihr was ab?« So gern er es täte. Nein, der Zaster muss unsichtbar bleiben, muss sein Werk tun, ohne dass ihn jemand in die Hand kriegt. Der darf überhaupt nicht auftauchen im Land. Nirgendwo. In keiner Form. Auf keinem Konto, in keiner Kiste, auf keiner hohen Kante. Rübhügel muss dem Volk seinen Reichtum überhelfen, ohne dass das Volk was davon mitkriegt. Was immer dabei rauskommt, simsalabim! muss es da sein. Fertig. Einfach so. Niemand hat was geahnt, niemand was gemerkt. Er selbst wird aus dem Hintergrund agieren und eine Wohltat vollbringen müssen, ohne als Wohltäter wahrgenommen zu werden. Das schmerzt, aber es ist ja wohl das Schicksal der meisten Wohltäter.

Fakt ist auch, mit seiner Kieskanne kann er nicht tröpfeln. Das muss in geballter Ladung am richtigen Ort runterprasseln und auf der Stelle fruchtbaren Boden zeugen, auf dem ungeahnt Ungeheures wachsen kann. Über Nacht. Und keiner im Land soll fragen wollen, wo kommt *das* denn plötzlich her, wieso gibt's denn *sowas* auf einmal hier, sondern eher: »Wie sind wir denn ohne *dieses* bisher zurechtgekommen?« Oder einfach staunen und Dankbarkeit empfinden. Wie das Mädchen mit den Sterntalern beim Blick in sein Hemdchen.

Und dann kam ihm eine grandiose Idee.

DAS ERBE DES WOLFES

Jetzt könnte ich mal kurz Hilfe brauchen, Sie. Dass Kubisch mitten in der Bewegung erstarrt und wie bedröhnt in das unansehnliche Innere seiner Garage stiert – wie soll ich das jemandem glaubhaft vermitteln? Fürchte, ich werde auch nicht die richtigen Worte finden für das, was darin vor sich geht. Dieses schmucklose Bauwerk, wie es sich vor seinen Augen in ein funkelndes Gewölbe verwandelt, wie Stück für Stück getäfelte, brillantenbesetzte Platten die Fertigbetonteile der Garagenwand verkleiden. Der ölfleckige Boden, wie sich kostbarer Teppich über ihn breitet und lauter prunkvolles Mobiliar daraus hervorwächst, die spanische Wand, das breite Bett mit den kunstvoll gedrechselten Säulen und dem Baldachin, der Schrank mit den Kristallspiegeln, ein Licht nach dem anderen erstrahlt, und jedes einzelne erfährt tausend Reflexionen und bricht auf in alle Farben, so viel Herrlichkeit und Pracht – es betört seine Sinne, er muss die Augen schließen. Er steht da wie eingeschlafen und ist doch innerlich hellwach, von Licht erfasst, von Glanz und Staunen.

»Hallo, ist das Ihr Wagen?«

Nichts kann Kubisch aus seiner Verzückung reißen. Er ist zurück in der Kindheit und blickt geradewegs in Leuchtes Höhle.

»He Sie! Würden Sie bitte mal den Motor ausschalten, wenn Sie hier schon im Halteverbot stehen?«

Langsam hebt er den Arm und deutet mit der ausgestreckten Hand in die düstere, leere Garage mit den Pappkartons: »Die Kemenate der Großfürstin.«

»Wenn Sie mir zehn Euro geben, könn' Se noch 'ne Weile hier stehen bleiben.«

Kubisch hat in diesem Dorf noch nie einen Polizisten gesehen. Mit verklärtem Blick geht er zum Tor und reicht einen Zehner rüber.

»Hier war sie …«, und wieder zeigt er auf seine Garage, »… mit ihrem Gatten umgängig.«

»Wenn Sie noch zwanzig drauflegen, könn' Se auch den Motor weiter laufen lassen.«

Kubisch zückt noch einen Zwanziger und reicht ihn flüsternd übern Zaun: »Aber der war ein Wolf.«

»Haben Sie getrunken? Hauchen Sie mich mal an.«

»Das ist der Odem der Geschichte. Ich rede von Visabella, ihren Gemächern und den unermesslichen Schätzen darin.«

»Ach so. Sie meinen das Herrensteinzimmer.«

»D a s w a s ?«

»Na, das Gelass der Visabella. Das berühmte Herrensteinzimmer, was verschollen ist.«

»Wieso Herrensteinzimmer?«

»Weil es aus der Festung Herrenstein stammt.«

»Festung Herrenstein? Warum heißt die denn Herrenstein?«

»Weil der Burg*herr* von einem *Stein* erschlagen wurde. Ganz einfach. Die Festung gibt's schon lange nicht mehr, aber der Stein, der liegt da immer noch rum.«

Moment bitte, Herr Kubisch: Woher weiß der das?

»Das weiß doch jeder. Brauchen Sie 'ne Quittung?«

»Und wieso weiß ich es dann nicht?«

»Sind Sie vielleicht aus'm Osten?«

»Und wenn?«

»Da kannte man es unter dem Namen Kamenbarina.«

Kubisch haut sich mit der Hand vor die Stirn.

»Sehn Se«, sagt der Sheriff.

——— ———

Ob er denn im Bilde sei, was er da verscherbelt, fragte der schwedische Klassenfeind am Abend seinen Freund, den deutschen Klassenkämpfer, während sie von Tonic zu Gin Tonic übergingen.

Klar, meinte Rübhügel, sonst würde er es ja wohl kaum so teuer verkaufen.

Ob er denn auch um die Legende vom grausigen Großfürsten Zorbolupidas wisse, der das Volk bluten ließ und seine Angetraute, die schöne Prinzessin Visabella, in eine Festung sperrte, zu der nur er den Schlüssel besaß, weil er sich ihrer Keuschheit nicht gewiss war? Unten im Litauischen sei das gewesen, im Tal des Nemunas. Und der Name des Fürsten habe so viel zu bedeuten wie »der es von den Wölfen hat«, denn er war mit den Wölfen verwandt und holte sich bei ihnen Rat. Für Visabella ließ er prunkvolle Gemächer herrichten, damit es ihr an nichts mangele. Sie aber überkamen Trauer und Gram in der Abgeschiedenheit ihres kostbaren Kerkers. Eines Nachts erzählte sie einer Nachtigall, die vor ihrem Fenster sang, von ihrem Leid. Die Nachtigall erzählte es dem Wind in den Wipfeln der Wälder, der Wind erzählte es den Wolken, die Wolken ...

Rübhügel war nicht ganz bei der Sache. Olafs Deutsch war weniger geschmeidig als sein Finanzgebaren. Außerdem, was geht ihn die Nymphomanie einer litauischen Fürstin an. Er hat nichts übrig für solche Leute. Ihre verstaubten Ränkeleien sind nicht geeignet, den gesetzmäßigen Lauf der Geschichte zu befördern.

»Spannend«, unterbrach er Björnsson. Ob er denn noch einen Gin Tonic haben dürfe?

Danke. Pass off: Das Zeug, um das es hier geht, ist feudalistischer Schnickschnack, Sperrgut einer abgerissenen Zeit. Es ist Gott sei Dank inzwischen Volkseigentum, aber leider ohne volkswirtschaftliche Effizienz. Steht nur rum. Nimmt Platz weg. Es gibt keinen Bedarf dafür. Ein Ladenhüter, wie er im Buche steht. Man muss es vermünzen, damit ...

»Ver- what?«

... verzastern, monetisieren, was weiß ich, irgendwie gewinnbringend verwenden. Kulturelles Erbe verwalten, sagen wir dazu.

Aber wenn es Volkseigentum ist – ist es dann nicht eher Eigentum des *litauischen* Volkes?

Falsch: Es ist Eigentum eines *Feindes* des litauischen Volkes. Und außerdem, wer weiß das heute schon noch so genau. Das war alles irgendwann auch mal polnisch da oben. Oder russisch, oder deutsch. Das spielt gar keine Rolle mehr. Schließlich sind wir jetzt eine Staatengemeinschaft, eine Völkerfamilie. Bei der ist es nicht anders als bei einer Kleinfamilie: Hat einer einen Glückstag, überträgt sich seine gute Laune auf alle anderen. Macht einer ein gutes Geschäft, profitieren alle davon. Internationalismus, verstehste. Was dem einen zugutekommt, kommt auch den anderen zugute. Im Übrigen:

Hat er, Rübhügel, vielleicht einen Krieg angezettelt, um an das Zeug zu gelangen, einen Beutezug veranstaltet? Pustekuchen! Er hat es redlich erworben, dafür gibt's Zeugen. Mehr als einen. Genau gesagt zwei. Und zwar hat er es nicht von irgendwem erworben, sondern von der staatlichen Baustoffversorgung. Ganz offiziell. Von der *staatlichen* Baustoffversorgung. Von fleißigen, verdienten, *staatlich* ausgebildeten Fachkräften. »Soll ich dir sagen, welchen Platz sie belegt haben im Schaufensterwettbewerb zum fünfundzwanzigsten Geburtstag unserer Republik?«

»Die erste?«

»Da staunste, was? Krieg ich noch ein'n?«

Björnsson bedeutete der Kellnerin, dass noch zwei Gin Tonic gewünscht würden, und Rübhügel konnte nun wie geölt zum Kern der Sache vordringen.

Folgendes: Bornewitz, das Dorf, aus dem er kommt, das Olaf ja von der Leichenfeier für den alten Grützebauern Kropp kennt, die er doch bestimmt nicht vergessen hat …

»Nej nej!« Olaf presste die Hände an die Schläfen zum Zeichen, dass er schon so manche Leichenfeier vergessen hat, diese aber bestimmt nie vergessen wird.

… sein Dorf also, Bornewitz, es steht auf der Braunkohle. Und das kann ihm gefährlich werden. Ringsum wird schon überall geschleift und gebaggert, und laut Plan soll es Bornewitz, nicht lange hin, auch erwischen. Er kann dagegen nicht opponieren, denn dann stünde er gegen die Beschlüsse der Regierung, auf einer Stufe mit den sogenannten Umweltaktivisten, die bekanntlich fortschrittsfeindliche Ziele verfolgen und die staatliche Energiepolitik als Vehikel dafür benutzen. Er kann auch nicht seine schönen Dollars nehmen und seinem Staat das Dorf abkaufen, denn dann würde er gefragt werden, wo er das Geld herhat. Seine Idee sei nun, dem Abriss nicht mit Protest, Argumenten oder Bestechung zu begegnen, sondern mit Pfiff. Mit Köpfchen. Es geht in diesem Fall um nicht weniger als darum, ein Feuer nicht mit Wasser zu löschen, sondern – – – mit Brand.

»Hrrr!«, gab Olaf von sich.

»Gegen Feuer: Flammen. Gegen Bagger: Baggern.«

»Gauri Sankar!«

»Gegen Abbau, und jetzt kommt's: Neubau.«

»Hui!«

Es sei neuerdings an der Tagesordnung, in die Zentren der großen Städte Paläste zu stellen. Kulturpaläste, wie sie genannt werden. Unter uns: Latrinen mit Bestuhlung.

»Be-stu-lung? Be-*spü*-lung, oder?«

Vergisses. Nicht so wichtig. Was er, Rübhügel, sich vorstellt, ist was extrem Extravagantes, Firmamentales, wo sie sich mit ihren popligen Palästen verstecken können. Er, der Bezirksratskulturabteilungsvorsitzende Rübhügel, will mehr als nur Kultur. Er will Kult, eine Kathedrale der materialistischen Weltanschauung soll es werden, ein Tempel des atheistischen Glaubens. »Was meinste, baust du mir sowas?«

Björnsson war beeindruckt, aber nicht ohne Skepsis.

»Ich baue alle. Du kannst aber für eine – wie heißt man … desert …«

»Abrissgebiet.«

»… keine – äh – Zertifikaten … äh … building permission, you know …«

»Das merkt doch gar keener, wenn du da draußen was hinbaust, Junge! Mit deinen Dollars würdest du, ganz nebenbei, 'ne Baugenehmigung kriegen für 'ne Rodelbahn in der Sahara! Nicht so viel Wind machen – wenn das Ding erst mal steht, fragt kein Mensch mehr nach 'ner Baugenehmigung. Das muss aus dem Boden geschossen kommen wie'n Fliegenpilz. Ein Naturereignis. Wie die Alpen. Nur bisschen schneller. Du bist doch 'n flottes Kerlchen, Olaf. Der Amtsweg ist genau das Gegenteil. Skol!«

»Ich muss ein Schein für ...äh, für gebraucht Möbel. Wie immer. Skol.«

»Kriegst du, sobald die Hütte steht. Reicht das Geld?«

Björnsson kannte seinen Freund Rübhügel gut, insbesondere als Geschäftspartner von der misstrauischen Sorte. Er hatte ihn über die Jahre aber auch als äußerst verlässlichen schätzen gelernt. Also überging er Rübhügels seltsame Vorstellungen vom Ablauf des Deals und machte gleich bei der Frage nach dem Geld weiter: »Am teuerste ist das Architekt. Rest mach ich links.«

Er nahm zwei Bierdeckel, einen für die Bauskizze, einen für die Finanzierung. Als das Fundament gelegt war und die Wände standen, der Architekt bezahlt, der Saal überdacht, belüftet und beheizt, war noch massig Geld übrig. Rübhügels Fantasie war gefordert. Stück für Stück baute er den Innenraum aus, während Björnsson die jeweiligen Kontostände verkündete. Zuerst verdoppelten sie die Zuschauerzahl. Dann wurde noch ein Rang eingebaut. Auf dessen Brüstung schraubten sie im Abstand von einem Meter abwechselnd eine Fahnenhalterung und die Büste eines Vordenkers. Die Fenster brachen sie wieder raus, erweiterten die Öffnungen auf Ausmaße gotischer Sakralbauten und verglasten sie bunt, aufzeigend die Geschichte der Klassenkämpfe. Als Nächstes ersetzten sie die Bänke durch Stühle, dann durch gepolsterte Stühle, schließlich durch drehbare Sessel – der Zaster wollte nicht schwinden. Das Foyer erhielt eine Mosaikdecke mit der Darstellung fröhlichen Arbeitsalltags, aus den Wänden ragten Hände, die diverses Werkzeug in den Raum hielten, einen Schraubenschlüssel hie, einen

Pinsel da, Federhalter, Rohrzange, Kochlöffel, alles, was das Herz begehrt, Sichel, Säge und Skalpell – sah toll aus, aber noch immer war der Topf nicht leer. Also machten sie aus der Eingangstür ein Portal mit Marmortreppe und Säulen, erst zwei, dann vier, dann sechs, bis Björnsson endlich »Stopp!« sagte. »Noch tre Stück tusen.«

Jetzt musste Rübhügel etwas länger überlegen.

»Lenin hatten wir schon?«

»Hatten.«

»Was tut er?«

»Liesen.«

»Was liest er noch mal?«

»Die Manifest.«

»Hmm. Geben wir ihm lieber das Kapital in die Hand. Das ist dicker. Und zwar Band zwei. Dann staunen die Leute: Sieh an, den ersten hat er schon gelesen.«

»Okay, noch tusen zwee fivehundred.«

Rübhügel wusste jetzt echt nicht mehr, wohin mit der Kohle. In letzter Not hatte er noch eine Eingebung: »Ein roter Stern. Drei Meter im Durchmesser, auf dem First des Portals. Sieht man den?«

»Ohoh!«

»Können wir ihn auch noch beleuchten?«

»Hmmm…«, wiegte Olaf den Kopf, »… okay. Ich gebet noch trehundra, gut?«

Rübhügel zuckte mit den Schultern: »Wer's hat.«

»It's my very last«, scherzte Björnsson und legte beide Hände aufs Herz, »now I am a complete poor man!«

»Noch nicht ganz. Da ist noch die Lampe in deiner Hosentasche.«

»Welches, der hier?«

»Genau die. Und noch so'n Drink bitte.«

Reichlich vier Jahre hat Cobu von hier an noch, bis er einen rauschenden Abend mit Sylvia in der Kneipe verbringen, bei einem Ehepaar mit Bärten nächtigen, Appenzeller Käse frühstücken, einen Verdauungsspaziergang durch den Park unternehmen und dabei die unliebsame Bekanntschaft ihm fremder Männer machen wird. Er ist Ende zwanzig und nutzt diese Zeit, um später über sie sagen zu können, es sei die schönste seines Lebens gewesen (etwas öfter als unbedingt nötig, wie Nero findet), verbringt sie, wie es seine Art ist, zur Hälfte in der Schenke, zur anderen Haut an Haut auf wechselnden Schlafgelegenheiten oder öffentlich Witze reißend, freut sich im Übrigen (und wundert sich auch ein bisschen darüber), dass man ihn gewähren lässt.

In diese Tage fiel auch ein Ereignis, das Anlass gab für neue Gerüchte um den geheimnisvollen Bahndamm. Wieder waren es Uniformierte, die sich in seinem Inneren zu schaffen machten. Nach Reichsbahnbediensteten, der SS, amerikanischen Soldaten und der örtlichen Polizei waren es nun russische Soldaten. Wieder wurde der zugemauerte Eingang mit Lkw umstellt und aufgebrochen. Und wieder blieb unklar, wozu. Als sie abzogen, die Uniformierten, hatten sie sich nicht die Mühe gemacht, den Eingang zu verschließen. Wer einen Blick riskierte, konnte zumindest berichten, dass sie nichts hineingetragen hatten.

Dass ein Mann in Kubischs Alter noch viel lernen kann, ist eine gute Einrichtung. Voraussetzung dafür ist natürlich, dass er noch nicht alles weiß. Je weniger in der Schüssel, desto mehr passt noch hinein.

Kubisch hatte eigentlich gar nicht vor, heute irgendwas zu lernen. Aber es scheint eine mitteilsame Witterung zu herrschen, man muss sich gar nicht groß drum kümmern, man kriegt sein Wissen geliefert, ohne dass man es bestellt hätte. Woher wüsste er sonst, was es kostet, im Halteverbot den Motor laufen zu lassen? Er hat sich den Polizisten ja nicht kommen lassen, um das zu erfahren. Auch hat er Frau Wildbacher, die Evelyn, nicht herzitiert, um Kenntnis zu erhalten von der Tatsache, dass sie ihre Joints aus eigener Herstellung bezieht. Er muss dem Wissen nicht nachlaufen. Es kommt zu ihm, schaut übern Zaun und – haste nich gesehn – hat es sich ihm mitgeteilt. Es sitzt jetzt sogar mit im Auto und vermittelt ihm, dass ein Steiß, den man sich beim ungeschickten Öffnen einer Schublade geprellt hat, später mehr wehtut als gleich. Und noch etwas hat sich seinem Wissensvorrat hinzugesellt: Was »Herrenstein« bedeutet, weiß jeder gewöhnliche Dorfpolizist.

Eine Tankstelle. Der Sprit ist günstig, entsprechend der Andrang. Viel Zeit hat er nicht mehr. Aber bei so einem Angebot kann er nicht nein sagen. Also reiht er sich ein in die Warteschlange. Endlich an der Säule, gibt's Grund zum Ärgern: Das Ding funktioniert nicht. Die Pistole schnappt immer wieder aus, bevor überhaupt ein

Tropfen geflossen ist. Kubisch macht Theater im Kassenraum, das sei ja wie früher im Osten (»wiem Ossen«): Erst Schlange stehn, und wenn man dran ist, ist es alle. Er hat es eilig, verdammt!

Der Tankwart kommt mit raus, probiert es mit demselben Erfolg. Er setzt sich hinters Lenkrad, schaltet die Zündung ein und beäugt Kubischs Armaturenbrett:

»Sie müssen den Tank erst 'n bisschen leer machen, bevor Sie ihn wieder vollmachen können.«

Kubisch erinnert sich nicht, kürzlich getankt zu haben. Wieder was gelernt: Er ist ein Trottel. Die Tankstelle schon zehn Minuten hinter sich, fühlt er sich immer noch verfolgt von den hämischen Blicken der Umstehenden. Er schaut in den Rückspiegel: Im Wagen hinter ihm sitzen zwei Ordensschwestern.

—— ——

Schwere, behäbige Wolken treibt der Wind über das Felsberger Land. Wie ein Dompteur seine Elefanten. Das Teufelshorn ist weniger gewaltig, als Kubisch es in Erinnerung hat. Er kommt schnell voran. Je höher er steigt, desto rarer macht sich die Vegetation. Den Wald hat er bald unter sich. Er staunt über seine Kondition. Mit jedem Schritt ist er innerlich ruhiger geworden. Er weiß, was ihn erwartet, seit er Beris Grabinschrift kennt.

Dieser Ort ist mein Revier
Keiner ruht statt meiner hier

Nackt und kalt empfängt ihn der Felsen. Kubisch wartet, bis sich sein Atem beruhigt hat. Dann schaut er sich um. Auf der Bergseite ist niemand. Er dreht sich Richtung Schlucht und sucht mit den Augen den Rand der

Klippe ab, bis er inmitten von Dunstschwaden, die dort vorüberziehen, die Umrisse einer Gestalt zu erkennen glaubt. Langsam geht er ein paar Schritte darauf zu.

Hagere Typen verändern sich äußerlich weniger, wenn die Verwitterung einsetzt und es an allen Ecken und Enden zu schrumpeln beginnt, als Dicke. Sie haben einfach nicht so viel Haut, die sie in Falten legen oder hängen lassen können. Beri scheint sich überhaupt nicht verändert zu haben. Er steht mit unbewegtem Gesicht an dem kniehohen Eisengeländer, den Rücken zum Abgrund, die Hände in den Manteltaschen. Kubisch bleibt zwei Meter vor ihm stehn:

»Wo warst du denn? Wo kommst du plötzlich her?«

»Hab mir eine kleine Auszeit genommen, wie man so schön sagt.«

»Und jetzt, glaubst du, bist du wieder im Spiel?«

»Das wird sich zeigen.«

»Warum spielst du denn jahrelang den Toten?«

»Ich hab ihn nicht gespielt. Ich *war* tot, während du sehr lebendig warst und Witze gerissen hast.«

»Und jetzt – kleiner Rollentausch?«

Beri schüttelt sich: »Ich hasse Witze.«

Kraft der Verachtung, mit der diese drei Worte daherkommen, fühlt sich Kubisch zurückversetzt in die Zeit, als sich ihre Wege trennten und sie begannen, verschiedene Sprachen zu sprechen. Damals hat er es sich nicht eingestanden, im Grunde seines Herzens aber immer für möglich gehalten, dass Beri ihm einmal gefährlich werden könnte.

»Hast du mich damals angezeigt? Hast du was mit meiner Verhaftung zu tun?«

»Wäre mir zuzutrauen.«

Kubisch tritt neben Beri zu dem kleinen Geländer und lässt den Blick schweifen über die Gipfel der Berge.

»Erst verrätst du deinen besten Freund, dann parfümierst du dich mit seiner Biografie?«

»Mein ›bester Freund‹ hat sich meine Frau untern Nagel gerissen.«

»Was legst du dich auch auf den Friedhof und lässt dich beweinen! Mit meiner Vita auf Leutefang gehen – was willst du denn mit solchem Hokuspokus?«

»Stell dir vor, die Nachrufe auf den verehrten Cobu werden für *mich* geschrieben. *Mich* wird deine schöne Frau beweinen, während ich im Grab ächze unter dem Gewicht der Huldigungen auf deinen Kranzschleifen.«

»Wenn das mal gutgeht. Bist du vielleicht ein bisschen verrückt geworden?«

»Mit Sicherheit.«

Kubisch tritt näher an Beri heran und mustert ihn mit zusammengekniffenen Augen.

»Du glaubst, du hast an alles gedacht. Aber du siehst nicht aus wie ich!«

Beri lächelt: »Lassen wir's dabei.« Plötzlich wird er sehr ernst. Stößt Kubisch vor die Brust. Kubisch fällt auf seinen geprellten Steiß. Auf dem Hintern rückwärts kriechend weicht er vor Beri zurück.

»Mich kennen tausend Leute«, ruft er verzweifelt, »und meine Visage auch!«

»Gratulation.«

Beri folgt ihm Zug um Zug. Er hinkt. Der einzige Lichtblick.

»Du kannst mich umbringen, aber du kannst dich nicht anschließend zu Nero an den Frühstückstisch setzen, ohne dass sie was merkt!«

»Sie wird sich dran gewöhnen.«

»Warum bist du nicht einfach gekommen und hast sie gebeten, zu dir zurückzukehren?«

»Das wäre verfrüht gewesen.«

»Verfrüht? Was hätte denn noch geschehen müssen?«

»Das.«

Beri zieht blitzartig was Langes unter seinem Mantel hervor. Ein Schwert! Oder einen Säbel. Oder ist es eine Machete? Kubisch hat noch nie eine Machete in natura gesehen. Aber was immer es ist, es macht ihm Angst. Er schnappt nach Luft. Kurz umgesehen, stellt er fest, dass Beri ihn Richtung Abgrund treibt. Es sind nur noch wenige Meter.

»Mach keinen Fehler, Beri! Sich mit der Biografie eines anderen zu schmücken ist kein Weg, ein anderer zu werden. Durch die Biografie fließt Blut. Man kann sich seine nicht rausreißen wie einen faulen Zahn, eine andere einpflanzen und wieder fröhlich Nüsse knabbern. «

Beri schaut verächtlich auf Kubisch hinab: »Schwadroniere nicht. Steh auf.«

Kubisch tut sich schwer mit dem Aufstehen. (siehe »Kochen für die Götter«, Seite 24, Absatz 2) Er will losrennen, aber er weiß nicht recht, wohin. Die Klippe ist an dieser Stelle wie eine Landzunge, nur dass sie nicht ins Meer führt. Und ihr Boden besteht aus Stolpergestein.

Kubisch schlägt Haken wie ein Hase, aber ohne Effekt, Beri geht ruhig hin und her und verhindert mit Hieben seiner Waffe jeden Durchbruch ins Landesinnere.

»Du mit deinen blöden Witzen. Der unbeugsame Künstler Kubisch, der hehre Kämpfer, der im finsteren Kerker für seine Ideale geschmachtet hat. Dass ich nicht lache! Ein blasierter Tölpel bist du, nichts weiter. Du und deinesgleichen, ihr seid schuld, dass alles zusammengebrochen ist. Wir hatten ein gutes Leben und hätten noch lange so weiterleben können. Und die Generation nach uns hätte es noch besser gemacht. Aber da müssen sich Leute, die sich Künstler nennen, zu Volkshelden aufblasen und Komplimente heischend über alles herfallen, was sie niedermachen können.«

»Aber ich bin ein Autor, Beri!«, hechelt Kubisch, während er verzweifelt versucht, der Treibjagd zu entkommen (er muss seinen Vortrag immer wieder unterbrechen, um nach Luft zu schnappen), »ein Autor ist doch auch Chronist seiner Zeit, (…) Mundwerk seiner Epoche …«

»Typisch Kubisch: *Mundwerk seiner Epoche*!«

»Aber das ist doch gar nicht von mir, das mit dem Mundwerk! (…) Das ist Martin Walser, *Ein sterbender Mann*, ISBN neunsiemacht (…) drei (…) vierneunachtnullsiemdreidreiachtsechs (…), Seite hundertzweiundvierzig, mit freundlicher Genehmigung des …«

»Na bitte! Da hammer's doch! Von wegen Mundwerk – ein *Maulheld* deiner Epoche bist du, sonst gar nichts.«

»Hör mal, Beri: Wenn ich schreibe, bin ich Zeitzeuge. Und ein Zeitzeuge kann nur bezeugen, was ist und nicht, was sein könnte oder (…) mit viel Glück vielleicht in hundert Jahren mal sein wird! Ein Künstler (…) muss aus dem Lebendigen schöpfen, aus dem (…), was er mit seinen eigenen Augen sieht oder was (…) seine Vorfahren gesehen und ihm berichtet haben, um es in seiner Kunst widerspiegeln (…) zu …«

»Eitles Zeug!«

»… er muss der Welt mit offenem Visier begegnen und sich ihres Geschehens bedienen. Ja (…) (…), er hat sogar die Pflicht dazu! Denk mal an Homer …«

»Noch so einer!«

»… was wüssten wir ohne ihn über Troja!«

»Eitle, erfolgsgeile Fatzkes, einer wie der andere! Mein Visier war auch offen. Ich hab beanstandet, was zu beanstanden war. Und das war nicht wenig. Aber ich habe nie die Sache verraten, weil ich geil gewesen wäre auf Applaus!«

»Ich auch nicht! Wie hätte ich sie denn verraten können? Sie war doch nicht geheim!«

»Mach hier kein Kabarett! Geilheit hat schon bewirkt, dass wir aus dem Paradies vertrieben wurden.«

»Mein Gott, was hab ich denn getan?«

»Was du getan hast? Mir sind meine Visionen flöten gegangen, *das* hast du getan! Das verdanke ich deinem erbärmlichen Geltungsdrang!«

»Jaja, ich war eine Rampensau. Aber das Publikum liebt nun mal keine uneitlen Künstler!«

Der Gehetzte keucht. Die Knie werden weicher und weicher. Bald wird er nicht mehr können. Sein Jäger stellt ihm ein Bein. Er schlägt auf den Bauch, er kriegt keine Luft, er ist benommen, er öffnet vorsichtig die Augen, da will ihm schwindlig werden: Unter ihm löst sich Gestein aus dem Felsen und donnert hinab in den gierigen Schlund, der auf nichts anderes zu warten scheint als auf die Beute Jacobus Kubisch.

»Da hast du deine Rampe«, höhnt Beri, »nun zeig, was du kannst!«

Vorsichtig tastend, wie ein Reptil, will Kubisch zurückgleiten. Da spürt er Beris schweren, kalten Schuh im Nacken.

—— ——

Es hupt. Kubisch zuckt zusammen. Er hat das Gasgeben vergessen. Die Dienerinnen Christi sind aus dem Rückspiegel verschwunden, ein Heide im Cabriolet hat ihren Platz eingenommen. Schäumt vor Wut und lärmt, genau eine Sarglänge hinter ihm. Kubisch geht in die Defensive, weicht aus auf einen Parkplatz. Der

Wüterich lässt den Motor aufheulen und rauscht vorbei, den gestreckten Mittelfinger gen Himmel wie die Freiheitsstatue ihre Fackel.

Kubisch ist noch halb auf der Klippe. Er nimmt sich die Zeit, erst mal einen sehr tiefen Seufzer auszustoßen, ehe er sich über den Wüstling angemessen ärgern kann. Im Rückspiegel sieht er ein anderes Auto auf den Parkplatz fahren. Es hält zwanzig Meter hinter ihm. Zwei Männer lassen die Türen knallen. Am Hosenstall fingernd, gehen sie zum Gebüsch und nehmen Aufstellung. Kubisch startet den Motor. Er schaut noch mal in den Spiegel, sieht, wie die Männer unerledigter Dinge zum Auto zurückhasten, die Reißverschlüsse der Hosen dabei hochziehend. »You say Rolls?«, murmelt er und tritt ein paarmal aufs Gas, »I say Royce!« Dann vollführt er einen kernigen Kavaliersstart und braust davon: »Bicycle, bicycle, bicycle …«

DAS TEUFELSHORN

Über dem Felsberger Land lasten schwergewichtige Wolken. Von den Mühen des Windes, ihnen Tempo zu machen, zeigen sie sich unbeeindruckt. Wie störrisches Vieh von der Peitsche. Mit seiner steinernen Mütze überragt das Teufelshorn alle umstehenden Berge. Kubisch wird beim Blick von unten nach oben schon schwindlig.

Das Auto ist an der vorgegebenen Stelle geparkt. Von seinen Verfolgern ist nichts zu sehen. Er schätzt die Zahl der Schritte, die nötig sind, hinaufzukommen. Pro Lebensjahr hundert, dann dürfte er es geschafft haben. Kubisch stöhnt, wünschte, er wäre halb so alt, wenigstens vorübergehend.

Es ist ähnlich wie im Leben: Nur langsam kommt er voran, gönnt sich zu viele Ruhepausen und den Luxus schöner Anblicke. Ab und zu, wenn sich ein Stück Himmel zeigt, schaut er begehrlich nach oben. Einige Male kommt er gefährlich ins Stolpern dabei. Immer wenn er auf Höhe der Baumwipfel angelangt ist, von denen er glaubte, wenn er sie erreicht hat, habe er's geschafft, tut sich noch höherer Wald vor ihm auf.

Endlich aber wird es wirklich lichter. Der letzte Teil des Weges mutet an wie eine Heidelandschaft und ist nicht mehr ganz so anstrengend. Seine Klamotten sind nass geschwitzt, der Wind macht, dass er fröstelt. Vielleicht ist es das, vielleicht die innere Anspannung, vielleicht die Tütensuppe, was seinem Verdauungstrakt zusetzt. Eine Entleerung täte not und ginge sicher rauschend schnell vonstatten, aber er kann hier auf dem freien Feld nicht die Hose runterlassen. Auf allen Höhen aller Berglandschaften in aller Welt stehen Leute mit Fernglas. Er müsste erst zurück in den Sichtschutz des Waldes. Dafür reicht seine Zeit nicht mehr. Er hat zu sehr getrödelt. Also hoffen, dass es vorbeigeht.

Warum hat er sich überhaupt auf dieses Abenteuer eingelassen! Immer mehr wird ihm bewusst, dass er sich graut vor dem, was ihn da oben erwartet, viel mehr, als dass er neugierig darauf ist.

Es wird mit Erlangen von Gewissheit zu tun haben. Und Gewissheit hat gegenüber Vermutung den Nachteil, dass sie nicht flexibel ist. Wenn Beri da oben wartet, das wird ihm mit jedem Schritt klarer, droht Ungemach. Es würde bedeuten, dass er etwas erfährt, ohne das er bisher gut zurechtgekommen ist. Irgendeine Wahrheit, nach der ihn nicht dürstet, eine Kenntnis, hinter der er nicht her war, die bloß Unruhe in sein Leben bringt, dessen aufgewühlten Teil er längst hinter sich zu haben glaubte. Und wenn es *nicht* Beri ist, kommt's womöglich noch dicker.

Er bemüht sich, ruhig und tief zu atmen. Kurz vor Ende des Weges ist noch ein Stück aufgetürmtes, nacktes Gestein zu bewältigen, in das man, wo nötig, Stufen gehauen und Haken für ein Drahtseilgeländer geschlagen hat. Nach der Hälfte macht er noch mal Pause zum Durchatmen und schaut nach oben. Da ist schon die Holztafel mit der eingebrannten Aufschrift »Teufelshornklippe, 830 m über NN«, und mit jeder weiteren Stufe, Stück für Stück, wie bei einem Schwenk mit der Kamera von oben nach unten, wird der Mann sichtbar, der an ihrem Pfahl lehnt. Als er Kubisch in ähnlicher Optik aus den Felsen auftauchen sieht, löst er sich vom Pfahl und macht ein paar Schritte auf ihn zu, freundlich lächelnd. Kubisch empfindet Erleichterung und Enttäuschung zugleich: Es ist ein Fremder, ein älterer Herr mit Brille, vom Bauch her fast so üppig ausgestattet wie er selbst. Der lange Aufstieg scheint ihn allerdings weniger mitgenommen zu haben.

»Doktor Resch?«, fragt Kubisch, noch ganz außer Atem, während er mit dem Taschentuch den Schweiß von Stirn und Glatze wischt. »Fährtendieb oder wer?«

Der Fremde grüßt mit dem Zeigefinger an der Schiebermütze: »Der Boss der bösen Besenbuben. Angenehm.«

Kubisch stopft das Schweißtuch in die Jackentasche und zieht es gleich wieder raus. »Sie müssen sich nicht weiter mühen, mich zu verunsichern«, sagt er, während er erneut über Stirn und Glatze wischt.

»Ist lange her«, sagt der Fremde, »zugegeben.«

»Der letzte Nachkomme des Sethus Groschenberg?«

»Der vorletzte.«

»Verstehe nicht ganz.«

»Der Stift, der in dein Futteral gehört, trägt eine Seriennummer.«

»Duzen wir uns? Sind wir miteinander bekannt?«

»Das ist dafür nicht ausschlaggebend.«

Der Fremde reicht Kubisch einen edel wirkenden Stift, saphirblau, wie poliert, mit goldenen Rändern und dem goldenen Schriftzug »Dr. Groschenberg«.

Kubisch fingert aus der Brusttasche seines Jacketts das Futteral und legt den Stift hinein. Es ist maßgefertigt.

»Wenn das mein Stift ist, wie kommt er dann in Ihren Besitz?«

»Ich hab ihn mir mal heimlich ausgeliehen, nachdem ich gesehen hatte, dass du den gleichen hast wie ich. Du wirst dich nicht erinnern. Mit bestem Dank zurück.«

»Sehr beeindruckend. Aber ich verstehe noch immer nicht ganz.«

»Die Nummer steht einmal auf der Rückseite des Futterals, einmal im Inneren der Hülle.«

Kubisch zieht die Hülle des Stiftes ab und betrachtet ihr Inneres, soweit sie bei dem trüben Licht etwas davon preisgibt, und vergleicht.

»Und?«, fragt der Fremde.

»Jaja, beide Male eine Acht.«

»Nicht einfach eine Acht.«

»*Null Null* Acht, ja und?«

»Bei mir steht Null Null Sieben.«

»Und das war's, was Sie mir mitteilen wollten?«

»Null Null Sieben, Jacob Sethus Groschenberg. Der Ehrengast vom Sicherheitsdienst beim Festakt in der Aula, mein väterlicher Freund, der plötzlich verschwand. Der Ministerialrat stand für *Ich bin nicht mehr im Land*, die Null Null Sieben für *aber immer noch beim Dienst*. Ein Geschenk zu meinem Achtzehnten. Es kam nicht mit der Post. Es lag im Briefkasten des Heims in einem gefütterten Umschlag. Ohne Briefmarke, ohne Absender.«

Ein Pfeil durchbohrt Kubisch. Er sieht Mathilde vor sich, seine Mutter, wie sie blass wurde und zusammensackte an seinem achtzehnten Geburtstag, gerade als er etwas aus einem Umschlag zog, auf dem lediglich stand: »Für Jacobus Kubisch mit den besten Wünschen zum Achtzehnten!« Kein Absender, keine Briefmarke.

»Was fuhrwerken Sie in meinem Leben rum! Sie haben da nichts zu suchen!«

»Er war der Sohn eines jüdischen Geigenbauers, aufgewachsen in Füssen am Lech. Er wollte in München Medizin studieren. Da kam ihm Hitler in die Quere. Groschenberg verkehrte in anarchistischen studentischen Zirkeln, verteilte Flugblätter und verübte kleine Anschläge auf Einrichtungen der Nazis. Als nach ihm gefahndet wurde, musste er sein Studium abbrechen und abtauchen.«

»Und was hab ich damit zu tun?«

»Er hat mir seine Geschichte erzählt, als ich im Krankenhaus lag, damit ich sie dir irgendwann weitererzähle.«

»Und was, wenn sie mich gar nicht interessiert?«

»Das ändert nichts an der Geschichte. Seine Freundin, ein Mädchen namens Magdalena, war die Tochter eines Abgeordneten der Bayerischen Volkspartei. Als sie den nach Dachau brachten, schleppte man sie mit und hielt sie einige Tage dort fest. Ein heimliches Treffen mit ihr an der Isar, einige Zeit später, wurde für Groschenberg schicksalhaft. Magdalena erkannte in einem Spaziergänger den KZ-Arzt, der sie in Dachau unter dem beifälligen Gegröle uniformierter Rotzjungs vergewaltigt hatte. Das bewirkte für den Arzt, dass er fortan als vermisst galt, und für seine Papiere, dass sie einem medizinischen Laien zur Approbation verhalfen. Aus dem steckbrieflich gesuchten Jacob Sethus Groschenberg wurde der Arier Dr. Bernhard Berger.«

Aus Kubischs Gesicht weicht alle Spannung. Im Unterleib macht sich das Bedürfnis nach Entleerung breiter und breiter. Doch der Fremde ist noch nicht fertig:

»Groschenberg alias Dr. Berger floh aus München und fand eine Stelle als Lazarettarzt in Ostdeutschland. Keiner konnte ihm was, so schien es jedenfalls. Er war beliebt und als Mediziner anerkannt. Doch nach Kriegsende wurde Dr. Berger, der KZ-Arzt, als Naziverbrecher gesucht. Groschenberg geriet in die Bredouille. Angeklagt in einem bizarren Prozess musste er glaubhaft machen, dass er ein Mörder ist, und zwar der Mörder dessen, als der er in diesem Prozess angeklagt war. Dabei half ihm seine Vergangenheit als Nazigegner in München. Er machte auf Notwehr und kam mit Bewährung davon. Man übernahm ihn in die örtliche Parteileitung, wo sie einen brauchten, der den Sicherheitsapparat aufbaut.«

»Nichts gegen Sie, aber es ist bisschen viel auf einmal«, stöhnt Kubisch.

»Bin gleich fertig: Im Verlauf des Prozesses hatte er sich an die Sekretärin seines Anwalts rangemacht, ein junges Ding, das glaubte, dem Mann ihrer Träume begegnet zu sein. Sie nahm ihn zu sich und schmiss ihren Job für ihn. Er aber ließ sie sitzen, als sie schwanger wurde. Ihr Name: Berta Ringel. Er ging zurück zu der Frau, mit der er vorher zusammen war. Sie dürfte dir bekannt sein.«

»Was, in aller Welt, wollen Sie von mir!«

»Ich hab was falsch gemacht.«

»Das ist doch nichts Besonderes. Ich mach auch nicht alles richtig. Aber ich belästige nicht andere Leute damit.«

Der Fremde schiebt den Ärmel seines Mantels hoch und hält Kubisch den nackten Unterarm vor die Nase: »Wir haben nicht mehr viel Zeit.«

Neben einigen anderen Narben erkennt Kubisch ein Kreuz, ähnlich seinem, dem Zeichen der Blutsbrüderschaft aus Ruinenzeiten. Er muss schon wieder die Backen zusammenkneifen. Von Mal zu Mal sinkt der Wirkungsgrad dieser Maßnahme.

»Ich kauf Ihnen nicht ab, dass Sie Bernd Ringel sind. Sie haben nicht die geringste Ähnlichkeit mit ihm. Und so 'ne Narbe …«

»Ich bin auch nicht Bernd Ringel. Mein Name ist Vinzenz Groschenberg. Aber in meinem ersten Leben war ich es.«

»Dann wären wir uns das letzte Mal auf Ihrer Beerdigung begegnet. Die Grabrede immerhin war beeindruckend.«

»Weiß ich.«

»Ach. Haben Sie die gehört in Ihrem Sarg?«

»Ich hab sie geschrieben.«

»Klar. Hätt ich auch selber drauf kommen können. Dann müssten Sie mir nur noch erklären, was eine solche Quacksalberei für einen Sinn haben soll von wegen Frau und Freund vormachen: Ich bin gestorben?«

»Ich hab auf dem Grabstein mitgeteilt, dass ich *nicht* gestorben bin. Ihr hättet es nur richtig lesen müssen. Es war der Lianenzipfel für meine Rückkehr.«

»Sie teilen Ihrer Frau auf Ihrem Grabstein mit, dass Sie nicht gestorben sind – warum sagen Sie es ihr nicht einfach?«

»Die Frontscheibe, durch die ich gerauscht bin, hatte keine Knautschzone, und die Grube war ordentlich tief. Du kennst die Stelle, wir sind mal zusammen vorbeigefahren. Vielleicht wollte ich nicht, dass Nero mich so sieht.«

»Der Geheimnisvolle mit dem schwarzen Hut?«

»Zur Sache: Ich war in meinem ersten Leben Bernd Ringel, so wie du in deinem ersten Leben Jacobus Kubisch warst.« Er scheint es plötzlich eilig zu haben.

Kubisch möchte es hinter sich bringen: »Ich habe nicht das Gefühl, aus Ihrer Rede besonders klug zu werden.«

Der Fremde zückt ein Bündel aus seiner Brusttasche und übergibt es ihm. Ein Schnippsgummi hält es zusammen: Geld, ein paar Zettel, obendrauf ein Ausweis, ausgestellt auf den Namen Vinzenz Groschenberg.

»Flüchtig betrachtet sehen wir uns gar nicht so unähnlich«, lächelt er kurz und zieht die Mütze vom Kopf, eine ähnliche Glatze präsentierend wie die Kubischs, nur mit etwas kürzer geschnittenem Haarkranz. Die Mütze wirft er aus dem Handgelenk in den Abgrund wie eine Frisbee-Scheibe. Dann dreht er sich rum und geht davon. Irritiert tappt Kubisch hinterher.

»Sie machen mir Angst«, sagt er.

»Ich hab etwas gutzumachen. Es hat mit Leuchtes Höhle zu tun.«

»Ich weiß, dieses Herrensteinzimmer …«

»Einmal konnte ich dich vor seinem Fluch bewahren ohne dein Zutun. Diesmal musst du deinen Teil beitragen. Vergiss, dass du Cobu warst. Sag zu keinem, dass du Kubisch heißt.«

»Was soll ich denn sonst sagen?«

»Alles, nur das nicht. Vielleicht später mal wieder. Vorläufig bist du Vinzenz Groschenberg.«

»Und mach es mir so lange in einem Erdloch gemütlich?«

»Es sind Leute unterwegs, die dich in Sicherheit bringen werden.«

Kubisch packt den Fremden an der Schulter, um ihn aufzuhalten: »O nein, mein Lieber! Ich bin Jacobus Kubisch. Das ist das Einzige, was ich genau weiß. Und es ist das, was mich am Leben hält.«

Der Fremde macht sich unwirsch los: »Du irrst, es wird dich umbringen.« Dann dreht er wieder ab.

Kubisch wütend hinterher: »Ich sage, ich bin Jacobus Kubisch, und Sie stoßen mich hier die Klippe runter? Und dann sind Sie Jacobus Kubisch?«

»Ich erklär es dir ein andermal. Wir haben jetzt nicht mehr so viel Zeit.«

»Ich bin ein bekannter Mann, mein Gesicht kennen tausend Leute! Und denen soll ich plötzlich sagen, April April, es gibt mich gar nicht?«

»Du wirst Gelegenheit finden, nichts zu sagen.«

»Mann, ich bin eingetragen im Grundbuch und in der Wählerliste, hab 'ne Frau und 'ne Steuer-Ident-Nummer oder wie das heißt, da unten steht mein Auto mit meinen ganzen Papieren drin ...«

Der Fremde stoppt: »Siehste, dein Auto: Da stimmt was nicht. Gib mal den Schlüssel.«

Kubisch ist ziemlich außer Atem: »Was heißt, da stimmt was nicht?«

»Nur kurz. Mach schon.«

Widerwillig fingert Kubisch seinen Schlüsselbund aus der Hosentasche und lässt ihn, am Autoschlüssel baumelnd wie ein Glöckchen, unsicher hin und her schwingen. Der Fremde fackelt nicht lange, schnappt ihn sich, macht eilig wieder kehrt und verschwindet hinter der Felsecke. Kubisch fühlt sich erneut genötigt, ihm zu folgen. Es sind nur ein paar Schritte um die Ecke, da ist plötzlich eine freigesprengte Fläche mit einem Parkplatzschild. Sowas gab's hier früher nicht. Dass Kubisch sein Auto hier stehen sieht, ist auch das erste Mal.

»Jetzt reicht's mir aber langsam! Sie fahren mit meinem Auto hier hoch, und ich muss zu Fuß?«

»C'est la vie.«

»Ich hab's doch geahnt: Ein ganz gewöhnlicher Verbrecher sind Sie! Ein Hochstapler! Ein Autodieb. Sie sind sogar eingebrochen in mein Haus!«

Der Fremde bleibt stehen, dreht sich um und blickt über den Rand seiner Brille Kubisch in die Augen: »Das war nicht nötig. Man braucht nur die Terrasse im Auge zu behalten und zu warten, bis du dein verdammtes Bier ausgesoffen hast. Dann hat man genau viereinhalb Minuten, bis du pissen warst und mit 'ner neuen Flasche angetorkelt kommst.«

Da war es, das böse Blitzen in den Augen, das Kubisch kennt von dem Menschen, der einst sein Freund war und ihn seines Lebenswandels wegen oft so angeschaut hat. Verächtlich, wie keiner sonst.

Der Fremde nimmt die Brille ab, wirft auch die lässig in den Abgrund, öffnet das Auto und macht Anstalten einzusteigen.

»Vielleicht sind Sie Beri, vielleicht nicht«, versucht Kubisch ihn zurückzuhalten, »aber geben Sie mir *bitte* meinen Schlüsselbund wieder.«

Doch der Mann dreht sich ruckartig um und hebt den Zeigefinger: »Da! Das sind sie.«

Kubisch hört das Geräusch eines im niedrigen Gang den Berg hochjagenden Autos.

»Sie suchen einen Schatz«, sagt der Fremde. »Seit deinem kleinen Trick auf dem Parkplatz vorhin sind sie sicher, dass sie hinter dem Richtigen her sind, hinter dem, der sie zu seinem Versteck führen wird. Leider sind sie dann hier unten auf denselben Trick noch einmal reingefallen. Ging leichter, als ich dachte. Sie waren schon ein ganzes Stück zu Fuß hinter dir her, geduckt, wie hinter einem Wildschwein, als dein Auto unvermittelt wieder ansprang. Im Rückspiegel sah ich ihre verdutzten Gesichter und wie sie zurückrannten, um mir hinterherzufahren. Aber sie mussten erst noch 'n Auto knacken, weil bei ihrem alle vier Reifen platt waren. Das gab uns beiden Gelegenheit, ein wenig zu plaudern.«

Er steigt ins Auto und jagt den Motor hoch: »Hörst du das?«, ruft er. »Könnten die Lager sein. Tschiedegaräh, alter Junge!«

Die Tür knallt zu, der Wagen vollführt ein reifenruinierendes Wendemanöver, Staub und Steine aufwirbelnd. Kubisch kann gerade noch zur Seite springen und drückt sich verängstigt in einen Felsspalt, er hört die beiden Autos, wie sie auf der schmalen Serpentine aufeinander zurasen, gleich darauf erbärmliches Bremsenquietschen, sekundenlang Totenstille, dann ein Krachen aus der Tiefe. Vorsichtig lugt er um seine Felsecke. Das Auto, das er sieht, ist nicht seins. Zwei Männer schälen sich wie benommen daraus hervor. Er sieht sie zum Wegrand tappen und in die Schlucht hinabschauen. Der eine setzt eine SMS ab, sie steigen wieder ein und fahren langsam das letzte Stück den Berg hinauf, um auf dem Parkplatz zu wenden, direkt vor Kubischs Nase, der sich in seine Spalte drückt. Sie gucken wie Elfmeterschützen nach dem Verschießen. Dann erzittert der Erdball, eine Wolke schwarzen Qualms steigt auf aus dem Abgrund, und Kubisch spürt in der Hose, dass er den Kampf gegen seinen inneren Drang verloren hat.

DER EINBRECHER

Noch lange wollte sich die Aufregung in der verschlafenen Gemeinde Halmwoge nicht legen. Für diesen einen Tag hatten sich die Dörfler fühlen können wie im Problembezirk einer Großstadt, wo die nächste Bank ausgeraubt wird, während bei der einen die Räuber noch nicht fertig sind mit dem Geldeinsacken. Niemanden hielt es in seinen vier Wänden, alles sammelte sich am Ort des

Geschehens. Ein Sondereinsatzkommando der Polizei belagerte das Grundstück Ackerrand 17, um einen Einbrecher zu stellen, der dort ein Fenster eingeschlagen und dabei die Alarmanlage ausgelöst hatte. Jetzt hatte er sich im Haus verschanzt.

Evelyn Wildbacher, ortsansässig, seit sie denken kann, und daher mit Recht ungehalten, wenn nicht umfassend und als Erste über alles informiert, was im Dorf vor sich geht, empfand ihre Nähe zum Geschehen als unzureichend. Also schlich sie sich an den anderen vorbei zu einem der abgestellten Polizeiwagen und erhaschte eine Meldung über Funk von einem abgestürzten Auto in der Teufelshornschlucht. Eine Bergung sei bis auf weiteres nicht möglich, man habe aus dem Helikopter heraus aber Teile des amtlichen Kennzeichens identifizieren können. Demnach komme als Halter des Kfz infrage ein Kubisch, Jacobus. Kubisch wie man's spricht, Jacobus mit Cäsar in der Mitte. Die Evelyn geriet außer sich und musste ihr Wissen mit anderen teilen, um nicht unter seiner Last in die Knie zu gehen. So kam es, dass die Dörfler in der Runde eher wussten, was passiert war, als die am Einsatz beteiligten Beamten.

Der Einbrecher ließ sich von all dem nicht aus der Ruhe bringen. Er machte keine Anstalten zu fliehen, nahm keine Geiseln, stellte keine Bedingungen. Mehrmaligen Aufforderungen über Megafon, mit erhobenen Händen herauszutreten, folgte er nicht. Also stürmten und durchsuchten die Polizisten das Haus, in dem der Täter bereits einige Verwüstung angerichtet hatte wie Schubladen herausgezogen und auf den Boden entleert, Vorhänge beschädigt und Teppiche verunreinigt. Erst ganz am Ende fanden sie den Gesuchten: in der Badewanne.

Er durfte sich abtrocknen und bekam was zum Anziehen. Die Beamten wollten nicht glauben, dass er sei, wer er zu sein vorgab. Aus dem Dorf wurden zunächst ein Hilfspolizist, später neben Nachbar Thronreiter auch der Herr Dalmitz und die Frau Wildbacher befragt, die übereinstimmend aussagten, dass der verunglückte Herr Kubisch früh noch lebend gesehen worden sei, dabei aber bereits einen reichlich kranken Eindruck gemacht habe. Der ehemalige Dorfbäcker Klapphuth, der dem Einbrecher auf der Straße begegnet war, bevor er ins Haus eindrang, hatte zunächst geglaubt, den Herrn Kubisch vor sich zu haben. Seine Hündin Eierschecke habe aber nicht die gewohnt freudige Reaktion gezeigt, sondern eher angewidert die Nase gerümpft und die Straßenseite gewechselt. Thronreiter wusste zudem noch zu berichten, dass der Herr Kubisch von einem Hochstapler, einem Doppelgänger oder sowas, seit Tagen bedroht und belästigt wurde, weil er ein OV war. Offenbar war da auch noch irgendwas mit Scheckbetrügerei. Aber ich hab nichts gesagt.

Ein OV?

»Hab's vergessen. Ober- sonst was. Obstverkäufer war's jedenfalls nicht.«

Nachdem sie aus sicherer Entfernung beobachtet hatten, wie der Einbrecher zum Einsatzwagen geführt wurde, stimmten alle darin überein, dass er Herrn Kubisch durchaus ähnlich sehe, sonst aber wenig mit ihm gemein habe.

Wenn seine Brieftasche nebst allen Papieren mit dem Auto in die Schlucht gestürzt und explodiert ist, wieso dann aus seiner Hose, die in der Mülltonne lag, ein Bündel gefischt wurde, das nicht nur seinen Ausweis, sondern auch Geld und Schecks enthält, *Herr* Groschenberg?, fragten die Polizisten den Einbrecher.

Alles gefälscht! Eins wie's andere! Sogar der Mann, der ihm das gegeben hat. Ausweis, Schecks, Geld – alles falsch. Das ganze verdammte Bündel! Er sei nicht mal sicher, ob das Gummiband drum rum echt ist.

Na hoi, staunten die Polizisten da: Plötzlich ist der Mann auf dem Berg eine Fälschung? Eben war er doch noch sein Freund, der schon einmal bei einem solchen Unfall ums Leben gekommen ist! Wie denn das zusammenpasse, fragten sie den Einbrecher. Und ob er das öfter mache, in den Campingwagen fremder Leute eindringen und sich als blinder Passagier nach Hause fahren lassen. Und ob er bitte ein wenig näher erklären könne, was er meine, wenn er vom »Ruch dieses räudigen Rattenlochs« rede, das an allem schuld sei?

Es handle sich dabei um das Schlafgemach einer litauischen Fürstin, gab der Einbrecher zu Protokoll. Befunden habe es sich unter der Eisenbahn, dort, wo er seine Kindheit verbracht hat. Kamenbarina, falls den anwesenden Herrschaften das was sage. Seinerzeit sei es die Wohnung eines städtischen Bediensteten gewesen. Man habe unter der Straße durchkriechen müssen, um hinzugelangen. Eines Tages sei die Straße aber eingebrochen, der städtische Bedienstete sei gestorben und von Ratten gefressen worden oder umgekehrt. Und was den Campingwagen betrifft, insbesondere das Bett, auf das er sich gesetzt hat, so sei er bereit, die Reinigungskosten zu übernehmen.

Die Vernehmung im Polizeiauto wurde unterbrochen durch das Auftauchen medizinischen Personals. Männer in eierfarbenen Overalls präsentierten einen Einlieferungsschein für einen Groschenberg, Vinzenz, ausgebrochen aus einer Klinik für psychisch Kranke. Da Geld, Schecks und der Ausweis des Einbrechers offenbar nicht gefälscht waren, nahmen die Polizisten diese Wendung der Angelegenheit mit Erleichterung zur Kenntnis, fragten Nachbar Thronreiter, wer vom Geschehen zu benachrichtigen sei, und tauschten mit den Medizinmännern die Vorgangsnummern.

Schließlich wäre noch zu erwähnen, dass der nunmehr auch als Ausbrecher aktenkundig gewordene Einbrecher nach Rückkehr in die Klinik und medikamentöser Ruhigstellung bei Patienten und Pflegern gleichermaßen für Befremden sorgte, als die Nachrichten in der abendlichen Fernsehrunde aufmachten mit der Meldung »Der bekannte Humorist Jacobus Kubisch ist tot. Er starb bei einem Unfall im Felsberger Land, unweit seines Heimatortes Halmwoge«. Da erhob er sich nämlich, nahm bedächtig Chipstüte und Teekanne, ging damit reihum und forderte jeden einzeln auf, zu nehmen, zu essen und zu trinken, es handle sich um seinen Leib und sein Blut, und sie mögen solches tun zu seinem Gedächtnis.

DER PATIENT

Der Patient, nachdem er sich gewaschen und angezogen hat, sieht aus dem Fenster seines Zimmers. Eine Seenlandschaft tut sich auf mit hie und da ein paar Neubauten aus der Musterhaus-Kollektion. Über alles breitet sich Herbst. Es hatte ihn immer in die Berge gezogen, schon seit der Kindheit, als er mit seiner Mutter in einem Heim für urlaubsreife Lehrer drei Wochen der Sommerferien verbrachte, oben in den Kammlagen des Herzgebirges. Jeder Blick auf die Berge erzeugt seither in ihm unerklärliches Verlangen und gleichzeitig eine tiefe innere Ruhe. Wenn er es sich hätte aussuchen können, dann wäre er heute in den Alpen zu Hause, am Fuße des mächtigen Sajatkopfes, im Tal der wilden, olivgrünen Isel. Flaches Land, wie es sich hier vor ihm breitmacht, vermag nicht, sein Inneres zu bewegen. Er sieht menschenleere Badestellen, verwaiste Campingplätze und angekettete, knallbunte Tretboote vor den elektronischen Schranken der Kassenhäuschen. Hinter den Seen erstreckt sich flaches Land, weiter und weiter, und scheint auch am Horizont noch lange nicht fertig damit, sich zu erstrecken.

Die Schwester bringt, freundlich lächelnd wie eine Stewardess, das Frühstück auf einem Tablett, sehr opulent, sehr lecker, wie schon das gestrige Abendbrot. Dazu reicht sie ihm ein Info-Heft mit dem Nötigsten über den Klinikalltag.

»Der Doktor möchte Sie gern sehn«, flötet sie, »ich hole Sie in einer halben Stunde ab, ja?«

Dr. Freimuth von Klotz-Havenstieg
– Facharzt für Psychiatrie –

Der Patient tritt durch die schwere, dunkle Holztür, die sich wie von selbst hinter ihm schließt. Er schaut sich um. Ein großer Raum. Knackende Holzscheite im offenen Kamin verbreiten heimelnde Harzgerüche. Er schaut nach rechts: eine Sitzgruppe, dunkelbraun, Wildleder. Er schaut nach links: zwei große Fenster mit geschwungenen Gittern davor. An der Decke: Stuck, barocke Ornamente-Malerei, pausbäckige Engel mit Posaunen, ein Kronleuchter. Der Patient schaltet das Licht an, bestaunt den Kronleuchter und schaltet wieder aus. Er nickt anerkennend. Der Raum hat einen Parkettboden. Nur in der Mitte liegt ein kleiner Teppich. Auf dem steht ein Schreibtisch. Und hinter dem Schreibtisch, den Kamin im Rücken, sitzt der Doktor.

»Setzen Sie sich doch«, sagt der Doktor und weist auf den Besuchersessel vor dem Schreibtisch, »ich bin Doktor von Klotz-Havenstieg. Sie können natürlich auch Doktor Froschbart zu mir sagen.«

»Und ich dachte, meine Kolumnen liest keiner.«

»Das sollten Sie nicht denken. Hier in der Gegend haben sonntags alle den *Lochwitzer Landruf* im Kasten. Da steht ansonsten nicht viel drin. Und irgendwas müssen sie ja lesen beim Frühstück, die Leute.«

»Danke. Der Schalter ist neu und Ihre Zigarettenmarke auch, sonst ist alles, wie es war. Sogar das ständige Gehämmer.«

»Ja, das tut mir leid. Wir kriegen gerade einen erweiterten Gemeinschaftsraum. Im Stil einer Hotellobby. Trockenausbau. Da wird's manchmal 'n bisschen laut. Tut mir wirklich leid. Setzen Sie sich doch.«

Der Patient fällt in den Sessel.

»Haben Sie denn den Klingelknopf mal machen lassen?«

»Na klar«, sagt Dr. von Klotz-Havenstieg lächelnd, »den auch.«

»Von da nach da«, zeigt der Patient, »sind es genau fünfzehn Schritte. Hier, genau unter dem Schreibtisch, ist ein ovaler Brandfleck im Parkett. Seine Längsachse liegt auf der Linie Bangkok – Reykjavík. In dieser Richtung ist Südosten, und da drüben, ein bisschen mehr links, vielleicht hundert Meter weg, steht einsam ein weißes Gebäude im klassizistischen Stil. Damals, im Nebel, der aus der Grube aufstieg, sah es aus wie der Tempelberg einer versinkenden antiken Stadt. Nur der rote Stern auf dem Dach passte nicht so ganz.«

»Da muss ich Ihnen von Reinhard Rübhügel erzählen, unserem Bezirksrat für Kultur. Eine lustige Geschichte. Wenn Sie wollen?«

»Will ich lustig?«

»Lustig – also, von außen betrachtet. Dieser Rübhügel hatte irgendwoher Devisen, es roch ein bisschen nach illegalem Geschäft. Aber er wollte sich nicht bereichern. Er war eine ehrliche Haut, von der großen Sache überzeugt. Vielleicht ein wenig naiv. Er wollte Bornewitz, das Dorf, in dem wir uns hier befinden und das sein Heimatort war, vor dem Tagebau retten und kam auf die Idee, ein Kulturhaus zu bauen, dessen bloßes Vorhandensein die Planer abschrecken würde, hier nach Braunkohle zu buddeln. Die Politik einfach vor vollendete Tatsachen stellen, das war seine Intension.«

Doktor von Klotz-Havenstieg fummelt eine Zigarette aus der Schachtel, klopft mit dem Tabakende ein paar Mal auf den Tisch, steckt sie zwischen die Finger, zögert aber sie anzuzünden. Auf der Schachtel steht, dass es ihn impotent machen wird, wenn er sie raucht.

»Nun, die Sache lief nicht ganz so glatt, wie Rübhügel sich das vorgestellt hatte. Seine Bornewitzer spielten nicht mit. Hackershain, keine fünf Kilometer weg, war gerade geschleift worden. Die Einwohner dort hatten sich zusammengetan und gegen den Abriss protestiert. Polizei war angerückt, um den Planierraupen den Weg frei zu machen, früh um vier, vierzig Uniformierte gegen siebzehn Dörfler. Sie wurden mitgenommen, verhört und verwarnt, bekamen dann aber statt Gerichtsverfahren Wohnungen in einer Neubausiedlung am Stadtrand. Mit einem Mal waren sie keine Bauern mehr, sondern arbeiteten allesamt in dem Kraftwerk, in dem ihr Dorf verheizt wurde. Wenn sie nach Feierabend von ihren Balkons auf die Schornsteine schauten, konnten sie sehen, wie es sich als brauner Qualm daraus erhob und langsam, sehr langsam, und nur bei gutem Wind, in Luft auflöste. Apropos – Sie gestatten, dass ich rauche?«

Von Klotz-Havenstieg pfeift auf seine Potenz, zündet die Zigarette an und stellt dann per Tastendruck einen Kontakt her: »Dorothee, zwei Kaffee mal bitte.«

»Aber gern, Herr Doktor von Klotz-Havenstieg«, antwortet der Kontakt und knackt.

»Der Rübhügel, unser Lokalpatriot, bekam's mit der Schockfriererei, als er eines Tages seine Baustelle besuchte und Bornewitz, das Dorf, das ihm so am Herzen lag und für dessen Erhalt er so tapfer und mit vollem Risiko eingestanden war, total verlassen vorfand. Ödnis, wohin er schaute. Er hatte einen Aushang an die Tür der Dorfschenke geheftet, der den Einwohnern verkündete, dass sie bald in unmittelbarer Nähe einer denkmalgeschützten Kulturstätte wohnen würden und der Abriss des Dorfes damit abgewendet sei. Überschrieben hatte er ihn aber leider mit ›Der Fortschritt kommt nach Bornewitz!‹ Das machte, dass niemand las, was drunter stand. Es bedurfte nur noch der Bagger, die anrollten, um die Grube für das Kulturhaus-Fundament auszuheben, dass Panik ausbrach und ganz Bornewitz die Flucht ergriff. Niemand wollte sich mit der Polizei anlegen, gegen die eh kein Kraut gewachsen schien. Von den Hackershainern verlautete außerdem, dass es ihnen gar nicht so schlechtging in der Neubausiedlung, dass sie in ferngeheizten Wohnungen lebten, mit Teppichboden und Wasserklosett. Ja bitte?«

Dorothee schwebt herein. Sie riecht nach Kaffee.

»Das ist Dorothee, mit Abstand das Aufregendste, was unser Erlebnisdorf zu bieten hat. Danke, Dorothee.«

Dorothee wird ein bisschen rot, als sie den Kaffee hinstellt. Steht ihr verdammt gut. Beim Hinausgehen ist es aber schon wieder vorbei damit.

Von Klotz-Havenstieg rührt seinen Kaffee mit links, weil er mit rechts raucht.

»Während das Klubhaus nun, mit allen Schikanen ausgestattet, in einem Affentempo hochgezogen wurde, zog Rübhügel sämtliche Register zur Wiederbesiedlung seines Dorfes, beteuerte, lockte, verhieß, drohte, orakelte, fluchte, was weiß ich – alles vergebens. Wer tauscht schon das Wasserklosett seiner geheizten Neubauwohnung gegen den Donnerbalken in einem Geisterdorf. Nee, wohnen wollte hier keiner mehr. Aber der Kulturpalast geriet zur Attraktion. Es fuhren Sonderbusse, eine Gala jagte die nächste. Hohe Tiere wurden angekarrt und winkten wohlwollend. Angesichts der ihnen entgegengebrachten Huldigungen vergaßen sie ganz zu fragen, wer zu verantworten hat, dass mitten in der Pampa so ein Haufen Geld verpulvert wird, und taten lieber, als wär alles auf ihrem Mist gewachsen. Eine tolle Zeit! Doch mit einem Mal war der Wurm drin. Und zwar von jenem Abend an, als dieser amerikanische Sänger … na … der mit dem Banjo … wie hieß der noch?«

»Derry Reedman.«

»Genau. Als der hier auftrat. Der Laden gerammelte voll, die Erwartung riesig, die Stimmung oben wie nie. Doch da wurde es plötzlich gespenstisch. Ausgerechnet als Reedman sang, dass wir eines Tages nicht mehr afraid sein werden, weil er das deep in seinem Herzen glaubt und so weiter, Sie kennen das, kriegten die Leute es mit der Angst: Unter ihren Sitzen brummte und summte was. Als wolle ein Erdbeben sich ankündigen. Das Grummeln kam immer näher und wurde immer lauter. Reedman meinte, sie könnten doch singen all together und die hands clap dazu. Aber niemandem war nach Singen oder Händeklappern zumute. Die meisten waren bereits auf der Flucht, der Saal leerte sich zusehends. Wer sich draußen noch einmal umdrehte, konnte die Kohlebagger sehen mit ihren vielen Lampen, die durch die Braunkohle furchten wie Luxusdampfer durch die nächtliche Ägäis und begannen, rund um die Fundamente des Tempels alles abzunagen. Rübhügel konnte da nicht mehr eingreifen. Er war inzwischen tödlich verunglückt. Ihr Kaffee wird kalt.«

Der Patient nimmt einen Schluck.

»Sie werden sich fragen, wieso der Tagebau plötzlich doch noch so nahe kam«, versucht der Doktor, seinen Zuhörer bei der Stange zu halten.

»Ich frage mich was ganz anderes.«

»Nämlich?«

»Wieso heißt die Dame, die hier den Kaffee serviert, ausgerechnet Doro*thee*?«

»Sieh an, der Altmeister: Immer einen kleinen Kalauer auf Lager. Köstlich. Einfach unbezahlbar!«

»War gratis.«

»Sehr edel. Danke. Wolln Sie die Geschichte noch zu Ende hören?«

»Kann ich erst sagen, wenn ich sie gehört hab.«

»Gut. Also wie gesagt, Rübhügels Motive waren hehrer Natur. Er hatte nur eins nicht bedacht. Die Kohlebagger machten zwar an den Dorfgrenzen von Bornewitz halt, davon hatte er die Planungskommission überzeugt, weil es um das Kulturhaus herum, das sich so wundersam und fast wie von selbst aus dem Mutterboden erhoben hatte, Leben geben musste, einen Hausmeister, Putzkräfte, einen Gaststättenleiter, Köche, Kellnerinnen und so weiter und so fort. Die Landvermesser hatten entsprechende Weisung und machten ihre Sache fehlerfrei. Bornewitz verdankt ihnen, dass es sich nicht in der Grube wiederfand. Das Kulturhaus selbst, dieser weiße Steinhaufen da drüben mit seinem roten Stern, stand allerdings außerhalb der Dorfgrenzen und war auf den Plänen der Baggerfahrer nicht eingezeichnet.

Niemand hatte je eine Baugenehmigung dafür erteilt, und so war es eigentlich auch kein richtiges Gebäude, verstehn Sie?«

Stilles Starren.

»Gegen das schwedische Fundament kamen sie allerdings nicht an.«

Müdes Nicken, ein Schluck aus der Kaffeetasse.

»Tja«, sagt von Klotz-Havenstieg nach einer Weile, »deshalb stand das da so einsam auf seiner Nebelinsel.«

Die Stille scheint ihm auf die Nerven zu gehen. Die Zigarette ist ausgedrückt, er hat die Handflächen auf dem Schreibtisch und klopft, eine dumme Angewohnheit, ungleichmäßig mit den Mittelfingern auf die Platte. »Wie Sie das so schön gesagt haben: wie der Tempelberg einer versinkenden Stadt«, fügt er noch an.

»Jetzt weiß ich endlich, was das zu bedeuten hat.«

»Was hat denn da was zu bedeuten?«, fragt der Doktor, froh, dass sein Patient wieder spricht.

»Das da«, lächelt der Patient und zeigt auf die Hände des Doktors mit den asynchron klopfenden Fingern. »Mit der einen möchten Sie gern ein guter Mensch sein, mit der anderen sind Sie bemüht zu bemänteln, dass es Ihnen nicht gelingen will.«

Das Klopfen hört auf, jetzt lächelt auch der Doktor.

»Ist es möglich, dass ich schon wieder Ihr Gefangener bin«, will der Patient wissen, »nach allem, was inzwischen passiert ist?«

»Sie sind selbstverständlich nicht mein Gefangener, Herr Groschenberg. Ich habe mit der Sache nur insofern zu tun, als ich beauftragt bin, Ihnen Zuflucht zu gewähren und Sie vor Unvorsichtigkeiten zu bewahren, was ich mir beides fest vorgenommen habe und auch gerne tun werde, weil der Auftraggeber mein bester Freund war. Ferner bin ich beauftragt, im Falle seines

Todes Ihnen diesen Brief auszuhändigen und selbigen zu vernichten, sobald Sie ihn gelesen haben.«

Lieber Cobu, alter Possenreißer!

Da hab ich Dir einen ordentlichen Schreck eingejagt, was? Ich hoffe, dieser Brief hilft Dir zu verstehen, warum ich keinen anderen Weg wusste aus dem Desaster, das ich angerichtet habe. Klotz-Havenstieg, den Du so treffend »Froschbart« nennst, hat es sich sicher nicht nehmen lassen, Dir von Rübhügels Tempelbau zu erzählen. Den Teil der Geschichte, den er nicht kennt, erfährst Du hier, und es steht Dir frei, Dein Wissen mit ihm zu teilen.

Du erinnerst Dich des Tages, an dem wir Rübhügels Kartons von der Baustoffversorgung zu meiner Garage kutschten? Natürlich hatte Rübhügel keine Ahnung, was für einen Schatz er da gehoben hatte. Den Begriff »Herrensteinzimmer« brachte erst sein Freund, der Schwede Björnsson, ins Spiel, der ein irrsinniges Geld dafür bot. Rübhügel, zunächst euphorisch und voller Pläne, bekam es bald mit der Angst. Er hatte mit Björnsson vereinbart, dass die Übergabe erst nach Fertigstellung des Tempels erfolgen sollte. So ganz trauen könne man einem Imperialisten nie, meinte er. Aber wohin mit dem Zeug? In meiner Garage wähnte er seine Kostbarkeiten nicht sicher genug. Ich brachte ihn auf die Idee, im Heizungskeller des Tempels eine zweite Wand einzuziehen, mithin einen Raum zu schaffen, der von außen als solcher nicht zu erkennen wäre, und den ganzen Kram darin verschwinden zu lassen.

Sofort war er wieder obenauf, zwackte irgendwo Material für die Wand ab, die wir an einem Wochenende eilig hochzogen, und strich dafür aus dem Etat für die Skulptur »Lenin, das Kapital lesend« das Kapital. Und als das nicht reichte, ohne mit der Wimper zu zucken, auch noch Lenin.

Als Nächstes sorgte er mit seinen bestaunenswerten Beziehungen dafür, dass ich mein Auto vorfristig bekam. Wir arbeiteten hart. Im Schutz der Dunkelheit und unter Beachtung aller Regeln der Konspiration brachten wir den Schatz zu zweit Stück für Stück im Barrakas nach Bornewitz. Beide hatten wir Nöte, unseren Frauen zu erklären, wo wir uns nachts rumtrieben. Als das letzte Teil hineingetragen und die Schatzkammer versiegelt war, fand ich im Auto ein Stück der Täfelung, das sich aus dem Leim gelöst hatte, nicht größer als ein Taschenrechner, mit winzigen Intarsien und einem Ornament aus stecknadelkopfgroßen Diamanten. Bei seinem Anblick fühlte ich mich schlagartig in die Glitzerwelt von Leuchtes Höhle zurückversetzt. Ich wollte es als Talisman behalten und steckte es heimlich ein. Das wurde mir zum Verhängnis: Auf der Rückfahrt gerieten wir von der Straße und landeten nach Durchquerung einiger Höllen im Morast des Tagebaus, in dem Rübhügel erstickte. Leuchtes Weissagung hatte mich eingeholt. Innerhalb von Sekunden war ich nicht mehr der von eben.

Im Krankenhaus bekam ich Besuch von Null Null Sieben Groschenberg alias Doktor Berger, der Ende der sechziger Jahre in seine alte Heimat Bayern übersie-

delt war. Ob, wie er behauptete, aus gesundheitlichen oder, wie ich vermute, aus Gewissensgründen oder im Auftrag – es war nicht rauszukriegen. Jedenfalls hielt er seine Verbindungen zum Dienst aufrecht, eröffnete eine Anwaltskanzlei in Füssen und steuerte von dort aus seine Leute in Ost und West. Den »Dr. jur.« hatte er tatsächlich gemacht. Der »Ministerialrat« war nur Attrappe.

Weißt Du noch, wie wir meinen Aufsatz fälschten, als Du es mit dem Blinddarm hattest? Groschenberg war Patient auf derselben Station. Als er unsere Namen hörte, begriff er, dass er seinen Söhnen gegenüberstand. Sein Gewissen regte sich, und das Gefühl, etwas gutmachen zu müssen, ließ ihn nicht mehr los. Dieser Tatsache haben wir einiges zu verdanken. Ich, dass er den Ehrengast in der Aula gab und die Hand über mich hielt, Du, dass Du es jahrelang fast so treiben konntest, wie Du wolltest, auch wenn er sehr in Sorge war Deinetwegen und mich immer wieder drängte, Dir die Leviten zu lesen. All die Jahre hat er mit seinen alten Verbindungen dafür gesorgt, dass Deine Akte ausgedünnt wurde und Du keiner Strafverfolgung ausgesetzt warst.

Als er mich jetzt so liegen sah, mehr tot als lebendig, brach er in Tränen aus und erzählte mir seine ganze verwickelte Geschichte. Er riet mir, meine Identität zu wechseln, und bot mir seine Hilfe an. Angesichts der Tatsache, dass ich kaum noch ein Gesicht hatte und mir ein Prozess wegen fahrlässiger Tötung bevorstand, hielt ich es für besser, seinem Rat zu folgen und mich beerdigen zu lassen. So wurde aus mir der Geheimdienstler – das war seine Idee – Vinzenz Groschenberg, betraut mit »besonderen Aufgaben«. Mein neues Leben war bestimmt von der Sehnsucht nach dem bisherigen.

Nicht lange hin landete ein »Nachforschungsauftrag Kubisch, Jacobus« auf meinem Schreibtisch. Am Rande von Abrüstungsverhandlungen hatten die Russen einen Wink bekommen, wo sich das Herrensteinzimmer befinden könnte, und zwar von einem amerikanischen General, der behauptete, es 1945 als blutjunger GI höchstpersönlich in einem Hohlraum unter der Bahnlinie eingemauert zu haben. Sie bedankten sich für den Tipp mit der Verschrottung einiger Atomraketen. Als sie im Damm nichts fanden, fühlten sie sich natürlich verschaukelt und brachen die Verhandlungen ab. Folge: NATO-Doppelbeschluss, Atomkriegsgefahr, Friedensbewegung – Du wirst Dich erinnern. Derweil jagten die Russen dem Herrensteinzimmer hinterher. Viele Hinweise hatten sie nicht, am Ende waren es nur drei Namen: Rübhügels, den sie Erwin Wencke von der Baustoffversorgung entlockten, sowie meiner und Deiner aus dem Polizeiprotokoll von Leuchtes Tod. Rübhügel lebte nicht mehr, mein Name stand auch auf einem Grabstein …

Des Patienten Blick wandert über den Boden, verharrt an einer Stelle der Scheuerleiste und hakt sich dort fest.

»Russen«, nuschelt er. Und nach einer Weile: »Russen?«

»Was haben Sie denn mit den Russen?«, fragt Doktor von Klotz-Havenstieg.

»Russen«, spricht der Patient, die Scheuerleiste fest im Blick, »haben an einer bestimmten Stelle etwas nicht gefunden, von dem sie gute Gründe hatten anzunehmen, dass es Sinn hätte, genau dort danach zu suchen. Mich könnten sie in Verdacht gehabt haben, der einzige Lebende zu sein, der weiß, welchen Weg das, was gesucht, aber nicht gefunden wurde, genommen hat.«

Der Doktor macht »Hm.«

»Theoretisch also könnten die, die mich entführt haben, durchaus Russen gewesen sein.«

»Und praktisch?«

Der Patient schaut verwundert auf: »Praktisch ist das ganz unmöglich! Russische Menschen sind Meister der tiefgründigen Rede. Durch jahrhundertelange Konversation am Samowar geübt, pflegen sie eine bildreiche Sprache voller Fantasie und Sinnlichkeit. Ein russischer Kidnapper, gefragt, wohin es geht, würde doch niemals etwas antworten wie ›Sehn Se doch‹. Nein, Russen sind Kinder der Poesie! Sie entspringen den Eingebungen ihrer Dichter! Womöglich gibt es sie überhaupt nur, weil es die russische Literatur gibt!«

»Sollen wir mal kurz lüften?«

Der Patient winkt ab wie einer, der es aufgibt zu hoffen, dass jemand kapiert, wovon er redet.

Froschbart kenne ich aus Studienzeiten, wo wir gemeinsam ein Verhaltenskunde-Seminar Stereotype Reaktionen Beschuldigter unter Bedingungen regressiver Verhörmethoden *besuchten. Einmal machten wir einen Ausflug nach Bornewitz. Ich wollte ihm die Baustelle des Tempels zeigen. Der clevere Hund interessierte sich aber viel mehr für das ausgestorbene Dorf daneben, das schon am Zerfallen war. Er spürte die ehemaligen Bornewitzer auf, die ihm für 'n Appel und 'n Ei ihre Häuser verkauften, von denen sie glaubten, sie würden ihnen demnächst eh genommen werden. Die Dir sattsam bekannte Gutsherrenvilla gehörte dazu. Sie schien mir bestens geeignet, jemanden spurlos verschwinden zu lassen, hinter dem der mächtigste Geheimdienst der Welt her ist. In aller Eile versuchten wir, sie wie eine Dienststelle zurechtzuzimmern, aber Du weißt ja, wie es war: keine Leute, keine Leute. Froschbarts Job war es rauszufinden, ob Dir »Herrenstein« ein Begriff ist. Dass er daraus eine Lehrbuch-Vernehmung gemacht hat, ist seinem Faible für alles, was mit Psychologie zu tun hat, geschuldet. In dieser einen Stunde mit Dir habe er mehr gelernt als in zehn Stunden Seminar, behauptete er. Der ist da voll in seiner Rolle als Verhörexperte aufgegangen – nimm es ihm nicht krumm.*

Den Doktor hinter seinem Schreibtisch trifft ein Blick wie aus der Speerschleuder. Er lächelt, hebt kurz die Schultern wie »is nun mal passiert« und guckt wie »soll nicht wieder vorkommen«.

Da wundert sich der Patient, deckt das Geschriebene auf seinem Schoß mit den Händen ab und schaut hinter sich und schaut zur Decke und sucht ringsum mit den Augen die Wände ab, aber da ist nirgendwo was. Auch unterm Schreibtisch – nichts zu holen. Gegen das Licht gehalten und von hinten betrachtet, scheint auch nichts durch. Trotz allem – beim Weiterlesen hält er seine Lektüre so dicht vors Gesicht, dass er dabei schielen muss.

Lange würden wir Dich in der Villa nicht festhalten können, das war klar. Ein Haftgrund musste her. Eine minderschwere Grenzverletzung schien mir das Geeignetste. Viel schiefgehen konnte nicht, alles war bestens vorbereitet, Übungsmunition inklusive. Kennst mich ja. Und über allem die Hand Groschenbergs.
Dass ich mich nicht zu erkennen gab, hatte gute Gründe. Ich war schließlich gestorben und hatte versichert, meine alte Identität niemandem gegenüber preiszugeben. Froschbart, der mir armseligem Robinson ein Freitag wurde, blieb bis heute die einzige Ausnahme. Er kann übrigens Gedanken lesen.

Erneut unterbricht der Patient seine Lektüre und starrt den Doktor an.

»Sie gucken so komisch«, sagt der Doktor nach einer Weile.

»Das war nicht meine Frage.«

Als es zu brodeln begann in Osteuropa und die Russen auf einmal ganz andere Sorgen hatten als verschwundene Museumsstücke, war der Zeitpunkt für Deine Freilassung gekommen. Sicher wirst Du Dich mit gemischten Gefühlen dieses Tages erinnern wie auch der Zeit davor. Aber unter uns – so ganz schlecht scheint das alles Dir und Deiner Karriere nicht bekommen zu sein.

»Siiieee!«

Der Doktor deutet eine Verbeugung an. »Von Klotz-Havenstieg.«

»Mir ist das alles gut bekommen? Ich zeige Sie an. Wegen Tatbeteiligung!«

»Was hat man Ihnen denn getan?«

»Nötigung, Freiheitsberaubung, Psychoterror.«

»Dann sind Sie gut beraten, Anzeige zu erstatten. Das heißt, sofern Sie für irgendwas davon einen Beleg haben.«

Der Patient hat keinen Beleg. Er kann nicht beweisen, dass sie ihn eingesperrt haben. Er kann nicht mal beweisen, dass sie ihn wieder freigelassen haben. Man muss ihm einfach glauben, dass er irgendwann mal in ein Gefängnis eingesperrt war und daraus wieder entlassen wurde. Und zwar ohne einen Entlassungsschein zu fordern, als man ihm die Tür öffnete und den Weg in die Freiheit wies. Gut, dass er eine Frau hat, die sich damals, wo sie noch gar nicht seine Frau war, eine Sprecherlaubnis ertrotzte, ihn einmal im Monat besuchen durfte und wie selbstverständlich bei sich aufnahm, als er ebenso überraschend wieder im Leben auftauchte, wie er daraus verschwunden war. Sie ist seine Kronzeugin. Da kann er von Glück sagen, dass es sie gibt. Aber Nero, das dürfte klar sein, ist sowieso ein Glücksfall. Sie wird ihm auch jetzt aus der Patsche helfen, so, wie sie es damals getan hat.

»Meine Frau wird kommen, mich identifizieren und alles bezeugen!«

»Ich will Ihnen nicht wehtun, aber sie wird nicht kommen. Man hat sie gefragt, ob sie eine Gegenüberstellung mit dem Hochstapler wolle. Man hat ihr ein Foto gezeigt vom Einbrecher und gefragt: Sieht er Ihrem Mann denn ähnlich? Die Antwort war jeweils ein energisches Kopfschütteln.«

Bitternis mischt sich in des Patienten Blut und schwappt in sein Herz.

»Ich möchte sie anrufen.«

»Keine gute Idee. Was, glauben Sie, wird sie empfinden, wenn sich ihr gestorbener Mann am Telefon meldet? Außerdem muss man heutzutage davon ausgehen, dass dort, wo zwei sich unterhalten, drei mithören. Auch wenn wir mal kurz gehofft hatten, diese Zeiten seien vorbei.«

Meine Verletzungen waren irgendwann verheilt. Was blieb, war die Fratze. Trotzdem fand ich eine Gefährtin, Babette Schneider, eine Mitarbeiterin meiner Dienststelle, die mein zurückgezogenes Leben mit mir teilte, bis das Land plötzlich offen stand und ich sie auf dem Beifahrersitz einer mir unbekannten Marke Auto davonfahren sah. Nessie, ihren Bonsai-Köter, den Du mal kurz kennengelernt hast, hatte sie dabei Gott sei Dank auf dem Schoß.

Froschbart begann damals unverzüglich mit dem Umbau der Villa in eine Klinik und der Verwandlung seines Bornewitz' in ein Ereignisdorf. Mich bestellte er zum Geschäftsführer des Unternehmens, was mich in Brot und Arbeit hielt. Jahrelang wohnte ich so in unmittelbarer Nachbarschaft des Herrensteinzimmers, das da, keine hundert Meter weg, unerreichbar in einem überdimensionierten Sarkophag begraben lag. Nie wieder hatte ich was damit zu tun haben wollen, aber es wilderte in meinem Kopf. Nächtelang sann ich über Wege nach, es mir zu holen, entwickelte gewagte Konstruktionen, mit deren Hilfe man die Braunkohlegrube queren und zu der Tempelinsel gelangen könnte, eine genialer als die andere, aber durch die Bank unbezahlbar. Oft genug ließ ich im Traum die Grube fluten und fuhr mit vollen Segeln, wie ein Abenteurer, hinüber, hob den Schatz und kaufte mir vom Erlös ein Ticket nach al-Dschahra, wo es eine Spezialklinik gibt, von der ich gelesen hatte, dass man bei Zahlung von 25 000 Dinar mit einem anderen Gesicht rauskommt, als man hineingegangen ist.

Da plötzlich rief Groschenberg, der für Jahre von der Bildfläche verschwunden war, mich zu sich.
Ich machte mich auf nach Füssen. Er war weit über neunzig, man musste nicht aus der Hand lesen können, um zu prophezeien, dass er nicht mehr lange zu leben hatte. Er fragte viel, und ich antwortete viel. Das war der Anfang einer Reihe von Fehlern, die ich machte. Übrigens gab er mir, fast mit dem letzten Atemzug, Deine Kabarett-Nummer mit dem Gulaschsuppenwitz, die ich einst, als erste meiner Amtshandlungen, Deiner Akte entnommen und ihm zum 65. Geburtstag geschickt hatte. Er hat sie über die Jahre gehütet wie die Blaue Mauritius. Das Geld für meine OP, so gern er es gewollt hätte, konnte er mir nicht geben, verriet mir aber den Klarnamen eines seiner Agenten, Deckname »Lehrer«, der es als Kunsthändler zu einigem Reichtum gebracht hatte: Karl Friedrich Oppendorf.

»Was haste denn mit Oppendorf?«
… Sie hatten nur ein Zimmer, Beri und seine Mutter …
»Er gab tierische Laute von sich, es waren dieselben wie im Wald.« … und nur ein mottenlöchriger Vorhang hatte vor Beris Bett gehangen …

Ich fuhr nach Köln zu Oppendorf. Es war ein äußerst unerfreuliches Treffen für mich, schon weil er aus meiner kleinen Vernichtungsaktion mit dem gefälschten Aufsatz als Strahlemann hervorgegangen war. Groschenberg, der Ehrengast, der Genosse vom Sicherheitsdienst, hatte ihn damals einbestellt und ihm klargemacht, dass er als entlassener Lehrer mit SS-Vergangenheit erledigt sei. Es bedurfte keiner langen Rede, ihn zu einer fingierten Flucht nach Westdeutschland zu bewegen. Dort sollte er auf »Verfolgter des Regimes« machen und sich Zugang zu einflussreichen Kreisen verschaffen, was er mit Bravour erledigte.

Oppendorf zu erpressen war nicht nach meinem Geschmack. Ich glaubte, eine viel bessere Idee zu haben, um an sein Geld zu kommen. Ich stellte mich als Sohn eines litauischen Kollaborateurs vor, der mir auf dem Sterbebett das Versteck des Herrensteinzimmers verraten hatte, zeigte ihm mein kleines Detail als Existenzbeweis, nannte ihm einen Preis und erzählte wüste Storys von einer Grotte im Felsberger Land. Bis hierhin folgte er mir anstandslos. Als ich aber einen Koffer Bargeld verlangte als Vorauszahlung, wurde er pampig. So glaubte ich andeuten zu müssen, was ich über ihn wusste, mein zweiter Fehler.

Mit Oppendorfs Geldkoffer fuhr ich zuallererst nach Kuwait in die Klinik. Zwei Jahre später, als ich nach Bornewitz zurückkehrte, um mit dem Rest des Geldes endlich das Herrensteinzimmer aus dem Keller des Tempels zu bergen, hatte sich nicht nur mein Gesicht verändert. Der Tempel hatte einen neuen Besitzer. Mit

Schrecken sah ich, dass daran gebaut wurde und jeder Versuch, dort unbemerkt etwas herauszuholen, zum Scheitern verurteilt war.

Ich telefonierte mit Oppendorf, um ihn zu vertrösten, aber der traute mir nicht. Engagierte stattdessen eine Truppe Beutekunst-Jäger aus Litauen, alte Geheimdiensthasen, die sich »Wolfsrache« nennen. Ich versuchte noch was zu retten, indem ich Leuchtes Leichenfundbericht mit unseren Namen darin verschwinden ließ, aber diese Leute verfügen über alte Unterlagen. So verließ ich Bornewitz, lebte fortan vom Rest des Oppendorfschen Geldes und war fast rund um die Uhr damit beschäftigt, die Wolfsrächer in die Irre zu führen. Irgendwann, hoffte ich, würden sie es vielleicht aufgeben – mein dritter Fehler.

Wünschte, Du würdest es besser machen als ich, den Schatz aus dem Tempelkeller bergen und der Öffentlichkeit zugänglich machen, damit er aus dem Sog mafiöser Gelüste gelangt. Vom Finderlohn hättest Du Auskommen bis ans Lebensende. Doch hüte Dich vor Leuchtes Orakel. In der Höhle mit dem Herrensteinzimmer, dort, wo das Leben gut zu ihm war, wollte er auch einmal sterben, glaube ich. Tot oder lebendig – nie sollte ihn jemand dort finden, ihm das wegnehmen können. Wir haben den Eid gebrochen, wir haben sein Geheimnis verraten. Das schwebt über Dir wie eine ungesicherte Kranlast, solange Du Jacobus Kubisch heißt. Bernd Ringel ist schon lange tot, und es ist besser für Dich, wenn auch Jacobus Kubisch nicht mehr lebt.

Ich bitte nicht um Verzeihung. Was ich angerichtet habe, ist unverzeihlich. Eine Gewissenslast, die ich nicht länger schultern kann. Doch bei allem Schlamassel – eins hab ich am Ende erreicht: Nero wird um mich weinen, auch wenn sie glaubt, sie weint um Dich. Denn sie wird um den weinen, der im Auto verbrannte:

Beri

Der Patient lässt die Hände mit dem Brief auf die Oberschenkel sinken.

Der Doktor gibt ihm etwas Zeit, bevor er »Alles in Ordnung?« fragt.

Der Patient wiegt ein paarmal den Kopf hin und her. »Der Schmerz eines gebrochenen Herzens«, sinniert er, »ist eine hartnäckige Angelegenheit. Aber der Fluch eines gebrochenen Eides ist ausdauernder.«

Doktor von Klotz-Havenstieg reicht die offene Hand über den Schreibtisch: »Darf ich?«

»Moment«, sagt der Patient. Er rollt den Brief zusammen, steht auf und geht zum Fenster. Er stutzt. Sein Blick gleitet suchend über die Seen. Er wird fispelig. Mehrmals tippt er mit der Rolle an seinen Kopf, als wolle er darin etwas in Gang setzen.

»Der Tempel mit dem roten Stern«, sagt er schließlich, »ich kann ihn nicht entdecken. War das nicht da drüben?«

»Doch doch.«

»Ja und, wo isser? Wieso ist der nicht da? Wo isser denn hin!«

»Da muss ich wieder ein bisschen ausholen.«

»Na machen Sie schon!«

»Also: Vor ein paar Jahren fand ich einen Investor, dem ich den Mund wässrig machte von wegen, die Grube würde demnächst geflutet, und er könne aus dem Tempel doch irgendwas machen, was Geld bringt, eine Diskothek für die Urlauber zum Beispiel. Mitten im See! Der Mann war Feuer und Flamme. Da man aber, um so ein Riesending vollzukriegen, Leute auch aus der weiteren Umgebung ziehen müsste, beauftragte er ein Event-Büro, exklusive Extras zu entwickeln. Die kamen mit der Idee eines beweglichen Laufstegs quer übers Wasser, der Funken sprüht und Lichtblitze wirft, ›Raverbridge‹ genannt, die erste technohämmernde Brücke der Welt. Tagsüber eine stinknormale Zufahrt für Anlieferer, nachts ein drachenwildes Ungetüm, das sich aufbäumt und Feuer speit und eine Mutprobe darstellt für jeden, der es bezwingen will. Der Investor war begeistert und gab sofort den Bau in Auftrag. Die spannende Frage war, würde die gewagte Konstruktion der Raverbridge halten bei der Flutung? Und soll ich Ihnen was sagen?«

Von Klotz-Havenstieg tritt zum Patienten ans Fenster.

»Schauen Sie mal, bisschen weiter hier drüben, da, zwischen den Bäumen, da sehn Sie 'n Stück davon. Sie hielt. Steht wie 'ne Eins. Ganz anders der Tempel. Zusehends geriet er in Schräglage, eine Touristenattraktion, so viele Leute werden wir hier nie wieder haben. Bis er schließlich kippte, schmatzend eintauchte und versank wie ein Schiff nach missglücktem Stapellauf. Sensationell. Bornewitz wird einmal in einem Atemzug mit Atlantis und Vineta genannt werden.«

»Vineta …«, nickt der Patient.

»Die Brücke zappelt weiter. Jede Nacht. Mit Flackerlicht und Feuerwerk. Dazu, wumm wumm wumm, diese Musik. Betreten verboten. Programmiert ist sie für die nächsten fünfzig Jahre. Wenn sie nicht vorher absäuft, wird sie so lange lärmen und hopsen. Oder es taucht mal jemand runter und legt den Hebel um im Keller.«

Der Patient stiert auf den See. »Im Keller? Sind Sie sicher?«

»Ja, ich glaube, das war im Keller. Warum interessiert Sie das?«

»Das kann ich Ihnen jetzt nicht erklären. Das Buch hat nur noch fünf Seiten.«

»Aber den Brief können Sie mir geben, bitte …«

Die Rolle kokelt vor sich hin. Der Patient sitzt wieder im Sessel am Schreibtisch und schaut ins Feuer.

»Und Sie sind sicher, meine Frau glaubt, ich bin tot?«

»Wenn es doch sogar durch die Medien ging, wie sollte sie Zweifel daran hegen?«

»Aber ich bin Jacobus Kubisch. Schuhgröße fünfundvierzig. Und der Kopf sitzt auf dem Hals. Alles andere wäre mir aufgefallen.«

»Sagen wir mal so, Sie können es wieder sein, irgendwann mal, sofern Sie aufhören zu behaupten, dass Sie es sind. Ich helfe Ihnen gern auf Ihrem schweren Weg. Wie soll ich es ausdrücken – bleiben Sie Sie selbst, indem Sie ein anderer werden. Man muss manchmal mit dem Hintern zuerst, um voranzukommen. Wenn Sie über die Schwelle wollen, ist es besser, Sie ziehen die Karre.«

Der Patient schaut interessiert: »Können Sie das noch mal sagen?«

Dr. von Klotz-Havenstieg bemüht sich, die Aussage seiner Thesen mit Gesten zu verdeutlichen: »Also – manchmal muss man – mit dem Hintern – vorneweg …«

»Nee, das andere.«

»Ein einfaches physikalisches Gesetz: Eine Karre rollt leichter über eine Schwelle, wenn sie gezogen wird. Das hat, glaube ich, mit Vektorrech- - «

»Das isses.«

»Das ist was?«, fragt der Doktor.

»Ich kannte den, der dieses Gesetz entdeckt hat.«

»Ach. Das überrascht mich jetzt.«

Der Patient leert seine Tasse mit einem Ruck, stellt sie geräuschvoll zurück und nickt mehrmals nachdrücklich.

»Er war Transportarbeiter auf'm Güterbahnhof, ein Handlanger, mehr nicht. Seine Stechkarre hatte keine Luftbereifung, wie man das heute kennt. Sie rollte auf eisernen Rädern durch die Schlaglöcher im Estrich, über die Schwellen der stählernen Schiebetüren, über die wackligen Laufbretter vom Bahnsteig in die Waggons. Irgendwann muss ihm die Erleuchtung gekommen sein: Du überwindest ein Hindernis leichter, wenn du die Karre ziehst. Und daraus machte er seine ganz persönliche Philosophie, einen allegorischen Imperativ, von dem er glaubte, es sei die Formel zur Errettung der Welt. Das hat er den Menschen zu vermitteln versucht, wann immer er einen traf. Aber vergeblich: Er sprach Dialekt und hatte einen S-Fehler.«

»Na, sagen Sie schon.«

»Das würde Ihnen nichts nützen. Ich habe auch einen S-Fehler und spreche Dialekt.«

Der Doktor schiebt Notizblock und Stift rüber:

»Dann schreiben Sie's halt auf.«

Der Patient nimmt Block und Stift auf den Schoß, zögert, schüttelt kurz den Kopf und schiebt beides zurück auf den Schreibtisch:

»Es gibt Dinge, die sich einer Verschriftlichung verweigern.«

»Ah ja. Da kann man wohl nichts machen. Aber, wie gesagt, ein bisschen frische Luft … oder … wenn ich sonst noch was für Sie tun kann? Vielleicht noch 'n Kaffee?«

»Haben Sie mal 'n Foto von dem Tempel?«

»Ausgerechnet damit kann ich nicht dienen. Niemand hat ein Foto davon.«

»Das soll ja wohl 'n Witz sein! Ich denke, es waren so viele Leute hier?«

»Es gibt halt auch Dinge, die sich einer *Verbildlichung* verweigern.«

»Wollen Sie mich auf den Arm nehmen?«

»O nein, bitte nicht, das wäre ein bisschen viel verlangt. Aber im Ernst: So ein Foto, das würde ja bedeuten, dass es das wirklich alles gegeben hat, nicht nur den Tempel, auch die Stadt der Witwen, die Höhle im Damm, den Rübhügel – was weiß ich – das Land der Sackgassen, Sie und mich. Aber ich hab dafür was anderes Schönes. Schau'n Sie mal hier: Das wurde bei der Renovierung der Villa gefunden.«

Der Doktor zieht ein loses Blatt aus seiner Schublade, fasst es mit Daumen und Zeigefingern an den Ecken, als müsse es getrocknet werden, und hält es dem Patienten zum Lesen hin.

»Eine Aktennotiz, die man nicht weitergeleitet hat, weil sie nicht mehr benötigt wurde. Leider muss sie denselben Weg nehmen, den der Brief nahm.«

ZUFÜHRUNGSPROTOKOLL
des Bürgers Kubisch, Jacobus

O. g. Bürger wurde heute einer Befragung zugeführt. Dazu wurde er gegen 12 Uhr bei einem Spaziergang durch den zentralen Park angesprochen und zum Mitkommen aufgefordert. Die Zuführung des Kubisch erfolgte ohne Zwischenfälle.

Die Mine des Patienten verfinstert sich.

»Von wegen ohne Zwischenfälle – das seh ich aber 'n bisschen anders!«

»Nun nehm' Sie's mal nicht so genau.«

»Ich protestiere gegen diese Formulierung!«

Der Doktor lässt Zettel und Arme auf den Schreibtisch sinken.

»Und ich dachte, ich mache Ihnen eine Freude.«

»Was soll denn das heißen, ohne Zwischenfälle!«

»Nichts Besonderes. Ohne nennenswerten Widerstand. Sowas in der Art.«

»Ohne nennenswerten Widerstand?«

»Na ja, sowas in der Art halt.«

»Dann verlange ich eine Gegenüberstellung! So ganz reibungslos ging …«

»Aber lieber Herr Groschenberg«, fährt der Doktor dem Patienten dazwischen, »beruhigen Sie sich.« Er zerknüllt das Papier. »Die Männer, denen Sie da gegenübergestellt werden wollen, die haben Sie längst vergessen.« Er pfeffert das zerknüllte Papier ins Kaminfeuer. »Es sind Großväter. Zu wenig Rente, zu viel Prostata. Was wollen Sie denn mit denen. Soll ich nicht besser Dorothee noch mal bitten?«

EINES NACHTS

»Einen Stammgast muss man nicht auffordern zu erscheinen, noch weniger fordert man einen Stammgast auf, zu verschwinden«, entgegnete der Wirt der Piranha-Bar den Pflegern aus der Nervenklinik, die nach einem abhandengekommenen Patienten suchten und im Begriff waren, dem Wirt moralisches Versagen vorzuwerfen.

Kein Grund zur Aufregung, Leute, wir kennen uns doch, meinte der. Wir haben den alle gern hier. Das ist ein richtiger Entertainer. Der glaubt, er sei dieser Kubisch, der Kabarettist, der neulich tödlich verunglückt ist. Na und? Solange er zahlt, kann er glauben, was er will.

Er ist aber bisher nicht wieder aufgetaucht! Sein Bett ist unberührt!

Nu ma sachte, meinte der Wirt. Er verwöhne seine Gäste ja gerne. Aber dass er sie auch noch ins Bett bringt, wenn sie abgefüllt sind – da hätte er aber viel zu tun. Nee nee, so weit geht die Liebe nicht, Freunde.

Ob denn irgendwas anders gewesen sei als sonst?

»Allerdings. Er war nicht der letzte Gast.«

»Sondern?«

»Da waren noch zwei Mineralwasser. Die sind aber gleich nach ihm weg.«

LOCHWITZER LANDRUF,
12. Januar

Am späten Vormittag des gestrigen Tages vernahmen Anwohner der Hackershainer Straße in Bornewitz ein Zetern, als sie aus dem städtischen Streugutcontainer Streugut entnehmen wollten, da, wie unsere Zeitung berichtet hatte, Glättegefahr bestand. Die herbeigerufene Freiwillige Feuerwehr entriegelte den Deckel und befreite einen Mann um die 60, wozu die Tonne umgekippt werden musste. Dabei geriet Streugut auf den Bürgersteig.
Dem Mann, der einen verwirrten Eindruck machte, war auf keine Frage etwas anderes zu entlocken als »Ziegenmief!«. Lediglich wie er in die Tonne geraten sei, beantwortete er mit: »Ohne nennenswerten Widerstand sowas in der Art.« Diese sonderliche Form des Äußerns bewog die Helfer, bei der Nervenklinik von Dr. von Klotz-Havenstieg nachzufragen, wo man sich sehr erleichtert zeigte, da es sich um einen vermissten Patienten handelte. Man werde in Zukunft besser auf ihn aufpassen, versicherte Dorothee Boehme, eine leitende Angestellte.
Die Freiwillige Feuerwehr schippte das Streugut zurück in die Tonne, die nun wieder funktionstüchtig ist.

NACHREICHUNG

Womöglich will jemand noch wissen, was Mathilde las während der Luftschutzwache in der Schule, kurz vor Ende des Krieges, bevor der Lazarettarzt Dr. Berger das Klassenzimmer betrat und sie bei ihrer Lektüre störte. Da kann ich aber leider nicht weiterhelfen. Wie gesagt, es gibt Leute, die werden nie fertig mit erzählen.

Dieses Werk wurde vermittelt durch literarische Agentur Antas Bindermann Listau

*Dank für Anstiftung, Beihilfe und Kumpanei an
Krista Maria Schädlich, Doris Liebermann,
an meine Schwester Husl sowie an alle,
die mich ermunterten weiterzumachen.*

Dank auch dem Verlag mit der Eule, der zu Recht und eindringlich vor zahlreichen Regelverstößen gegen die deutsche Grammatik warnte, vor ungehöriger Vermischung der Zeitebenen, schludrigem Umgang mit dem Konjunktiv, schnodderiger Ausdrucksweise oder dem inflationären Gebrauch von »sowas«, auch vor übertriebenem Hang zum Kalauer, haarsträubender Verballhornung topographischer und anderer Begriffe, besonders vor diversen inhaltlichen Kapriolen und strukturellem Firlefanz, den Text am Ende dennoch druckte. Einem Starrkopf ist manchmal einfach nicht zu helfen.

FSC www.fsc.org MIX Aus verantwortungsvollen Quellen FSC® C022120

ISBN: 978-3-359-01736-3

Umschlaggestaltung: Buchgut, Berlin
unter Verwendung eines Motivs von Fotolia/sashkalenka
Printed in EU

Die Bücher des Eulenspiegel Verlags
erscheinen in der Eulenspiegel Verlagsgruppe.
www.eulenspiegel.com